新川日常（一）

木木 著

广东旅游出版社
GUANGDONG TRAVEL & TOURISM PRESS
悦读书·悦旅行·悦享人生

中国·广州

目录

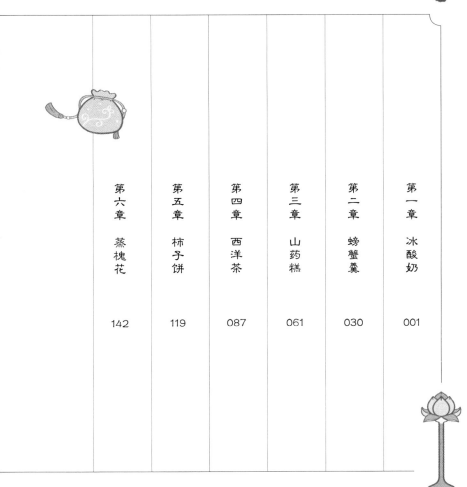

第一章

冰酸奶

宫女玉瓶有些发愁地问李薇："格格，今天真吃羊肉啊？"

不等李薇回答，她就自顾自往下说："万一四阿哥来呢？现在这个天气吃点儿素的好，羊肉多燥啊，您还非要吃烤的肉串子，喝点瓜菜汤、吃个拌黑木耳不是很好吗？又清爽又开胃。"

李薇放下手里的绣样册子，也不好跟她解释，直接吩咐道："我想吃，你只管吩咐膳房去，告诉他们多放辣椒粉和孜然粉，肉要切成手指肚那般大，肥瘦各半，要烤得滴油、咸香油辣才好！不许放花椒。再配一锅羊肉汤底的汤菜就行，放些粉丝、粉条、油豆腐、黄花菜，剩下的让他们看着做。面食只要芝麻烤饼就行。"

玉瓶苦着脸去膳房点这一顿菜单去了，路上刚好遇到了福晋那里的宫女石榴也去膳房点膳，两人就结伴而行。虽然膳房还是在阿哥所里，但出了四阿哥的院子就算是外面了，两个年纪轻轻的小宫女还是有些害怕的。

石榴年纪比玉瓶大些，她十六了，在福晋屋里也是数得上的人，只是福晋身边能干的太多反而显不出她来。

两人一前一后到了膳房，玉瓶退后一步让石榴先说，石榴点了二凉、四热、两道汤品、四道面点就退下了，她却不急着走，站在三步远外等着玉瓶。

玉瓶细细交代了李薇的要求，膳房的太监认真地听着，这两年李薇常点的就那几样，膳房就专门找了个小太监学做这个，算是越做越入味了。

"姑娘瞧好吧，还交给小李子来做，他做这个也是做惯的。格格还要点别的吗？"老太监笑眯眯地说。

玉瓶没说动李薇换菜单有些丧气，道："剩下的你们看着上吧，格格倒是爱极了你们上的酸梅汤，你直接让我提一罐子走吧。"

老太监回身挥挥手，一个面白无须的中年太监从一旁的小太监手里接过一个紫红色的小陶瓮，却不递给玉瓶，老太监接过来转身给了一个十一二岁的小太监，说："哪能劳动姑娘亲手拿？让这孩子跟着姑娘走一趟吧。"

玉瓶也没坚持，她在宫女里也算是有头脸的，亲手提个陶瓮确实不太像样，有人代劳最好，她也回敬老太监微微一福，道："多谢爷爷疼我。"

老太监站着受了，笑眯眯地送了两步，看着石榴和玉瓶一起走了。

石榴和玉瓶走进四阿哥的院里就分开了，石榴往正院去，玉瓶拐上了岔道。

阿哥所的院子里如今可住了不少阿哥。如今阿哥里出宫建府的只有大阿哥一个，往下的三阿哥到八阿哥都在这里住着，倒是九阿哥和十阿哥年纪小，还在后宫跟着宫妃一起住，不过明年也该进来了。

因为阿哥们住得挤，院子建得也不是一模一样的，所以就有大有小，位置也有好有不好，里面的景致也有好有坏。

四阿哥因为从小跟着养母孝懿皇后，等孝懿皇后没了，他的生母乌雅氏又受封德妃，膝下已生有二子二女，任谁也不敢小看，所以四阿哥的院子在阿哥所里不是最大的，却是景致最好、位置最佳的一个。

比他早两年进阿哥所的三阿哥因母妃马佳氏早已失宠于皇帝，院子反倒没有他的好，余下能跟四阿哥比一比的只有郭罗络氏宜妃所出的五阿哥，七阿哥和八阿哥两个就更别提了。

所以，四阿哥福晋所住的正院足有两进，十八个房间，从门口进来一条宽阔的大路，路两边是各色精致花木。墙角八个盛水的大缸上面浮着碗莲，下面养着各种名贵金鱼。

石榴从右侧的回廊进来，到正屋前放轻脚步。屋门前守着一个小太监和一个小宫女，见她来立刻矮半身行礼，但并不出声。在主子跟前侍候时，宫女太监们是不许出声的，除非主子发话。

石榴摆摆手，轻手轻脚地掀帘子进去。

堂屋里也站着两个宫女，见到她也是矮半身蹲个半福，石榴照样摆摆手往左侧的书房去，刚才她出来前福晋就在这里抄经，进去前她看了眼摆在堂屋里的西洋大座钟，刚刚中午十一点，钟的鸣时早让太监给掐了，这东西看时间是好使，就是个头太大，报时的时候声音太吵。

书房里除了站在书桌前抄的福晋外，一侧还守着两个大宫女和一个嬷嬷。石榴想着要把李格格叫菜的事报给福晋，就站在书桌一侧。

福晋乌拉那拉氏年仅十四岁，站在那里虽然不比石榴和屋里其他两个宫女低多少，但脸看着还带着稚气。

她穿一身深枣红镶天蓝色边的长旗袍，身形毫无起伏曲线，下踩一双半寸高的花盆底鞋，头上没戴旗头，只在脑后梳了个把子，额前鬓边抿得油光水滑，不见一丝乱发。

她面容严肃，虽然年纪小却无人敢小看她半分。刚才石榴进来时她已经看到了，见她站在那里，写完这章放下笔转身坐在榻上，端起茶抿了一口润润喉咙才目视石榴等她回话。

石榴上前一个深蹲万福，再利落起身，近前两步小声把玉瓶报的菜单报了遍，然后不多置一词就退后，再是一个万福，退回那两个宫女处站好。

福晋听了石榴的话却像没听到一样，放下茶碗继续回去抄经，等抄完这一卷才长出一口气。

这时屋里的四个人才动起来，石榴和另一个大宫女葡萄出去喊小丫头打热水进来给福晋洗手净面，屋里的福嬷嬷扶着福晋小心翼翼地在榻上坐下，剩下的大宫女葫芦则跪在榻前给福晋脱下花盆底，然后轻轻地给她揉脚。

福晋闭目休息了一会儿，福嬷嬷一直慈爱地看着她，等她睁开眼才上前问道："福晋是这会儿就起来还是再歇歇？"

"起来吧，让他们传膳，吃完我还要再抄一卷。"福晋用热手巾洗了把脸，打起精神后让葫芦再给她把鞋穿上。

福嬷嬷心疼道："福晋，用完膳还是先小睡一下吧。"站着抄经腰背和腿脚最受累了，一天两卷经抄下来，到晚上腿都肿了。

"嬷嬷，"福晋不同意地摇摇头，道，"这是我的孝心，怎么能嚷累呢？何况，我这样就累了，那还有更虔诚的怎么说呢？"更虔诚的就是跪着抄。

福晋也不是不能跪着抄，她只是怕人说她以孝显名。在宫里像她这种抄法，也只是不过不失而已。完全一点儿不抄的也不是没有，但抄了毕竟还是比不抄强。

福嬷嬷双手合十："阿弥陀佛！佛祖勿怪！"却再不敢劝了，她怕再劝下去福晋真要跪着抄了，那跪一天下来腿就不用要了。

一会儿膳房鱼贯般送膳来，杯盘碟碗摆了三张桌子。中午四阿哥不回来，福晋自己用膳也不让支大桌子，她坐在榻上，面前的小炕桌上摆的是她爱吃的，榻下两张小桌子上也摆得满满的，只是大部分菜她几乎连一筷子都不会动。

随意夹了两口菜，吃了一碗饭，用了一碗汤，福晋就叫撤了。福嬷嬷上前劝道："福晋累了一早上，不如再多用点儿？"

福晋摆摆手道："撤吧，你们也去吃吧。这些菜都是好的，我也没怎么动过，撤下去你们分一分吧。"

葡萄和石榴连小桌子一起端出去交给外间的宫女，里面的好菜自然会有人给她们留下来。侍候完福晋漱口，福嬷嬷搬来两个大迎枕放在福晋背后，榻上的小炕桌也挪出去，道："福晋略歪歪，停一刻再抄吧。"

用完膳后，福晋也有些身倦神疲，可她一向是习惯先把事情做完再休息，不然歇也歇不安稳，就从榻上起来道："不必了，抄完再歇也是一样。"

福嬷嬷苦心要劝，但深知福晋的习惯，只好帮着铺纸，再叫葫芦来磨墨。她心里却道：等抄完了经，正是四阿哥从上书房回来的时候，那时候才真是歇不成呢。可她也明白福晋想等四阿哥回来时，她刚抄完了经，也好跟四阿哥表一表功，不然福晋一天只抄了一卷，反而显得懈怠、懒惰。

福晋抄着这进宫后抄了足有百遍的《法华经》，心里却想着石榴说的李格格中午特意要的多加辣椒的烤羊肉来。

她进宫后跟四阿哥后院的女人也算是打了半年多的交道了，宋格格是个温柔到有些闷的女人，四阿哥对她只是淡淡的，倒是这个李格格，她不争先，也不掐尖，不爱在四阿哥面前表功，也不爱在福晋面前献殷勤，可她就是入了四阿哥的眼。

开始福晋也没把她放在眼里，到现在却觉得她是个聪明人。只是这份聪明，不但她看明白了，四阿哥更是看明白了。正因为四阿哥看明白了，他才把她放在心上了。而她看明白了，反倒对着李格格不知如何处置了。

福晋在心里道，这李格格再聪明一分，就是精明，那四阿哥自然不会喜欢；如果再笨一分，那就聪明不到点子上，她也有法子治李格格，现在这样实在叫她为难。

因为李格格现在真称得上是谨守本分，对她这个福晋也是知道退避，就是对着宋格格这个比她先侍候四阿哥的人也是尊敬体贴的。她要是假装的，福晋绝对能找机会拆穿她，偏偏人家实心实意。

福晋手下的笔不由得重了三分，一句"以此妙慧、求无上道"的最后一个字写得尤其凌厉，左看右看不像样子，只好把这一截裁了重抄。

心静，要心静。福晋再三告诫自己，李格格是真乖巧总好过假天真。一个懂事的人总是能商量的。何况，她也不过是个汉女罢了。

另一边，中午李薇痛快地大吃了二十几串羊肉串，喝了两大碗羊肉汤，天还没到黄昏，她嘴上就起了两个疱。

玉瓶又急又气，赶紧用玉簪子挑了疱，拿芦荟碧玉膏给她敷在嘴角，哭丧着脸道："我的好格格，你这又是何苦呢？吃了这个自己受罪不说，又有几天不能侍候四阿哥了！"

李薇现在嘴一张大就有撕裂般的刺疼，连话也无法自如地说，含糊道："我就这一个爱好，你就别念了。"

玉瓶轻轻跺脚，急道："格格！"

李薇对着镜子照照，刚才上药前洗了脸，脂粉都洗掉了，她也没再涂，只在嘴唇上润了点儿口脂。她对玉瓶随意甩了甩手道："别站着了，我晚上不吃点心了，喝点儿酸梅汤就行。你现在赶紧去跟张德胜说一声，让他记得跟他师傅说。"

玉瓶有一个优点就是听话，虽然心疼李薇也赶紧去了。宫嫔有恙，特别是伤口在脸上、身上能看到的地方，便是不能侍候的，免得让贵人看了不雅、不快，让贵人染上不洁。

她先去书房找张德胜，再去正院找福晋的四个大丫头中随便哪一个说一声，李格格虽然是她的主子，但从身份上来讲实在没资格直接跟福晋说话，这等小事跟福晋身边的丫头说一声就行。

自从福晋嫁给四阿哥后，李格格贪嘴吃羊肉上火的事不是一两次，所以玉瓶刚进正院就看到石榴，跟她说一声就得了。

出来后再去膳房，这次去，老太监正忙着，四阿哥该下书房回来用点心了，接待玉瓶的是个小太监。

玉瓶没说李薇吃羊肉吃上火的事，虽然大家都知道，她只是说格格不要晚点了，最多要一碗清粥和几份下粥的小菜，明天早膳也只用清粥，下晌吃什么再说。

小太监人虽小却机灵得很，他们这些下人看主子们的事就当看热闹了，什么事主子们不清楚，他们却都门儿清。老太监在早上一起来跟几个心腹用饭时就说，昨天福晋去给德妃娘娘请安说话了，今天李格格必点羊肉，三五日内肯定只用清粥，别的什么都不要。

他还交代人早上就把腌好的咸鸭蛋挑个头大又好看的洗干净准备着给李格格配粥用，下午也让人给庆丰司打了招呼，明天要上好的老鸭两只，以后每天都要留两只，专用来煲汤给李格格下火。毕竟李格格可以只要清粥，他们可不能只给格格上清粥。

所以小太监听了玉瓶的话只是满口答应，恭恭敬敬地送人走后，转身回到膳房内见着老太监，笑道："让爷爷说着了，李主子那边今儿晚上什么都不要，明天早上只要清粥。"

老太监只顾盯着做奶饽饽，闻言只"嗯"了一声。

小太监好好地退下去，一转头却看到他师傅正在摆食盒。下层镇着一层冰，上面包着棉布，上层摆着三个橘子大小的白瓷带盖圆碗，碗形曲线流畅，上下无一丝纹饰，整个白瓷碗摆在那里简直像个白玉圆球，透白透白的。

小太监赶紧上前给他师傅打下手，他师傅看到他殷勤，笑道："可别说师傅不疼你，停一刻把这食盒提到李格格那儿去。"

小太监好奇地问："师傅，这是什么啊？"

师傅打开一个碗，他一看，居然是酸奶，还散发着袅袅的寒气，可见是刚从冰柜里取出来的。酸奶上面还点缀着紫红色的玫瑰酱，小太监看得口水都快出来了，转头却想刚才玉瓶姑娘来了明明没点这个，那这是他师傅的孝敬？

小太监这么想着，等了一刻送过去时就想一定要在玉瓶姑娘那里给师傅表一表功啊。结果他提着食盒过去时却根本没见到玉瓶姑娘，在门口就让人拦下来了，旁边一个小丫头从他手里接过食盒，拿了个荷包塞了六个五钱的银角子赏他。

他还要站住说两句闲话，那小丫头却摆摆手，竖起食指在嘴上一挡，用力"嘘"了一声把他赶走了。

小太监稀里糊涂地回去，见到师傅还委屈没给师傅表成功，他师傅拿了刚出锅的龙眼包子塞了他一嘴，笑道："傻儿子，你就没见屋里站的爷爷穿着什么色儿的袍子？"说完把他撵出去玩了。

小太监让包子烫得舌头疼也舍不得吐出来，一边吸气一边去屋里找凉茶喝，边喝边回忆，刚才他过去，隔着门帘只能看到站在门边的一个大太监的袍子边和靴子，那袍子边有些看不清，但靴子倒是底高二寸五分的……

嗯？！

小太监一口包子凉茶差点儿没给噎死！他低头看看自己的靴子底，再想想膳房里各位爷爷的靴子底，这才明白师傅是什么意思！怪不得师傅让他过一刻再过去！

那样的靴子底在这个院子里，只有阿哥身边的大太监才穿啊！

四阿哥顶着头上的大太阳，一路疾走，身后跟着的苏培盛脚下生风，最后的小太监几乎一路小跑。

进了院子，四阿哥才放慢脚步，他先去了书房。书房门口看门的小太监们远远看到四阿哥一行人过来，早早地全都跪了下去。

书房里正中央早备好了一个半人高的铜鼎，里面放着一座正散发着寒气的冰山。苏培盛从小太监手里提过书和笔墨等物，将今日的功课放在桌上，回头见四阿哥正由小太监侍候着在屏风后小解，他就出来喊人打水来给阿哥洗漱。哪知刚出来就看到他的徒弟张德胜站在右侧回廊拐角冲他使眼色。

苏培盛让小太监们拿着铜盆、铜壶、手巾、香脂、皂角等物先进去，他往廊下走了两步，招手让张德胜过来："今天府里有事？"

张德胜把李格格上火嘴角长疱，她的丫头玉瓶过来告假不能侍候四阿哥的事学了一遍，说完就盯着苏培盛的脸色瞧。

昨天福晋去陪德妃说话了，苏培盛就猜到今天肯定李格格要告假，刚想进去就看到张德胜盯着自己看，虚打了他一巴掌让他滚了，苏培盛整整衣服进书房了。

四阿哥把手巾扔到小太监捧着的托盘里，理一理袖子，皱眉道："怎么了？"

苏培盛不减一分，也不增一分地说："张德胜回话，李主子吃了羊肉，上了火，嘴上起了疱，怕主子看了腌臜，这几天怕是不能侍候主子了。"

四阿哥利眼一眯，沉沉地哼了一声，他看了下书房里搁的略小的西洋座钟，见才四点多，想着去福晋屋里用饭前倒还来得及去看看她，抬脚就出了书房，直接拐到李薇住的那个院子里去。

院子里的小丫头一眼看到四阿哥像阵风一样进来，一骨碌跪到地上喊"吉祥"，然后爬起来掀帘子。

四阿哥直接进去，玉瓶早跪在堂屋的地上磕头，他也不叫起，自掀了布帘子进里屋去，就看到李薇福在屋当中，他上下一打量，就看到她的鞋只穿了一半，后半截儿根本没来得及提上去，白袜子就那么露着。

"起来吧。"他边说边坐在榻上，伸手扶了她一把，就拉到身边坐下，"抬起来我瞧瞧。"

李薇抬起半张脸，还没来得及笑一笑，四阿哥伸手在她下巴上一抬，把她嘴边那烂成一片的三个水疱看得清清楚楚。水疱边缘已经发黄，疱中心发白，又是涂的药，又是涂的口脂，油亮亮的，显得好像疱中都快流脓了，不是一般的恶心难看。

李薇伸手就把嘴角盖住了。她虽然是想称病，但可没想恶心四阿哥。谁知窗户太小，屋里光线不好，她又站在背光处，四阿哥看不清，皱眉拉开她的手仔细看了看才放开，由着她坐到一臂远的地方去。

该！四阿哥心中恨恨道。

看着她一副有些后悔的难看样儿，又见她悄悄拿手帕在嘴角轻轻按了按，心知肚明她是怕他看了厌恶她。

该！

他就这么大马金刀地坐着，也不说话。

李薇不能不吭啊，有心要找话题，但一时半刻哪里找得着，总不能寒暄"今天的天儿可够热的呀"，那也太二了。这位爷又不爱人动辄请罪，不然她跪下为自己容颜有损污了贵人眼请个小罪也能打开僵局。

要关心体贴一两句吧，可她的眼睛盯着他的衣服看了两眼就看出这不是家居服，四阿哥肯定是从书房过来的，他在书房都没换衣服，肯定是要回正院换。所以虽然她看到四阿哥的脖领子上都是汗，她这里也放着他的衣服，却不能开口让他在这里换。

这不是打福晋的脸，福晋虽然要紧，但这院里头一位的主子是四阿哥。她既看明白四阿哥要在正院换衣服，就不能提出让他在这里换。就算看着他不换衣服热得难受也不能提。

李薇心中闪电般转着念头，按说四阿哥进屋来，她要做的就几件事：换衣服、上茶点、捏肩揉脚、上榻。前几样总是不会换顺序的。换衣服不行，茶总要上一碗。

可是……天这么热，他又热得一身汗，心里又有火气，她总不能上热茶吧？那不是热上加热吗？肯定会让他更不舒服的。

不上热茶，也不能上冷茶。四阿哥最别扭的一点是特别教条，普通年轻男孩没他这么板正教条。比如冷茶伤身伤胃，他就不会喝。其实夏天喝喝冷茶凉快凉快挺好的，阿哥所里这么多阿哥，没听说过谁不喝冷茶的。

除了冷茶，还能降温的她这里就剩下酸梅汤了——可他也不喝酸梅汤。这种酸甜口的女人喝的玩意儿他不沾。

李薇真发愁了。

这时，玉瓶救她来了！

只见玉瓶小心翼翼把门帘子掀开条缝，轻手轻脚极伶俐地闪身进屋，手中捧着的托盘上放着两只白瓷圆盖碗。

她端进来了两碗冰酸奶！

李薇眼睛都亮了！赶紧上前接过来，先捧一碗放在四阿哥面前的炕桌上，道："四爷试试，这酸奶味儿轻得很。倒不是我要的，大概是膳房那边想着爷过来才送来的。"

轻巧巧一句免得四阿哥把这功劳记在她身上，说完低头也不再劝，她自己就直接捧着吃了。

可算把嘴占住不用说话了，四阿哥来她这里最多一刻就要走，她吃羊肉上火这事也是个老把戏，他早看透了，说什么都是错，干脆不说，大家心照不宣最好。

四阿哥见她吃得自在，面前摆着的白瓷碗壁上凝着水汽、水珠，他打开盖子，白生生的酸奶像豆腐一样，凉意扑面而来，上面点缀的玫瑰酱有些浸开。他拿起银制小勺尝了口，甜味奶味都不太浓，酸得也很适口，不知不觉一碗就吃完了，浑身的汗和燥意都消了一半。

他估摸时间差不多了就站起来，李薇心中松了口气跟着送出门，临走前他又看了看她的嘴角，虽然生气但也有些无奈，道："好生养两天，我过几天就来看你。"

他生气时，李薇心中忐忑如泰山压顶；他这一温柔，她突然感动得心里一酸，酸完苦涩就漫上来了。两人你看我、我看你地停了有一瞬，四阿哥转身走了。

李薇回到屋里，坐了半晌才长长地叹了口气。

正院里，福晋从听说四阿哥回来就准备好了等着，小太监、小丫头一趟趟把话往回传。

四阿哥进书房了。

四阿哥去瞧李格格了。

四阿哥出来了。

四阿哥往正院来了。

等听到外面的小丫头、小太监"扑通扑通"往下跪，磕头喊"吉祥"的声音，福晋忍不住站起来，往门前迎了两步。

门帘一动，四阿哥偏头进来了。

福晋浅浅一福就站起身，笑眯眯地迎上去，侍候着四阿哥往里屋去换衣服。四个大丫头早就捧好了衣服、鞋袜，还有梳头家什等物在旁边等着。

福晋侍候着四阿哥换了全身的衣服，看里衣全都湿透了，忍不住叹道："这么热的天儿，爷辛苦了。"

四阿哥坐下让她换鞋袜，道："兄弟几个都是一样的，小的都没喊累，我这个当哥哥的自然不能说累。"

脱了靴子换上单面的布鞋，脚上顿时轻快不少。四阿哥舒服地长出一口气，往榻上一歪，闭目养起了神。

福晋站在他身边，轻轻地解开他的辫子，用梳子从下到上慢慢地给他通头，通了一百下后，拿白巾子把他脖子后和头顶的汗擦干净，再把头发重新编起来。

四阿哥一直闭着眼睛，等福晋忙完，他握着她的手把她拉到榻前坐下，微微睁开眼笑道："你也歇一歇，我在外头忙，你在家里也不轻闲。"

福晋笑道："我在屋里有什么累的？"

四阿哥拍拍她的手，闭眼小睡起来。福晋慢慢起身，带着丫头们都出去了。他这一觉直睡到金乌西坠，睁眼时看到隔着门帘子的堂屋已经点上了灯，他躺着不动，唤人道："来人，点灯。"

石榴擎着一盏灯先进来点着，福晋跟着进来，先侍候他起身穿鞋，再问他："四爷，可要传膳？膳房把晚点都送来了，我看着有道素锅做得极好，汤鲜味浓。"

四阿哥"嗯"了声，抬腿出了里屋，福晋跟在后面。

堂屋里正中央支着八仙桌，正东靠墙的横几上摆着三支手腕粗细的高烛，把屋里照得亮堂堂的。西侧墙角的小几上摆着一个铜制宝船，船里盛着冰山。东侧墙角小几上摆的是一座碧玉宝塔，塔内燃着驱蚊虫的香料，丝丝青烟从宝塔中溢出。

八仙桌右侧站着的是福晋的四个大丫头，左侧站着苏培盛和四个上膳太监。等四阿哥和福晋上座后，这九个人上前侍候。

一顿饭吃得鸦雀无声，连碗勺相碰的声音都没有。

四阿哥先尝了福晋说的素锅，主料是豆腐，汤底是用虾、海带和紫菜熬的。四爷不喝鱼汤，嫌鱼味腥，这是膳房的人都知道的。就算这样，这碗素锅汤他也是一口没喝，只吃了两块汤里的豆腐。

夏天天热，膳房做菜用的又都是猪油、羊油和牛油，所以就算是清炒玉兰片，四爷也是只吃一口就不再碰了。幸好桌上菜品多，他一样一口也吃了个八分饱。

等他放下筷子，从头到尾只顾盯着他吃什么菜的福晋也跟着放下筷子，虽然她只吃了六分饱，但也一点儿都不饿了。

撤了菜，福晋待候他喝茶，见他不吭声，只好自己找话题，就把今天抄了两卷经的事拿出来说，从抄经说到昨天陪德妃说话都说了什么。

福晋说话轻柔，表现的也是女子温顺和善的一面。四阿哥一边听，一边微笑点头，认真仔细地看了她今天抄的两卷经，道："真是辛苦福晋了。"

福晋温柔地笑道："不辛苦，额娘平日也是这样。我不过跟着额娘学罢了，若能学得额娘一二分就是我的造化了。"

四阿哥闻言只是一笑。

宫中女子不管是受宠还是不受宠，日子都是难熬的。不管底下她们是什么面目，露在外面愿意让人看到的都是美好的一面。抄一抄经书，手中拿一串念珠，仿佛她们就染上了佛祖的清高、淡然、出尘脱俗。

既然脱了俗，那功名利禄自然就远离她们了。不沾染红尘世俗的美人儿，好像那些恶意的猜测也沾不到她们身上了。所以经书、善念，就像宫中女子头上的发钗、身上的锦袍一样是必备的东西，从小在宫中长大的四阿哥自然对此心知肚明。

福晋虽然进宫只有半年，但也已经慢慢学会了宫中女人的生存法则。

四阿哥满意地握着福晋的手说："福晋明白就好，只是这抄经也不可太累了，福晋一日抄一卷就行了，只要虔诚，佛祖必不会怪罪的。再说，这虔诚又不是抄得越多就越虔诚。"

他说着揉了揉福晋的手腕道："这两卷抄下来，你这腕子可要受不了了，明日就不抄了，后日再抄吧。"

他让石榴去拿药油，坐在榻上给福晋揉了小一刻的手腕子，两人才歇下了。

四阿哥如此体贴福晋，四个大丫头和福嬷嬷都高兴极了，站在堂屋里，听着里屋榻上两人的动静响了有两刻钟才停下来，然后叫水，两人擦洗过后，换了被褥才重新躺下休息。

躺在床上的四阿哥倒是很快睡熟了，福晋却久久睡不着，她睁着眼睛看着帐顶，瓜瓞绵绵的帐子上丝丝蔓蔓，一个又一个大大小小的瓜圆头圆脑地挤在重重花叶之下，看着就让人想起孩子。她想她会生下一个又一个的孩子，哥哥弟弟、姐姐妹妹。

可她转头看向熟睡的四阿哥，她能给四阿哥生很多的孩子，而这院子里其他的女人也能生下他的孩子。她往四阿哥身边了挤，他迷糊着睁开眼，伸手把她搂到怀里拍了拍。但她的心非但没有安静下来，反而更加不安。

他会一直对她好吗？是不是只要她做得一直这么好，他就不会变？

可福晋心里很清楚，不管她做得多好，四阿哥会不会对她好，却不是由她决定的。她做得再多，别的女人还是会在四阿哥的心里留下痕迹，会吸引他的目光。

福晋痛苦地闭上眼，翻身离开四阿哥的怀抱。她不能把一切都寄托在四阿哥的身上，她必须自己站住脚，这样，无论四阿哥是不是会一直宠爱她，她都不会倒下去。

外间守夜的两个小丫头和两个小太监一直瞪着眼睛，他们时不时地瞄一眼座钟，当指针指到凌晨三点时，两个小太监轻手轻脚地去喊人提热水进来，两个小丫头则开始准备四阿哥和福晋早起洗漱的东西。

膳房专管早膳的早就起来了，分出两个大灶专烧热水，门前半人高的大肚子铜壶排了一溜儿，里面全是烧好的滚水。各个阿哥院里的小太监早就两人一队地排着过来提热水回去，侍候主子们洗漱。

早膳备的多数是粥和面点，大锅粥全都是昨天下午就熬的，熬到现在豆子都开了花，米都熬出了油，香浓油滑。

面点从馎馎到馒头到咸馅的包子、甜馅的糕饼，五香的、芝麻的，素的有豆腐、青菜、香菇、鸡蛋，荤的有猪肉、羊肉、牛肉、虾仁，有蒸的、煮的、烤的、炸的。从南到北，香的、辣的、甜的、咸的、鲜的下粥菜应有尽有。各色小菜，各院主子爱吃的那一口也都备齐了。

膳房的老太监姓刘，另有一个姓牛的和一个姓马的。刘太监是总管，什么都一把攥，牛太监管牛羊猪狗鸡鸭鱼，马太监管酒水和五谷。

一大早，牛太监就去了庆丰司，他要盯着那边给他们阿哥所膳房送的东西是不是鲜活的。这边只有刘太监盯着，马太监站在他身后。早膳后，阿哥们都要去上学，这一顿看着简单，其实最要紧。

等热水提得差不多了，刘太监站起来走到院中，等着各院主子们叫膳。马太监紧紧跟着他，也不错眼地看着院子门。

谁知道刘太监告老后谁管这一摊子呢？马太监有上进心，自然巴不得从刘太监身上多学点儿，其实他巴不得把刘太监的皮剥了披自个儿身上，刘太监四十多年的脑子啊，里面该有多少东西啊，他要能有刘太监这脑子可就什么都不用愁了。

刘太监心知肚明，马太监和牛太监的目光都快把他从里到外连心肝脾肺肾都照清楚了。顶着身后一次次瞄过来的眼神，刘太监心道：小子，你还早得很呢。

他看了看天时，算着时间应该差不多了。

第一个来叫膳的，肯定是四阿哥。后面紧跟的就是三阿哥，五阿哥略慢一分，七阿哥和八阿哥一般就是前后脚。

果然，先跑进来的是苏培盛的徒弟张德胜。他今年十三岁，山东人，个头略矮，一张不长肉的瘦长脸，脸上带着憨厚的笑，若不是一直弓着腰，乍一看倒像外面街上的秀才。

这面相四阿哥看了一定喜欢，苏培盛会挑徒弟。刘太监心里这么想，脸上笑眯眯地迎上去，问道："怎么是你小子过来？"

张德胜离了有三步远就利落地打了个千儿，口里甜蜜道："刘爷爷好！师傅使小的来是给爷爷您请安问好的！"

论起资历来，张德胜管刘太监叫爷爷是正好的，苏培盛要不是侍候了四阿哥，也该管刘太监喊"爷爷"。想到这个，刘太监就想叹一声人的命天注定啊，就算当太监也有命这一说。他当年要是也能分到阿哥身边去，现在别说让人喊"爷爷"了，喊"祖宗"的都有。

如今嘛，刘太监对着张德胜都要笑脸相迎。

"也问你师傅好！得了，我也不误你的事，赶紧拿膳盒去吧！"刘太监让开身，自然有小太监领着张德胜进膳房。

膳房是个两进的院子，左右通透，全是一路通到底的大敞屋。正堂的四条长桌上已经摆好了膳盒，各院主子吃什么其实早就分好了。

张德胜过来也不过是看一眼就让人盖上盒盖提着走。也有临时过来想吃这个想要那个的，膳房左右两厢全是厨房，大师傅早备着几个闲灶，防着有临时点菜的。

苏培盛今天让张德胜过来就是因为昨天晚上四阿哥明显用膳用得不香，福晋刚进门才半年，可能还没摸准四阿哥的脉。晚上这顿倒好说，早上出门前是必定要吃点儿实在的，还不能费事。

他就交代张德胜，看李格格那边有什么吃的先端过来顶一顶。四阿哥的院子里，还就李格格屋里的吃食让四阿哥满意。大概是两个人口味相近。

所以张德胜在四阿哥院里专放主子吃食的这张桌前问过来了，小太监指给他看，这是宋格格屋里的，这是李格格屋里的。

张德胜"哦"了一声，指着那一小碟流油的咸鸭蛋黄说："我看这个不错。"小太监都不用他说第二句的，直接拿出来放进四阿哥的食盒里了，顺便还搭了一笼蒸饼。

"李主子最爱这个包着咸鸭蛋黄吃。"小太监还多嘴解释了一句。

张德胜就笑纳了，又看着另外两盘青翠碧绿的菜问："这是什么啊？"

小太监肚子里骂他瞎眼，嘴上却笑道："这个是黄瓜炒鸡蛋，这个是清炒芹菜，那一盘是黑木耳拌圆葱，都是李主子爱吃的。"

张德胜一盘没落全要了，最后连李格格的绿豆百合粥都要了一瓮走。等他走了，小太监哭丧着脸跑去找刘太监了。

"刘爷爷，你看这可怎么办啊？"李格格的食盒里只剩下一份粥、一笼象眼小馒头、一碟乌梅糕和一碟香油咸菜丝了。

刘太监也有些犯愁，他多做的那几盘确实是给四阿哥预备的，但是没想到张德胜这么不是东西，一盘都没给李格格留。

"赶紧地，再炒几盘！这么送过去也太难看了！"他一声令下，小太监飞奔去厨房传话，再奔回来说："怕是来不及了啊！要不，先用别的盒子里的菜？"反正菜都一样，换几个别的院子里不起眼的主子的菜也没什么。

刘太监看看天，摇头道："不用，来得及。李主子叫膳都晚。"

果然，等到菜都炒好了，李格格那边还没叫膳，刘太监直接唤了个小太监把食盒送过去了。

小太监提着食盒进四阿哥院子的时候，送完四阿哥回来的石榴刚好看到，见服色，这小太监不是院里的，手中提着食盒直接往李格格院里去，心道：难道是膳房的？不由得不平地撇撇嘴。别的院里的主子都是自己去膳房提，连福晋也不例外，李格格这边居然是膳房紧着巴结。

可回到正院后，她却一个字也不敢提，因为早上四爷用膳用得多，蒸饼包着咸鸭蛋黄足足吃了两张，绿豆百合粥也进了一碗，三盘菜——清炒芹菜、黑木耳拌圆葱、黄瓜炒鸡蛋都吃了不少，其中黑木耳拌圆葱更是快吃完了。

福晋高兴极了，福嬷嬷更是让人拿了银子去赏膳房的人。屋里气氛正好，她进去时福晋还在说四爷下次再在正院用膳，交代膳房必须有这道黑木耳拌圆葱。

见大家都在说笑，石榴想了下，把刚才那点儿事都咽回去了。不过是小人巴结李格格罢了，说了又能怎么样？只是让福晋白生场闷气而已。

四阿哥坐到上书房里时，外面的天还没亮。师傅来之前他们要先温书，一群兄弟开始摇头晃脑地背那已经背了一百二十遍的内容。四阿哥嘴里背着，心里却想起了刚才的早膳。

他从小到大用的膳从来都不是自己点的。小时候是奶嬷嬷和主管太监点膳，他们给什么他吃什么。在皇额娘那里时，也是皇额娘给什么他吃什么。

比较起来，奶嬷嬷和主管太监点的东西比较齐全，而且几乎都是一样的。有蛋有奶有肉，有饽饽有饼有糕。而且奶嬷嬷是江苏人，年纪也比较大，爱吃的东西口感偏甜软。他小时候奶嬷嬷最爱给他吃猪油白糖馅的元宵，大概是觉得小孩子就爱吃甜的吧？

主管太监可能觉得阿哥都爱吃肉，所以每顿必有肉，而且是大块的肉。只是制式的膳食看久了就失去了胃口，后来他再看到那相似的膳食就半饱了。

皇额娘给的东西更精细些，一样点心七八种料都是少的。就是再精细的东西，吃到嘴里也就两种味：好吃的和不好吃的。反正他是吃不出来放了珍珠粉和加了茯苓粉有什么区别。

只是皇额娘给的，他总要表现出感激涕零和从来没见过的新奇。时间久了，他对能讲出一大通来历的菜也没有兴趣了。

等搬进阿哥所后，苏培盛多少会看些脸色，所以他的膳桌上一些他不爱吃的东西渐渐都出现得少了。可是苏培盛太绝对，他今天嫌羊肉做得膻了，到明年膳桌上都不会有一块羊肉。

四阿哥心里暗暗骂他蠢，不知变通，于是强迫自己不露出喜好，吃到什么都是一张脸，免得这蠢材把膳桌都搬空了。

等额娘给了格格们后，他又开始跟着格格们的口味用膳。宋格格温顺得几乎没有脾气，喜欢甜辣的菜式。可大概苏培盛指点过她，所以她那里的膳食总是显得很奇怪，要么寡淡得没有一丝味道，要么清淡得跟和尚吃的一样，她自己爱吃的甜辣味的却再也没吃过。

后来他偏爱李氏时，宋氏开始吃李氏同样的东西。等福晋进门后，她就开始跟福晋吃得一样。

福晋的口味如何他还不知道，因为福晋用膳总让他想起奶嬷嬷和主管太监，每次都是一大桌，上面什么东西都有，几乎看不出任何偏好。

所以，今天早上在膳桌上看到黄瓜炒鸡蛋、清炒芹菜和黑木耳拌圆葱，还有旁边那一小碟的咸鸭蛋配蒸饼，他就知道这不是福晋的菜。他看了一眼苏培盛，苏培盛的头都快低到胸口了。

哼！

这估计是李氏的菜。是她孝敬的？不会，她不会这么大胆刺福晋的眼。那就是苏培盛自作主张了。

虽然有些不快，但这顿早膳确实用得舒心多了。不然看到福晋那一大桌的东西他就没有一点儿胃口，这一早上的书可真撑不下去了。

　　一开始，李氏侍候他也不是多得他的意，只是有一次，李氏背着他吃了一顿烤羊排，吃得上火嘴里长了口疮，连喝水都疼，足足养了半个月才好。

　　他不爱吃羊肉、牛肉，嫌味儿膻。这事院子里的人都知道，苏培盛肯定早就提醒过侍候他的这些格格了。所以他在院子里足有好几年没闻到过羊肉味了，更别提还有人敢吃。

　　李氏吃了羊肉受了半个月的罪，他也半个多月没去找她。那时福晋还没嫁进来，院子里就她和宋格格两个人。

　　宋格格的风头渐渐盖过她，可他慢慢发现，李氏并没有忌口。

　　他有很多不吃的东西。牛肉、羊肉、鸭肉，这些他都不吃，猪肉是嫌脏，鱼肉是嫌腥。但他也不是绝对不吃，比如冬天时他就很喜欢喝枸杞羊肉汤。可下头的人太紧张，就以为这些东西他是一点儿不沾，结果不但他的膳桌上看不到，院子里的下人们也不吃这些了，是怕沾到味儿让他生气。

　　可李氏从来没在乎过这个。四阿哥也就在她这里可以很自然地偶尔一饱口福。

　　去年元宵节时，他在她那里吃了一小碗猪油白糖馅的元宵，几乎让苏培盛吓掉下巴。大概在贴身太监的眼中，他是为了避免给人留下有所偏好的印象而不拒绝那碗元宵，只有他自己才知道，真的再次吃到熟悉口味的元宵时，他才发现他没有想象的那么讨厌它。相反，那碗元宵让他回忆起了早已离宫去世的奶嬷嬷。

　　他知道很多人都在猜测他看重李氏的原因，但对他来说，李氏的自在是他最看重的品质。她守规矩，懂事明理，但在这之外她并不过分拘束自己，相反，她在界线之内总是尽情享受的。

　　比起总是学人的宋氏、看不出偏好的福晋，他当然更喜欢和李氏在一起。在宫里生活，努力是必要的，但自在才是最重要的。李氏限于出身或许不会走得太远，但她绝对比福晋和宋氏都更适应宫中的生活。

　　四阿哥院里，李薇直到天光微明才起身，这时也才六点出头，可四阿哥已经走了两个小时了。

　　玉瓶早就把洗漱用的热水和早膳放在茶炉上，见她起来了就立刻带着两个小丫头端着铜盆热水进屋来，一边侍候她起床一边道："四爷不到四点就走了，听人说四爷在福晋那里早膳用得很好呢。"话里有些发酸。

在玉瓶看来，福晋那里供应好，好东西当然多，四阿哥喜欢多正常啊。

李薇打着哈欠起来，只穿了一件单件的柳叶青旗袍，里面一条绸裤，也不肯穿花盆底。"反正在屋里呢。"她这么说着，穿上一双软底缎鞋。

玉瓶摆上早膳，把白粥和咸鸭蛋摆在她面前，小心翼翼地问道："不去福晋那里坐一坐？"

李薇一愣，问她："我上次去是什么时候？"

玉瓶马上说："初九，四天前。"

不等李薇说话，她赶紧又接了一句："听说宋格格天天去呢。"

言下之意，人家都知道巴结福晋，你也不能太懒怠了。

李薇以前老听说格格、侧福晋每天都要去找福晋请安，福晋来了后她才知道其实没这个规则。也不能说没有，应该说本来有。小时候在李家，请来的嬷嬷教规矩时，确实教了要每天去找皇后请安，小位分的像答应、贵人之流还没这个资格呢，至少要嫔才有荣幸每天见皇后一面。

但进宫选秀时，宫里嬷嬷说的就完全是另一回事了。因为宫里没皇后，自然就没有向皇后请安一说。而宫中主位们倒是每天都去陪太后说话，不过那就纯粹是为了尽孝心，不是规矩，能去的人都是宫中绝对有脸面的。

宫里是这样，京里满大臣家如何李薇没见过，倒是自从她进阿哥所以后，听说太子妃和三阿哥福晋都没有让格格们天天请安问好的规则，自然四福晋进门后也没添上这一笔。

李薇倒也明白为什么连太子妃都不敢现在就摆出准皇后的谱，宫里的妃子们可是都盯着太子妃呢。既然太子妃都没摆这个架子，往下的阿哥福晋们自然也不会显摆自己家里比后宫、太子妃那里都更有规矩。

但要说低位分的不必去找高位分的也不对，宫中四妃每天都有不少人去巴结的。小妃嫔们托庇在高位分的妃嫔之下，不但日子能更好过，也能得到更多见到皇帝的机会。

于是阿哥所里也是一样的做派。

宋格格每天都去见福晋也是为了表个态。李薇一开始也跟宋格格一样，可福晋也只是把她们留在偏厅喝茶，七八次里也未必见她们一次，是标准的冷板凳。

李薇虽然有心坚持，但无奈真的没办法习惯。既然福晋要表现不压制人、不摆大福晋架子，她干脆就成全对方，两人都舒服不是挺好的？至于福晋会不会因此记恨她，说实话她真的不是特别在意。

进阿哥所后她学的东西不少，其中一样就是满人的福晋其实远没有汉人的正室那么大的权力。当年太宗立五大福晋，不管他的原意是不是打算集合更多的势力，反正造成的结果就是福晋的威信被降低了。

　　侧福晋、庶福晋虽然听起来好似低福晋一等，但在阿哥们的眼里都是差不多的。不说别的，只说隔壁五阿哥的院子里的两位格格，就有那份勇气跟五福晋对着干，而五福晋还拿她们两个没办法。

　　汉人中王爷正妃被小妾拿下是不可理解的，但在满人这边却没什么奇怪。好像在满人这里只有奴隶和汉人是真正的身份低，其他姓氏的都差不多。

　　李薇的身份是差在汉军旗，在旗的还是比汉人好一些。当然比起满人的四福晋自然低一头。如果她以后能混个侧福晋的身份，四福晋就还真拿她没办法。再争一争看谁的儿子能当世子，最后怎么样真的很难说。

　　直到吃完早膳，玉瓶还在眼巴巴地看着她。李薇想着距离上次去也有四天了，那今天也该去坐冷板凳了。于是换衣服，重新梳头，李薇一看时间，也才七点一刻，深深叹口气往正院去了。

　　正院里宋格格到了已经有一刻了，小丫头把李薇也领进去上了茶后，说福晋正在抄经，现在不见人，李薇自然躬身道："奴婢来请安，不敢打扰福晋。"然后跟宋格格面对面坐着喝茶。

　　宋格格长相温婉，一双眉眼像秋水一样动人。她不爱说话，但要拿话题出来，她都接得上。而且，在四阿哥院里这么长时间了，她们两个从来没争执过。

　　李薇知道这肯定不是她心胸突然变宽大了，而是宋格格就有那个本事把所有的争执都化解掉。宋格格天生就不会跟人生气。

　　说实话，李薇是很喜欢和宋格格在一起的。福晋来之前，李薇没事时常常跑去找宋格格玩。福晋进门后，好像争宠这事突然明显了，她和宋格格之间那层比纸还薄的和睦就像见了阳光的露水一样，消隐无踪了。

　　现在两人坐在一起，互相用眼神打招呼。碍着是在福晋的地界，两人不能开口说话，这样用眼神交流，反倒透出一丝亲近来。两人的眼神碰了几次，不约而同笑了起来。

　　一直坐到将要十一点了，福嬷嬷亲自出来送她们出去，言明福晋正在抄经，实在抽不出空来见她们，希望她们见谅。

　　李薇和宋格格自然要千恩万谢不在意，然后一起告辞——谁也不会没眼色继续留下，又不是要在福晋这里吃午饭。

出了正院，两人告别，一个向南，一个向北走了。

李薇回到院子里，玉瓶刚才被她留下看家，见她回来立刻迎上来，换了衣服后，她献宝一样捧出一个双耳南瓜白瓷盅来。

"什么好东西？"李薇好奇地凑上来看。

玉瓶把盅盖掀开，里面是白生生还有些烫的豆腐脑。

李薇立刻高兴了，道："这可难得了！"

玉瓶笑道："可不是？咱们这边没人吃这一口，他们平常做豆腐都不留这个的。这次是特意给咱们留的，还有一壶豆浆呢！我放在茶炉上了，现在这个天气不能久留，格格现在要不要吃一碗？"

自从进了宫，这还是李薇头一次看到豆腐脑。膳房里这道菜不是常备的，做豆腐时都不会特意做它。

李薇迫不及待道："给我调一碗！"

玉瓶拿出小碗来盛了两勺，问："格格是吃甜的还是吃咸的？甜的有蜜豆、葡萄干，各色花卤都是齐全的。咸的他们给咱们备了韭菜花、卤鸭肉、榨菜碎、炸花生碎、油辣椒、炸花椒、蒜蓉、虾酱和珧柱丝。"

"先来碗咸的吧。"李薇的口水都快出来了。

吃了两碗豆腐脑后，午膳时她只吃了一碗老鸭汤下的细丝面。吃完饭，她又给嘴角的疱涂上一层药，照着镜子，玉瓶把芦荟碧玉膏收起来，担心地说："一点儿不见好。要不要请太医来瞧瞧，喝上两剂药？"

"多大的事就叫太医？"刚才吃汤面时烫了嘴角，李薇也有些急了，道，"把黄连找出来我嚼一片吧。"论起下火，没有比黄连更好的了。

玉瓶气得跺脚，道："那不苦死了？泡水喝吧。"她翻出一包黄连片，拿两三片出来用小木槌捶松后，用滚水泡了一壶闻着就透出苦味儿的黄连水。

李薇下午没事时就倒一杯来慢慢喝，其实喝惯了也不觉得有多苦。

等到四点多，四阿哥从上书房回来时，看到她正在喝，闻到这熟悉的苦味，道："又是黄连水？"

李薇见他进了屏风后，就让玉瓶去拿换的衣服，侍候他换了衣服和鞋袜，洗脸重新梳头后，两人分别坐下。

四阿哥拿着泡着黄连水的壶打开看看，递给玉瓶道："再泡壶新的来。"

玉瓶不解其意地去了，很快泡了一壶滚滚的黄连水回来，给他们两个一人倒了一杯。

四阿哥慢慢地喝了，李薇挥手让玉瓶下去，苏培盛仍站在那里。她的丫头自然不能跟四阿哥的贴身太监相比。

她绕过炕桌，问："爷，上火了？这次还是牙疼？"说着伸手探到四阿哥的左腮。四阿哥其实有些火力过旺，用中医的话就是阳盛阴虚。外表看不出来，但他的后槽牙龈常常肿大。

他却不爱为这种小事叫太医，谁叫阿哥身上再小的事也是大事？他这边不过一个牙疼，太医一来，皇帝肯定要过问，德妃跟着也要过问，这个院子里从上到下都要被训斥，身边贴身侍候的太监、宫女、嬷嬷都要挨板子。

最重要的是，太医不会给他开药，而是先饿上三五天。

四阿哥小时候没少挨饿，不管是什么病都是先净饿。从中医的角度说这样确实是有用的，比直接吃药有用得多。何况是药三分毒。

但站在四阿哥的角度，他对此是深恶痛绝的。从他搬到阿哥所来，能自己做主了，小病从来不说，不到病得起不来绝不叫太医。他的屋里各种各样的成药丸子也是备了一堆。只是牙疼嘛……好像没有药丸子专治牙疼的。

四阿哥没躲，让她摸了个正着，看是看不出来，摸一下能感觉到左腮比右边肿了一点儿。这种事也不是第一回遇上，她也没太担心，想起膳房送来的豆腐脑，正好不费牙、不必嚼，还能顶饿，就说："四爷，刚好有豆腐脑，是膳房今天刚送来的。"

四阿哥道："哦？以前出去倒是在街边见过，我没尝过，是膳房做的？"

"四爷吃着好，日后可以使他们常进。这东西不费多少事，就是做豆腐前留出来就行了。"李薇喊玉瓶把豆腐脑端上来，"四爷吃甜口的还是咸口的？"

四阿哥没吃过，好奇地问："这东西还有两种味儿的？甜的怎么吃？咸的又怎么吃？"

李薇见此，干脆让玉瓶把各种调料全用小碗盛了，十几样，摆了两个小桌。

因为四阿哥牙龈上火肿大，是发物的都不能放，结果咸的只试了卤鸭肉的，甜的试了糖桂花和玫瑰卤。

要是李薇，两碗豆腐脑下去肚子就已经半饱了，四阿哥吃了三碗后反而胃口大开，六点刚过就问她："你这里什么时候传晚点？"

一个半小时前刚把剩下的豆腐脑全吃了居然现在又饿了？李薇顿时觉得有点反应不过来，但还是立刻道："七点的时候吧。"她就是现在去叫膳也要给膳房准备的时间啊。

四阿哥满意地点点头，继续捧着书读去了。没办差的时候，四阿哥不管什么时间手上都捧着一本书。大概阿哥们都是如此好学？

李薇悄悄起身去西侧的厢房里，叫来苏培盛商量晚点吃点什么。

别看四阿哥挑食挑得厉害，但他的胃口却不小。十七岁的大男孩，正是长身体的时候，虽然宫里每天两顿正餐加四顿点心，却依然不够。

唯一让李薇庆幸的是四阿哥的挑嘴并不是爱吃难得的龙肝凤胆，或者食不厌精、脍不厌细，一道菜非要有十七八道工序才肯下嘴不可。相反，他更喜欢吃食物的原味。这在宫里的膳房中反而是最难得的，一道开水白菜的汤底就要用几只鸡去配，这类素菜他是无论如何也吃不惯的。

让李薇奇怪的是，他明明从出生起就没尝过平民百姓家的饭，怎么口味会跟她这个吃了十来年普通饭的人相似？

不过，他这种习惯在宫里倒是有个好名声：简朴。

苏培盛只是简单地把这两天四阿哥吃的东西报一遍，剩下的就死活不肯开口了。他是下人，自然不比她这个半主子能自由说话，至少议论四阿哥一会儿该吃什么、喜欢什么不是他的本职工作。

考虑到四阿哥后槽牙的牙龈肿了，估计费牙的东西他都吃不香，什么馒头米饭都可以歇了，粥虽然好，但喝来喝去只有一个味，还有一多半是水，现在让他喝粥，不到九点就该又饿了。反正是晚点不是正餐，规矩也少，李薇就让玉瓶去膳房传话，她今天晚上要吃面条。

膳房的刘太监听说玉瓶来了说要吃面条，就把传话的小太监叫过来，让他把玉瓶的话学一遍。

小太监道："说是怕天热，汤面会糊，不筋道就不好吃了，让下好后先用冷水过一遍。还说不必准备卤，只要几样配菜就行。"

"哦，凉拌面啊。"刘太监心中倒是叫起了苦，越简单的饭越不好做啊，"都要什么啊？说说。"

小太监就数着手指道："头一样是咱们膳房有的咸菜、酱菜、酸菜，能切丁的切丁，能切丝的切丝，每种都要。再有就是时鲜的青菜，能生吃的就洗净切丝装盘，不能生吃的开水烫过后沥干水，只用细盐、酱油调味。她说最要紧的是绿菜不能发黄、发蔫。"

刘太监明白了，道："行了，叫你孙爷爷和苏爷爷都起来，让他们一个去揉面做面条，多做几种，粗的、细的，豆面的、高粱面的、细白面的。再让你苏爷爷去调几种料汁出来，讲明是吃面用的，甜咸油辣都来点儿。叫西厢那边的该切咸菜的切咸菜去，该洗菜的洗菜去！"

小太监麻利地去了。

膳房顿时热闹起来，刚六点出头的时候，太阳还老大呢，牛太监乍一见这个时间就这么忙起来了，忙找刘太监问："刘爷爷，这是哪位阿哥今天晚上要办席面？要是办席面的话现存的肉够不够啊？要不要我现在去庆丰司再拿点儿？"

马太监也赶紧过来："要不要酒水？"他好侍候着在贵人前露个脸！

刘太监正在监工，拿小银勺尝苏太监调出来的料汁，闻言摇头："别担心，都是些便宜东西，一会儿就得。"

"便宜东西？"马太监挺没意思，问清楚后挂了脸，"谁要的啊？这么折腾人？"

刘太监嘿嘿一笑，弹了他的胖脑门儿一下，道："折腾？这种事盼都盼不来呢！"

确实是快，不到六点半就已经都备齐了，面条备了八种，各种料汁十几碗，余下的配料四十多份。

刘太监来回再三检查后，不但叫人专门给送过去，还叫了一个机灵的小太监跟着过去侍候，提点他道："这是你的造化，办好了就算不能一步登天，能在贵人面前落个'好'字也是不亏的！主子们想吃个新鲜，他们那边却未必调得好味儿。你去，别的不必管，只管给主子们调味儿。你放心，主子们好吃酸的、咸的，还是甜的、辣的，到那里肯定有人指点你。"

面送过来时，刚六点四十，太阳还没落，只开始刮起一丝凉风。四阿哥一听晚点送来了，头一次不必人催就放下书道："他们倒快。"

李薇侍候着他出去，外面桌子刚摆了一半。也是四阿哥出来得太快！搁平常他怎么着也要再过个五分钟才能出来呢。摆膳的下人一见阿哥已经出来了，手上更快了三分，一群人低着头把盘子摆好，提着食盒就缩下去了。

四阿哥看到这一大桌的东西，却发现几乎全是配料，挺好奇地围着桌子看了看，对她道："这种吃法倒新鲜。"

他话里的意思是李薇把东西全摆出来给他看，这个新鲜。本来只要端了三五种面，配上调好的料汁就行，最多摆满一张炕桌就行了。李薇偏偏连盐罐、糖罐、醋壶都摆出来了。

他当然新鲜，这桌上的东西太原生态了，他虽然应该都吃过，但绝对没都见过。李薇见他有这个兴致，干脆两人先把桌上的各样东西认了个遍，有不认得的还把膳房的那个小太监叫过来学。

小太监又是兴奋又是害怕，脸发白，声发抖，但还算顺利地都说出来了。李薇看四阿哥的意思，还对这个声音清亮、口齿干净的小太监挺有好感。

他坐下道："你既说得这么好，就先调一碗来试试。"

小太监跪下道："请主子吩咐。"

四阿哥在那八种面上扫了一圈，先挑了加了鸡蛋揉出来、略发黄的一种面，让李薇看着是细长条的凉面。然后再去看调料，大概是拿不准这些酱啊咸菜各自的味道，怕放多了串味儿，头一回只挑了两三种东西放进去。

小太监拿了个碗，挑了大概两口的面下去，放了调料，调好盛到碗里后，又放了黄瓜丝、南瓜丁等小菜点缀，一碗面顿时看起来色彩丰富起来。

大概是面确实合胃口，要么就是黄瓜丝青翠翠的惹人喜爱，反正第一碗面四阿哥吃着很不错。

八种面吃了一个来回，虽说碗略小，但量确实不算少，一碗二两，四阿哥吃了八碗，吃到最后苏培盛都过来劝，免得吃多了晚上积食。

四阿哥吃得挺痛快，而且他最喜欢的居然就是松花蛋加很多蒜蓉，再放点儿醋和酱油，加点儿黄瓜丝和荆芥就可以了。

放下碗筷时，四阿哥居然满意地当众夸李薇："这么吃挺好的，又省事又方便，还不费什么钱，都是平常易得的东西，你很好。"

这简直就是在夸李薇"勤俭"。福晋还没得这样的考语呢，她先得了。李薇自然要跪下辞谢这样的夸奖："四爷吃着好就是奴婢的造化了，都是膳房的巧思，奴婢不敢居功。"

四阿哥伸手扶她起来，道："好了，起来吧。"他对苏培盛一挥手："赏他，今天的面调得不错。"指着膳房的那个小太监。

小太监激动地"扑通"一声跪下，连磕了七八个响头，抬起来一看，额头正中央鼓了好大的一个青包，还在那里语无伦次地谢恩呢。

四阿哥被他这副样子逗得一笑，从荷包里摸出一个一两左右的金角子扔给他。

小太监还要再谢恩，苏培盛提着把他给带出去了。主子赏是脸面，把主子惹烦了这脸面就摔地上了，他也是不忍看这小太监再把刚得的脸面给丢了，太监出头不容易。

苏培盛把小太监送出门，道："主子赏你，是你的造化。你回去记得要好好地谢你的师傅，没他们，你今天也出不了头。"

小太监的两只眼睛亮得出奇，道："是！是！谢苏爷爷提点！"说着又要跪下给苏培盛磕头。

苏培盛拽住他不让他跪，道："行了，行了。赶紧回去了。对了，你叫个什么名儿？"

小太监赶紧答："奴婢赵二程。"

苏培盛不解道："二程？怎么叫这么个名儿？"

小太监不好意思地说："原来叫赵二狗……后来改了，奴婢不识字，就拿同屋的姓顶了那个'狗'字……"

苏培盛"扑哧"让他逗笑了，看小太监窘得脸通红，咳了两声，清了清喉咙，严肃道："行了，赶紧回去吧，替我给你刘爷爷带个好。"

小太监带着四个帮忙提食盒的人走了，苏培盛回到屋里，四阿哥吃饱喝足却没坐下歇歇，而是站在书桌前练起了字，见他回来就随口问道："怎么？那小太监拉着你谢你？"

李薇坐在旁边的榻上，也好奇地转过头来。她坐的地方透过花窗，刚好能看到院门口，刚才她也看到小太监给苏培盛下跪，两人也说了好一会儿的话，看起来苏培盛对这个小太监也不错的样子，她也想知道这小太监是哪里入了苏培盛的眼。

苏培盛会学话，一副忍俊不禁的样子把小太监改名儿的事学了一遍，果然逗得四阿哥也露出一丝笑模样。

见四阿哥笑了，苏培盛就退下了。看样子今天晚上四阿哥要歇在这里，他还要去安排一二。宋格格那里不会有什么，福晋那里却是肯定要有人来问的。

晚上，四阿哥在东侧的书房里练字，李薇在西侧的卧室堆纱花，两人中间还隔着一个堂屋，用玉瓶的话说她这叫"不上进"。可怎么才叫上进呢？

说实话，她跟四阿哥真没有共同话题。她天天在屋里坐着，见的人最多的就是宫女、太监，四阿哥天天出门办差读书，两人的生活完全没有交叉的地方。

所以刚开始每次和四阿哥在一起时，她最愁的就是怎么找话题。不过后来发现，其实四阿哥根本不想跟她聊天。

四阿哥发愁的是上书房的师傅今天讲的书他懂不懂；三阿哥和五阿哥是不是结成伙，不跟他要好；皇阿玛上次给大阿哥的差事，要是让他来办，他会怎么办。

她能跟他说什么？今天上午描了四张新的绣花样子，正好可以用在今年的秋装上？

所以，她发愁怎么跟四阿哥找话题时，大概四阿哥也很烦她没话找话。不过他不会当面嫌她多嘴讨厌，只会不再来找她。

现在她已经习惯了，四阿哥来了，要她侍候呢，她就过去；不要她侍候呢，她也不往上贴，两人一人一间屋做自己的事挺好的。

刚进宫的时候她什么都不知道，也没觉得能有什么大造化。实在是因为论出身，她的阿玛只是个普通的汉军旗人，家里有些田地，阿玛也一直努力用功读书考功名……目前连秀才都没考上。秀女里，她真是除了垫底还是垫底。

她的长相也并不出众，虽然不差，但也没好到让人眼前发亮的地步。唯一好的就是比一般的满蒙少女略小一圈，她骨架小。另外皮肤挺白，小鼻子小嘴的。但秀女里各种环肥燕瘦，满汉一混血就容易出美人儿，各种肤白身娇姿容啊。

综上，她觉得就算不摆牌子，顶天能进某个宗室家就已经是李家祖坟冒青烟了。但当传旨太监过来说她被指进四阿哥府，嬷嬷一会儿就来领人时，"晴天霹雳"都不足以形容她当时的心情！

从进储秀宫起，她从来没出去过！永和宫德妃也从来没叫她去看过！怎么会指派她去侍候四阿哥？

进了阿哥所才知道，她并不是第一个被指派进来的人。宋格格比她早来半个月，而四阿哥今年就要大婚，想来她和宋格格是先指派进来让四阿哥练身手的……

所以容貌不要紧，不是难以下咽就行？不管怎么想，大概就是德妃听嬷嬷们回报一下，随手指了她。谁知道她哪点打动德妃娘娘了呢？

同样，五阿哥那边也指派了两个格格。两个阿哥的大婚都在今年，两位福晋也都是满族高门大户家的格格，她们跟人家比，也就配让阿哥练练身手。

李薇虽然失落的，可刚进储秀宫时就有一个宫女、两个小太监被当着她们的面拖出去杖毙，就在储秀宫前的广场上，两排手执长一丈三、宽一尺、厚五寸刑杖的大太监站在那里，一个活生生的人，不过十五六岁大小，活着时是侍候人的下人，说杖毙也就不到两刻就给打死了。

李薇看了三次杖毙，一颗本来就不大的胆子吓得更小了。杖毙死的人听说肚子里都打成烂泥了。

这个紫禁城太恐怖，容不得她有一丝的娇情。所以被指成格格，只要想到侍候的是皇阿哥，她只感到了震惊和巨大的荣幸。但是，当四阿哥在宠过宋格格又转回头找她，在福晋进门后更是非常明显地表现出对她的偏爱时，李薇真想喊：臣妾不知道啊！

四阿哥到底喜欢她什么啊？她身上真的有很大的闪光点吗？想来想去……只能

承认这是真爱了，四爷貌似爱上她了。

李薇现在压力也很大，当然也很感动。为了报答四爷的另眼相看，她决心好好侍候四爷，尽量跟院子里其他的女人友好相处，绝不找事，也绝不惹事。当然，有事她也不怕。

李薇一气缠了十朵手指肚大小的花，然后五朵攒在一起，顿时变成了两朵看起来还挺美的绣球花。捧着挺有成就感，喊玉瓶把烛火拿来照着镜子，她兴致勃勃拿着花比着。

身后突然伸来一只手拿走她的花，她回头一看，也不起身，只拉住他放在她肩上的另一只手，微微一笑道："四爷。"

四爷面上含笑，心情很好地拿着花左右端详，比量后认真地给她插在脑后，插好后还仔细打量，方才满意点头。

他又拿起放在妆台上的另一朵花，在手中转来转去地欣赏。"粗糙了些，倒是别有意趣。"他说着拿手指碰碰细小的花瓣，"你将这些纱浆过才裁的？"

李薇见他有兴趣，也凑趣解释道："硬些才好出型，不然都是软塌塌的，立不起来。"

两人一起坐到榻上，炕桌上还摆着小剪子和铜丝等物。

四阿哥拿起针线筐里没用过的一卷纱，问她："你用的这是什么纱？"

李薇是个没见过世面的普通人，笑眯眯道："是我这屋糊窗子没用完的纱，都是一条条的，也没办法做别的，丢了又可惜……"话没说完，就看到四爷一脸的不快。

她缩脖子不吭了。

四阿哥再简朴也有些底线不容践踏。刚才还拿在手里夸的花被他扔到桌上，瞪着她道："你拿糊窗子的纱做成花戴在头上，你四爷还没这么穷！"转头叫苏培盛："去开库房，今年苏州进上来的纱，拣素色没花纹的，一样给你李主子拿一匹来。"

四爷，您真大手笔。李薇泪流满面，成匹的纱拿来做头花，这也太败家了……比起来，打小就侍候四阿哥的苏培盛眼界高多了，一点儿没当回事地转身去开库房了。

李薇心惊胆战地等着，库房在正院……

一会儿，苏培盛就来了，一副差事没办好的样子。李薇更心惊胆战地想，莫不是福晋知道了不快，拦着没让开库房？事实证明，福晋没她想的那么没见识。

苏培盛道："今年的新纱只有四匹，颜色也只有柳叶黄、茜素红、藕色（淡紫）、月白（淡蓝）。倒是去年还剩下几匹，奴婢就一起拿过来了。"

四阿哥读完了书，练完了字，在睡前只打算轻松一下。打扮自己的格格显然是个挺香艳的适宜消遣。李薇明白了这个，就自然多了。

苏培盛把拿来的纱都放了堂屋的桌上，玉瓶带着人在堂屋里燃了几根大蜡烛，照得灯火通明，几样纱在烛火下显得别样美丽。

李薇跟在四阿哥身后，一见先在心内默数：一共十一匹。她再次在心里认识到：四阿哥对她绝对是真心偏爱。如此厚赐……她拿着真心有些烫手啊……

四阿哥上前一样样细看，招手叫她过去，一样样由宫女展开在她身上比来比去，李薇只管面带微红加惶恐地摆姿势给他看就行了。

他拿着那匹鸭蛋青的纱在她身上比的时候，叹息道："如今夏天都快过去了……我倒忘了库里还放着这些东西，这些你倒能做几件衣裳穿。"

李薇这下真脸红了。

这么薄的纱做成衣裳，一般也就是夏天的时候当睡衣穿，可不是欲遮还露？她有几件，穿在身上时在灯火下纯粹就是增加情趣用的。四爷的话翻译过来就是：这几匹纱你做成衣裳晚上穿给我看挺好。

当着一屋子下人的面说这种近似调戏的话！李薇浑身都烧得冒烟了！

一看，苏培盛都快把腰弯到地上了，其他下人也是低头含胸。

四爷突然用手在她脸上贴了一下，她一怔，看去，他正得意地笑她的脸烫。

屋里一片安静。

还是四阿哥打破沉默，道："备水，该歇了。"

这一晚，她滚到四爷怀里就睡死了。早上四爷起来时，她就睁了睁眼又继续睡死过去了。

八点多时，玉瓶把她喊起来了。毕竟是在宫里，睡到现在已经有些过分了。李薇让玉瓶把西洋怀表拿来看了眼，承认今天确实睡多了。

虽然应该醉生梦死地腐败生活，却每天都是六点起床——还被人说起得太晚，但只要想起四阿哥每天都是三点起床就没什么抱怨的了。

她洗漱后又歪到榻上，吃着早膳，听玉瓶问那十一匹纱怎么处置。

"做成衣裳。"她道。

既然四阿哥都说要她做成衣裳了，她怎么都要做的。

于是，虽然昨晚很累，但一大早吃完饭，她就带着玉瓶和两个针线好的宫女埋头做衣裳。其实就一套三件套：肚兜、纱裤、罩衣。也不必绣花，裁出来就可以直接缝，无非是小细节上做些改变。

一整天下来，她还差一条裤腿没完成，却做得脖颈酸痛。

玉瓶她们已经被她赶走了，外头的罩衣她可以让她们干，后面的小改动却要她自己来。这些宫女虽然连她的月事带都帮着缝，可有些事还真不好意思让别人看见。

见快到四爷回来的时间了，她却知道他今天肯定不会过来。四阿哥其实并不纵欲，所以她才觉得他刻板。像他昨天在她这里这样那样了，今天估计就是独自歇在书房了。

果然，玉瓶一会儿提着膳盒回来说，四爷回来直接去书房了，说是要完成师傅留的功课，晚点都不去福晋那里用。听玉瓶的意思，大概是觉得四阿哥至少应该在福晋那里用个晚点。

"主子的事，不用咱们多嘴多舌。"李薇伸头往膳盒里看，"今天有什么？"

玉瓶也不再多说，直接把膳摆在炕桌上，侍候她吃完去还膳盒，回来又有新闻了。四阿哥今天回书房后，让人开库房给宋格格拿了两匹夏绸、两匹杭绸、两匹细绢、两根钗、两根簪。福晋那边也给了，就是不知道是什么。四阿哥大概是想一碗水端平。

李薇刚安心一点，想今天的应该没她的份儿了，外面张德胜就送来两枚玉环，像是从一块玉上起出来的。

玉瓶捧过来给她。

她拿着比了比，一个略大，一个略小。大的那个说做个腰带合适，可做成男式的玉佩压袍子边也很合适。小的那个就简单了，只能用来做玉佩。

她看着就发愁要不要再过分点做两个玉佩，结同样的丝结，一个送给四阿哥，一个自己留着。她怕这样太招人注意，可又想他送这么一大一小两个过来是不是就存着这个意思？

玉瓶在旁边说着第二件新闻，就是四爷今天回来用晚点，要的还是他昨天在这里吃的面。

膳房的刘太监正得意，马太监在旁边使劲地拍他的马屁，心里也是真心的佩服。

昨天，四阿哥院子里一个格格要了那么麻烦的东西，谁知今天四阿哥就专点昨天的面，还指名要等昨天的那个师傅做的面。

只是不像那个格格要的那么麻烦，四阿哥就点了两种：一种是鸭肉卤，嫩极的乳鸭肉切成较大的丁做的肉卤；一种是素的松花蛋配浓浓的蒜汁，再加新蒜腌的糖蒜。剩下的黄瓜丝、黄花菜、圆葱丝、黑木耳、香菇丁略加一些就足够了。

四阿哥吃得满意，刘太监自然要得意了。马太监算是明白为什么一个小格格点的东西，刘太监这么巴结。

格格虽小，但能通天啊。

四阿哥院子里，李薇坐在灯下，一个人默默地把两个玉环都打上了结。带点儿淡淡黄色的白玉环，配上深褐红色的丝绳，打上最普通的万事如意结。

第二章

螃蟹羹

时近中秋，风一天比一天凉。

最近倒是出了件大事。李薇听玉瓶说宋格格有身子了。

"格格，咱们送点儿什么过去啊？"玉瓶问她。

选秀前，家里请的嬷嬷就再三教育她：送最不会出错的。

她道："拿两个五两的银锭，让人打一对实心的小儿用的镯子。上头也不要什么花巧，刻个'百子千孙'的吉祥话就行。"

两天后，玉瓶就把镯子拿来了。银子沉，实心的圆镯，看着也就小指粗细，拿在手里却是实实在在的坠手。镯子上镌刻了"百子千孙"四个字，旁边饰着一些浮云。李薇看了看就让玉瓶送过去了。镯子是不值钱，但配上她小格格的身份却无比合适。

正院里，福晋照样在抄经，但今天抄的却总是不行，笔下的字失了那份圆融通达的意味，只能一遍遍返工。看她抄废的都快有一摞了，福嬷嬷在旁边瞧着，心都疼碎了。

她一直觉得李格格太受四阿哥的宠爱，总是盯着她，可福晋说宋格格有好长时间都没动静了，虽然天天到正院来请安，却从不去找四阿哥，有些不对头。

福晋就在四阿哥来时提了提宋格格，就是说四阿哥有些冷落她了。可是，等四阿哥去了宋格格那里，一夜后居然传出她有身孕的消息。因为已经满了四个月，四阿哥让人传了太医。

确定后，四阿哥就交代福晋好好照顾这一胎，毕竟是成亲后的第一个孩子，不管男女都很重要。

福晋听了，嘴里的苦都要泛出来了。是她和四阿哥亲近得太少吗？可一个月里，四阿哥也要在她的屋里歇十天的啊。再说，论起歇的日子多少，最少的是宋格格，最多的是李格格。

所以还是看谁有福气吧。

福晋写完"雨曼陀罗、曼殊沙华，栴檀香风，悦可众心"后，还是拿刀把这一截裁掉了。

世间女子各有各的好处。她不必去羡慕宋格格的福气，也不去争李格格的宠爱。她只要做自己，把"四福晋"做得最好就行。因为除了她，再没有第二个女人是"四福晋"。

宋格格这胎怀得相当安静，几乎没听过什么消息。四阿哥在刚得到好消息时高兴了几天，多去宋格格那里歇了几回，但没几天又回到李薇这里了。

李薇在侍候他的小一年里，发现四阿哥是个很自我的人。他在外面是什么样，她没机会得知。但就在后院里这几个女人之间，四阿哥绝对不管什么平衡，他喜欢谁就在谁那里歇着。

她还是害怕福晋生气、宋格格不平，可他是一点儿也不在意的。见他这样，她也不敢多说什么。惹恼了他可没好果子吃，她又不是"圣母"。今后哪怕福晋和宋格格为此记恨她，她也都接着。

因为四阿哥常来，对她的屋子他自然有他的审美，于是各种精美器具、名贵古玩慢慢在她的屋里越来越多。有时她看了都害怕，忍不住想，要是福晋往她的屋里走一趟，"奢侈"这两个大字算是铁定要印在她的脑门儿上了。

四阿哥几乎天天来，而且他对自己布置的屋子相当满意。

今天用完膳，说是书房里还有功课未写完，一会儿再过来歇息。等他走后不久，苏培盛使人抬过来一面四扇的小炕屏，说是要搁在她平常坐着绣花的西厢。

炕屏往上一放，恰好挡住从门那边过来的视线，整个屋子巧妙地给隔成了两个互不干扰的空间。不得不说，这么一摆确实漂亮多了。

摆好炕屏，苏培盛回去复命了。留下李薇对着炕屏又是欣赏又是烦恼。

这炕屏，包括这屋里大大小小添置的器物，还包括四阿哥那个大件儿，对她来说都是甜蜜的负担。她是既喜欢，又不敢伸手。就是已经摆在她屋里的，也让她忐忑不安。

等秋天第一茬韭菜下来之后，李薇就跟膳房说要吃猪肉韭菜馅的饺子。

第一茬的韭菜，多嫩啊。她是见膳房给的粥菜里放了腌嫩韭菜才知道的，哦，原来韭菜已经下来了啊。

必须吃饺子！

玉瓶去说过后，马太监就苦笑着摇头道："这个李主子，人不大，花活儿可不少啊！"有现在就吃饺子的吗？想吃这个馅咱吃包子不行吗？

刘太监道："废什么话啊？主子要什么还要跟你商量？赶紧麻利地去！挑最嫩的韭菜，找两个好手来拌馅。"

最后送来的是三种馅的饺子。

李薇点的韭菜猪肉，素馅的韭菜鸡蛋，三鲜的虾仁、海参、干贝。结果她点的韭菜猪肉没吃几个，却把三鲜的几乎给包圆了。李薇吃得泪流满面……味道好鲜甜！

她就没吃过这么好的东西。她也是今年才进宫，在李家时这种等级的饺子馅也不是他们能吃的。皇宫里还是有好东西的。李薇突然觉得她是空守宝山却一点儿也不知道！居然一直拿民间小吃来调戏宫中的御厨们。

等四阿哥从上书房回来了，就看到她一脸的满足。

"有什么好事？"他笑着拉着她的手坐下，目光扫了下她的肚子。

李薇忍不住跟他说："四爷，今天膳房送来的饺子特别好吃！"

四阿哥倒是门儿清，反过来问她："你中午要的是饺子？"他在宫里住了十几年，从来没听说过膳房这个时间包饺子的。

肯定是她要的。

"我早就想吃了……"她拉着他的手指撒娇。

在李家时，想吃这个也要对着阿玛额娘撒娇，所以她也多少知道，这个东西不到季节吃是有些怪。但也不是一点儿都不行，饺子也没那么神圣。宫里规矩大她心里有数，但想想看，不过一盘饺子而已。她在四阿哥身边如此受宠，吃盘饺子不算特别出格，于是就跟膳房要了。

最要紧的是，这东西不难得。她要是吃道菜要杀七八十条鱼，只吃鱼鳃上的那一疙瘩嫩肉，那才叫奢侈，只是一盘饺子，就是四阿哥知道了也不会生气的。果然，四阿哥说："什么饺子那么好？让他们晚上也进一份上来。"

等膳房晚上把饺子送来，他尝了一个，一脸平常，对她这么喜欢反而奇道："这就是你说的好吃得不得了的饺子？"

他一脸不可思议，李薇就着他的盘子吃了一个，那股鲜甜在嘴里弹射开来，整个的虾仁、包含浓汁的贝肉，她瞬间又被征服了。

他被她逗笑了，把一盘子都推给她道："既然喜欢就都吃了吧。真是，可见你是没见过多少好东西。"后来他在一旁看着她把一整盘都吃了，边看边笑。

早上，四阿哥起来时，李格格自然还睡得人事不知。苏培盛在旁边盯着小太监、小宫女侍候阿哥更衣，只隔着一道屏风，李格格轻浅的呼吸声，偶尔带着不适的娇软闷哼时不时地传过来。

四阿哥就一脸小得意，直到顶着星星往上书房去的路上还嘴角微翘。虽然是太监，但苏培盛也不是不能理解四阿哥得意的心情。

中午在上书房用膳时，四阿哥只拣几道还算清淡的菜吃了两口，米饭是就汤干咽了两碗。吃完后上膳太监撤膳桌时，他对着膳桌上一道鱼翅螃蟹羹看了几眼。苏培盛正纳闷，四阿哥小声对他道："让膳房备上这道菜，晚上我看书晚了要用。"

吹牛。

苏培盛侍候四阿哥有十年了，最清楚这位爷不吃这种稀糊糊一样的羹，每次看到都要皱眉。这菜是给谁的他一猜就知道，悄没声地下去传话了。这菜确实需要让膳房先备着，螃蟹要早点儿去领，鱼翅也要开条子进库房拿。

晚上，四阿哥照例歇在书房，传了晚点上完膳后，赏给福晋四道菜、宋格格一道菜、李格格一道羹。

苏培盛的徒弟张德胜小心翼翼提着食盒把这道鱼翅螃蟹羹送到李格格处，站在外边等着她吃完才回去回话。

他去的时候前面一个人正在说福晋很喜欢四阿哥赏的四道菜，说鹿筋做得尤其入味地道。

四阿哥点点头，等前面的人都下去了，张德胜上前，站在三步远的地方，低头道："李主子跪谢主子爷赏的羹，说以前从来没尝过。"

他想了想，眼角瞄了苏培盛一眼，又加了一句："李主子就着米饭全吃完了。"

四阿哥几乎能想象到她把这道名菜当汤泡饭吃了。

想着那稀糊糊的汤羹泡在米饭碗里他就没胃口。张德胜看他脸色不悦，顿时害怕得腿都软了。苏培盛见他这没出息样就生气，使眼色轰走张德胜后，上前悄悄给四阿哥换了碗茶。等了一会儿，才见四阿哥回过神来喝茶。

见四阿哥没精打采地看着窗外欣赏月色，苏培盛觉得主子爷大概是还想到李主子那里歇，只是若是去了又要做那事。

何必呢？年轻阿哥喜欢女子又不是什么缺点。皇帝每夜都召妃嫔伴驾也没什么啊，有时一夜能召两三个人呢。龙马精神嘛，是好事啊，显得勇武。何况四阿哥还年轻，就是每日都幸李主子又怎么样？说不定李主子还高兴呢。

偏四阿哥自己非要管住自己不可，今天做了，就非要歇两天不可。也不见他累，没事还发怔还想。苏培盛实在不明白。

李薇这边一口气吃了两碗米饭，顶得胃有些胀，就一边站起来练字，一边还在回味刚才那汤羹鲜美的味道。

玉瓶在旁边给她的新旗袍绣领子，两人有一句没一句地闲聊。突然李薇冒出来一句："现在是吃螃蟹的季节啊。"

玉瓶头也不抬道："那东西寒性重，不能多吃，您可快到日子了，吃了非肚子疼不可。"

也是。李薇略有些可惜。

宋格格还怀着孩子，福晋虽然不管她们每天吃什么，但也有个大概的范围。李薇平常点的羊肉并不出格，满人吃牛羊肉比吃猪肉的时间长多了。但她要是想吃螃蟹可有点儿问题，这东西不是份例里的常备材料。要不是四阿哥今天送了螃蟹羹来，她都忘了这回事了。想起以前在李家时，河蟹挺便宜可以随便吃，进了宫反倒吃不上了。

结果李薇晚上做梦都是螃蟹，小河蟹的脚细，壳又嫩，她最喜欢把小河蟹的脚用油一炸，再用辣椒一爆炒，直接嘎嘣嘎嘣地嚼着吃啊！

早上起来，梦里的口水流了三千尺，越吃不上越想得厉害。中午玉瓶问她吃什么，她却想：现在跟膳房说晚上吃蟹黄包子来不来得及？

最后还是点了个百果虾仁解馋。

玉瓶问，还要不要别的？

她想着螃蟹，道："……再来个熘鱼片吧，来个鱼丸汤。"

玉瓶后知后觉道："格格是想吃鱼吗？"

"嗯，差不多吧。"

等玉瓶去膳房的路上还在想着，李格格没精打采的，是想念四阿哥了？今天四阿哥一定来，到那时格格就该高兴了。想起四阿哥对格格的心，玉瓶心里也美滋滋的。

倒是膳房的刘太监听到这份菜单就明白了，旁边的马太监没话找话道："原来李格格爱吃鱼啊。"

牛太监也跟着奉承道："那我去给李主子挑两条肥点儿的鱼。"

刘太监呵呵笑，等没人时跟牛太监交代了一声，让他跟庆丰司打招呼，最近阿哥所这边要几篓秋蟹。

牛太监满口答应，立刻就要去，摩拳擦掌地道："现在正是吃它的时候啊！前天我去庆丰司的时候都瞧见了！个顶个都有七八两重呢！"他心里不由得想，要是哪个阿哥吃着好了，他也能卖个好！

下午，四阿哥从上书房回来后，先去了正院看福晋。

福晋这段时间天天抄两卷经。四阿哥知道了也没说什么，他让她抄一卷，她偏要抄两卷。知道上进是件好事，但……也略有点儿没把他放在眼里的意思。

四阿哥不是不明白，福晋这是为了讨好他。

以前他刚进上书房时，师傅布置十张大字，他回来要写二十张。皇阿玛说每讲一篇书要读一百二十遍、背一百二十遍，他每次都要挤出时间来多背个三五十遍的。

他当时是想努力再努力，表现得比其他人更好些，好让皇阿玛和师傅看到，夸奖他、喜欢他，好把其他的兄弟比下去。现在看到福晋这样，他却觉得这人不听他的话，有些生气了。这让他想到或许当年，他也做错了。

现在宋格格已经有了孩子，他不由得想象一下，如果以后他的阿哥每篇书多背三五十遍，他是会觉得孩子努力用功，还是会觉得这孩子是不是有些……笨？不然，别人读背一百二十遍就能记住，他却要比别人多花三五十遍的工夫？

不过福晋是为了他才辛辛苦苦地抄经的，他只要想起她的心意，那一点儿火气就都散了。只是他也不会再多说什么。比起宋格格以夫为天的柔顺，福晋是有大主意的人。

这样的福晋……让他想起曾经的满蒙女子，她们手握丈夫帐中一半的权力。而作为一个阿哥，他还想起了入关后的科尔沁和永福宫……

从先帝起，宫中女子的权柄就在不断地被限制。曾经权倾朝野、左右皇权的科尔沁也在先帝和当今皇帝的努力下，从后宫中渐渐消失，退回草原。

作为一个已经开始办差的阿哥，四阿哥从记事起，皇阿玛就已经把太皇太后和皇太后的影响力降到了最低。但是从上书房的师傅嘴里，那寥寥的几句话就把四阿哥惊得一身冷汗。

堂堂先帝，竟然两任皇后都是科尔沁的女子！后宫大半是蒙古人！在摄政王死后，先帝居然也只能用冷落全宫女子的方式来保全满人的江山。

他印象里的太皇太后和皇太后，只是两位普通的老妇人。谁能想象当年的先帝在她们面前也无能为力？有先帝的前车之鉴，当今的做法给了四阿哥很大的启发。

满族女人从嫁人起就有着很大权力，曾经的太宗数位大福晋就是战败后带着无数的牛马奴隶嫁进来的。比起汉族女子的温柔和顺，她们天生就有野心，也有能力成为丈夫的助力，掌握丈夫的权力。

四阿哥却并不打算给他的福晋这样的权力。

现在跟以前不一样了。他们入了关，不必再牧马放羊，不必再逐草而居。他们来到中原大地，拥有了这个如画的江山！

他的福晋，应该和汉族的女子一样以夫为天。而不是想着分享他的权力，建立属于她的权威。

和他一样的阿哥不在少数。不然，为什么太子冷落太子妃？宫中对太子妃的赞誉越盛，太子只会越加冷落她。而跟他一同迎娶福晋的五阿哥为什么纵容两个格格凌驾在五福晋之上？

他为什么让宋氏先于福晋有孕，为什么独宠李氏？

他们都要让福晋们明白一个道理：无论是贤、明、智、慧，她们绝不能拥有比自己的丈夫更大的名声。

看着太子妃，四阿哥就像看到了他的福晋。这两位福晋都太好名了。太子妃是贤，四福晋是孝。而像大阿哥和三阿哥的福晋，人们提起她们反而毫无印象。

至于五福晋，虽然他没见过她，但看五阿哥在她一进门就开始整治她，大概……这位福晋也是手伸得太长了。

四阿哥在福晋这里用过晚点，然后先去看了宋格格，最后还是在李薇这里歇下了。

正院里，福晋听着石榴站在下面回禀，四阿哥留在李格格那里了。她知道石榴正在担心地偷偷看她。挥挥手："……下去吧。"

福嬷嬷小心翼翼地进来："福晋，天不早了，您累了一天了，歇了吧。"

"……嗯。"她抬头看到福嬷嬷把她抄的经书搬出去，叫住道，"等等。"

福嬷嬷见她看着经卷，就把托盘放到了她面前的炕桌上。

一天两卷经，短短一句，她就抄了二十卷，就是整整两托盘。她拿起一卷展开，上面一字一句都是她的心血所化。

"明天，拿到额娘宫里的小佛堂里供起来。"她轻轻抚摸着还散发着墨香的经卷，轻声喃喃道，"这全都是我的孝心……"

第二天，永和宫的小佛堂里就供上了四福晋亲手抄的祈福经卷。

德妃早起先在小佛堂诵了两卷经，捻了一个时辰的佛豆，然后才用的早膳。这时十四阿哥已经去上书房读书了，她叫来奶嬷嬷，细细问了一遍十四阿哥昨夜睡得如何、早膳吃了什么之后，在小佛堂打扫侍候的妙文嬷嬷进来了。

妙文嬷嬷比德妃还要早进宫七八年，也是宫女出身，但据说从小就有佛性，不会认字时就会念阿弥陀佛。到了该出宫的时候，她求了当时已经是德嫔的乌雅氏，进了永和宫的小佛堂。平时从不出佛堂半步，每日茹素，穿缁衣，曾经还想剃度，但被乌雅氏给拦住了。

她平常也会到乌雅氏这里，两人一起说说因果。

可今天乌雅氏刚从小佛堂出来，她这会儿就过来，肯定是有事。

所以挥退十四阿哥的奶嬷嬷后，德妃叫着妙文嬷嬷去了西侧的厢房。

"坐，尝尝这茶，是皇上使人送来的，说是在活佛跟前供过呢。"德妃坐在上首，端着面前的茶道。

妙文嬷嬷双手合十施了一礼，笑眯眯地端起来尝了一口，大加赞叹道："果然是好茶呢！一尝就满鼻子的佛香。"

她为人诙谐，德妃平日最爱她这样，见她这样就笑了，道："得了，你既喜欢，我就分一半给你。"说着就使宫女去拿茶叶来。

等人都走了，妙文仿佛闲聊般道："若说对佛祖的虔诚，没有人比四福晋更用心的了，这些日子以来，每旬都供上二十卷亲手抄的经书。"

"哦？是吗？这孩子也是个懂佛的。"德妃笑道。

妙文双手合十再一笑，两人转口就谈起了别的，这时去拿茶叶的宫女回来了，妙文拿了茶叶就告辞了。

送走了妙文，德妃身边最信重的方姑姑道："妙文莫不是在小佛堂里待腻了？

怎么没头没脑地跑来拍四福晋的马屁？"

德妃被她逗笑了，点了点她。

方姑姑掩口一笑。

笑完，德妃道："……不过又是一个傻瓜罢了。"方姑姑悄悄比了个"二"，两人相视一笑，一起沉默下来。

女人嘛，既然一生荣华都寄在那个男人身上，不思量如何巴着他，光想着自己立起来有个鬼用？你立得再高，没男人撑着，也不过是镜花水月罢了。

四阿哥的院子里正好是午膳时间。

正院里，福晋指着一盘蟹粉狮子头道："这是今天进上来的？"

福嬷嬷赶紧亲手用筷子夹了一颗狮子头放在小碟子里捧到她面前的炕桌上，笑道："这可是膳房特意进上来的。他们那里有上好的肥蟹，福晋可以晚点儿的时候试一试？"

福晋小口吃了半个就放下碟子，好吃是好吃，但是……她左手轻轻捂住小腹。宋格格有了好消息之后，她一直期待着也能早日听到自己的好消息。虽然以前在家里时也爱这一味儿，可螃蟹性寒……

福嬷嬷心疼福晋，劝道："福晋喜欢，不如就让他们晚点儿的时候进两只，以前在家里也是常吃的。等四阿哥回来，温一壶黄酒，你们二人可以小酌几杯，四阿哥也能松快松快。"

在府里时还看不出来，进宫都快一年了，她亲眼看着福晋小小的一个人，把自己逼得越来越紧。她过了年才十五啊，还年轻得很呢，怎么把自己搞得这么暮气沉沉呢？四阿哥不爱亲近她，未必就没有这方面的原因。

可她不敢多说，只能暗地里心疼福晋，福晋让"四福晋"这个位置逼得太狠了。这么大的帽子，家族的期望、皇家的威严，压得她幼小的脖子都快支不起来了。

原本要说"不"的福晋听到福嬷嬷的后半句话就改了主意，点头道："既然如此，就让他们挑好的蟹蒸上，晚上进几只来。"

福嬷嬷高兴地答应着，转身就要出去喊人到膳房说。福晋叫住她又添了句："让人给书房传话，等四爷回来，就说我这里备好了新鲜的螃蟹，请四爷赏面。"

"好！好！"福嬷嬷喜得都不知道说什么好了，专门派葡萄去书房传话，又盯着人去膳房要螃蟹。

等屋里没人了，她忍不住对福晋说："福晋，等晚上见了四阿哥，软和些。男人还是喜欢女人软和些的。"她想说，福晋在四阿哥面前，大可不必摆"四福晋"的架子：端庄、威严。那可是她的丈夫，在自家男人面前，服个软，撒个娇，没什么丢脸的。

福晋的脸一红，道："嬷嬷，我都知道的。"

但福晋一见四阿哥就紧张，就想到要跟他的身份地位相配，要做"四福晋"。她只会在四阿哥面前当"四福晋"，却不会当小女人啊。

四阿哥从上书房回来后，正在考虑要不要去找太子说一说，马上就到新年了，他想求个差事。不知道皇阿玛打算让他们这几个年长的阿哥什么时候开府，但也差不多了，年纪小的阿哥都快长起来了，从三阿哥往下到七阿哥，就算不会一起开府，前后总差不了一两年。

快的，今、明两年就该有修府的旨意下来了。为了开府的时候好看点，他打算这两年好好表现。

放下功课后，他坐下拿起刚发出去的邸报看，见苏培盛进来，刚好想起一件事，就对他道："去跟你李主子说一声，今天晚上我要歇在书房，让她把膳送到这边来。"

现在四阿哥每逢懒得自己点膳，又不想让苏培盛安排，就让李薇点好给他送到这边来。

苏培盛迟疑了下，躬身道："四爷，福晋那边传了话来，说备好了今年的秋蟹，请您赏面。"

四阿哥一愣，想了想还是放下邸报站起身。福晋的面子还是要给的，正好，过年的时候也有些事要跟她商量，给额娘和五妹妹准备的礼物还是要提前跟她说说。

正院里，福晋早就准备好了一切，但四阿哥来得太早了，膳房那边还没有把螃蟹送来。她赶忙起身迎接，四阿哥拉着她的手一同坐下。

幸好，四阿哥提起了给德妃和五公主准备礼物的事。过年也算是个大日子，虽然他们是同母所出，但宫妃们的眼睛总是死死盯着德妃和他，平时哪怕是他多亲近永和宫一点儿，过不久肯定会有闲话传来。

四阿哥也不是小孩子了。以前不懂事时，以为宫中生育多名皇子的妃子也不止德妃一个，他就算曾经是孝懿皇后的养子，但生恩也不能忘，所以总是想亲近德妃一系的人，还曾经对德妃待他太过冷淡而伤心生气。但渐渐长大后，他才发现完全不是这么回事。现在的四妃中，育有一个以上阿哥的妃子只有德妃和宜妃。

宜妃早在五阿哥被送到皇太后处抚育之后，几乎等于放弃了这个阿哥。不管小时候五阿哥的满语有多糟，功课有多坏，她仿佛一点儿也不在乎。

而德妃在孝懿皇后收养他之后，待他也是格外冷淡，哪怕孝懿去世后，她也不曾表现出哪怕多一分的亲近。

不必细究，只看结果：宜妃和德妃都成功养大了两个阿哥。而除她们以外没有人养活了两个亲生的阿哥。剩下所有的宫妃，最多的只保有一个亲生子。

四阿哥从模糊地猜到什么之后，就慢慢不着痕迹地疏远了德妃。但他还是希望能让额娘和弟弟妹妹们记得他这个哥哥，所以抓到机会就会用力表现。主要是自从十四阿哥出生后，他觉得额娘待他是越来越冷淡了。

以前他还可以告诉自己跟额娘的关系只是暂时这样，等以后他长大了，就可以亲近额娘了。等他建府，或者当了贝勒之后，就没有人能小瞧他了。

但是十四阿哥出生后，德妃在后宫的威信越来越大，待他却越来越敷衍。明明他们母子都在慢慢变得更强了，只要他对皇阿玛忠心，对太子忠心，他们母子难道不可以变得更好吗？

德妃的态度让他不安。他不敢相信额娘是真的没把他当亲生儿子看。

翻着手中的库房册子，给五公主的东西倒是很快就挑好了，倒是给德妃的他左看右看都找不到合心意的。

福晋看他拿不定主意，劝道："四爷，离新年还有两个月呢，就是现在让人去江南买也来得及，不如先用膳吧。"

一刻前，福嬷嬷就示意膳房把螃蟹送来了。

四阿哥也因为想起德妃，为她的态度不快，听福晋这么说，就放下册子道："福晋说得是，咱们去用膳吧。"

两人来到堂屋，在八仙桌前坐下，桌上满当当地摆着两大盘的蒸蟹，个个肥满。四个上膳太监站在一旁，备好了蟹八件。

四阿哥有心好好捧福晋的场，就道："让人侍候着反倒没了风味，不如让他们都下去，咱们自己动手，吃起来还自在些。"

福晋笑道："四爷说得是呢，我也不爱让人侍候着吃蟹，不自己动手还有什么意思？"

她这话刚好说中四阿哥的心，从小让上膳太监侍候，他最烦的就是别人夹什么他就要吃什么，太监、嬷嬷们一句话这菜就要撤下去，他却连吭一声都不敢。

"正是！"他拊掌大笑，遣退宫女太监后，堂屋里只剩下他们两个，和两个看守灯烛的宫女。余下的人都在门外听候吩咐。

福晋净过手，先给四阿哥取了一只螃蟹，再给自己拿了一只。四阿哥虽然从小都有太监侍候，但为了在宫宴上不出丑，他也学过怎么用蟹八件，手上功夫还是很漂亮的。福晋看到还有些惊讶。而福晋学规矩的时候，怎么吃螃蟹可是嬷嬷专门教导过的。

四阿哥看福晋动作熟练，还笑了句："看来福晋也爱这一口儿啊！"

两人成亲已经将近一年了，四阿哥平常却很少在福晋面前调笑，主要是福晋一见他就如对大宾。当着一个总把他当"阿哥主子"尊重、侍候的女人，四阿哥也实在是调笑不起来。慢慢地两人就越来越端正，夫妻之间总是少了那么一味亲近。

福晋乍一听这话，脸上一红。想起嬷嬷的话，她开始学着跟四阿哥在一起时放松些，就道："在家的时候，一年只有秋天吃到蟹，所以每到秋天，我都缠着额娘要螃蟹吃。额娘总说这东西性寒，女子不宜多吃，却总是经不住我歪缠。"

她一边说，一边手上不停地分蟹。可分出来的蟹肉却都放到一个干净盘子里。她想着当着四阿哥的面吃蟹多少有些不雅观，再者待候四阿哥才是要紧的。她就等一会儿随便吃点儿就行了。

最重要的是，每当她想吃一口的时候，就想起如今怀着身孕的宋格格。性寒的螃蟹……到底对女人的身体不好。

"……一家人一起吃蟹的时候，一只总是不够我吃。额娘和阿玛都知道，总把他们的螃蟹让给我，让我替他们吃完。"她想起在家时额娘和阿玛对她虽然管束严格，却也总是心软地放过她。

螃蟹不能多吃，额娘虽然管着她每次只能吃一只，但看她每次都吃不够的样子，就总是借口自己吃不完让她帮着吃，阿玛更是每次都留给她。说是只能吃一只，吃到嘴里的却是三只。

"……吃完螃蟹，额娘就盯着我喝姜茶，怕我伤身。"额娘总是事后埋怨阿玛，说让她吃多了螃蟹日后遭罪，直到她月事无碍才能放下心。

她嫁给四阿哥后，儿子才是立身之本。额娘耳提面命，生怕她不放在心上。

四阿哥本来吃得开心，跟福晋也难得这么亲近，心情正好，一转眼却看到福晋分了两只螃蟹，自己却没吃一口，分出来的蟹肉全都给了他。听她说以前也是很爱吃螃蟹的，怎么今天不吃？

想到福晋大概是为了侍候他，四阿哥给她夹了一只放在她面前的盘子里道："福晋吃吧，不必再紧着我了。"

他自己吃了两只，福晋分了两只，四只全进了他的肚子。

四阿哥倒了杯温好的花雕酒，慢慢地喝。一转头，却看到福晋只卸了两只蟹脚吃了，就拿帕子擦了擦嘴角。

这就不吃了？四阿哥眉头一皱。福晋刚才说了那么多在家时如何如何爱吃蟹，怎么？难不成都是说来哄他的？他放下酒杯，平静地看着福晋。

福晋笑道："四爷，只吃螃蟹到底不顶饿，要不要让他们上点儿饽饽，还是下碗面？"

她面前的盘中，那只还算完整的螃蟹就这么搁着。

四阿哥问："福晋不吃了？"

福晋看着特地送来的螃蟹少了一半，挺高兴今天四阿哥吃得开心，想着一会儿让福嬷嬷赏膳房的人，笑道："螃蟹到底不能多吃，还是让他们撤了吧。四爷若是还不足，就让他们再上些别的垫垫。"

四爷却直接站起来道："福晋说得是，我也饱了。福晋歇着吧，我回书房了。"

他不再多说一句话，抬腿就走。福晋惊讶得赶紧站起来跟着送出门口，见他头也不回地出了院子。

福嬷嬷见四阿哥就这么走了，福晋面色不对，上前扶住她担心道："福晋，可是惹了四阿哥不快？"

福晋不解地摇摇头，刚才吃的时候不是好好的吗？

"大概是书房里有要事，毕竟快要过年了。"福晋道，"今天四爷还跟我说给额娘和五妹妹备好年礼。"

福嬷嬷扶着她回到屋里，堂屋里上膳太监们正在收拾桌子。

福晋站住看了一眼还剩下五只螃蟹，仔细想想还是放了心。四阿哥确实吃得很多，但应该没问题。大概真是有事吧。

回到里屋坐下后，福晋漱过口，让人上姜茶来，一时又想起四阿哥正在为给德妃送什么年礼发愁，就叫福嬷嬷帮她想想，到底送什么合适。

福嬷嬷道："如今阿哥和福晋都在宫里住着，没什么进项，与其想着送什么贵重难得的物件，倒不如送些贴身之物，好好地把孝心尽了，永和宫那边想来也是会高兴的。"

福晋点头道："我也是这么想的。四爷和我都还年轻，在额娘跟前还是孩子呢。之前大福晋给惠妃娘娘准备的也不过是几样家常小菜，就让娘娘高兴了大半个月呢。"

福嬷嬷感慨一笑，说："惠妃娘娘进宫也有二十年了，还能吃到在家时常吃的那口小菜可不是要高兴坏了？就是奴婢现在都快把家乡的事忘干净了，还记得奴婢额娘亲手做的红薯丸子是什么味儿呢。"

她这么一说，倒让福晋想起在家时最爱吃的是奶嬷嬷亲手做的羊奶饽饽，后来渐大吃烦了，喜欢外面街上同福斋卖的羊奶饽饽，天天都让人买回来吃。奶嬷嬷就不再做了。可等她进宫来之后，同福斋卖的饽饽是什么味的她是一点儿都想不起来了。现在用膳时看到宫里御厨做的奶饽饽，却只想着奶嬷嬷做的。

福嬷嬷看到福晋神色消沉就不敢再说话，她赶快换了个话题，问道："福晋，刚才四爷真的没有生气吗？"

福晋原本也在忐忑，听她再问更不能肯定了。

福嬷嬷还是有些担忧，道："刚才……见四爷走的时候，也实在是太匆忙了些。"

要真是书房里有急事，又怎么可能福晋一请就过来？既然来了，让他们退下时明明看着两人的气氛还可以，怎么走的时候像是一句话也不愿意多说呢？

福晋让她问得害怕了。

福嬷嬷见福晋这样，赶忙出了个主意："不然……让人去书房看看？"

书房里，四阿哥兴致勃勃地去，吃得开开心心的，然后一言不发地回来。苏培盛早察觉到不对，当时他在门外，听着两人说话好好的，突然四爷就不高兴了，也不知道福晋哪句话说得不好。他是个下人，逢到这种时候是恨不能把自己塞到墙壁里，让四爷看不见才好，省得被当了出气筒。

这时，一个小太监提着一个食盒，苏培盛以为是李格格那边送来的，不由得想这位主子今天算是来得不巧，谁知是福晋给的。

苏培盛听了回话，提着食盒进去，顶着四阿哥"你很烦"的视线把里面的一盘子奶饽饽端出来，低头小声道："四爷，福晋说刚才您只用了几只螃蟹，那东西不顶事，还是再用些饽饽的好。"

不提还好，一提四阿哥又生气了。

福晋编故事也没什么，宫中女子编一两个或温馨或悲惨的故事用来邀宠乞怜很正常。让四阿哥生气的是，他当时居然当真了！真以为福晋在家很爱吃螃蟹，还为她的阿玛、额娘对她的严厉和宠爱而感动，结果看到福晋只吃那么两口就不动了，才知道她只是在编故事！

当时一气之下直接出来，回到书房后才想明白他是为什么生气。

四阿哥正为自己一时的发蠢而生气，心里羞恼不已，福晋送来的饽饽又提醒他了。他居然在福晋面前犯蠢……

四阿哥再三告诉自己，福晋这么做很普通，他见多了。但他还是气得红了眼，瞪着桌上那盘奶饽饽，低沉道："……扔出去。"

苏培盛的腿都吓软了，一声也不敢吭，捧着饽饽飞快地闪身退下。

李薇听说四阿哥又生气的事时已经过去了好几天。还是玉瓶去还膳盒时听说的，回来就小脸发白地小声跟她说："格格，听说四爷最近发火呢。"

这也不是四阿哥第一回发火生气，这位爷有个习惯，就是爱生闷气。他一生气，不管是谁惹的他，是外面的人还是阿哥所里的，他也不冲人发火，也不找人吵回来，就一个人闷在书房里。

这段日子，院子里的气氛就会特别压抑。所有的宫女、太监都来去匆匆，见面都不敢多聊，全用眼神打招呼，就是说话的声音都会压低。

因为他爱闷着发火，不爱找解语花排解，所以李薇等后院女子的消息就慢上一两天，等到后院里人人都知道了，她也知道了。

玉瓶平时是很想要四阿哥多来找李格格几次，现在她却最怕四阿哥突然想起她家格格。李薇就看到她在偷偷求菩萨，求四阿哥千万别来。李薇是挺能理解她的，就连李薇自己也害怕现在的四阿哥。

原因很简单，四阿哥一句话就能要她的命。谁知道他生气时有没有理智？会不会拿她撒气？一句"杖毙"，她的小命就葬送了，就跟玉瓶为什么一心一意地侍候她一样。

她进宫时是没从家里带丫头的，进阿哥所当然也是光杆司令一个。包括玉瓶在内的侍候她的太监和宫女全都是内务府分来的。这些人为什么心甘情愿地侍候她，还一点儿脾气都没有？

就跟她怕四阿哥的理由一样，她也是一句话就能要了他们的命。玉瓶侍候她时事事都为她着想，可不是因为她的人格魅力感天动地，而是玉瓶的一条小命全寄在她身上而已。

她在李家时，上下尊卑没有宫里这么严苛，毕竟外面人家不会动辄就用"杖毙"来杀鸡给猴看，最多是卖出去。她身边的大小丫头还常常斗嘴呢。

进宫后这些却全都看不到了。当时跟玉瓶一块由内务府分来的是宫女四人、太监四人。按制是贴身宫女二人，其中主管一人，剩下三个都要低一等的。太监四人也是主管太监一人，剩下三个再论。

但太监再说是无根之人，看起来还是男人样子。李薇能接受玉瓶等宫女，却无论如何习惯不了一个看起来十二三或十六七的"男人"侍候她，所以四个太监全让她闲置了。

宫女四人中，玉瓶是不知不觉跟她熟悉起来的，之后也就一直让她侍候着。

按说，李薇这种做法其实很容易造成矛盾，但这样之后，她惊讶地发现剩下那七个人面对她时反而更贴心了。偶尔她叫个人帮忙传个话、做点儿事儿，那个人能激动得双眼发亮！

李薇就觉得冷落他们有些愧疚，这种事也不好跟玉瓶商量——别看玉瓶在她面前软得一推就倒，这么长时间没人能越过玉瓶冲到她面前来，就证明这姑娘的手段也是很不错的。

所以，有次她悄悄问了四阿哥，说那些她使不着的宫女、太监要不要退回内务府，另给他们安排差事。

四阿哥问她："怎么？他们侍候得你不如意？"

李薇把事情前前后后说了一遍，解释道："我老冷落着他们，他们在我这里也出不了头，时间长了不是怕出事吗？再说人往高处走，我这边也要不了这么多人，退回去再换个主子，说不定就出头了呢？"

四阿哥一脸"你在玩我？"的表情，后来发现她是认真的就嘻笑道："你怎么就知道你这里不是高处了？"

然后教她，刚才她说的全是没用的东西，下人若敢不忠，打死就好。

"你使不上他们，那是他们没本事。不然你现在那个贴身宫女是怎么来的？她能在你身边站住脚，剩下的就都是没用的。他们要想侍候好你，自然会努力上进。不必你替他们操这份心。"

当时两人都躺在帐子里，四阿哥搂着她，说："不过你这样，也算错有错着。你只管安坐，等着那几个人怎么对你表忠心吧。这会儿，着急的不是你，是他们。"

然后，李薇算是想明白了。此刻，手握他们生死的人是她。所以，这些被内务府分来的宫女、太监，在被分到她这里时就捧着一颗忠心向她了。就像四阿哥院子里的女人们，不受宠、被冷落的想的全是怎么让四阿哥喜欢她，而不是扭头就去找其他阿哥投靠。

在死的面前，一切威逼利诱都是纸老虎。

所以她这种人才能轻易得到一院子下人的忠心。而四阿哥能让这一院子的人对他的喜怒如此紧张，凭的也不是他的人格魅力，而是他天然的地位。

李薇也不会自我感觉良好地认为四阿哥待她另眼相看，她就可以在这时跑到他面前找死。她还是很怕死的！于是李薇最近格外乖巧，用膳时也不专门要菜了，有什么吃什么。

膳房的刘太监拿着最近一旬里阿哥所各院的叫膳单子进行月末结算。紫禁城里各处宫院都有独立的膳房，都由御膳监统管。膳监是一年清一次库，各膳房由各膳房总管太监主管。

刘太监习惯一月一小结，三月一大结，半年一汇总。阿哥所算是紫禁城里事最少的一处宫院，膳房侍候起来也不像宫妃处那么提心吊胆。所以刘太监常感叹这是个养老的好地方。但再平静的地方也有是非，刘太监连睡觉时都竖着一只耳朵。

他拿着叫膳单子翻来翻去，心中把几位阿哥的院子数了个遍，然后叫来徒弟，嘱咐他下个月，四阿哥和五阿哥院子里的叫膳要格外留心注意，怎么小心侍候都不为过。徒弟心有不解，但也恭敬地应下来了，回身就去叮嘱他的徒弟。

刘太监翻着四阿哥院子里李格格这一旬的膳食单子，心道：最近这是起风了啊。

虽然距离过年还有两个月，宫里却早早地就热闹起来了。摊子太大，事情太多，不得不提早准备。阿哥所身处禁宫，也算是提前一步染上了这股年味儿。

首先就是四阿哥开始早出晚归了，上书房还没停，听说四阿哥最近倒是常去太子那里。阿哥里太子的腿是最粗的一条，四阿哥能抱上这条大腿，李薇还没反应过来，玉瓶他们倒是说起来一副与有荣焉的模样。

听玉瓶的意思，下头的宫女太监最近嘴里都是太宗时的四大贝勒，近的也有现在的裕亲王和恭亲王。他们嘴里倒是没虚话，盼的也是四阿哥能当个旗主，再往上一步封个贝勒，日后是个亲王！

另一边，则是因为四阿哥开始忙，回来也是在书房歇的多，后院这边的气氛终于轻松起来了。就连算是"深受宠爱"的李薇都很没良心地盘算四阿哥这一忙，怎么着也要一口气忙到过年了，一直到过了元宵才算把这个年给过完——好几个月呢，到那时他的闷气肯定就消了！这些日子不必害怕了，哦耶！

放松下来的李薇发现，她现在好像变成小透明了。

福晋略忙，不说天天去见德妃，三五日里总是要去一次的，也常常跟三福晋、五福晋她们串门，大概也是在忙过年的事。

宋格格有身孕，不但四阿哥嘱咐过要照顾好她，连福晋那边也是一天一问。所以，虽然宋格格本人还是那么安静，可她那里最近也很热闹。

就剩下李薇了。

四阿哥在后院里的时候，她有宠爱，自然引人注目。现在四阿哥不在，她就突然显得特别没人搭理了。

虽然李薇从不出阿哥所，但也觉得最近门庭冷落。以前虽然没人找她，但找玉瓶的人很多，各种"刷"好感、搭关系。这几天她看下来，发现那些人都不来找玉瓶了。

李薇还担心人心浮动，谁知玉瓶却每天热火朝天地带着宫女们给她做过年的衣裳。其他的宫女、太监也加倍地体贴关爱她。

今天午膳后，玉盏——当年李薇取名全都从了"玉"字，她觉得不管什么东西，加了"玉"字立刻就有气质了。事实证明不错，四个宫女，"玉瓶""玉盏""玉烟""玉水"这四个名字起来都挺有味儿吧？

她起名也不是胡起的。玉瓶是个身姿窈窕的女子，虽然人瘦，但瘦得很有婉约的味道，腰身那线条挺像细颈瓶的。玉盏就胖胖的，而且是梨形身材那种胖，旗袍这种筒状的衣服，她穿身上总像怀胎五月一般，肚子那块比较显眼。当时李薇在"玉杯""玉碗""玉梨"三个名字中间犹豫了半分钟，最后取了"玉盏"。

在玉瓶成为她的贴身宫女，拿了这院子里的大权后，剩下的三个宫女几乎没在李薇这边露过脸，主动说话更是很少。但今天玉盏居然主动找李薇说话，还提议说小太监里一个叫赵全保的会学口技，学的鸟叫别提多好听了。

李薇用"姑娘，你胆子很大嘛"的鼓励目光看她，再说这就像四阿哥说的，这些人在想方设法对她表忠心。人家努力表现，她也不好拒绝，就笑道："既然这样，就叫他来吧。"

赵全保是个看起来十二三岁，事实上应该有十四五岁的小太监，他来到李薇面前时，看得出来衣服是新的，还没下过水，颜色挺鲜亮，靴子的鞋帮雪白，估计是今天刚上脚。这一身说不定都是为了今天准备的。

虽然离了有三步远，她也闻到他身上新鲜的皂角味。他大概还特地洗了个澡，宫女太监想洗澡可麻烦了，不到年节非要掏银子不可。

这份心意让李薇的心情更加复杂，脸上更加温柔，柔声道："你就是赵全保吧？听说你会口技学鸟叫，这里也没外人，你试一试。"

她想想又特意加了一句："学个小鸟的，别声音太大，咱们院子里自己玩乐没关系，引来外人就不好了。"

赵全保激动得脸上一阵红一阵白，深吸好几口气才道："主子，您瞧好啦！"

他略冷静了一下，也不见他是如何开始的，一阵悦耳的鸟叫就响起来了。一开始李薇根本没发现是他，因为也没见他张嘴啊，还抬头往院子里的树枝上和天空中望，等回过神来想起是他还不敢相信，还是往院子里找。

他学完一串，屏息凝神地停下来，素手站在原地，等着李薇说话。

李薇忍不住感叹道："好家伙！真是太像了！"她一笑，赵全保像是背上的一块大石头终于落了地，肩膀也放松了，脸也敢抬起来了，小心翼翼地看了李薇一眼。

李薇赶紧抓住机会对他安慰、鼓励地一笑。被人这么费尽心血地讨好，压力好大啊。

赵全保的眼睛亮得像灯泡。李薇压力更大了，喊玉瓶拿东西赏他，想想马上就要过年，干脆全院的人都加赏一个月的月钱，赵全保和玉盏多二两。现在外患较多，李薇也是想加加恩，一院子的人齐心共渡难关。

哪知晚上，玉瓶竟劝她趁机收服赵全保和玉盏。

李薇半真半假地问她："那你就不酸？"

玉瓶假作叹气。"我一个人也没长八只手，能把主子身边的事全干了，多几个能人来搭把手也好。"然后她认真道，"格格，外院的事，还是要靠太监。赵全保人看着也机灵，让他多跟外面的人套套交情，咱们这边也不会什么事都慢别人半拍。"

赵全保确实够机灵的，不然他怎么就敢搭上玉盏，一口气跑到她面前来了？

玉盏这段日子看下来是个有些缩的姑娘。不是说她没手段或没心眼，而是人比较爱缩，就算有想法也没胆子去做。

玉瓶的意思她也明白，上次四阿哥发火，她们这个院子得到消息是慢了些。

以前也有过这样的事，李薇不是没放在心上，只是她不知道去哪里打听，又怕打探到四阿哥那里，再不小心摸了老虎屁股怎么办？既然不会做，干脆不要做。

之后两天，她就常常喊赵全保进屋来，去膳房传膳这样的事玉瓶也交给他了。赵全保又趁机把另一个叫许照山的太监给带了出来，玉瓶这些天也开始带着玉盏进屋侍候。

小小一个院子，不算她才八个人，这就分了好几帮。

李薇看得头痛，但这也算是件好事。至少过了这么长时间，又经过了这些事，内务府分来的这八个人的性子，她算是大概都摸清了。看得准不准且不说，哪个是哪个算是不会认错了。

四阿哥教她的这个办法还真不错。她不必急着去摸清这些人，他们自己就会跳出来的。始终没跳出来的，她也不必去管了。

赵全保为人机灵，许照山口舌甜滑，两人去膳房叫膳还没几次，上上下下都混了个脸熟。玉瓶来膳房时，到底还是有男女之别，所以只进过膳房第一进的屋子。赵全保和许照山就全无顾忌，进门后"爷爷""爹爹""哥哥"口中不停，千儿打得利落极了。

没有人会不喜欢被人趋奉，太监无根，所求不过"名利"二字，赵全保和许照山跟膳房的太监走的又不是一路，人人都乐意跟他们结个善缘。

结果没几天，李薇就在膳盒里又看到了"孝敬"。

有四阿哥在的日子里，膳房总是会特意给她留一些不在膳食单子上的东西。如今倒是很长时间没看到了，现在四阿哥没来，赵全保倒是有那个本事。

有时候倒不是就缺那一口吃的。只是这份与众不同是面子上的东西，当所有人都不给面子的时候，通常就意味着事情已经糟透了。

赵全保拿回来的是两盘子糖，一样金黄色的加了松子和核桃的麦芽糖，一样乳黄色的花生牛轧糖，一律都是二指长、一指宽、三分厚，包着糯米纸。

他端出来时不好意思道："膳房现在正在做过年的糖，这些是做坏的，都是小的嘴馋才借着主子的名儿拿回来的。主子赏面，能赏小的两块，小的就知足了。"

李薇看到糖时，心里连她都没发现地松了口气。

赵全保这话说得也挺漂亮，李薇让玉瓶一样包了一半给他，道："拿去给你的兄弟们都分分，让他们借你的光也甜甜嘴儿。"

赵全保高高兴兴地下去了。宫里的糖是有数的，这种做出来的好糖一般都是主子享用，下人们是没份的。他们能吃到一般也就是主子赏的。

打这天起，赵全保隔三岔五地都能从膳房多要回点儿东西，还没过年，膳房做的糖李薇就尝了个遍。放茶叶的那个小柜里，单腾出来一层专门用来放糖，芝麻糖、龙虾酥、杏仁糖等，还有羊羹和各种蒙古奶酪、奶豆腐。

闲在屋里没事干的李薇很快吃胖了，玉瓶给她试新衣服时，表情太严肃，让她很不好意思地说："是不是尺寸不太对了？"

玉瓶仔细量了量道："是有些不对。"

李薇立刻挺胸吸肚子……确实胸口有些紧啊。

玉瓶道："格格长高了，袖子和下面都要再放个二寸才行。"

李薇示意她看看腰身，问："腰不用再放放？"她都快吃出双下巴来了。

玉瓶站远一步打量，摇头说："不必，紧些显腰身。"

脱下新衣的李薇坐回炕上，不自觉地就拿了一块奶豆腐吃，吃完再拿，吃完再拿……一会儿没留神一盘八块全进肚子了。奶味儿太香浓实在忍不住。再说她现在不吃东西还能干什么？

玉瓶似乎也不觉得她吃这么多有什么问题，空盘子拿下去，问她："格格要不要用点茶？"

配着茶，她又吃了几块杏仁酥、几块核桃酥、几块豆面酥。

李薇管住手，捧着茶感叹，秋天就是贴膘的时候，她还是不要跟身体本能作对了。等到了春天，自然就会瘦下来了。

再说她还在发育期呢。

仍在发育期的李薇快乐地养着膘，身上的肚兜一天比一天紧。

等四阿哥过来的时候一看，这小格格红润的小脸蛋更加圆润了，气色好极了！她笑盈盈地迎上来，浑身上下都透着欢快劲儿。

这让最近正意气风发的四阿哥见了非常高兴，破天荒地刚进门就露出个笑模样，一手扶起她，两人携着手一同进屋坐下。

一坐下，李薇这段日子养起来的膘都被越来越显紧小的旗袍给绷出来了，一对小胸鼓鼓的喜人，四阿哥难得地看怔了半秒，转头就对苏培盛吩咐："让他们把膳摆到你李主子这里来，我今天歇在这儿了。"

啊？

苏培盛答应得挺快，出去时还纳闷，刚才在书房时还看四阿哥对着书桌上那份正在拟的折子深思呢，不是说要交给太子爷吗？

四阿哥觉得这段日子他也辛苦了，今天打算好好松快松快，也不摆架子，让人拿出他特地带来给李薇的茶砖，道："这是藏茶，前段日子进上来的，想起你也爱贪这口腹之欲，我才让人匀出来了两块。"

李薇很捧场地立刻连声叫玉盏把茶砖拿下去，现在就泡一壶来！

玉瓶现在只管她身边的大事，贴身侍候这样的小事已经分给了玉盏。本来以为她初接手要忙乱上一阵子，谁知玉盏上手极快，简直就像早就做过千百遍一样，特别是她的一些小偏好都记得清清楚楚，简直比玉瓶还要贴心。

李薇感叹，果然没一个简单的人啊。

不一会儿，玉盏将煮好的茶汤奉上，选的是最近李薇最爱用的大茶碗，最少也是四合的容量。这些日子赵全保拿回来的各种糖果摆了个八仙盘一起拿了上来。

四阿哥一见这么些糖就笑了，点着她道："你这里就吃上糖了？哈哈哈！"他还奇怪怎么用这么大的茶碗。

李薇笑眯眯地先拿银筷给四阿哥夹了个她认为最好吃，还不粘牙的麦芽松子糖，道："四爷试试，这糖可香了！"

李薇自己也夹了一块，还不忘说："四爷不知道，吃甜的东西时就着茶最好了，一点儿都不腻。"

四爷姿态优雅地夹起尝了一口，听了就道："我怎么不知道，傻姑娘？论起茶来，你还没我喝得多呢。"

李薇才后知后觉地想起来，满蒙都因为食谱是牛羊肉多，而少青菜，所以茶对他们来说跟水一样是每天、每顿都少不了的。

她不好意思地笑笑，连忙开始吃其他的糖和点心，个个在她嘴里都好吃得不得了！后来还是四爷道："好了，再吃下去，晚点你还吃不吃了？让他们撤下去吧。"

玉盏赶紧上来把盘子收下去了，里面已经空了一半。

见没了人，四阿哥伸手在她的脸上摸了一把，长指从她的耳根滑到了领子里，她顿时这半边身上都麻麻的，又热又烫，眼睛都水润了三分。

四阿哥本来就素了快半个月，见到她后这心就不安分了，刚才没忍住动手摸一把解个馋，一见她的样子，低声又说了句："我瞧你这身上都是吃糖吃的吧？"视线狠狠地在她胸口刮了一下。

李薇的胸口应景地跳了跳——其实她只是被四阿哥调戏得坐不住而已。四阿哥立刻瞪了她一眼。

于是一顿晚点吃得李薇一点儿印象都没有，明明今天四阿哥来，膳房殷勤地送来了上好的热锅，嫩嫩的小牛肉和小羊肉片得薄如蝉翼，她居然都没吃几口。

用了晚点，李薇一看才八点，四阿哥就急火火地让人备水洗漱。一整晚，四阿哥都显得有些激动。

凌晨三点时，四阿哥起来，神清气爽，在李薇这里换了衣服吃了早膳直接去上书房了。

等李薇醒来，她发现早上无论如何起不来床了……于是让玉瓶和玉盏架着起来喝了两碗清粥，完了还是继续在榻上躺着，连午膳都是这么用的。一气儿躺到下午，眼看又快到四点了，李薇头一回有些害怕四爷不像以前似的不会连着来。

过了一会儿，她突然想起另一件事！在四阿哥"疑似"发怒后，第一次进后院就是进的她的院子！

李薇就觉得她身上像是盖了个大大的红戳：宠冠后院。又一次把福晋给比下去让她真想大喊一声"冤枉"啊！

她真心从来没争过宠！从来没在四阿哥面前求表现！时不时送碗汤啊，绣个荷包啊，写首小诗啊，她真的从来没干过。有时她真想扒开四阿哥的脑袋看看他到底喜欢她哪一点。

她不改，她就是想收敛点……

赵全保消息灵通地过来跟她说，四阿哥一回来就去书房了，她虽然有些失望，但也松了口气。谁知还没安心一会儿呢，赵全保又跑进来说，四阿哥从书房出来正往这边来。

一会儿，四阿哥就进来了。

李薇已经起来换好衣服，见他进来就福下身，结果腰不中用，不由自主地晃了晃。四阿哥眯眼一笑，挺自得地伸手扶她，头一回直接扶着她的腰落座。

赵全保挺机灵地赶紧把比较碍事的炕桌搬下去了。

李薇直接坐在四阿哥的一条大腿上，她的腰还不敢弯，她觉得——肯定是肌肉伤着了。

四阿哥的两只大手扶在她腰上来回揉，他揉得还挺地道，一会儿她就觉得紧绷了一天的腰松快多了。

她长出一口气，四阿哥附在她耳边笑，低声道："你就不会让你的宫女给你按按？"

她捂着他按在她腰上的手，边带着他的手继续揉，边耍赖撒娇地冲他眨眨眼，整个人都软在他身上。

四阿哥就直接把她搂在怀里，真的给她揉了一刻的腰，揉得她浑身冒汗，骨筋酥软，软绵绵地抱着他。

他今天倒是一副清心寡欲的样子，任由她跟他又揉又蹭，脸上倒是很享受，一直带着笑。然后在她的屁股上拍了一下道："行了，晚上再揉揉就好了。"

李薇心道：好甜蜜的负担啊，你又来了！为了拖延时间，用过晚点后，她把之前打好的玉佩拿出来。

四阿哥接过玉环，上面打的结倒是非常眼熟，这种吉祥花样也算比较常见。他明知故问："这打的是什么结？"

李薇给他佩到腰上，理着垂下的穗子，道："是万事如意。"

四阿哥微微一笑，万事如意吗？"好。"他道。

倒让李薇窘了一下，万事如意算是玉佩上最普通的一种结了，她是想着不出错才打这个的，居然也入四阿哥的眼了？感到自己又一次被真爱了下的李薇小羞涩了一把，然后就被拉上榻了。

李薇满足地睡去，三点时准时跟着一起爬起来，给四阿哥穿衣、布膳，然后目送他去上书房，再回去睡回笼觉。

七点钟再起来时，玉瓶一脸"有麻烦啊"的表情来禀告，福晋说要给四阿哥庆祝生日。

福晋传来的原话是：最近事多，四阿哥也很忙，咱们不能给他添乱，所以就自家人坐在一起吃顿饭就行了，地点在正院。

玉瓶担忧道："格格，福晋这话是不是意有所指？"

应该……是吧？李薇想那句"不能给他添乱"大概说的就是她。但她也想对福晋说，有本事你管住四阿哥去啊，他要来难不成她还能把人撵出去？对不起，她怕死。

唯一让她庆幸的是，比起四阿哥，福晋对她的权力小得多，福晋是不能说句"杖毙"就让人把她拖出去的。

但明显四阿哥不太配合。他自觉回后院连歇两天已经够了，于是又全力投入给太子打工之中，等他再闲下来，有空回来吃这顿生日宴，已经距离福晋通知的日子过去了十天。

已经是深秋了，宴会的时间就是傍晚。李薇加了一件比甲，带着玉盏去正院。她到的时候福晋还没出来，下人把她领到了以前请安时常坐的西厢小厅里，宋格格正坐在里面。

李薇也有两个月没见她了，一直听说她在养胎很少出来，为了避嫌，李薇也没去看望她。这次一见，发现她看着跟之前一样。

居然没胖。李薇有些惊讶，听日子不是已经六个月了吗？人至少该胖一圈了吧？

宋格格冲她一笑，她坐下小声问："你怎么还这么瘦啊？不是说有嬷嬷盯着你补养吗？"不能是嬷嬷不给她吃吧？难道怀孕了还有天生吃不胖这回事？

李薇见得少，同龄孕妇中，宋格格是第一个。

宋格格苦笑，拿帕子挡着嘴小声告诉她："怕生的时候艰难，不敢让多吃。"

这话听着不祥。李薇吓白了脸，更压低声音问："可是……有什么……"她指指宋格格的肚子。

宋格格的一只手始终捧着肚子，脸上终于露出了一丝愁容。

李薇没有再问，两人就这么安静下来。本来将要过年，也有很多事可以聊，结果现在谁也没心情多说什么。

看着宋格格的肚子，李薇心里像塞了一团乱麻。她也担心，以四阿哥对她的宠爱，说不定什么时候，她的肚子也会这么鼓起来。到那时她该怎么办呢？

将近七点的时候，外面的天已经黑了，可四阿哥还在书房没出来。福晋已经出来了，也把她们两个叫到了主厅，有一搭没一搭地跟她们闲聊。

论起来，李薇对福晋比宋格格更陌生，很多时候她是感觉到有这么个人压在她的头顶上，存在感太强让她时刻不能忽视。但乍一见福晋，总让她有种"陌生"的感觉，好像眼前这人跟"福晋"完全不搭。福晋比宋格格还要节食一点儿，她不但没胖，反而瘦了，跟身上隆重华丽的旗袍比起来，更显得人小。

李薇看了两眼就不敢再看，大概是这些日子出入后宫的关系，福晋看着威严日盛，跟四阿哥越来越像了。不得不承认，四阿哥和福晋站一起才相配，换李薇或宋格格在四阿哥旁边，都会被四阿哥的气势压得找不着北。

三人一直坐到七点四十，四阿哥才姗姗来迟。

堂屋里早摆好了八仙桌，凉菜已经端上去了。福嬷嬷一见四阿哥过来就赶紧让人传话去膳房，可以做热菜了。

李薇和宋格格侍候着四阿哥和福晋上座，她们两人坐在下首。菜一道道流水样端上来，福晋举杯祝过三遍酒后，席上就只闻吃菜的声音了。

宋格格只喝面前的一碗汤羹，一勺吹半天，李薇是夹一片玉兰片嚼五分钟，两人都把头低到只看到面前自己的勺子、筷子、碗。

一顿饭吃到了晚上九点，花时间最多的是各种上菜。

李薇和宋格格都是上膳太监给什么吃什么，也不抬头，也不跟四阿哥或福晋做眼神交流，说话就更不可能了。吃完上茶时，李薇终于松了口气。

往下她们就可以先撤了，福晋侍候四阿哥就行了。

这时，福晋把给四阿哥准备的寿礼捧上来了，是一条她亲手绣的腰带，腰带里侧特意绣了祈福的经文。

李薇和宋格格都没准备寿礼，她们当然不会当着福晋的面求表现。见状，她们两个赶快离席，退后一步跪下磕头恭贺四阿哥"万事如意，福绵寿长"，祝四阿哥和福晋"鸳鸯比翼，举案齐眉"。

祝完寿，两人退下。

宋格格大概也实在是身体虚弱，走的时候完全是两个宫女架着她走的。李薇看她走远后才转身回自己的院子。

今晚，福晋算是打了个挺漂亮的翻身仗。

李薇只祈祷今天晚上不要再出什么意外了。

宴办了，寿也祝了，四阿哥也留下了，福晋啊，你可千万要把四阿哥侍候好啊。

早上，李薇六点就睁开了眼睛。

梳头时，给她梳头的宫女玉烟趁着左右无人时，悄悄告诉她，昨晚四阿哥在她们离开后，还是去了书房歇息。

福晋又没成功留下四阿哥这事倒没让李薇太吃惊，已经习惯了好吗？

可能赵全保和玉盏的成功刺激了其他的人，玉烟显然给自己找了个定位。在李薇用完早膳坐下打络子玩时，玉烟坐在一边给她打下手，顺便说自己半年前认了个弟弟。

"……聊起来才知道，小贵跟奴婢的老家隔得不远，也就二十多里。他是从小被卖的，听乡里人说当公公是侍候皇妃娘娘的，正好他家养不下那么多张嘴，他又不是最大的，也不是最小的，稀里糊涂就让爹妈给送出来了。"

玉烟最有特点的地方是脸颊上长了一些挺可爱的小麻点，看着有些小俏皮。她一边理着手里的丝线，一骨碌一骨碌地缠好，一边叹道："当时咱们才分过来，奴婢运气好，被分来侍候格格了。小贵运气差点儿，被分去当了粗使扫院子。我见他冬天冻得十个指头没一个好的，就偶尔照顾他一下，后来论起出身家乡，才知道是同乡。"

她说到这里，解释般对李薇说："奴婢也是个没爹没娘的，见跟他有缘，索性认了姐弟，日后也有个亲人朋友互相照顾。奴婢知道这样不合规矩，今日多着胆子告诉格格，也是看您心善……"说着就要跪下去。

李薇由着她跪，嘴里却道："难道我这么不近人情？认了就认了。现在天气也渐渐冷了，回头你多领二斤棉花，给你弟弟做件袄吧。"

玉烟感激涕零地下去了。

剩下李薇坐在屋里心想，八仙过海，各显神通啊。

玉烟显然是放长线，钓大鱼的。半年前就开始跟这个小贵套近乎儿，今天才找着机会跟她表功。这姑娘有天分。

刚才玉烟也说得清楚，小贵是扫院子的粗使太监，不是哪个院里的，跟他结交不会有瓜田李下之嫌。而且也要看他是在哪里扫院子的啊，听玉烟的意思，小贵平常管的就是从院门口到正院这条路的。

所以，他才能知道四阿哥昨天晚上没有在福晋那里歇息，而是回了书房。李薇开始觉得她这个小队里各职业都齐了。

被宫女太监们哄得很开心的李薇大手笔地开了箱子，过年除了内务府发的，她这个小院里一人多做一套棉衣、棉鞋，再发五两过年费。

小院子里喜气洋洋，外面却腥风血雨了。

消息灵通的玉烟成了常常陪她聊天的人，过了不久又给她带回来一个八卦。

最近阿哥所的福晋们常常去后宫，像四福晋和五福晋这样妃母在主位上坐着的人自然更引人注意，所以最近宫里有个传言，说五福晋不受宠，五阿哥更喜欢两个格格。貌似是五福晋在宫里偷偷难过让人看出来了。

李薇心里喊：我的妈啊，五福晋，你疯了吗？

传言自然更过分一点儿，什么五福晋在阿哥所里连站的地方都没有了，两个格格联手霸着五阿哥。

虽然同在阿哥所，李薇多少也知道点儿，五福晋那边的事还差不多就是这样的，但有些事真的不能说出来啊。

再过一阵，这流言还不见下去，赵全保从膳房也得了个消息，听说最近有人看到五阿哥回来时脸色很不好看。好得了吗？都指着他鼻子说他宠妾灭妻了。

不知怎的，李薇有种很不祥的预感，她希望这事最后不要烧到她身上来。不过想想也不可能吧？这种不好听的话，又是在过年前，应该会很快压下去吧？

但事情不像李薇想的那么好。流言愈演愈烈！而且就像她担心的那样，开始向外扩散。

先是七阿哥不幸中枪，据说他极为宠爱他的一个格格，然后话头就转到四阿哥这里来，说四阿哥有孕的是个格格，平日最宠的是另一个格格，连四福晋都要靠后。

李薇终于听到流言涉及她，吓得当天晚上就起了烧还开始拉肚子，不到一星期就瘦下来了，刚做好的衣服穿在身上直打晃，晚上一闭眼就是当时在储秀宫看到的被打烂打死的小宫女。

李薇当时就知道这小宫女是特意找出来给她们这群秀女下马威的，谁知道她是真犯了要被杖毙的死罪，还是因为有人看她不顺眼，故意害她？

她还记得那小宫女被拖出来时好像灌了药，连喊都不会喊。

白天时李薇就躲在屋里，心里不停地咒五福晋，活该她一辈子无宠！就该让五阿哥冷落她！五福晋起这个头不过是想借着外人的手压五阿哥一头，或者还想借宜妃的手压那两个格格。

如今把流言扩大的要么是宜妃，她要救五阿哥；要么是五阿哥，他要救自己。流言只关乎他一个人时叫宠妾灭妻，一口气拢进去三个阿哥，也就显不出来他了，而且这样也不会有人信之前的话了。

李薇的脑子转得飞快，却想不出一个能救自己的办法。

去求四阿哥明显不靠谱。不知怎么回事，就算她自信四阿哥在三个人中最喜欢她，可她就是觉得这时找四阿哥，他却最可能先把她给灭了。

事情很快有了转机，福晋去了几次永和宫，宫中流言的风向就转过来了，开始各种夸四福晋贤惠大气不嫉妒。四阿哥宠爱的格格有了身孕，她一心照顾，就盼着格格能一举得男，给四阿哥开枝散叶。有身孕的都不嫉妒，没身孕的就更不嫉妒了。

这么一转风向，流言开始说五福晋嫉妒，各种她让五阿哥的宠妾跪着晒大太阳，站着打扇打一天的事都出来了。

五阿哥不好跟她计较，才多护着两个格格些，免得她手重弄出人命来。五福晋还不知错，借着在宫中见外人的机会告黑状。

焦点重新回到五福晋身上，其他人都解脱了。黑了她一个，幸福所有人。

李薇听到流言风向转了，才放下心来，可身体还没好转，继续发烧、拉肚子，人继续瘦下去。玉瓶问她要不要请太医看看，她摇头。

玉瓶发愁，怕四阿哥这时过来，一看她这样，万一认为她心里有怨怎么办？宫里对女人一向严苛，像李薇这样一脸病容、没精打采的很容易被诟病的。

在"暂时不见四阿哥"这一点上，李薇和玉瓶是一致的。怎么请个漂亮又没问题的假，两人商量了半天，觉得还是拿"月事"来解释最好。

月事这东西吧，它有时规律，有时不规律。再说，来一两天的有，来四五天的有，拖拖拉拉来半个月的也有。虽然李薇的月事数着日子还差十天，她还是决定从今天起挂红。

玉瓶立刻把这事报到福晋那边去了。以前没福晋时，由四阿哥身边的大嬷嬷管。如今有了福晋，还是大嬷嬷管，但要在福晋那里报一报。

大嬷嬷得了消息也不会跑来查李薇的月事带子，她只是在册子上记了一笔，什么时候李薇月事完了，再报上来，她就再记一笔。

这种事可一不可再，李薇假造月事，玉瓶也装模作样地把月事带子给她拿出来准备好，然后每天不假他人之手地清洗。消息紧紧地瞒着，除了她们两个没人知道。

幸好又出了件事，让四阿哥暂时没空来理她。

流言的事远离了四阿哥的后院，不知是福晋为了显示自己真的不嫉妒，还是四阿哥为了表现他的后院真的没问题，没过几天，阿哥所又来了一位格格武氏。

还不到选秀的时候，这位格格是哪里冒出来的没人知道，只打听出来不是宫女出身。

是德妃赏的，福晋求来的，还是四阿哥看中的？

武氏还没进来就引起不少人的注意。大嬷嬷带着宫女太监们收拾屋子，小小的三进院子里波涛汹涌起来。

内务府很快送了人过来，按制也是贴身宫女一人、太监一人，送来了八个人。

一批批的宫女太监似乎也讲年资来历，新的宫女太监们一来，玉瓶和赵全保他们就开始去套关系来历了，不到两天，这些人叫什么、家乡哪里、怎么进的宫、以前在哪里待候就全打听出来了。

李薇后知后觉地，还以为当初她进来时悄悄地谁都没注意呢，看来根本不是这么回事啊。

元旦前，武氏悄悄地被人领进来了。她先去见了福晋，又在宋格格那里问了好，最后到了李薇这里。

武氏一看就比李薇大一点儿，十五岁左右，两人序了年齿，果然武氏比她大一岁。随意聊了两句，武氏就告辞了。晚上就听说四阿哥叫了她待候。

见了武氏之后，李薇奇迹般地退了烧，第二天拉肚子也停了。

李薇炯炯有神地想，大概人一安逸就容易有各种毛病，一紧张起来什么毛病都没有了。听说有的渔船怕运鱼时鱼会死，就故意在船舱里放几条凶恶的鱼，舱里的鱼被天敌追着紧张了，有活力了，死得就少了。

可当玉瓶问她要不要去销掉月事时，她的月事真来了，只好苦苦地等月事过去。

这时院子里的气氛再次奇怪起来。以前李薇也没发现后院的气氛有多怪，但有了赵全保和玉烟后，消息灵通的他们每次都能让她第一时间感受到院子里的风吹草动。

这次的事是关于新人武氏，从流言传播开始四阿哥就没进后院找人了，等流言转向后，四阿哥还是没进后院。这就有些奇怪。宋格格怀孕，李薇"月事"，但福晋是好的啊。

等武氏来了，四阿哥开始天天歇在她的屋里，还是不去福晋那里。

不算武氏，四阿哥已经有一个月不去福晋那里了，这很明显，是四阿哥在给福晋脸子看。

院子里各种猜测都有，李薇却怀疑起了上次流言扩散后扯上四阿哥的事。虽然四福晋确实冒出来救了她，但事实上四福晋谁也没撇清。

她证明四阿哥没有宠妾灭妻了吗？没有。她证明的是她的贤明大度。这反而证明了四阿哥确实宠妾灭妻了。这算不算踩着四阿哥给自己显名？

当时李薇就觉得不太对。这样到最后，流言开始是五阿哥宠妾灭妻，但现在五阿哥洗白了，五福晋黑了。而四福晋贤明了，四阿哥却真宠妾灭妻了。

想通这点，李薇没有"福晋倒霉我好开心"，只是这次她是想劈开四福晋的脑袋看了：她到底在想什么啊？

正院里，福晋正手拿佛珠，跪在观音像前捡佛米。屋里鸦雀无声，只有福嬷嬷站在三步远的地方侍候着，其他人都在外面候着。

念一句佛，捡一粒米，一晚上也只能捡小半碗。

一直到半夜十二点，福嬷嬷才小心翼翼地劝道："福晋，该歇了吧？一会儿您又要起来了。"

四阿哥三点起，福晋也是三点起，不管四阿哥来不来她这里。

福晋被她扶着站起来，看到福嬷嬷一脸的不安和担心，笑道："嬷嬷这是怎么了？"她安抚地拍拍福嬷嬷的手。

洗漱过后，福晋躺到床上，合上床帐后，世界像是变小了一样。她看着帐子顶上的瓜瓞绵延，心道：你终究要回来找我的，你不可能一辈子都不进我的屋子。

一时半刻得了宠爱不算什么，她求的从来不是那个。所以，一时半刻得了他的厌恶也不要紧，她有更多的时间哄回他。她要做一个就算丈夫不喜欢也离不开的"四福晋"。

　　福晋闭上眼，很快入睡了。比起前一段日子为他的宠爱辗转反侧，整夜无法安睡，为他去李格格处难过，为宋格格有孕而失落，现在的她却平静多了。

　　她给自己找了一条新的路。这条路或许走起来艰难，比起身家、荣辱、喜乐皆系于一人之身，却要更加适合她。

　　她本来就不是个小女人。

　　福晋嘴角微勾，仿佛在梦里已胜券在握了。

第三章

山药糕

马上就是春节了。

宫里真正开始热闹起来。福晋每天都要到永和宫去，虽然她不在阿哥所，可威信一点儿也没减少，传说中老虎不在家，猴子当大王的事完全没发生。

事情到现在，就连李薇都看明白了。四阿哥是在给福晋脸色看，而福晋却没低头，她跑到德妃面前"刷"存在感去了。

福晋，你够强！李薇没忍住给福晋竖了大拇指。

她一边在德妃和其他四妃加阿哥所其他福晋中"刷"存在感，一边大刀阔斧地给阿哥所里立下了规矩，三个格格包括四阿哥的书房都被她给规定进去了。

首先，三进院子的阿哥所分成三部分。

第一部分是四阿哥的书房，称外院。内院和三院的人没有主子的话不得到外院去，任何人不得在外院周围游荡。外院和内院有两道小门连通，设三班昼夜看守，无故不得擅离，违者杖八十。

第二部分就是内院，包括福晋的正院和三个格格的居所。太监、宫女出入需两两结伴，不得单独走动。

第三部分就是粗使下人们所住的后罩房，称为三院。三院的下人们负责阿哥所的清扫和打理，但这些人除了当值时间外不得外出，违者杖四十。

另外，就是宫女和太监的权责明确。

福晋那里派人来传话后，李薇就对着院子里的八个人发愁。照福晋新的规矩来，这八个人都要有明确的职位，无职位的就要退回内务府——因为你用不了那么多人嘛，在你这里没事干就干脆退回去好了，免得无事的人整日闲逛打闹。

李薇这时才发现，宫女和太监们一听说要被退回内务府，顿时吓得四处钻营，玉瓶和赵全保这些天受了不少的香火供奉，人人都来请托，个个都不想被退回去。弄得李薇也紧张起来，只好在这里想怎么给这八个人派活儿，还要想出个具体的职位来。

这八个人里，有心向她表忠心的自然要重用些，现在还没动静的，她也不打算退回去。毕竟退人容易，再向内务府要人就难上加难了。就算为了备用、万一，她也是一个人都不打算退的。

贴身宫女自然是玉瓶，太监的头儿就是赵全保，这两人的职务就不必再安排了，"贴身"侍候就是。

玉盏虽然平时看不出多精明，但人家是茶壶煮饺子，肚子里有数。李薇让她管着首饰、成衣。

玉烟肯为她去打探消息，也是个能用的人。李薇把小库交给她管，就是成匹的布，各种纱绢丝罗、皮子、丝线等物。

玉水，是目前还没主动跑到她面前来的人。李薇拿不准她是沉得住气，还是打算在她这里混吃等死。要说她不想在这里待吧，她又把进宫来攒的四十两银子都拿来送给玉瓶打点，只求不被退回去。

李薇只好让她去看管摆设器物。屋里哪里摆着个花瓶，哪里挂了幅书画，这里摆的柜子，那里的桌子、凳子，有磕碰掉漆，有腿脚松动，都归她管。

李薇暗想，她就是真有坏心眼，管的都是大件的东西，偷又偷不走，就是哪里塞个八字娃娃也只问她一个就行。

太监这边，赵全保有了着落，也不忘提携朋友。以前就见常跟着赵全保在她面前"刷"好感的许照山，被赵全保夸了个天花乱坠，连之前在膳房多要的那些糖都说成是许照山的功劳。

赵全保道："格格，您是不知道！小许子跟咱们膳房的刘爷爷是同乡！说不定八百年前还是住一个村儿呢。刘爷爷一看他就爱得什么似的，都拿他当亲孙子看！

一见他去就往他嘴里塞东西，小许子也有一条好舌头，他本来就是山东那边的人，论起吃喝来可算是半个行家了。"

许照山个头是四个太监里最矮的一个，年纪却已经十七岁了，按他说是小时候吃得少，没来得及长高年纪就大了。他站在赵全保身边，一见她看过来就立刻笑成一朵花儿了。

笑容是最容易传染的，李薇也跟着笑了，道："既然这样，你就专管叫膳吧。那边的茶叶柜子也归你管了，里头的东西回头让玉烟帮你造个册子，有什么坏的、少的，可要你自己来赔哦。"

许照山麻利地跪下连磕三个响头，赵全保陪着也磕了三个。等两人出去后，李薇从窗户里看到许照山一出去就抬起袖子擦了下眼睛。

李薇心里酸酸的。半个月前，她感觉朝不保夕，可上头没人能保她、护她。如今这些太监、宫女也朝不保夕，她这个当主子的，能伸手就伸一伸吧。

剩下两个太监，一个叫童川，人长得瘦，头却大，脸是方的，站在那里特别像一根黄豆芽。李薇指着廊下内务府送来的四盆花，让他就专门养花。

最后一个叫周全，这名起得好，人却长着一张糊涂脸，一双眼睛就跟睡不醒睁不开似的。他大概也知道自己这个毛病，一见李薇就特意把眼睛瞪大，瞪一会儿不敢眨眼，眼内就泛血丝了。

大概是看其他人都有差事了，他怕自己真被退回去，一副茫然无措的样子，李薇一会儿没说话，其实是正在想还有什么活儿能派给他，他就真的……掉泪了。眼泪要下来前，他还记得不能在主子面前哭，头低下来了，眼泪"啪嗒"一下掉到地上就是两三个水滴印。

李薇话到嘴边"你去扫地吧"又吞回去了，叫玉瓶拿五两银子去找花鸟房的太监买两只鸟回来。

宫里主子都有养宠物的习惯，猫、狗这类比较显眼的不太好办，鸟啊、鱼啊之类的，不必特别请示，私底下掏银子找花鸟房的太监买就行了。

"什么鸟都行。"李薇道，"周全，日后你就养鸟吧。"就算养死了，五两银子两只鸟应该也难不住他们。

在李薇叫玉瓶拿银子时，周全的脸都发灰了。等她说完，短短一瞬间，周全经历了从地狱到天堂，最后连腿都软了，也忘了谢恩，还是赵全保把他给拉出去的，恩也替他谢了。

黄昏前，鸟拿回来了，配了个挺不错的笼子，两只好似能捧到手心里的小嫩鸡娃般的黄鹂鸟在笼中斜放的一根树枝上跳来跳去。周全红光满面地围着笼子转，怕鸟刚到新环境会吓到，求玉烟帮着做个布兜子遮笼子。

至此，李薇屋里的八个人都算是各得其所了。大概是有了归属感，李薇看他们好像更有干劲了。

玉烟晚上就又给她带来了其他院子里的消息：宋格格那里是两人一个职位，两个宫女贴身，两个宫女打扫屋子，两个太监提膳，两个太监打扫院子。武格格那里，四个宫女全留下来了，太监却只留了两个，退回两个。福晋那里不晓得。

整个院子现在就像铁桶一般，宫女和太监们现在彼此之间是泾渭分明的，说话爱带出"那边外院的某某""咱们内院的某某""他们三院的某某"，等等。

以前一个院子里的宫女和太监们都爱串门，毕竟都在一起住着，现在分成了三帮。外院的等闲不跟内院的打交道，内院的根本不搭理三院的，还给三院起了各种外号："下人房""粗使那边的"等。

玉烟认的弟弟小贵现在过得更糟了，以前还没那么多糟蹋人的，遇到粗使的还会本着都在宫里当差，能给点儿方便就给个方便，玉烟就是这样才会跟小贵结异姓姐弟。结果粗使的太监宫女们全归到一院了，外院和内院的突然发现自己高人一等了，对粗使的是各种看不起。

虽说玉烟对小贵有利用的意思，但人心是肉长的，半年相处下来也是有感情的。知道小贵现在连吃喝都有些连不上顿，还被人无故打骂，玉烟偷偷哭了好几场。

李薇也是玉瓶提起才知道，但大势如此，她这边人也满了，不能把小贵要过来。可眼看着也看不下去。特别是她对宫女太监来说是上位者，有着天然的优势，帮一把并不费力，所以李薇想了想，决定还是帮小贵撑一次腰。

于是，玉烟就带着玉水光明正大地拿着东西去看小贵了，去了四五回后，基本上小贵认了个在李格格身边得用的宫女当姐姐的事就传出去了，别人再想找人欺负，至少不找他了。

得知这个结果后，李薇倒没有想象中的那么有成就感。大概就是玉瓶回话说的"如今他们要找人撒气，可撒不到咱们小贵身上了"，那岂不是还有别人倒霉，小贵只是比较幸运罢了？

李薇不算"圣母"，不会毫无原则地帮助别人。她救不了全世界，只能做自己力所能及的。

"别的院子里如何我不管，咱们院子里的不许去欺负粗使的。"李薇叫齐八个人后，严肃地告诫他们，"让我知道了，绝不轻饶！"

福晋这样的手段，四阿哥知道了倒是心中小赞了一声，还算有些能耐。但两人的关系还是没有缓解。

在李薇的月事终于结束后，四阿哥又开始到她这里来了。

大概是武氏这个后来者给李薇带来了威胁感，她这次见到四阿哥有些小激动。四阿哥心中感叹，有些小得意，吩咐苏培盛去开库房，把前几天内务府刚送来的那支桃花簪拿来给李薇。这段日子没来找她，送个簪子安抚一下吧。

感动于李薇对他的心意的四阿哥去上书房了，苏培盛在出门前急匆匆对他的徒弟张德胜交代开库房，拿簪子，送回来给李格格。

张德胜一路小跑紧跟着他师傅听完交代，送到门口后，他一拐弯就去正院找大嬷嬷了。

正院里，福晋也已经起来了，各处的灯也点亮了。张德胜直接去找大嬷嬷。

大嬷嬷也才四十出头，看着如三十许人一般。她不是四阿哥的奶娘，但也从小侍候他，在福晋进门前就管着四阿哥从里到外所有的事，里外就敬称她一声"大嬷嬷"。

福晋进门后，库房里的册子是交给她了，但钥匙大嬷嬷这里还有一把。四阿哥开库房拿东西，却不爱吩咐福晋，总是找大嬷嬷。

大嬷嬷也早起了，她习惯侍候四阿哥，十几年下来都是不到三点就醒了。如今虽然不用她侍候四阿哥早起，可这习惯也改不过来了。她看到张德胜过来，笑道："你个猴崽子，怎么这么早过来？是来……"说着往福晋的屋抬了抬下巴。

张德胜笑眯了眼道："哪儿啊。小张子是特地来给大嬷嬷请早安的！大嬷嬷有福！吉祥！"说着连打了两个千儿。

"你个浑小子！"大嬷嬷笑呵呵的，"可是阿哥爷有什么吩咐？"

张德胜脸上带着坏笑，眼一眯，眉一飞，道："昨儿个晚上，咱们爷是歇在李格格那边的，这不，刚起来时，咱们爷交代把库里才得的那支桃花簪赏给李格格。我师傅就交代我过来找您了。"

大嬷嬷长长地"哦"了一声，道："原来是那位啊。"

张德胜接了一句："可不就是那位。"

大嬷嬷拿了库房钥匙，两人往库房去，正院里来来回回的太监、宫女看到他们两个都停下来避让，等他们过去了都互相眼神乱飞。

库房门打开后，张德胜站在外面，大嬷嬷自己进去，不一会儿就捧出来一个托盘，上面放着一个长十寸、宽三寸、厚约九分的楠木匣子。

大嬷嬷打开匣子，映着微薄的月光，匣子里的桃花簪露出霞雾般的宝光。

桃花簪的正中是一朵五瓣的大桃花，花约半个巴掌大，花瓣是淡粉红的玉石，打磨得晶莹剔透，花蕊是黄色的小米珠，花旁是一大两小三片碧玉雕的叶子，旁边还有两个半个指头肚大小的、含苞未放的花苞。

花背面的花托和簪针都是黄澄澄的加了铜的金子，看着耀眼极了。

张德胜看着至少半天都忘了说话。

大嬷嬷合上匣子，道："看傻眼了吧？"

张德胜这才倒抽一口气，道："乖乖，真是……"他想说"真不愧是那位主子"，话到嘴边又吞回去了。

接过托盘，张德胜小心翼翼地捧走了。

正院里，福晋听福嬷嬷说了张德胜过来的事。

福嬷嬷有些生气，她觉得张德胜到正院来，怎么能不给福晋请个安？就这么来了又走了，连个招呼都不打。

福晋淡淡道："许是四爷吩咐了他什么，有正经差事在身。这点儿小节就不要计较了。"

提起四阿哥，福嬷嬷也不敢说什么。眼瞧着四阿哥和福晋越来越不说话，她生怕自己再多抱怨两句，成了火上浇油。

于是，等过一会儿下面有人来告诉福嬷嬷，说张德胜出了正院直接去了李格格那里时，福嬷嬷破天荒地没去告诉福晋，还让下面的人都闭上嘴。

张德胜到了李格格处，这位主子还没醒呢。他也不敢再拿架子把人给叫起来，开玩笑！四阿哥起来时都没叫她，他算哪棵葱？

他恭恭敬敬地把匣子捧给玉瓶，还打开让她看了眼，看清是什么东西，然后拿了玉瓶给的辛苦钱，才退回书房了。

他回到书房后，自然有巴结他的小太监过来献殷勤，又是倒茶，又是让他坐下，还问："张哥哥，这一大早的，苏爷爷还给您派了差事忙啊？您看您这累的。"

另一个小太监神秘兮兮地拿了一个荷包出来，道："张哥哥，您看，这是昨天武格格赏的。"荷包里是三两的银子。

说完，这小太监就要把荷包给张德胜，被张德胜扔到头上骂："当你张哥哥眼皮子这么浅？快拿回去收好！"

小太监贱笑着把荷包往怀里塞，旁边的小太监跟他玩闹，道："见面分一半，张哥哥不要，给我啊。"

"滚！想要赏钱，你也去不就行了？"小太监笑骂着踹了他一脚道。

那小太监赶紧问："真的啊？那今天去武格格那儿的差事，你可别跟我抢！"

张德胜坐在上面看热闹，听到这里笑道："不跟你抢，你只管去！"心里却道：那位都出山了，你还当武格格能有几天好日子？

下午四点，四阿哥从上书房出来，苏培盛跟在他身边问道："四爷，晚点您还是在书房用？"

四阿哥摇头道："去你李主子那里。"

苏培盛给跟在身边的小太监使了个眼色，小太监绕了个路，拔腿就往阿哥所跑。回到阿哥所的书房，他一边急喘一边道："四爷今晚在李主子那里用晚点，赶紧去传话吧。"

张德胜笑眯眯地站起来，道："都站住，我亲自去。"

张德胜过来说四阿哥一会儿就到，晚点也要在这里用。

李薇笑着道："知道你忙，就不耽误你的事了。"玉瓶早备好放了银子的荷包，她这边常备着三四种放着三五两不等的荷包，看着人给。张德胜拿的自然是最大的一个。

苏培盛虽然也常来，但李薇不敢赏他。

有时想想，苏培盛拿的赏估计还真不多。倒是福晋能赏他，但是看福晋现在这样，也不知道赏过苏培盛没。

李薇跑一会儿神，张德胜已经走了。玉瓶过来问，一会儿四阿哥来吃什么。昨天他来的时候已经用过了晚点，今天算是久违地在这里用膳。许照山正激动得在一边等着呢。

"……你说呢？"李薇难得地生起了点儿患得患失，居然不敢点了。

玉瓶也是一怔，回忆了下四阿哥以前在这里用的菜品，随口说出了七八样，问："您看这几样菜怎么样？"

李薇听了却觉得哪个都不好。大概是被之前的流言事件吓的，再见到四阿哥，她有种恨不能死死巴在他身上不下来的感觉！

她想讨好他，却发现以前点膳时都是随着自己的口味点的……她居然没仔细记四阿哥到底喜欢吃什么！难道还照着自己的口味点？

她面色沉重、眉头微蹙的模样，让玉瓶和许照山都不敢说话了，木鸡一样站在那里。

李薇在心里转了好几圈，咬牙道："让他们……上个牛肉的锅子。三个月的小牛，挑好肉片成薄片，再来点儿羊脑。荤的只要这两样，剩下的让他们看着给。对了，不要豆腐。记得嘱咐一声，汤要清水，不要鸡鸭鱼羊煮的荤汤，里面放点儿葱段和姜片就行。"

玉瓶迟疑道："现在吃锅子，是不是有些早？"吃火锅未免不雅，各种菜肉涮出来汤水乱溅，格格当着四阿哥的面儿这么吃……万一甩到身上呢？多难看啊。

"就上这个。剩下的拿点儿饽饽就行，不必准备面或米饭了。"李薇到底还是顺着自己的心意点了。

四阿哥爱跟她一起吃，极有可能是他们两人的口味相近。最重要的是让她照四阿哥的口味点，她就真不知道怎么点了。

许照山响亮地答应了声，转头就往膳房跑。

膳房里刘太监正站在院子当中，看到他脚下飞快一路小跑地进来，叫住他问："怎么了这是？跑得跟火上房似的。"

许照山亲亲热热地贴上去喊了声："刘爷爷好，我们李主子想要个锅子。"

"有！都有！"刘太监笑得跟弥勒佛似的，招手喊来个小太监领许照山进去，还嘱咐道："好好侍候你许哥哥！可不许耍滑头！"

小太监笑嘻嘻地道："我哪里敢哪！"他腰一弓："许哥哥，您往这边走！弟弟给您瞧着路！"

看着这两人的背影，刘太监长出一口气。李格格既然主动来要东西了，想必四阿哥那边也快没事了吧。最近四福晋整治的新规矩他们这边也听说了，如今想打探点儿什么可难喽。

倒是听说又有了一个武格格，只是不知道能耐如何。目前还看不出什么来，想来也不是什么要紧的人物。

刘太监掏出鼻烟来嗅了一口，忙捏住鼻子忍住一个大喷嚏，两眼一酸，憋出两泡泪来。他掏出帕子擦擦眼，张嘴打了个大哈欠。

这人啊，有了底气，总免不了宠爱自己。他打进宫起就在膳房里侍候，见过的主子没有一千也有八百。但凡受宠的，就不乐意用膳房配的膳，喜欢自己点个东西。等没了这份底气，不必他们给脸色，人家自己就不敢张这个嘴了。

打从四阿哥搬进阿哥所后，只有这个李格格喜欢要东西，东点一个西点一个，还喜欢指手画脚，吃个烤羊肉不要花椒，他只好交代厨师先把花椒炸出油来，再用这油腌羊肉——不然缺了这一味儿，回头吃不好了又来闹，他可不想去试试主子们的脾气。

吃个青菜，要开水烫过后沥干水，用底油炒香蒜末就离火，菜放进去一拌再一调味就行。她这么说过后，刘太监带着师傅来回炒了七八盘才品着差不多了，给她送去。

但刘太监还就喜欢李格格这样的，这样的主子看着是难伺候，可像四阿哥那样给什么都没意见，吃得好不好也没意见的，才让他害怕。万一什么时候惹到四阿哥了，小命都丢了的时候还不知道是怎么死的，进了阎王殿也是个糊涂鬼啊。

而且，有了李格格，他不就知道四阿哥的意思了吗？之前李格格好长时间不来叫膳，他还替她小担忧了一把。如今看来，还算平安。

膳房里也都有双利眼，见许照山被个小太监领着进来，大师傅的脸就笑成一朵花了。要什么都行，怎么吃您吩咐！许照山顺顺当当地就把差事办完，可他吩咐完了又不敢走，就这么等着大师傅切肉，那边洗菜的、切菜的、准备锅的、挑不出烟又没味还能烧得好的炭。他这边转转，那边转转，顺便给这位帮把手抬个菜筐，给那位搭个手递个盘子。

别人要嫌他吧，他一张嘴还能说出个三四五来。

原来是个行家啊。

一个正切丝的师傅问他："怎么？你是打算干这个？在主子身边侍候多好，何苦干这种脏活儿。"

许照山在旁边紧紧盯着他的手势，一手自己虚比画着，道："主子身边的能人太多，出头不易，我也要多学着点儿才行啊。"他总不能做一辈子的提膳太监吧，现在年轻还看不出来，三五十岁以后呢？

多学一手，日后也多一条路。

师傅听他这么说，也是一叹，道："你要实在想学，在这里看是看不出来的。回去自己想办法练练吧，练得差不多了，再想办法拜个正经师傅学。别想着能学成个全才，要么专精一味，要么，你就当个点膳的也行。样样都能说出个七八分来，也够你出头了。"

这师傅也是实心教他。许照山仔细一想，还真是。他在主子身边，专精一味的话，主子总有个吃腻的时候。要是样样都懂一点儿，不求多专精，样样都能学个七八分，哪怕只耍嘴皮子，也是个门路。

他也就歇了偷学手艺的心，转头开始看人怎么摆盘。这倒是个实在手艺，李格格好吃点心，他学会这个立刻就能得着好儿。

各色东西准备好了八成，只剩下肉还没片，这个等李薇那边叫膳了，他们这边现片才能好吃。

许照山盯着东西放到一边摆上签子，又给了小太监二两银子让他盯着，千万别让人给换了菜，才放心回去了。

小太监拿着二两银子喜滋滋地跑去找刘太监，倒让刘太监在头上拍了一下，道："你个没眼色的。算了，拿了就拿了，嘱咐你的差事可要办好！别收了银子还不办事。"

小太监本来打算银子收了就颠儿去，见刘太监这么一说，就真的回去站在那里盯着了。有人要东西，见这里有现成的就想拿，被他一个个地给轰走了。

一直盯到许照山再来，大师傅快刀片了五盘子肉，拿膳盒装了，好好地给许照山送回去了，小太监才松了口气，一边抹着头上的汗，一边心道：这二两银子拿得真累啊。

四阿哥这两天可以轻闲轻闲，他在书房里看了一会儿书才到李薇这里来。

屋里已经点上了灯，李薇刚福下身他就把她扶起来，目光在她头上的桃花簪上打转儿，笑着问她："这簪子可喜欢？内务府刚送来的，我瞧着就这个还算勉强能入眼。"

四阿哥拉着她的手，两人坐到榻上。炕桌一早就搬开了，靠着大迎枕，四阿哥一手搂着她，一手握着她的手，柔声道："这些日子没来看你，都是外面的事太多了。"

他捏着她的下巴轻轻抬起，看着她水灵灵的眼睛，凑到她腮边深深一嗅，轻声道："想我不想？"

李薇眼角扫到屋里都没人了，大胆地迎上去亲在他嘴上，道："想，白天夜里都在想，夜里想得厉害。"

四阿哥笑了，道："好甜的嘴儿！可见一日不见，如隔三秋。以前这种好听话可少见得很。"

李薇搂着他，整个人往他怀里钻。四阿哥的手在她背上抚摸着，低头在她额头鬓边亲吻着，跟着滑到她耳朵上咬了一口，轻轻呵气道："别急……"话音未落，他的手从她的背上滑到了她的屁股底下，包住她的大半个屁股往上猛地一提。

李薇整个人往上一蹿，被他抱个正着，仰面躺在了他的怀里。

他一手揽着她，一手开始解她领口的盘扣，一边柔声说："这衣裳是新的？跟这根簪子倒是挺相配的。"

等李薇叫人，外面的人才敢进来，打水洗漱折腾一通，再叫膳。

锅子上来，四阿哥看到大盘的牛肉就笑，还特意看了她一眼。风卷残云般，五盘肉吃得干干净净。漱口饮茶后，四阿哥还练了半个时辰的字，两人才上炕歇息。

照样还是凌晨三点起来，站在那里让宫女们侍候着穿上衣服时，四阿哥理着袖子对苏培盛道："库里新送来的绢纱缎子，你看着一样给你李主子挑几匹来，让她裁几件新衣裳。"

苏培盛这次趁着他用早膳就叫来张德胜吩咐了。

张德胜苦哈哈地又一大早地跑正院去，心里道：还是李主子厉害啊，一次就得个簪子，再一次就得几匹布。这回可不比簪子那么小一个，也不显眼，师傅的话是一样挑几匹，七八样加起来可要堆成座山喽。

不过，这也是四爷自己的东西，爱赏谁赏谁，眼气的都跟李主子学不就成了？侍候好阿哥爷，要什么没有呢？

他一路小跑进了正院，大嬷嬷开了库房，挑颜色鲜亮不违制的，粉红、嫩绿、淡紫，既衬那位李格格的皮子，又合她的阿哥爷的眼的料子，痛痛快快地搬了小二十四出来。

张德胜苦笑，又叫了两个小太监帮着他扛走了。

正院里，这次福嬷嬷可没办法瞒了，新进的料子，小二十四呢，谁看不见呢？

"福晋……"她为难地道。

福晋平静地道："嬷嬷，眼皮子别太浅了，她是能陪着四阿哥进宫领宴还是能拜祖宗时站在我前头？不过是个格格，四阿哥要怎么宠都是他的事，我不能替他宠，但我也不能故意败他的兴致。不然，看笑话的人多着呢。"

福嬷嬷没话了，细想想，福晋说得也对，可她又道："这么偏着这一个，另外那两个不平了闹起来怎么办？"

福晋这回笑了，慢条斯理道："李格格能得四爷的心是她的本事，不服的只管跟她学去。学又学不会，比也比不过，这种人哪里还用嬷嬷来操心？就是我也看不在眼里。"

李薇起来时，除了摆在西厢的那十八匹新料子，玉瓶还有个留言让她惊讶得合不上嘴。

她刚爬起来时，玉瓶就附在她耳边小声说了："四爷说，他今天还来，让您……乖乖等着他。"

李薇心情甚好地想起了一道极有名的点心：枣泥山药糕，她现在终于有心情享受美食。叫来小许子，让他拿着银子去膳房要东西。

许照山揣着银子到了膳房，小太监昨天刚收了他二两银子，虽然嫌赚得辛苦，但谁不爱银子呢？一见他就迎上来，笑眯眯地亲热道："许哥哥来了？您辛苦！主子们想要点儿什么啊？您只管吩咐！小的一定给您办得妥妥当当！"

许照山开始跟着赵全保提膳时，已经是李薇疑似失宠的时候，说实话，他还真没被膳房的太监趋奉过，也没感受过李薇受宠时玉瓶受到的待遇。

所以他就直接跟这个小太监说了。

"枣泥山药糕？"小太监眼珠子滴溜溜一转，做出一副为难相儿来，"这道点心倒是梁师傅做得最好，可他现在正忙着做饽饽呢，怕是抽不出空来啊，要不，您下午再来？"

别啊，许照山虽然才进屋侍候没多久，可也早知道李薇的习惯，她现在要的东西，一般中午前最好就能看到，午膳后就要吃的。虽然没见过李薇罚人，但以前玉瓶来时都能把东西拿回去，换成他怎么着也不能差劲儿不是？

于是赶紧"好弟弟""亲弟弟"地叫了一通，又塞了五分银子给小太监——大头他要给做点心的大师傅留着才行。

五分银子虽然不算多，但也不少了。小太监只是拿个拦路钱，又不是要故意跟许照山不对付。好处到手就痛痛快快地带他去厨房了，到地儿了让他站在门口，他进去找大师傅说。

梁师傅听了要的点心，也没多问就点点头，小太监这才把许照山叫进来。梁师傅收了银子，许照山千恩万谢，说定来拿午膳时一块拿走才放心回去了。

等他走后，梁师傅吩咐帮厨的小太监挑山药、去皮、切段上笼蒸熟，再挑半斤红枣出来，去皮去核，另外还要去库里领白糖。

开了白糖的条子，一事不烦二主，领着许照山进来的小太监拿着条子去找马太监了。马太监拿过条子看看，拿出钥匙让人去库里称白糖，然后随口问了句："这是哪个院里主子要的啊？"

小太监笑眯眯地道："四阿哥院里李主子新提拔的小许子来要的。对着梁师傅千求万告，午膳时就要拿过去呢，这不，梁师傅先开了条子，打算一腾出手来就做呢。"

马太监一怔，坐着思量了一会儿，拿起条子来，叫上小太监去了刘太监的屋子。小太监还糊涂着，心想：称二两白糖还要找刘爷爷点头？难道许照山的主子身份太低，不能要点心？

乱七八糟想了一通，他还是不解。

刘太监扫了一眼条子，对马太监道："你去盯着，记得让他们把糖筛两遍。"

等马太监出去，刘太监细细盘问了小太监一遍，然后满意地放下条子打发小太监出去。小太监丈二和尚摸不着头脑，过了一会儿，他居然看到刘太监去了厨房，跟梁师傅交代了好一会儿。

他交代过后，梁师傅把做到一半的饽饽放下交给徒弟，洗干净手去做那山药糕了！小太监的下巴都掉下来了，心道：难不成这许照山是刘爷爷的亲戚，怎么这么照顾他？

他心里这么想，等许照山来了就前后围着转个不停，不但把昨天加今天的二两五分银子全还回去了，还多拿了一碟双色荷花酥放在膳盒里，口口声声这是他孝敬他许哥哥的。

小太监把许照山哄得险些找不着北，等他回去后，一边把膳盒给玉瓶和玉盏，看她们摆膳，一边不解地把这事拿来请教玉瓶。

玉瓶习以为常，轻哼道："你不知道他干吗这么狗腿是吧？等着瞧吧，日后狗腿的多着呢。"言罢，挺轻松地带人抬着膳桌进去了。

留下许照山在那里品味她话里的意思，顷刻之间，许照山明白了！一瞬间，他激动得脸庞红亮似火。能跟着一个让人连身边的太监都要巴结的主子，那简直就是撞大运了啊！

他透过窗户，能看到屋里坐在榻上的李薇，她正倾身看着膳桌，面露微笑，玉瓶在旁边正把那盘枣泥山药糕摆到她面前，再递给她一双银筷。许照山屏住呼吸，瞪大眼睛，简直想钻到屋子里去听一听格格喜不喜欢这盘点心。

膳房进的这道枣泥山药糕做成五瓣花的形状，小小一个，嫩白可爱，枣泥的馅填在里头，山药的皮子半透明，隐隐透出下面的红色来。

李薇克制着仅仅尝了两个，大概盛名之下其实难副？就一个感想，这枣泥肯定是现制的，甜中透酸。放下银筷后，嘴里品着那貌似不起眼的味道，却总是忍不住想再吃一个，再吃一个。一会儿不知不觉间，她把那一盘都吃完了。

完了，正餐没吃，先填进去一碟点心。

她自己吃满足了就想起四阿哥，要不要小小地拍个马屁？

拍吧，拍老大的马屁不丢人。

她叫来玉瓶，让她再拿银子给许照山，晚点的时候再上一份枣泥山药糕。许照山一听到消息，饭也不吃了，碗一放就拿上银子往膳房去。

刘太监正等着他呢，一见他来，亲自接待，笑眯眯地听许照山复述李薇的种种要求，一点儿都没有不耐烦，然后再亲口叫人好好地把许照山送走，连他捧出来的银子都推回去了。

小太监巴结着把许照山送出膳房，亲热地道："好哥哥，亲哥哥，以后要多关照弟弟，你看咱俩长得这么像，说不定以前还一个祖宗呢。"

许照山瞧瞧小太监瘦小的个头，再看看自己长不高的个子，心道：是像，咱俩就个子像。

做山药糕的梁师傅苦着脸，道："做成麻将的样子不难，但半糖……刘爷爷，山药那个味没糖怎么吃啊？"回头送上去吃着涩了，他的脑袋还要不要？

刘太监泰山崩于前而色不改，安慰梁师傅道："主子的意思大概是不要太甜的，你多做几样，咱们都试试。"

梁师傅一抹脸，喊帮厨的小太监都来削山药皮，挑枣做枣泥。刘太监喊来马太监去开条子拿白糖，梁师傅把白糖小心翼翼地一份减一钱分成了七八份，一边摆着糯米粉，随着白糖的减少，酌量一份多加半钱到一钱。

没了白糖，总要有别的来调和山药的口感。

闲着没事干的小太监被叫过来试味，可他们吃到嘴里，哪个都说好吃，问哪个最好，几乎全都指着糖分最多的那份。

梁师傅再抹一把脸，端着山药糕找上了刘太监，道："刘爷爷，您给试吧，这群小的肚子里没油水，吃不出味儿来。"

他言下之意，自然是说李格格肚子里油水太足，才会嫌点心糖多了。

于是，刘太监把大厨们都喊来试味儿了，不求他们说出好不好吃来，口味这东西人跟人不一样，只要他们吃出哪一份最协调。

结果指出来两份，一份是七分糖，一份是三分糖，三分糖那个有个专做鸡鸭的大师傅说："吃起来跟馒头差不多了，能配上粥当饭吃。"

梁师傅泪流满面。三分糖的糯米粉加太多，可以改个名叫糯米枣泥糕。山药？哦，那是加进去丰富糯米粉口感的。

刘太监大手一挥，梁师傅做了两份，一份七分糖，一份三分糖。做完，他抹了把额头上的汗，一下午什么都没干，光做这个了。

做好后，生怕再有什么问题的梁师傅不等许照山来拿，赶紧让人给送过去了。两碟还特意放了签子标上名字，那份三分糖的，梁师傅思量再三，还是标成糯米枣泥糕，标成山药的他亏心……

李薇看到时就以为糯米那碟是膳房多给的。

下午，看着快到四阿哥回来的时间了，李薇决定今天要是四阿哥不来，她就把点心送到书房去。她总有点忍不住想为他做点什么。更不安地想他早上走前虽然那么说，可下午说不定就改主意不来了呢？

于是，她就不停地从妆盒里拿出怀表看时间。这表还是福晋进门前，四阿哥拿给她的。她看着表又发起了呆，玉瓶看到她这样，蹑手蹑脚地躲出去。

堂屋里的玉盏抬眼看看，低头继续剥松子。

外面的玉烟看到玉瓶出来，使了个眼色，两人拿着丝线一边分线，一边小声说话。

玉瓶道："格格这样，看着实在让人心疼。"说着她朝武格格那边看了眼。

玉烟虽然是背对着武格格那头，却接话道："凭谁都能跟咱们格格比不成？那一个两个的，抵得过咱们格格一根指头吗？"

李薇的宫女们对她的信心倒是充足得很。她们旁观者清，从李格格进阿哥所就在她身边侍候。她们亲眼看着宋格格不敌，福晋铩羽，四阿哥就是喜欢她们格格。

这个武格格也就是碰上好时候，刚进门，四阿哥总要新鲜几天，刚巧她们格格又身上不好，才显得她风头正盛。如今格格刚好，四阿哥就连来两天，好东西不停地往她们格格屋里搬。

"现在咱们只管瞧着，"玉烟压低声道，"我看，那边坐不了几天就该来找咱们格格了。"她朝后面武格格处一眨眼，跟玉瓶两人咯咯偷笑起来。

四阿哥从上书房出来后，没回阿哥所，而是直接去了太子那里，苏培盛过一会儿让人回来传话，说太子留饭，四阿哥就不回来用了。

李薇本想让人把山药糕送到书房去，被玉瓶拦下道："四阿哥又没说来，这东西过了夜就不能用了，万一四阿哥回来就过来歇了，不是白费了您的心意吗？"

平常拿回来的点心，格格总是不一会儿就吃完了，看这特意留着的，肯定是给四阿哥预备的。

一直快到四处要闭宫门了，四阿哥才匆匆回来，果然就像玉瓶说的，直接到李薇这里来了。他一进院，苏培盛就带着人赶紧去膳房提热水了，屋里人人都忙碌起来，拿替换衣服的，准备洗漱的，等等。

李薇捧了碗热茶给他，四阿哥接过后，吹两口不急着喝，先问她："你这里的糖和点心还有没？拿点儿过来。"他在太子那里被太子劝膳，从头到尾顶用的没吃几口，反正他也不是去吃东西的。用完又陪太子在书房写了半天的折子，饿到现在就喝了两碗茶。

"有，有，我下午刚要的两碟子点心还没动呢。"李薇赶紧去端。

倒是四阿哥听了她的话一怔，下午要的两碟点心现在还没动？端来一看，他就笑了，方方正正、没一丝花纹的点心，一看就知道是给他准备的。

四阿哥累了一天，这会儿看到李薇拿来的点心，心情愉悦地拿起银筷夹了一块细品，不一会儿，两碟子点心全进他肚子里了。

李薇这才后知后觉，道："四爷，您饿了吧？膳房现在肯定还没熄灶呢，叫他们给您准备点儿东西吧？快得很。"

"不用。"四阿哥肚子填了七八分饱，满足地舒了口气，捧起茶来慢慢喝。他从太子那里出来，一回来却赶着叫膳，这不是明摆着说在太子那里没吃好吗？

热水来了，两人洗漱后躺下。

屋里变得安静下来，玉瓶和玉盏悄悄在堂屋留了灯，然后都退出去了。站在外面的寒风中等到凌晨三点，苏培盛过来，她们才回小屋跺跺脚，灌两碗热茶暖暖，再赶紧出去侍候四阿哥早起。

李薇也跟着一道起来了。

四阿哥使眼色让其他人退开，由着李薇服侍他穿衣，她给他系腰带时，他低声在她耳边笑道："怎么今天不睡了？"说完，手在她下巴那里温柔地摸了两把。

以前那是让你折腾的！再说，怎么可能折腾完凌晨三点再起来？她又不是铁人。但看四阿哥每天都是凌晨三点起，她就特佩服！皇阿哥果然不是一般人干得了的。

她眨巴眨巴眼，特崇拜地看着他，让四阿哥在她脑门儿上轻轻拍了下："小狗腿。"手放下来时又是从耳根滑到脖子上，让李薇起了一身麻酥酥的鸡皮疙瘩。

送走他后，李薇居然挺有精神的，于是回笼觉也不睡了，坐下叫来玉瓶，跟她商量过年是不是给四阿哥送个亲手做的什么东西。

她果然越来越爱他了是吧？李薇挺满足地想。爱果然就是要不停地对人好，对不对？

玉瓶也很配合，两人从靴子一路商量到衣裳、小件的荷包和腰带等。玉瓶正要喊玉盏去开箱子，把皮子、衣料等拿出来看，玉烟进来道："格格，武格格看您来了。"

啊？

李薇发现自己居然有点儿紧张。她对着宋格格就没这感觉，也就当初福晋进门后，让她时不时地觉得芒刺在背，可那是福晋，现在武格格也让她觉得不舒服了。

武格格进来后，她倒是立刻堆起满脸的笑。两人坐着喝茶吃点心，聊聊针线，说说胭脂。李薇爱拿小零碎堆花，做衣裳剩下的边角料她总舍不得扔，但堆完了又没机会戴，都攒了一大盒了。

宫女们头上的东西都是有定例的，她说让玉瓶她们拿去戴或赏人，可没人敢——主子做的东西拿去赏小宫女？她们可没那个胆子。主子做得再烂，也是主子亲手做的。

现在拿来当个话题挺好，武格格很捧场地当场试了好几朵，最后临走前求着李薇拿了六朵走。

李薇笑呵呵地送走了人，回来就有些担心，亲手做的花……这个是不是宫斗里被陷害时的常用道具啊？

之后倒是看到武格格常常戴着过来找她，见武格格挺不在意地当平常普通的花戴着，李薇也渐渐放了心。

倒是四阿哥再来时提了一句："武氏头上戴的花，我怎么看着像是你扎的？"

李薇心里一酸，脸上就露出来了，四阿哥得意地捏着她的下巴道："这就酸上了？让我试试，喝了几斤醋？"

四阿哥顺手把她抱到怀里，见她神色消沉，不由得安慰道："好了，你既然学不会不醋，那就干脆少出门少见人，也少得罪几个人，免得人人都看你不顺眼。"

嗯？这话说得意有所指。李薇可没发现有人看她不顺眼啊。福晋可能心里有些不舒服，但也没发现给她穿小鞋啊？她立刻支起身，追问道："爷，谁看我不顺眼？"

四阿哥看着她，心里暗骂了声"蠢蛋"，道："这院子里谁看你都不顺眼。爷几乎天天都歇在你这里了，你说谁看你能顺眼？"

他把她抓过来搂住，小声道："你跟武氏好些也好，她刚来没根基，正是要求着你的时候，就跟你院子里的人一样，有些事她不等你说就会帮你办了。"

见她又露出傻样儿，四阿哥发愁，平时看着也不蠢，但有时就是不开窍。院子里四个女人，他待她也够特别了，怎么不见她有一丁点的自觉？武氏刚来，他连鼻子眼都未必看清，怎么会舍她而就武氏？在她眼里，他待她的情分就这样不成？

四阿哥叹气，不再多说，只提了一句："你把心放到肚子里，你的爷是个念旧情的。"

不是等闲什么人跳出来就能把你从你家爷这里挤下去的。你家爷也不是喜新厌旧的人。

对四阿哥来说，院子里的人大大小小的都是他的奴才，不过有些得他意的，有些使着不顺手。不顺手的自然要调教，调教不成再论。得他心意的，就是有些小毛病，他也容得下。

宋氏和李氏两个格格各有千秋，他与她们相处一阵子之后，自然顺从心意跟更喜欢的李氏在一块更多。

时间长了，他也听到一些风言风语，也见到阿哥所里的太监和宫女们蜂拥到李氏那里去，但最让他惊讶的是，李氏竟像个傻瓜似的，不但没发现那些宫女太监都在拍她的马屁，连她自己院子里分来的那些人，她都没收拢到手里。

一直只用着一个玉瓶不说，还怕院子里的人没活干生二心。他没忍住教了她两句，以为她从此就要开窍了，结果还是老样子。

福晋进门后，宋氏和李氏都有些退缩。宋氏是天天跑去福晋那里，李氏开始也跟她去，去了几次后又不去了，也不知道她在想什么，献个殷勤都能半途而废？这事要放在四阿哥身上，别说只是坐一两次冷板凳，就是天上下刀子、座上有钉子，他都不会停。

再说，福晋不趁机给她们下马威，难道还要跟那些侍候她、巴结她的太监宫女似的？连谁求谁都没搞清，蠢货。这点上，宋氏明显比她看得明白得多。

宋氏有了身孕，福晋都被刺激得开始四处钻营，想方设法地在他面前争宠，他一头吊着福晋，偶尔抽空去看看李氏，见她就像身处桃花源一样，对外面的事连一丁点儿的反应都没有。身边的人还是只有那一个。

世上居然真有蠢成这样的人！四阿哥感叹。

可老天爷疼傻瓜。李氏是脑筋转得慢又糊涂，但因她有宠，自然有人愿意替她搭一条通天梯，以求能一人得道，鸡犬升天。幸好像她这样的人也是少数，至少宫里是难得一见的，所以她身边的人里还是有几个得用能干的。

那些人渐渐替她把事都管了起来，但四阿哥知道这还不够。福晋的手越伸越长，虽然现在还不敢伸到他身边来，可宋氏、李氏和武氏她们都在她的手下吃饭。宋氏一向跟福晋走得近，他不必担心，以她的心思护住自己，平安生下孩子不难。

李氏却有些为难。幸好武氏还不算太笨，见李氏有宠而她无宠，就想靠到李氏这边来。

对四阿哥来说，真是瞌睡了正好送来了枕头。他虽然担心李氏，却还不至于为了她去干涉福晋，就是福晋真要摆布她，他也只能看着，为了一个格格去下福晋的面子，这种事他不会做。

他只能多去看她，多给她赏赐，把宠明明白白地摆在明面上，让福晋不敢下手。可明枪易躲，暗箭难防。有了武氏在，正好能护住李氏。有些事，武氏看明白了，也能提点李氏一两句。

晚上，两人歇下时，四阿哥看着李氏转瞬就睡着了，心中倒是挺羡慕她的脑子的，果然人越聪明越累，看，这笨的一点儿心事都没有，睡得多香啊。

四阿哥叹了口气，在她平缓的呼吸声中也很快入睡了。

跟着，四阿哥和福晋就忙了起来。从过年开始一直到十五，两人几乎天天都要进宫领宴。阿哥所里就几乎家家都在唱空城计，免不了的，剩下的主子里要有一个出来挑大梁。

别人那里如何，李薇不知道，她只知道四阿哥这里，宋格格一早就捧着肚子回去安胎了，武格格就一副"姐姐，我都听你的！"样子。

苏培盛跟着四阿哥进宫了，张德胜有什么事就使人来找她拿主意，而福晋那里以前很有派头的福嬷嬷也摆出"我不存在"的脸，装不知道！

李薇傻眼了。开什么玩笑啊！她以前表现出很爱管事的样子了吗？

李薇请张德胜帮忙递话，因为太忙，四阿哥最近回来就歇书房里，她见不着。结果张德胜把话传回来，四爷的意思是她能管就先管着，管不了的去问大嬷嬷就是。

李薇就如同得了尚方宝剑，当天就郑重地去请大嬷嬷了。她传话的时候要了个小心眼，把四阿哥的前半句话省了，只是说"四爷说这段日子要辛苦大嬷嬷管一管家了，我们都是小辈，见识短浅，请大嬷嬷辛苦一次，等忙过这阵就好了"。

大嬷嬷从小养着四阿哥，怎么会不知道他？什么时候他放着院子里三个格格不用，要个奴婢嬷嬷来替他管家？

宋格格有身孕，武格格刚来，大嬷嬷看着坐在上面的李格格，心里就知道这大概就是四阿哥属意接摊的人，可看她这样，是想找个顶缸的？

大嬷嬷话说得极漂亮："格格哪里话？您是主子，咱们都顺着您的意思来，您说声捉鸡，奴婢不敢捉只鸭子拿过来。"

李薇被她逗笑了，大嬷嬷继续道："……您用得着奴婢，奴婢肝脑涂地，绝无二话。"

大嬷嬷说完，还等着李薇再来个下马威或什么的，谁知李薇就欢快地把活都交给她了！话说得非常清楚，张德胜那边有事只管来回大嬷嬷，这小三进院子里，大大小小的头头脑脑，有事只管来找大嬷嬷。

所以您就只管高卧是吧？大嬷嬷和站在下头的张德胜对了个眼神，大嬷嬷略显无奈地道："既然格格看得起奴婢，奴婢就暂时顶顶。"

张德胜倒是一出来就"扑哧"一声笑出来了，还怕人看见，缩脖子举袖子挡住嘴，被从后面出来的大嬷嬷一巴掌拍在后脖颈子上。

"哎哟！大嬷嬷！"张德胜被打得往前一栽，赶紧站直了回头一看是谁拍的，马上挤出一脸的笑，三孙子似的扶着大嬷嬷回正院了。

大嬷嬷也是个雷厉风行的人，立刻叫齐了各院子里领头的发了话，主子们进宫，他们这些人更要严守门户。

"我知道你们在各处都有亲，过年的时候免不了出去会会朋友、见见家人。只是如今主子们不在，咱们胡跑乱窜，冲撞了哪位贵人要怎么办？不但是给主子们脸上抹黑，就是自己也要倒霉的。不如先拘束个十几天，等主子们的大事忙完了，自然会给大家会亲访友的时间。"

大嬷嬷说完安抚的话，跟着就毫不客气地定了几条规矩。

一是除了三位格格院里每天出去提膳的人之外，其他人不得外出。去提膳的人每天也只能出去两次，哪位格格临时想要个什么点心的，要先来她这里报备一声。

"放心，像宋格格有身孕，时不时地想用点什么也是常理，咱们不会克扣这个。格格们有想要的，只管来说。"大嬷嬷很客气，其实她怕的是李格格，这位李格格从进阿哥所起就跟膳房杠上了，一天不叫两回东西就跟身上痒痒似的。

大嬷嬷有些看不上这种爱折腾的，但也清楚这位主子只是骨头轻，给点儿小风这主子自己就能飘上天，年轻不沉稳而已，虽然不讨她的喜欢，可阿哥明显是看在眼里了。

倒是福晋这样的，大嬷嬷觉得是个福晋的样子，可惜阿哥不习惯有人管头管脚。

二是外院的事，问张德胜，内院的事问她，除他们两人外，这院子里谁说的话都不管用。

"觉得奴婢僭越的，等这次事了，奴婢磕头赔罪。现在只好得罪了。"大嬷嬷说这话的时候，看的却是福晋院子里的福嬷嬷。

进宫领宴的事，福晋带的是身边的贴身宫女，福嬷嬷可能是年纪大，也可能是福晋特意留下来看摊的。

大嬷嬷觉得后者可能性更大。谁知啊……她微微一笑，这事先是便宜了李格格，哪知李格格胆子小又把她推了出来，倒让福晋的盘算落了空。

福晋跟格格她们用的都是内务府的人不同，她进宫是带着班底进来的，内务府虽然拨了人来，可福晋也没让他们近身侍候。如今内务府分给福晋的太监还只是做些去给阿哥传话这样的闲事，可见福晋有多信自己人。

可他们这些宫里的太监宫女也不是好欺负的，于是自然而然就成了泾渭分明的两边。宫女和太监们想往福晋身边挤，福晋自己用的人却插不进阿哥所的杂务里来。

这次领宴虽然只是短短十几天，但只要时机合适，福晋的人里怎么着也能显出一两个来。福嬷嬷大概就是干这个的。

大嬷嬷也有些傲气，福晋不用她，她就只挂一把阿哥库房的钥匙养老去。

想起福晋，大嬷嬷就想叹气，手段是有，心气也有，气势也足，就是心境差了些，不明白事缓则圆的道理。她既想谋求在阿哥身边说一不二的地位，怎么不明白所求越高，头就要越低呢？

晚上，福晋回来后知道了这事，特地把大嬷嬷请来，道："这些日子我太忙，没顾得上家里，倒让大嬷嬷劳累了。"

大嬷嬷心道，果然来了，跪下道："奴婢替主子办事，不敢称劳累。"

福晋一笑，让福嬷嬷扶大嬷嬷起来，指着福嬷嬷道："我这院子里的事都是福嬷嬷总管，大嬷嬷有什么不明白的，只管问她就是。"

大嬷嬷冲福嬷嬷笑一笑，对福晋说："是。"

福晋道："旁的也都罢了，书房那边有张德胜看着，这后院里，李格格和武格格都是规矩懂事的，倒是宋格格现在身子重些，嬷嬷多看顾些吧。"

大嬷嬷再应了声"是"，看福晋再无吩咐就退下了。

屋里，福嬷嬷屏退所有人，跪下道："都是奴婢办事不力。"

"罢了，"福晋叹气，让她起来道，"也是咱们盘算不到。"

她和四阿哥这一去宫里，阿哥所这里肯定要乱一乱。大嬷嬷自从她进门就被供起来了，本来她以为出来顶事的应该是李格格，到时福嬷嬷出去做个帮手是刚刚好。

谁知李格格居然把大嬷嬷又挖出来了。

大嬷嬷管事，这院里的人也跟她处了有七八年了，自然不是李格格或福嬷嬷能比的。现在福嬷嬷就算伸手，估计也管不到什么了。

福晋看着燃烧的灯火，恍惚了一瞬。然后又把心思拉回来，她本来见李格格平时要东西要得厉害，也能哄着四阿哥赏她东西，对自己也算敬畏，是个眼皮子浅又好拿捏的，就算让她代管几天也不至于出事，还能恰好地让福嬷嬷插手，又能撇开她……

一石二鸟的好主意，偏在大嬷嬷这里触了礁，根子却是李格格嫌管这几天都烫手。

福晋摇头，这下她把福嬷嬷送出去就有些生硬了。可若是不趁这个机会，哪里还有两个主子都不在的时候呢？何况再拖几个月，宋格格就要生了，不管男女都是四阿哥的第一个孩子，她就算无宠，也能跟李格格齐肩了。比起李格格来，福晋更忌惮她。

按按抽痛的额头，福晋突然想……她是不是太急了呢？眼看着宋格格的孩子就要落地，四阿哥要了个武氏，又拼命地宠李氏。

她的心乱了。

福晋深呼吸几下，对福嬷嬷道："这次就算了，最多半年咱们就要开府，到那时方是名正言顺。"

福嬷嬷小心翼翼地看了眼福晋的脸色，虽然是她奶大的福晋，但现在福晋的威严日盛，连她也有些怯了。于是不敢再多说什么，侍候了福晋安歇就退下了。

回到小房间后，福嬷嬷就着小丫头提的热水简单洗漱了下，除去钗环和外衣躺下时，她不由得开始盘算起开府后这府中如何安排。虽然她跟福晋商量过，开府后肯定各处举荐来的人就多了，但四阿哥的心意也难以捉摸。

乌雅氏、佟佳氏，还有福晋的乌拉那拉氏，也不知四阿哥会重用哪一族的人。

还有一件事让福晋忧心。福晋最近在宫里听到一个消息，说是今年开府，明年可能就要封爵。四阿哥大概能得个贝勒，这虽然是件喜事，但她怕四阿哥会立个侧福晋来压制她。宋氏有子，李氏有宠，哪个成了侧福晋都是她的心头大患。

福嬷嬷与福晋商量过数次，若是实在拦不下来，是宋氏好还是李氏更好？宋氏听话顺从，但她膝下已经有了个孩子。李氏受宠，但胆子小，骨头也轻，好对付。两个都各有利弊。

福嬷嬷辗转反复，几乎没有睡着就听到外面福晋起来的声音，石榴她们提着热水进去，又要侍候福晋进宫了。

书房这里，四阿哥也起来了。苏培盛端来枣泥山药糕和糯米枣泥糕，就是在李格格处吃过的那种。四阿哥上次吃觉得挺顶饿，最近书房里常备这两道点心。

怕在宫中出丑，早上四阿哥几乎是什么都不喝，两盘点心就这么生咽下去，最后才喝两口茶润润喉咙。

苏培盛把茶碗接过去，小声地把昨晚大嬷嬷被福晋叫去的事回了。

四阿哥状似无谓，道："哦，她是福晋，交代两句也是应该的。"苏培盛听到腰弓得更低了，屋里的太监们都成了木头桩子，鸦雀无声。

张德胜站在屋外廊下，敏锐地发觉屋里气氛不对，不由得往后退了两步，以期四阿哥出来不要看到他。不过怕什么来什么，四阿哥出来时，一眼就看到站在门口的他。

四阿哥脚下不停，却交代苏培盛回去听听他徒弟是不是有什么事要回报。他交代道："宋氏那边要精心，现在她月份大了，有什么事让张德胜盯着。李氏那边……算了，她一向乖巧，这种时候躲还来不及。"

苏培盛就错后一步，使眼色让张德胜赶紧过来，有什么话快说。

张德胜就说了两件事，一是宋氏那边有个太监拉肚子，请示是不是要挪出去。因为出去就回不来了，以宋格格的性格，也不会专为了个太监开口求人。张德胜物伤其类，有心替这个太监求个情，不必出去就在院子里治得了。

二是李格格那边最近连点心都不要了，每天就是两道膳。这位主子是不是有什么事不好说？

苏培盛略一思量，直接道："把宋主子那里的人挪出去，你也不动动脑子！那位主子如今可是挺着个肚子的，别说一个不入流的太监，就是你师傅我也要避得远远的！赶紧挪，别耽误！"

至于李格格，虽然只是不叫点心这样的小事，苏培盛却不敢轻易下结论，只道："李主子的事，回头有机会我回阿哥，你先盯着。要是有人不开眼给李主子委屈受，你先处置了。"

说到这里，已经到了院门口，张德胜站住脚，躬身目送苏培盛快步赶上前方的四阿哥。

张德胜回去后，第一件事就是先把宋格格那里的太监挪出去。那太监哭得没了人样，却不敢大声号，呜呜咽咽地听得人心酸。宋格格没开口，只让宫女送出来二两银子。

张德胜亲自把人送到内务府，自掏腰包打点了里面的人，把人送进去后，还不忘安慰他，日后好了还有机会回来。太监抓住张德胜的手不放，求他有机会多在主子面前提提他。

张德胜心道：我给阿哥提你，他知道你是谁啊？宋格格那边我就是真提了，宋格格那多一事不如少一事的性子，真敢跟福晋或是阿哥说吗？何况，你在宋格格那里也不是什么离不了的人啊。

这人大概就这样了，运气好呢，病好了还能再换个主子，运气不好可能一条小命就没了。

第二件事，张德胜先把每天给李格格提膳的太监许照山叫来，闲聊般问他，最近格格怎么样了？吃得可香？睡得可香？乱七八糟问了一通，才把人放回去了。

许照山心里挺美，书房里苏培盛的徒弟都来巴结格格，妈呀，他可要把格格这条大粗腿抱牢喽！

从根儿上说，张德胜是不信有人敢给李格格气受的，再说这位主子心宽着呢，只怕受了气她自己都未必能反应过来。

难不成是身体有什么不适？

张德胜坐立不安了，转头就去正院寻了大嬷嬷，先是提了宋格格那里有个太监拉肚子刚送出去，怕宋格格有什么不妥的，是不是请人过来瞧瞧？

再有就是……顺便瞧瞧李格格。

大嬷嬷一听就知道后面这位主子才是重点，与张德胜小声问："那位……怎么了？"

张德胜把叫膳少的事说了，道："这位主子不论怎么说，也是咱们阿哥爷心里挂着的，真出了事咱们再不知道，只怕不好收拾啊。"

主子生病，你们侍候的人居然不知？

大嬷嬷毕竟是个女人，她想的比张德胜还严重！

从这位主子承宠的日子来说，说不定就是有了消息，这才改了口味！她在屋里转了两圈，道："我去瞧瞧几位主子吧。"

还是亲眼看看才能放心。

最要紧的是，李格格屋里都是些没经过事的宫女，格格年纪又小，万一她自己和身边的人都没察觉，真有孩子了再让这孩子有个好歹……

想想四阿哥那阴沉的脸，大嬷嬷大冬天的出了一身冷汗。

她先去看了宋格格，问了起居饮食，安慰宋氏万事都不要放在心上，太监已经挪出去了，自然有人好好照顾他，若是宋主子习惯他的侍候，等他好了还让他进来。

宋格格道谢。从宋格格这里出来，第二个就是李格格。

一见到李格格，大嬷嬷就把她从上到下打量了好几遍，但只看脸色形容，倒看不出她是不是有了好消息。若是从四阿哥在这里歇过的日子算，就算有身孕了也还不到两个月。

跟着问饮食，大嬷嬷先告罪，说最近严守门户，所以进出不易，误了各位主子的事。再问最近李格格吃的喝的可有什么不如意的没有。

李薇笑呵呵地道："没有，都挺好。其实最近宫宴多嘛，膳房的人好像都被叫走了，留下的几个怎么做都是那个味儿。"

这才是您不叫点心又吃得少的原因吧？

大嬷嬷出来后又去武格格那边象征性地坐坐就走了。可回去的路上想了想，觉得还是慎重些好。就算不是，她慎重了也没错。若万一是，那这一慎重可能就救了不少人的命。

之后，大嬷嬷就借着宋格格有身孕的事，派了个嬷嬷过去，交代她除了宋格格，李格格那边也要再三留心。

那嬷嬷姓柳，人却长得矮胖，年轻时得了个"柳树墩子"的外号。

大嬷嬷也是习惯地喊她："墩子，我可把这两位主子都交给你了。"

柳嬷嬷抿着嘴笑，点头道："我都答应你。只是你也要给我交个底，这两个里，哪个才是这个？"她竖起个大拇指。

三个格格，却只让她注意两个，肯定是只有一个才是要紧的。

大嬷嬷笑道："你还用我提醒？快去吧。"都是人精，谁蒙谁呢？

柳嬷嬷笑眯眯地去了，先到三位格格那里都坐一坐，再跟几个格格身边重用的人都聊一聊，心里多少有了数。

到了晚上，四阿哥回到书房，泡脚解乏时终于有时间问苏培盛早上是什么事了。

苏培盛已经知道张德胜把人挪出去了，报给四阿哥也是毫无压力。再有李格格用膳少的事也徐徐报了。

四阿哥闭目养神，下面有小太监在替他捏脚，听完他道："张德胜做得好，回头你赏他。宋氏那边让大嬷嬷盯得紧些。"

苏培盛答应着。

然后他睁开眼，也没说李氏如何，让小太监擦了脚，起来又换了衣服。苏培盛赶紧让人准备灯笼，再去李格格那里报一声。

四阿哥一言不发，直接去了李薇那里。

她还没睡，躺在炕上望着帐子顶，数着还有几日四阿哥就不用再这么忙了。正想着，外面突然有声音，她披上皮袍子起来，喊玉瓶："外面怎么了？"话音未落，棉帘子一掀，四阿哥进来了。

李薇的眼睛瞬间就亮了！从炕上跳下来，鞋也顾不上穿，就要跪下，被四阿哥一把拉住按回炕上。

玉瓶和玉盏侍候着四阿哥脱了衣服，他也躺上来，合上床帐，留了盏灯，两人就退下了。

在床上，四阿哥躺平后长舒一口气，在被子里抓住她的手把她拉到怀里，闭着眼睛问："这些日子没过来瞧你，过得怎么样？"

李薇慢慢贴到他身边，抱住四阿哥的胳膊说："我都好，宋姐姐也好。大嬷嬷今天还送了个嬷嬷过来。爷累了，睡吧。"

四阿哥："嗯。"伸手要搂她，却一顿，让她躺平，手在被子里抚摸着她软绵绵的肚子。

"这些日子你乖乖的，等开了府，爷给你挑个大院子，嗯？"四阿哥心里一直盼着她有好消息，明明得的宠爱最多，一直没孩子反而显得奇怪。他听了苏培盛的话心里就有种预感，再听她说大嬷嬷也派了人过来，想必是真有好消息了。

过年时不好叫太医。四阿哥想着等过了这段日子，第一件事就是请太医过来看看。一边想，一边睡沉了。

李薇看着他睡着的脸，参着胆子凑上去在他嘴上亲了一口。亲完品品，心道：怎么是糯米味儿的？

第四章

西洋茶

宫内庆祝新年的盛大宴会终于结束了。从宫内到朝上，所有人几乎都掉了二斤肉。

四阿哥还记着请太医的事，这边不必再进宫，那边立刻就请来太医，说是福晋这段时间辛苦了，请太医瞧瞧。

太医瞧过福晋，留下两个保养的方子，说福晋确实辛劳过度，心血和元气都有亏损，又因为年龄还小，长此以往下去恐怕有碍寿元，让福晋尽量静养一段时间最好。

福晋收了方子，送走太医。福嬷嬷要拿方子去煎药，福晋把方子给她，却不打算吃。福嬷嬷被太医的话吓坏了，见她不当一回事的样子，十分不解。

福晋也不跟她解释就让她下去了。她心里明白，太医的话有一些是真的，更多的却是四阿哥在警告她。她心道，这时不争，那她什么时候争？难道要等到几个格格都养大孩子，等到四阿哥封了贝勒再争吗？趁着她们现在都没站住脚，四阿哥还年轻，她才争得出来。

太医从正院离开，由张德胜先送到宋格格那里。太医号了脉，却没开方。跟着到李格格处。号脉时，张德胜在外面竖着耳朵，过一会儿他听到太医笑呵呵道："格格身上挺好，神元气足，不必吃药。"

张德胜却是心里一沉，完了，没有好消息。一会儿回书房怎么跟四阿哥说呢？想起这个他就腿软。

从武格格那里离开后，张德胜带着太医去了书房。

四阿哥从太医请来后就坐着等，茶喝了两碗，终于把太医等来了。

太医一进去就先跪下磕头，四阿哥叫起，让座。太医虚坐下，低头报给四阿哥一堆坏消息。除了福晋心血亏损外，宋格格的胎心音有些弱，剩下两个格格倒都是身体康健，就是没好消息。

四阿哥当着外人的面，脸色倒是不变，也看不出高不高兴。等太医说完，叫赏，然后让苏培盛送人走。苏培盛趁机颠儿了，张德胜恨不能把自己缩到墙根里。

四阿哥背着手在书房来回踱步，转到书架前，拿了本书翻看。张德胜使眼色让外面的小太监进来换茶，小太监弓着腰举着茶托盘进来，刚把茶放到桌上，四阿哥终于忍不住气得摔了手里的书，他"扑通"一声就跪下了，不敢求饶，只是打着哆嗦把头紧紧贴着地面。

"不知所谓！"四阿哥在骂书。

张德胜木着脸，心里连喊"各路菩萨神佛救命啊！"

摔了书，四阿哥抬腿往外走。张德胜松了口气，这是找那谁撒气去了吧？临走前先去把那小太监踢起来，使眼色让他快滚出去，然后一溜烟地跑着撵四阿哥去了。

一路看着四阿哥脚下滚着风火轮般进了李格格的院子，门口的宫女、太监插烛般跪下磕头，四阿哥也没叫起，张德胜也不多事，谁知道一会儿他们主子受了责骂，他们还有什么好下场不成？

他没跟进去，就站在门口——傻瓜才进去找死呢。

隔着一道棉帘子，他听到李格格蹲福问安，然后没听见四阿哥叫起，他心道：这就来了！跟着，传来的却是窸窸窣窣换衣服的声音，李格格再开口也不是他想象中的请罪或哭求，而是说："爷，您尝尝这茶，这是福晋给的西洋茶。"

张德胜暗地里给了自己一巴掌，让你想看笑话，李格格要是连给四爷消火都不成，她也不可能进来一年多了还是独宠。看外面的人还跪着，他使了眼色让这些人起来。只要李格格不倒，他们也倒不了。

屋里，李薇正说着："……没想到西洋那边也有茶呢。"

话音没落，四阿哥把只碰了碰嘴的茶放下，道："茶没泡到时候，换一杯。"

"哦。"李薇赶紧把茶端下去，交代玉瓶好好再煮一壶来，竟让四爷说出茶没泡好，太丢人了！

玉瓶跟火上房一样跑回去重新煮再送上来，李薇笑眯眯地再给四阿哥端上去。

可是，四阿哥这次只是用手碰了下茶碗，就说："水滚过了，烫手。"然后皱眉看着李薇，一脸"你好蠢！"的样子。

李薇这回真要脸红了，今天这茶怎么总出问题呢？赶紧再端下去，交代这次茶要煮够火候，端上来要七分烫，刚好能入口。

茶炉前已经围了四个人了：玉瓶、玉盏、赵全保和许照山。看着水又滚了，玉瓶神情严肃地放茶叶，倒滚水，醒茶，过滤，再倒入茶碗，等盖上碗盖，四个人居然没有一个敢端进去了。

许照山咽了口口水说："要不……我去膳房借个煮这西洋茶煮得好的师傅来？"

赵全保和玉瓶换了个眼色，他们总觉得今天这事不在茶身上。

赵全保道："先端进去试试。"等玉瓶端着茶走了，他对许照山说："为防万一，你现在赶紧去膳房，问问看哪个师傅对这西洋茶有办法，看能不能请来，就是请不来，也借个他的徒弟来。"

玉盏拿了五两银子给他，许照山飞一般地去了。

屋里，李薇第三回端茶也开始忐忑起来，这回她放下茶碗，轻轻坐在炕沿，先仔细打量了下四阿哥的脸色——实在看不出什么，于是壮着胆子直接开口："爷，是不是心里不爽快？"

话音刚落，四阿哥恶狠狠地瞪过来，眼神的意思就是"你还敢问？"

李薇吓得往后一仰，可想半天也没找出她最近做了什么错事啊，难道是把大嬷嬷拉出来管事这件事？既然知道是她惹着他了，她就松了口气。先是慢慢蹭到他身边，然后伸出手指头钩住他的袖子口。

四阿哥手一抬，不让她钩。她就再蹭得近些，上半身快靠到他身上了，搂住他的胳膊，胸口紧紧贴上去。

"爷……"她软绵绵地叫。

四阿哥低头慢条斯理地喝茶。

她趴到他肩膀上，抱着胳膊还不算，抓住他的手摇了摇，继续叫："爷……爷啊……我的爷……我错了……"

"哪儿错了？"四阿哥放下茶碗，心里本来就不算大的那股郁闷刚才也散得差不多了。只是看到她这副"我什么都不知道"的样子，邪火又要往上蹿。

在他眼里，她的处境已经是四面楚歌、荆棘满布，所以他替她打算、操心，样样都想好了。偏她自己不争气！宋氏才几次就能怀上，她怎么就这么没用！

许照山拉着个好不容易借来的小太监跑回来，被赵全保拦住，直接把小太监打发回去，然后拉着许照山回到小茶房。

许照山经过的时候看到玉瓶和玉盏像门神一样守在门口，马上明白里面是怎么回事了。他心里一块石头落了地，脚下轻快地跟赵全保走了。

直到两人用过膳，四阿哥回书房后，一场生得奇怪、结束得更奇怪的气就这么过去了。书房里，书桌上是铺满一张桌子的贝勒府的堪舆图。这里原来是前朝太监的官房，占地多，各处房舍都是高檐、高梁。

他初封大概只是贝勒，这样的府邸他住是违制的，所以内务府最近正在加紧改建。从拿到图纸后，他就一直在这张图上设想他的府邸会是什么样，小到一棵树，大到一个院子。只是现在还不能出宫，等天气暖和了，他一定要常去看看，免得内务府的人敷衍塞责，马虎行事。

整个府邸是南北结构，前面肯定是他的书房和前院，他还打算把旁边都留给他的阿哥们。想起福晋，他就决定以后有了阿哥全都要在三岁后挪到前院来。

后面的第一个大院肯定是留给福晋的。

而李氏的住处，他原定是放在与书房隔着一道墙的一个院子里，可那院子旁边就挨着一个池子。从李氏的八字看，她不宜与水太近，可附近也没有更合适的地方了。

等太医的时候，他还在犹豫要不要给李氏再换个院子，这会儿，他却在纸上记下要把那池子给填起来，改到花园正中央去，正好可以挖得大些，养些鱼和藕，夏日也是个乘凉的去处。填了池子的地方就移一棵树，枝繁叶茂，也旺一旺她的子女缘。

前段日子的忙碌让四阿哥打算今天好好地轻松一下，他没有读书，也没写折子，而是把时间全花在了那张堪舆图上。

由李氏想到孩子，跟着就想到正怀着孩子的宋氏。

四阿哥端起茶碗，宋氏的性子不成，等孩子生下来，不管是格格还是阿哥，都抱到福晋那里去养。福晋的性子虽然强硬让他不喜，但他的格格和阿哥性格强硬些才好。若福晋养得好，过上两年也可以让她有孩子了。

若是养得不好……

四阿哥沉吟起来。他叹了口气，武氏如何还看不出来，那三个，福晋太刚硬，宋氏太没脾气，李氏太蠢，要是她们三个能互相补充就好了。福晋跟宋氏学学，李氏跟福晋学学，他就什么心事都没有了。

畅想了一会儿，四阿哥无奈地放下已经凉了的茶碗。算了，多想无益。何况要是李氏真有福晋一半性子，这后院就更热闹了。想来想去，竟然发现李氏现在的样子是刚刚好。这让四阿哥的感觉更复杂了。

天色渐渐暗下来，苏培盛进来小声问他一会儿在哪里歇。

四阿哥站起来道："去你李主子那里。"

李薇这里，刚刚趁着膳房烧灶做饭，要了热水洗了个澡。这会儿正坐在香炉旁边，让玉瓶给她擦头发呢。

一看她这自在的样子，四阿哥最后一丝不甘也飞了。她自己不难过、不着急，就这样也挺好的。

坐下用完膳，两人坐在炕上，四阿哥把五六月就要搬出宫的事跟她说了，还说了以后的府邸是什么样。

"给你留了个大院子，跟爷的书房就隔着一道墙，到时开个角门，出来进去都方便。爷去看你也方便。"他揉着她的手温和地说。

"院子里还要移棵树进来。你喜欢什么树？"四阿哥难得地想找人分享一下有新府邸的兴奋与快活，于是很有心情地问李薇的意见。

李薇道："樱桃树？"

是想以后自己摘樱桃？认真的四阿哥真的开始思考去哪里移栽一棵够年头的樱桃树，还有，栽得活吗？

李薇一见他这样就知道自己又犯蠢了，赶紧改口道："其实桃树也很好。"这个树种貌似普通得多。

四阿哥明白了，反正是能结果子的树。那就移一棵石榴树好了。

"那你的院子里再栽一架葡萄，日后你想吃了，在自己院子里就能摘来吃。"他摸摸她软绵绵的下巴，哦，成双层的了。

李薇听到院子里还有一架葡萄时眼睛都亮了！搬出宫去真是好啊，宫里就不能在院子里栽葡萄。本着好奇和礼尚往来，再加上此刻的四阿哥看起来好好说话的样子，她壮着胆子问："爷，您的院子会是什么样的啊？"

她大概这辈子都看不到四阿哥的书房会是什么布置。

嫁给他这么长时间她也看清楚了，正院是福晋的居处。四阿哥真正的"家"是他的书房，从来不许人进。大概福晋能去吧，她是不可能了。

现在她对他越来越好奇，好奇到想亲眼看看他住的地方是什么样的，他喜欢什么样的风格。她想象的家具全是黑色，摆设简单大方，他应该不爱特别花哨的颜色和摆设。

因为四爷给她布置的房间就非常华丽，像销金窟般艳丽、温软。到底是四爷本来就喜欢这种风格，还是他是配合她来布置这个房间的？因为她既是宠妾，又是他的后宫。

四阿哥轻松道："等搬过去了，爷领你去看。"特意挑个那么近的院子，难不成是为了让他每次过去省两步路的？蠢蛋。

过了两天，四阿哥特意让张德胜把她的院子的堪舆图给送来了。

李薇觉得比现在住的地方好的不只是地方大了，而是周围几片花木一隔，基本算是个独立的小院了。

最让她高兴的是图上还有四阿哥的字，在正屋前面用工笔画了个葡萄架，旁边一行蝇头小字，标着"栽葡萄数株"。屋后同样是工笔添了一棵树，树上还画了三五个小巧到极致的石榴，石榴绽开了口，露出里面的子儿，标着"移栽树龄十年以上石榴树一棵"。

这图大概是四阿哥另找人放大誊抄的。不然府邸一角就这么大一张，堪堪铺满半张榻，整个府邸岂不是要盖住半个屋了？

从图上看，四阿哥大概已经都给她布置得差不多了，图上到处都是他的批注。

正面的堂屋，一般是四阿哥来时支大桌子用饭的地方，平常倒是不用。四阿哥在堂屋和西侧厢房相隔的地方标注，堂屋和西厢之间不砌墙，由一道顶天立地的多宝阁分隔开。这样一来是空间大了，二来想就知道，光照肯定要好得多。

西厢一般是给四阿哥来的时候练字用的，她平日里白天在那里做绣活。所以窗下是一整张的长书案，对面靠墙就是一张榻，尽头靠墙则是一个顶天的柜子，各种大小的抽屉，可以放她的绣活、针线和一些零碎的银子。

四阿哥还在榻前标上要加一面屏风。

李薇看着红了脸，在这里，他们两个就常常白天隔着屏风和一道门帘在榻上胡闹。这屏风加的就是这个意思？

卧室里在门和床榻之间也加了一道屏风，可以在宫女进来时挡住床让她们看不到上面的情形。在这边的时候地方太小摆不下，所以每次四阿哥都是把她遮住才喊人，免得让宫女们看到不雅的样子。

另外最让李薇高兴的是在西侧的角门旁，有个小角落，里面摆着屏风、水桶和马桶。这可比在屏风后解决好多了，虽然还是用马桶，但感觉上还是干净多了。

洗浴还是用浴桶在屋里解决，毕竟屋里有火炕，冬天洗澡暖和得多。

总之，看完这个后，李薇也开始数着日子等出宫了。

可眼前还有一件大事，三月初的一天凌晨，院子里还飘着薄雾，宋格格的宫女在三点钟福晋院子里刚一点灯，就冲锋一样跑进去，到了屋里就"扑通"一声跪下，哭道："福晋，我们格格要生了。"

福晋非常沉稳地开始安排，一边喊人去书房报信给四阿哥，一边赶紧去请太医，再让福嬷嬷和大嬷嬷先带着人过去，她这里继续问这个宫女，宋格格是什么时辰有信儿的，怎么不报上来？

宫女哭得抽抽噎噎的。原来七个月的时候就有几天流血，但马上就要过年，喊太医不方便，宋格格见血不流了就没说，过完年肚子就时不时地疼一疼，但每回时间都不太长。昨天晚上也是宫门刚刚关，宋格格的肚子就开始疼了。

总不能这个时候去喊太医啊！宫女里有个在家里额娘生孩子时见过，就说开始疼要疼上一天才会要生。宋格格就忍着，一直忍到这边福晋起来了才报过来。

福嬷嬷和大嬷嬷过去时，宋格格人已经疼晕了，柳嬷嬷就在她旁边。她从四个月有了嬷嬷看着开始就不敢多吃，到最后躺在这里，人看着像纸片，肚子却大得吓人。福嬷嬷伸手在她屁股底下一摸，褥子已经透湿，福嬷嬷的脸色立刻不对了。

大嬷嬷也去摸了把褥子，摸完就让人收拾屋子，这会儿也来不及去布置产房了，先把卧室里不用的柜子、凳子全挪出去，再抬一面屏风过来挡着门口过来的风。然后喊宋格格的宫女过来帮她把衣服和被褥换了。

办完这些，大嬷嬷对福嬷嬷道："咱们去报给福晋吧。"宋格格这胎怕是艰难。

李薇得到消息的时候，宋格格已经在太医的扎针下醒来，咬着根软木在生孩子。福晋下令，为免人多繁杂，各处闲杂人等不许走动。当她听到宋格格从昨晚疼到今天早上三点都没叫人知道时，不知道是该可怜她好，还是该责怪她好。

这也太能撑了……

她在屋里也是坐卧不安。四阿哥本来打算今天出宫看看新府邸，得了信儿办完差就回来了，坐在书房等消息。

一直到晚上七点多孩子才生下来，是个格格。孩子落地后哭声尚可，但太医看过后说孩子先天不足，过了满月才好些。书房里，四阿哥等了一天，听到是个格格时也没多失望，叫人好好照顾宋格格，拨了奶娘去照顾小格格。

小格格养得让人提心吊胆，两个奶娘、两个嬷嬷日夜不错眼珠子地盯着，就这也要一天见一回太医。可太医来了却没办法，这么小连药都没办法用。最后四阿哥发话不让再喊太医过来，小格格，养得好是命，养不好……也是命。

宋格格躺了两天才能起身，她生孩子时亏得有些厉害。幸好福晋和四阿哥都不吝啬东西，十天后就把脸色养回来了。这时她才听说小格格身体不好，先天不足，太医也没办法的事。

以她的性子，平日连句话也不敢多说的，听说后还是哭了一场。

李薇住得离宋格格不远，有时半夜能听到那个小格格细弱的哭声，让人可怜得很。四阿哥也是脸色不好，除了小格格落地那天高兴了一会儿，第二天起就阴沉着一张脸。

这天晚上，两人躺在帐子里却都没心情做那事，只是靠在一起。

李薇喏嗫半天，扯道："我听我奶娘说过一个偏方。"

四阿哥转过头来，道："什么偏方？说说。"

"我奶娘说孩子要是生下来弱，就是在胎里亏了，没养好，这时就要喝亲妈的奶，喂够一年就能养回来了。"李薇道。

小格格先天不足，现在又是冬天，听说小格格因为心肺太弱，屋里既不敢烧炕，也不敢用火盆，一烧炕她就上火，一用火盆她就咳嗽。这样下去非感冒不可，还不敢开药，有一回这孩子就危险了。

她说完就小心翼翼地看着四阿哥。

四阿哥躺着想了一会儿，突然起来下床，披着衣裳到堂屋喊苏培盛。

苏培盛挺惊讶的，这还是四阿哥头一回在李格格这里歇到一半出来。他赶紧进屋来，弓着腰等四爷吩咐。

四阿哥道："你去宋氏那里，叫嬷嬷问她有奶没有。没有奶，明天一早请太医过来给她开下奶的药。"

这没头没脑的……苏培盛的脑子都快打成结了，顶着冬夜寒风跑到宋格格那里，先把柳嬷嬷叫来，然后两人一个在屋里，一个在窗外，一问一答。

宋格格摸不着头脑，只是见苏培盛来，想是四阿哥的吩咐就照着柳嬷嬷问的说她没奶。

柳嬷嬷道声"奴婢冒犯了"，就钻到帐子里解开她的衣襟，仔细看了看她的双乳。见乳晕已经扩大，乳也长大了不少，估计下奶应该下得下来。

她出来跟苏培盛说了，道："这边我盯着呢，太医来了，看过后开了药，再看能不能有奶吧。"

第二天，太医来了，开了下奶的方子。这时宋格格才知道这是四阿哥找来治小格格的偏方，说孩子胎里弱就非要喝亲妈的奶来养不可。

喝了两天的方子，宋格格开始感到胸口疼了，柳嬷嬷摸了见胀得手感硬了，说有奶了，抱来了小格格，可一开始小格格力弱吸不动，柳嬷嬷只好自己先上，替宋格格开了奶后再喂小格格喝。

宋格格的奶一天天多了，也能喂饱小格格了。不知道是心理作用还是小格格真的好起来了，满月前太医来看，说心肺还是有些弱，受不得凉，也病不起，但小格格确实磕磕绊绊地长到了满月。

因为之前太医说过了满月就好得多，四阿哥当天非常高兴，赏的银子比小格格落地那天还多。晚上看过小格格后到李薇这里，特意给她解释道："不赏你是为你好，你的好处爷记在心里了，放心。"

李薇才想起来是她献的偏方，连连摆手说："我又不是为了要四爷的赏才说的。"一个刚出生的小婴儿啊，谁能忍心？何况，她扯那个偏方时，根本不确定能不能治好小格格，只是想加道保险。就是现在，谁又敢说小格格就真的没事了？她的先天不足是真的，又不是真的喝亲妈的奶就能好。

只是现在四阿哥正高兴，谁敢触霉头？只当小格格从此千岁千岁千千岁了。

好容易小格格的事终于能让人放心了，出宫的事又近在眼前了。虽然还没正式下旨，但也不能下了旨才临时准备搬家吧，所以各屋各院都开始收拾东西。还有些不出宫的太监，也要退回内务府去，另外安排去处。

侍候得好的都在主子眼前挂着名号，自然是步步高升，不必再退回去跟一堆小太监挤，也有善钻营的，此时不免挑挑拣拣。

许照山走了刘太监的门路，留在了阿哥所的膳房里。那个养鸟的太监周全，虽然李薇不算特别信重他，可这人的感情是真丰富，大概也是真伤心了，听说是天天在被窝里哭，眼睛都快哭瞎了。让李薇感动归感动，也不解他以前到底在内务府过的是什么日子？那么苦吗？

本着送佛送到西，李薇还是托苏培盛把周全送到了花鸟房，养鸟总没主子嫌他眼睛睁不开没精神了。童川倒是早找好了去处，托同乡去了储秀宫，那里难得用一回，也是个少是非的地方。

通过这些太监的去处，李薇发现，有名利心的不管在哪里都想着往上走，所以才会越混越好。只想混吃等死的，大概只能越混越差吧。

收拾行李时还出了一件不大不小的事。福晋派人到格格们这里把大件的、贵重的东西都登记造册，免得搬个家再丢几样东西。

李薇这里一屋的东西可就全露出来了。她可是光杆司令进的阿哥所，把李家祖宗八代赚的银子全放到一块也未必买得起这屋里的一件宝贝。

负责登记造册的宫女一个唱名，一个标记上册，从一开始的趾高气扬，到后来声音越来越小，她这屋登记完，时间竟然不够再去武格格那里了，只好明天再来。

两个宫女走的时候，缩手缩脚的，对着李薇蹲福蹲得格外深。

她本来以为福晋会让人来问问她这东西都是怎么来的，结果从此就没消息了。难道是等着秋后算账？

李薇担心之下，在四阿哥来的时候就说这屋里的东西其实全是四阿哥摆在她这里的，现在一造册，全记成她的是不是不妥？

"还是应该改过来好些。"对嘛，都是四爷的东西，最多算他借她摆着看的。怎么能算成她的呢？

四阿哥半天才慢慢道："爷没有把给格格的东西再搬回去的习惯……"他有这么小气吗？一点儿东西拿给格格摆了，最后还要再要回来？

于是，李薇白捡了一堆价值千金的宝贝，好些都有宫里的印记啊……可都是女子用的啊，难道是孝懿皇后的东西？不会吧！真是皇后的怎么可能给个格格摆着，难道不应该供起来吗？

可四阿哥也没别的地方去寻这么贵重的女子摆设啊？会不会是德妃给的？李薇盯着登记时才发现标着某年月日宫制字样的屏风看，怎么也想不出它的来历。

五月初，终于有话下来，说可以搬了。于是三阿哥、四阿哥和五阿哥三家都开始往外抬东西，内务府拨了几百个大力太监过来，先是库房和不常用的大件，然后是李薇这样的小格格跟着宫女们先过去，宋格格因为带着孩子，福晋叫她跟着自己一起走。

其实李薇觉得还不如早点儿过去，宫里每天都要搬东西，乱糟糟的。

她第一次坐着骡车进了紫禁城就再也没出去，这是第二次坐着骡车出去。

外城嘈杂的声音传来时，李薇有种从山中下到尘世的感觉。在宫里她见到的只有主子、宫女和太监，而到宫外才发现原来这世界上还有这么多人。

差点儿被关成傻瓜的李薇感到重回尘世好幸福，比起宫中膳房那种精致的饭菜，还是大街上的家常小炒更吸引她啊。

玉瓶跟她一起坐在车上，问道："格格，你在瞧什么呢？"

李薇让她往窗外看。玉瓶一看也笑了，挺怀念地说："是香椿啊，这会儿都老了吧，还是嫩的时候好吃。"

"老了也可以吃啊。"李薇想念嫩香椿包的饺子了，宫里可没这一口儿。

玉瓶安慰她："等咱们安顿下来了，就使人来买点儿。"

李薇略有迟疑道："能行吗？"开府后，这边膳房的人就都是福晋的人了吧？跟在宫里不一样啊，只能听女主人的。

"怎么不行？您只管等着。"玉瓶信心十足地笑起来。格格还是不明白，她现在的地位别说只是吃个香椿，就是想要龙肝凤胆，贝勒府膳房里的人也不敢违拗的。

贝勒府前面的那条街已经静了街，步军统领衙门的人驱赶行人和摊贩，有好奇胆子大的挤在街边，对着鱼贯而来的骡车长队指指点点。

"这是哪位真龙下凡了？"一个笼着手、穿着羊皮袍子的满人问。

"听说是皇四阿哥。"跟他站在一起的一个穿着长袍的人说。

穿羊皮袍子那人一副看不起人的样子斜睨了接话那人一眼，那人见他这样，连忙缩着脖子从人群中跑了。

李薇的骡车从角门进去，过了两道门后，在一道狭长的过道里，骡车停下换轿子。玉瓶扶着她下车上轿时，小声道："格格留神脚下。"

她却转头去看那高耸的围墙。过道被两道高墙围着，把阳光全挡在了外头，她只能看到照在高高的屋檐上的一抹阳光，几只小鸟欢快地在屋顶上跳来跳去。

原来只是从一个围城里换到另一个围城里。李薇生出一种她正被人珍藏的快感。

坐到轿上，走的时间反而比进门更长。大概过了有一刻钟，轿子才停下来。玉瓶一直跟在轿旁，此时掀开轿帘扶她下来。

再跟着引路的仆妇又穿过两道门才看到四阿哥特意给她选的小院。

院前已经栽好了葡萄架，几株嫩绿的葡萄秧正沿着细长的竹架子向上攀爬。院子里的地面全都特地平整过，从院子门口到屋子前是一条青砖铺成的走道。仆妇送到这里就躬身退下了。屋里，跟着行李箱子先到的玉盏等人正在忙忙碌碌地收拾东西。

在宫里还显得她屋里的人太多都使不完，这一到外面，反倒显得人少得不够用。玉烟、玉盏和玉水三人忙得头上全是汗，赵全保一个人盯着那些大箱子，累得腿都直打晃。

因为李薇的行李里各种贵重的器物太多，几乎都是四阿哥给的。他们也不敢随便从外面拉人进来帮助，只好自己辛苦。李薇看到就对玉瓶说："你也去吧，不必急着都拿出来，先把今晚睡觉要用的铺盖找出来就行，剩下的慢慢收拾。"

等玉瓶也去了，李薇就在自己这一亩三分地里转起来。她先去看的就是曾在图上看的，栽在后院的那棵石榴树。

她从旁边的小径一进去就看到，在后院靠东的地方有一棵树冠大得像云彩一般，遮住后院三分之一地方的石榴树。现在还没有结石榴，但枝叶间已经有了红色的花苞，有些花苞已经绽开，几片嫩红的花瓣迫不及待地伸出来。

午膳前，总算西厢已经收拾好了，卧室和堂屋那里还是乱糟糟一片。这个院子比当初李薇看到的图更完善些，后面还有个小库房，玉瓶刚领着人把暂时用不着的箱子全堆到库房去，现在只剩下把卧室给布置起来，衣裳箱子和其他随身的杂物只能明天再整理了。

在新府邸里，李薇和四个宫女都基本算是两眼一抹黑。眼见着到了午膳的点，她们连去哪里提膳都不知道。

这时，从四阿哥说过的那扇小角门里过来了一个仆妇，站在堂屋里束手束脚地问玉瓶，李主子的午膳都要用点什么。

玉瓶先点了膳，然后就让玉水跟着仆妇去认认地方，省得一会儿想要热水都不知道去哪里提。等玉水回来，反倒带回来一个让李薇都吃惊的消息。

原来这仆妇是四阿哥前院书房那边的膳房里待候的，说是四阿哥吩咐过的，李格格平日点膳都从这边走，理由是离这近。

不只是膳房，连杂务像打扫庭院和修葺花木等，李薇这个院子都被归到了四阿哥前院的书房里。理由还是离得近，所以才划归到一起。

用完午膳，又有个看起来挺有脸面的嬷嬷过来，自陈是管这个院子所有下人的，到这里来是简单地给李薇讲讲这府里的规矩。

李薇请她上座，奉上茶后，请她细细讲来——李薇怎么觉得这府里的规矩可能不是像她想的那么简单呢？

新贝勒府分成内院和外院，外院就以四阿哥的书房为首，内院以福晋的正院为首，但福晋之外，还有四个管事嬷嬷也在内院领着差事。

今天来给李薇讲解的庄嬷嬷主管下人，只要是在内院侍候的，就连福晋身边的大丫头都在她的名册内，受她的管束。举凡丫头们的事，不管是身契、月银，什么年岁进来侍候，什么年岁该出去配人，都要过她的手。

还有一个称那嬷嬷，管的是后院里包括福晋在内所有侍候阿哥的女人的事：她们什么时间来月事，哪天承宠，什么时候怀孕、生孩子、坐月子，等等。

大嬷嬷跟着出了宫，她还是管库房。但现在库房也分成内库和外库。外库设在书房里，钥匙自然也是书房那边的人管。内库的钥匙福晋一把，大嬷嬷一把。

叫白嬷嬷的管着内院膳房和杂务，后院里的花木、池塘、打扫、灯烛、炭火等全归她管。

外院的事李薇是没资格知道的，只听内院的事她就已经瞠目结舌了。这四个嬷嬷不是直接把福晋架空了吗？

庄嬷嬷来还有件事，是想问问李薇，这里的人够不够用？要添人的话，要几个小丫头、几个大丫头？小丫头都想要什么样的？若是她有什么特殊要求，比如要漂亮点的、要山东来的，庄嬷嬷能办的都会替她办到。

李薇先答谢庄嬷嬷，然后说等收拾好了，再看看还要添几个人，到时再报给庄嬷嬷。送走了人，她问了玉瓶和赵全保，看他们这里添几个人合适。

玉瓶道："格格身边有咱们几个侍候着也够了，忙也就忙这一阵子，等收拾好也就不用再添人了。"

倒是赵全保道："府里添人也是有定数的，不趁这时添齐了，再等添人就不知道是什么时候了。我看倒是可以要几个小的，调教起来容易，等大了也能帮把手。"

于是定下赵全保要两个可以帮着看门、传话的小厮。能进内院的小厮都不到十岁，最大的八九岁就要离开。玉瓶也说要两个小丫头帮着干些传话这样的小事，五岁靠上，十岁靠下，太小了帮不上忙，太大了用不了几年。

玉盏就去找庄嬷嬷要人了，不到晚上就领回来四个萝卜头，两个男孩六岁，两个女孩一个七岁，一个八岁。洗得干干净净，就是都瘦得很，大头小身子。

李薇看得良心都快受不了了，改了名字后让玉盏领下去，之后就交代玉瓶和赵全保，教他们侍候人可以，但不能故意折腾他们。每天十点睡，六点起，不必让他们干粗活。

玉瓶直叹气，李薇劝道："还小呢，不睡足了身体就长不好。何况他们的胳膊还没扫帚杆粗呢，你是敢叫他们提水啊，还是敢叫他们搬箱子啊？让他们做些力所能及的就行了，等日后长大了，再叫干别的。"

出来后，赵全保笑道："得，真领回来四个祖宗。"说着拍了拍身边两个小厮的头，他们的头发都是全剃光，只留下耳上两块，扎成两个小鬏。李格格给他们起名时直接从了赵全保的名，一个叫全福，一个叫全贵。

玉瓶也是身后带着两个，反道："得了，你在主子跟前可是说要两个帮着你看门、传话的，我看他们两个正好。"

赵全保立刻道："那你也别抱怨。闲了让她们在院子里跑跑跳跳，也能逗主子开心。"

"滚你的去！"玉瓶白了他一眼，领着新来的两个小丫头回了屋，道："既然主子心疼你们小，不让给你们派活，那你们就拿着抹布抹灰去吧。其他都别碰，脚下看着点儿，别踢着什么了。"

两个小丫头，一个叫玉春，一个叫玉夏，两人对视一眼，跑去找了两块破布和一个桶就去井边打水了。

在井边正好碰上全福和全贵，他们两人正在打水，那么粗的绳子和轱辘，四条小细胳膊一起拉都拉不起来。玉春和玉夏看到了立刻上去帮忙，四个人终于打上来一桶水，倒在他们带来的两个桶里。

全福和全贵问她们："你们的姐姐也让你们打水擦东西啊？"

玉夏年长一些，道："主子刚搬进来，狼烟地动的，到处都是灰，看着也不好看。咱们重活干不了，抹抹灰也挺好的。"

玉春却悄悄问全贵："领着你们走的那个，是太监吧？"吓得全贵一哆嗦，挣开她的手就往后躲，拉着全福提上桶跑了。

玉夏狠狠打了玉春一下，小声道："你想找死也别拉着别人！"

玉春吓得一直到晚上都不敢再说话。

之后的几天，这四个小的除了一直提着抹布和水桶到处擦灰，就是被玉瓶等人呵斥到墙根底下顶着水碗贴墙站着。

"总要教教他们规矩。"玉瓶道。

李薇也没拦，她能做到不打骂他们，但不能拦着他们学规矩，不然那可不是爱护，而是要害他们了。

等到福晋搬进来时，连最调皮的玉春都知道眉高眼低了。玉瓶这才让她们出去认路、传话。用玉瓶的话说："总算能顶个人用了。"

福晋搬家自然是声势浩大，李薇和武格格一早就被叫到正院迎接福晋，在站了一个多时辰后，先是听到院外传来嗒嗒骡马声和车轮声，还有很多人的脚步声，然后身边的大嬷嬷喊声："跪！"

两边的人都齐刷刷地跪下。李薇和武格格好些，膝盖下还有个垫子，剩下的人哪怕是大嬷嬷都没这个待遇。

除了进宫选秀时长跪过外，李薇可没再受过这种罪了，跪下不到一分钟就觉得膝盖刺痛，面上还不能露，只能强忍着。

一直跪了十分钟才听到福晋他们进来的声音。

福晋身后带着宋格格生的小格格，一进来就先让福嬷嬷把大嬷嬷扶起来，道："有劳嬷嬷了。"

大嬷嬷垂着头说："主子面前，不敢称辛苦。福晋进屋吧。"

福晋这才让人扶起李薇和武格格，再叫起其他人。

李薇和武格格随着人流一路送福晋到了正院，福晋道："今天事多又忙乱，你们回去歇着吧，等闲了再找你们来说话。"

李薇和武格格这才终于退下。回去的路上，李薇就想着膝盖这下肯定青了。

她们走后，福晋没让宋格格走，道："你那里恐怕还要忙乱上一阵子，你先让人回去看看收拾得如何，等都安顿好了，你再带着孩子回去。"

四阿哥是跟福晋一起出的宫，书房里的事有苏培盛等人，倒是早就收拾好了。只是出宫建府，怎么着也要庆祝一下。他在书房拟好客人的名单后，就拿回正院跟福晋商量。

虽然早就开始办差，但皇阿哥不能结交外臣。这次宴请也只是家里人过来坐坐，对四阿哥来说的家里人也就三个族，乌雅氏、佟佳氏和妻族乌拉那拉氏。四阿哥的意思是，难得出宫了，几个格格处不如也摆上一桌宴，请她们在京的家人过来团聚一下。

宋格格生了他第一个孩子，她的家人是必请的。既然宋格格的家人能来，其他人也不好厚此薄彼，于是干脆都让进来。

福晋点头称"是"。

四阿哥道："宋氏的屋子我安排得离你这边近，平日里你多看顾些她和小格格。"他本来就打算把小格格给福晋养，现在这样的安排也是同样的道理。

福晋也多少猜到了四阿哥的意思，说实话，她刚发现时真的有点儿激动。她知道她不讨四阿哥的喜欢，却没想到他愿意把孩子给她养。今天能把格格的孩子毫不犹豫地交给她，明天就能让她生自己的孩子。

长久以来已经有些怀疑自己的福晋，再一次确信她选的路并没错。与小格格们争宠是本末倒置，她是福晋，就应该抓住自己最大的优势：身份和地位。太宗和先帝都有极为钟爱的妃子，可她们谁都没能在皇帝的钟爱之下走到最后。

　　可见，宠爱并不是最重要的。

　　福晋温柔道："是，我明白阿哥的意思，会好好照顾宋格格和小格格的。"

　　四阿哥也很满意，他终于找到了福晋应该在的位置，而不必为她的不驯而发愁了。当晚，四阿哥留在了正院。两人在经过那么长的时间之后，又一次和好了。福嬷嬷高兴得一晚上都没合眼。

　　分府后，四阿哥不必再去上书房念书。但既然差事还没下来，与其留在府里给皇上一个不上进的印象，不如继续去上书房。而从宫外赶去上书房，路上花费的时间更多。所以第二天早上，四阿哥让人两点就把他喊起来了。

　　因为李薇的院子与四阿哥的书房只隔了一道墙，当书房那边的膳房开始烧水做早膳，太监们跑来跑去准备四阿哥进宫的东西时，李薇这边也醒了。

　　她听到声音迷瞪着眼睛爬起来时，还很糊涂道："……什么时辰了？"一边问玉瓶，一边从枕头下摸出怀表，打开一看，才两点。

　　守夜的玉瓶从地铺上起来，披上衣服出去，赵全保已经过来了。他根本就是住在书房那边的太监房里的，他特地过来送消息。

　　他道："四爷要去上书房，那边正准备着。"

　　玉瓶回来一说，李薇更同情四阿哥了，这搬出宫来好像也没那么轻松啊。住的地方是大了，可起床更早了。

　　四阿哥从此每天都要早起，福晋终于把府里给收拾好了，腾出手来准备宴会。同样一起出宫建府的三阿哥和五阿哥大概都要办宴会，为了不跟他们撞车，也是为了让四阿哥的兄弟们都能来参加，所以还要跟那两个府里商量下时间。

　　另外，还要给几个府里都打声招呼。四阿哥不能亲身去拜访，她也只能下帖子请人来，但礼数要做足才行。

　　福晋亲手写了三份帖子，让人先给佟佳氏送去。佟佳氏一门如今分出来了三支，从四阿哥那里论，却只有孝懿皇后的娘家了。

　　石榴拿着帖子出去，不一会儿却又拿着回来了，道："福晋，路儿说如今出去要拿牌子了。"

　　福晋这才想起昨天四阿哥让人交给她的一箱签牌。出府只有书房和她这里有牌子，像府里每日的采买，内务府每日送来的新鲜鸡鸭等肉食和蔬菜米面等，都是由书房的人拿着牌子去接的。

后院里的女人平常是不出门的,福晋这里的牌子与其说是让她用的,不如说是身份的象征,证明她这个福晋在地位上与四阿哥是平等的。

不管事实如何,在下人们的眼里,她的威信在新府邸就被四阿哥的一道牌子给立起来了。如果连福晋要派人出门,还要到书房去要牌子,那她的威信就荡然无存了。

"是我忘了。"福晋道,对葡萄吩咐着,"去拿昨天四爷拿过来的匣子,从里面拿一面有'出入平安'字样的牌子过来。"

石榴这才让人把帖子送出去了。

等最后吩咐人送帖子去自己娘家时,福晋特意让石榴跟着去,暗地里交代她:"告诉太太,晚两天再来见我。到时我要留饭,让她就不要带其他人过来了,我与太太好久不见,想好好说说话。"

剩下的就是四阿哥说的让格格们的家人也过来聚聚的事了。这回也不必写帖子,她让福嬷嬷叫人去宋氏、李氏和武氏三家传话,让他们三家的女眷准备好,到时府里会有车去接。

一上午只办了这些事,福晋就已经有些累了。她想起过年时就停了很长时间没有抄经,站起来道:"铺纸、磨墨,我抄一会儿经。"

福嬷嬷最怕她抄经,忙拦住道:"福晋这一早上都没去瞧瞧小格格了,不如这会儿去看看吧。"

福晋一听,只得去看小格格。

小格格如今已经过了满月,但看起来还是细胳膊细腿的,细细的脖子支着个大脑袋,每回福晋看到都心惊胆战。她站在一步远的地方倾身看了看小格格,旁边的奶娘跪在下面要说话,被她摆手止住。

等出来后,她训斥奶娘:"小格格正睡着,你在旁边说话不是会吵到她吗?别当她人小就不在意,她再小也是主子。"

奶娘连连磕头,却再也不敢高声,只敢小声请罪。

福晋怕她不当心,一再地警告她:"格格若好,你自然有功劳,我和阿哥都记着你的用心。格格若不好,你一家子都逃不过!再敢不经心,看我饶不饶你!"

奶娘再三求饶,说再也不敢了,福晋才让她起来,问了宋格格今天已经喂过两次,奶娘喂过一次,喝了两次水,尿了,也拉了。

奶娘见福晋脸色好转,恭维道:"小格格又乖巧又懂事,不爱闹人呢。"

福晋却叹气，她宁愿这小格格爱闹人，也比现在这样安安静静地生怕下一刻就没气了的好。

贝勒府的花园修得相当不错。在四阿哥每天两点起晚上七点回，在福晋每天忙于收拢家务和办宴会时，李薇开始在贝勒府里观光了。

搬进来时正好是春日草长的季节，各处景致都已成形，花草树木郁郁葱葱，争奇斗艳。

花园位于贝勒府后半，占地颇大。正中央一个大湖，湖水粼粼，泛着波浪，湖西侧尽头有一个湖中亭，与岸边有一道小拱桥相连。小亭周围遍植数种荷花，有粉的、白的，有花朵特别大的，也有花瓣重重叠叠的。

水下养着锦鲤，水底铺着鹅卵石，湖水清澈见底。

湖边守着两个健壮的仆妇，一见李薇走近就迎上来，说李薇要是想要荷花，她们那里有杆子可以给她摘，若是喂鱼或是赏湖，还是到湖心亭好些。

"这里没有树遮阴，怕主子晒久了头晕。"一个仆妇道。

李薇想游泳……这水看起来太好了。在李家时她就游过，不过十岁后额娘就不许她游了。在湖心亭坐了一会儿，仆妇送来两碟鱼食，她喂过鱼，抱着几株含苞待放的粉色荷花回去了。

回到小院后，玉瓶找来大花瓶插荷花，仆妇说用水养几天能开，这几株都是快开的。

李薇挑出两株，剪掉下面过长的茎，让玉瓶找来一个素白的无一丝花纹的长颈花瓶，有半人高，把两株荷花一高一矮地插进去，倒入半花瓶的清水后，叫来赵全保送到书房去。

赵全保让全福和全贵一起抬着花瓶，跟着他一道送到书房去。

书房里，张德胜一见赵全保过来，就笑眯眯地站起来迎。搬到贝勒府后，李格格的院子跟四阿哥的书房挨得这么近，书房里的人可都看得清清楚楚。

赵全保快走两步打了个千，堆着笑道："给张哥哥问好。哥哥忙呢？这是我们格格让送来的，您看……"

张德胜早看到了两个小厮抬着的花瓶，瓶中两株飘着清香的荷花花苞还带着湖中的露水。

这李格格邀宠的手段还挺老到的。招数用老了不怕，管用就行。这几日四阿哥早出晚归，忙得脚不沾地，看着是有些没精打采的。这两株花虽看着寡淡了些，但万一能入阿哥的眼呢？

他又何必挡人家的路？

张德胜痛快地把花瓶收下了，也不敢乱摆，就放在一进书房就能看到的一张条案上。四阿哥一回来，一准能看到。

晚上，四阿哥将近八点才到家。他骑着马到门前下来，把马缰绳扔给门房，大步回到书房，正要叫人打热水来洗漱泡脚，却一眼就看到摆在条案上那个很不协调的素白长颈瓶。

那么大的瓶子，上面还插着高茎大朵的荷花，居然放在那么窄的条案上，让人一看就生出头重脚轻之感，顿时让四阿哥觉得浑身不舒服。

他皱眉指着道："拿下来。"

张德胜心里一咯噔，立刻使眼色让小太监过去把花瓶抱下来。那边四阿哥进里屋洗漱去了，苏培盛这时也进来了，见张德胜脸色不对，就喊他到外面问，今天是不是有什么事发生？

不等张德胜说，里屋出来一个小太监，小心翼翼地对张德胜道："张哥哥，四爷叫你，问那花瓶的事。"

张德胜苦着一张脸，一进去就跪下，额头紧紧贴着地面。

四阿哥正在小太监的侍候下换了身衣服，见他进来也只是赏了他一道眼风。张德胜立刻竹筒倒豆子般道："晌午后，李主子那里的赵全保带着人抬来的，说是……"

话没说完，四阿哥挥了下手，他站起来腰也不敢直就后退着出去了。过了会儿，里屋出来个小太监，又抱着那花瓶进去了。让张德胜惊讶得瞪大了眼，他还以为四阿哥这下要生气呢，这就准备赏花了？

里屋，四阿哥坐在榻上，小太监抱着花瓶站在他面前，他打量着花瓶中插着的两株荷花花苞，花是很美，但只是这两株花，连个陪衬都没有，更别提什么主宾了，光秃秃的，白瞎了这么早就结花苞的荷花！

不过，还知道修剪成一高一矮，还算不错。四阿哥抽出一株来，心想要是两株一边齐的送来，他估计就真的……不知说什么好了。有些东西真的是要靠天分的。李氏嘛，呵呵……

他放下花，轻叹微笑，道："倒是有一两分野趣。"这可真像是乡下无知妇孺把随手摘的花胡乱插的。

张德胜在外面见花瓶抱进去了，半天没声音。正奇怪呢，四阿哥出来了，一步未停，苏培盛赶紧跟上，张德胜在后面连声催促小太监提着灯笼去追。

从书房出来，顺着小径绕到后面，过两道小门就能看到李格格院子的围墙了。锁在这边，看门的小太监早早地打开了锁，跪在地上迎接。四阿哥从小门进去，苏培盛跟上，却摆手让提灯笼的小太监就等在门这边。

小院里，李薇已经洗漱过也换上睡衣了，正躺在帐中捧着本绣花册子看。马上就要换夏装了，又从宫中到了贝勒府，规矩也不大严了，她就想试试汉家女子的裙子。

只要不穿出院子，大概穿穿应该没事。李薇小时候在家也穿过，倒是大了以后就只能穿旗袍了，以前还为这个被额娘赏过板子，打得手心都肿了。

她正翻着看呢，四阿哥就无声无息地进来了。

玉瓶她们怎么不通报！在宫里也没这样啊，看来是四阿哥故意不让她们通报，逗自己玩呢吧。

李薇见他悄没声地进来，干脆自己也不起身，直接跪在床上行了个福礼。他面带笑意——貌似是嘲笑的笑？

她略愣了下，见他拿起摊在枕边的画册，就着灯翻了翻，问她：“你想做来穿？”

考虑到他是满人还是皇阿哥，想起当年额娘赏的那顿竹板子，李薇立刻扯着他的袖子撒娇：“只是在院子里穿穿，我不穿出去。”

谁知他居然没生气，坐下仔细翻看起来，最后折起几张道：“这几件好，回头我给你分过来两个针线嬷嬷，让她们做给你穿。”

轻松过关还赚了两个人来裁新衣，李薇高兴得牙花子都快露出来了，结果接下来四阿哥嘲笑她插花瓶的手艺了。

“看到你送来的花，都让我奇怪，到底进府的真是个大选的秀女，还是乡下哪条小河边的村姑偷偷溜了进来……”他带着笑抬起她的下巴说。

李薇突然抽风，眨眨眼，拿起帕子掩住半张脸，捏着声音道：“大爷饶命，都是奴家那狠心的爹娘，将我换了二两银子一斗米……”

以为四阿哥必要笑场，可他居然很配合地演下去！

“好可怜的样儿，既然进府，就乖乖地侍候主子，若是能生下一儿半女，爷就摆酒纳你进门侍候主母。”四阿哥做出浪荡子的样儿来可真不像啊……

不过大爷既然捧场，李薇肯定不能半途而废说不玩了，那这位真大爷的脸色估计就不好看了。

她侧身拿帕子捂住脸假哭：“呜呜呜……求大爷怜惜，奴家还是清白之身啊……”

四阿哥压上来道："清白？让爷验验。"说着就上手。

李薇扭来扭去推他，脚也轻轻地乱踢，嘴里一直轻呼："不要啊！来人啊！救命啊！"她玩上瘾了。

等四阿哥解了她的衣服，她还一直推拒挣扎，倒让他越来越激动……

两人在屋里，屋外玉瓶给苏培盛端了碗茶，请他到隔壁的角房去坐一坐。厢房是李格格常去的地方，让个太监进去歇脚自然不太合适。赵全保侍候起大太监来是非常熟练的，给苏培盛打热水泡脚，给他拧烫热的手巾擦脸，最后捏肩。

因为不能用饭，所以只拿了一些点心来请苏培盛先垫垫肚子。

大概是侍候得挺舒服，苏培盛难得地多说了句话："小赵子，你是运气好，跟了个好主子。人好，运道也好。好好侍候，日后才有你的好日子过。"

他看着赵全保，又意味深长地说："说不定，日后连咱家也要受你的关照呢。"

赵全保跪下麻利地磕了个头："奴才谢苏爷爷提点！"

苏培盛接下来就一直捧着茶喝，一句话也没有了。过了差不多一个时辰，里屋叫水，玉瓶出来后就拐到角屋来道："苏爷爷，阿哥爷歇了。"

苏培盛点头道："那我也眯一会儿，就在这个屋吧。"

赵全保亲自抱了新被褥来换上，侍候着苏培盛躺下后，他轻轻合上门就守在了门口。玉瓶冲他使了个眼色，他点点头，让她放心。

两个时辰后，到了凌晨两点，赵全保把苏培盛叫起来，外面热水等物都准备好了。苏培盛进去隔着屏风把四阿哥喊起来。

四阿哥只是换上衣服就回了书房，在这里洗漱用早膳后去了上书房。

下午，张德胜带着两个小太监送过来了一个脸盆大小的白瓷盆，里面养着几株小巧的碗莲。还有一张专门用来摆这个碗莲的矮几，一同被摆在西厢临窗的书案旁。

李薇起来后看到，坐在书案前赏了一上午的花，还下笔画了两幅乱七八糟的画——最后揉成团扔了。让四阿哥看到，以他的眼光估计又要嘲笑她了。

玉瓶道："我就说四爷心里有格格，这样的东西可比真金白银难得得多。"

李薇也是这么想的，不过四阿哥给她的东西，不管是头钗布料还是针线嬷嬷，样样都是想着她才送的。不然逢年过节府里都给东西，她住在府里本来也什么都不会缺的。

托腮望着这盆荷花，李薇越想越陶醉。这都是四阿哥待她的心啊，她要好好照顾。

她一边柔情万千地感动自己，一边突发奇想让赵全保拿银子看能不能弄几条金鱼来。有水有荷再来两条鱼，那才像个微缩荷花池嘛。

贝勒府里倒是没有花鸟房，但管花园的人那边有锦鲤小鱼苗，赵全保也没用银子就弄回来了十几条。李薇欢快地全放进瓷盆里，小小的锦鲤鱼苗在碗莲下飞快地蹿来游去，看得她不停惊呼。

"它们游得好快！"她在盆边围了一天，拿各种点心掰成碎渣子喂鱼。

等晚上她睡了，玉瓶和玉盏再辛辛苦苦地给瓷盆换水，被她折腾一天水早浑了。如此过了几天，四阿哥忙着宴会的事也没再来，她就只能跟这盆碗莲玩。不死心地画了七八幅荷花，可画完都没满意就揉了。

明明看名家画荷花也没多复杂，怎么看怎么好看，她画的怎么总觉得不对？这东西肯定跟天分有关。

承认自己天分不够以后，李薇没失落，反而安心地把画得不好的画给留下来了。反正就这水准了，画的时候爽就好。

她自娱自乐着，玉瓶和玉盏却发现碗莲有片叶子从边缘开始枯了！

晴天霹雳啊！这可是四阿哥送来的！

李薇还不晓得，她院子里的五个人却已经悄悄开了好几次碰头会了。关于这盆碗莲，赵全保盯着玉瓶看："是不是你们照顾得不经心？换水换得勤吗？"

玉瓶急得一头汗，道："格格每天要赏的，你说我换得勤不勤？"

玉盏做证道："每天换一回。"

玉烟比较乐观道："是不是这花的花期到了？"

赵全保翻了个白眼道："现在才五月，碗莲再小也是荷花啊，园子里的荷花能赏到九月呢，它也不可能就这么不中用吧。"

五人面面相觑。

最后还是赵全保，把枯的那株碗莲小心翼翼地装到一个小碗里，藏在怀里跑去找园子管养荷花的人了。

那人拿过碗莲看了看，很肯定地道："根坏了。这没救了，过不了多久必死。"

赵全保几乎给他跪了，根怎么坏了？玉瓶天天换水啊，怎么能必死呢？这简直是在说他们必死嘛！

他拉住这人的手："您给想想办法！"以他现在的地位这样已经很低声下气了。

那人也无能为力，但看在都是侍候人的下人的分上，给他出了个主意："反正都长得差不多，你想办法换了不就行了？"

赵全保大喜，赶紧问他："你这里有没有？"

那人摇头："我这里都是大荷花，你这个要到专门卖盆景的店里去买。"

赵全保回去后报告给大家这个坏消息，一屋子人全都灰了脸。

"万不得已，只能去找同样的换了。"赵全保道。

玉瓶在宫里时曾跟着李薇去给福晋请过安，道："在宫里时倒是见过福晋的院子里有这种碗莲，养在太平缸里。"

赵全保笑都笑不出来了："别说傻话了，还不如咱们自己想办法去外面买呢。"

福晋那里谁敢去碰？说句不客气的，哪怕是四阿哥书房里他们都敢试一试，但福晋？哈哈。又不是嫌命长。

不过阿哥书房什么的……他们也只敢想想而已。

既然已经有了主意，剩下的就是怎么出去了。赵全保和玉瓶偷偷商量半天——他们都认为这事知道的人越少越好，于是两人商量后，有两个主意。一个是从粗使那边入手，每天他们都要出去采买，让他们帮着带回来。

赵全保却倾向于求书房的张德胜，书房那里的人也是天天出去啊。而且，他还有个想法，跟人拉关系就是要托人办事才行，托一托张德胜，求他带回几株碗莲，虽然冒点儿险，但他们这个院子和张德胜从此关系就近了。

玉瓶却不答应，东西是四阿哥送来的，哦，咱们再跑去主动说碗莲养坏了？这不找死吗？

赵全保听后也怕这个方法不好，张德胜再不是东西地卖了他们怎么办？

两人拿不定主意，只好去找李薇了。

李薇还奇怪怎么这盆里的碗莲越看越稀疏，再听两人说碗莲的根坏了，莲要枯了，发愁怎么办。

"这可是四爷特意赏您的。"玉瓶的眼泪都下来了，她害怕啊。

李薇却没有很吃惊，虽然也有些可惜，但碗莲一看就非常金贵娇嫩，大概还是她的气场就是养不好花吧。只是这碗莲是四阿哥的心意，虽然她也不怕四阿哥知道了会从此就不对她好了，可还是想挽回一下。

听了赵全保和玉瓶的主意后，李薇奇怪道："干吗这么麻烦？咱们都出来了，出门没这么难了吧？先去找四位嬷嬷说说，看我能不能派你们两个出去买点儿东西。要能直接出去自然皆大欢喜，要是不行，就再换别的办法。"

这倒是赵全保和玉瓶都没想到的。他们两个被皇宫驯化得太彻底，出来了还是没有真实感。

于是玉瓶带着玉盏去找庄嬷嬷，送了一些银子、礼物，又说了一通好话后，庄嬷嬷倒是没一口回绝，只说："格格想使人出去带东西倒不是不行，但总要福晋点头才行。"

玉瓶她们自然没胆子说"那咱们现在就去见福晋吧"，只好先从庄嬷嬷这里回去再想办法。由于李格格和福晋天然的立场差异，再加上她们主子又特别受宠，她们都不相信福晋对格格会毫无芥蒂。

碗莲的事说大不大，可说小也不算小。阿哥特意赏下来的东西养不好，首先就可以说你一个不恭敬，剩下的懒惰、粗心还是好听的呢。

什么事都怕寻根究底，也更怕吹毛求疵。退一万步说，格格可能没事，他们这些侍候的还能没事？

玉瓶的心一直沉甸甸的，回到小院里再问李薇，她挺痛快道："那就去问福晋。"

见玉瓶脸色不好，李薇安慰她道："一点儿小事，福晋可能根本也不会亲自去听去问。大概一个嬷嬷或贴身侍候的就能打发了你。"

这话倒没能安慰到玉瓶，可事到临头，拖也不能就把碗莲治好啊。回去鼓了鼓勇气，玉瓶还是去正院了。

这边，庄嬷嬷送走玉瓶她们，也没从此就把这事扔到脑后了。她们几个虽然是内务府才分过来的，对宫里的事不怎么清楚，但自从知道要分到四阿哥的府里，也是拼命打听四阿哥院子里的各色人等。

福晋是不受宠，但她们没觉得这位主子就好欺好侍候了。侍候了各种主子一辈子，她们最清楚不受宠的主子才是最难侍候的——受宠的都把心思用在争宠、固宠上了，没空跟她们这些人计较什么，反而比较好侍候。

除了福晋是要打起十二分的精神去侍候的，这院子里的李格格也不是能轻忽怠慢的。听说这位格格从进了阿哥所后就把四阿哥给拢在身边了，福晋进门也没能从她手里撬走阿哥一分。

若说在宫里的事说不准，可这府里就她一个人住得离阿哥最近，听说她那院子里连一架葡萄藤都是阿哥亲自选的，如今每天的膳点，她都归在阿哥书房那边的膳房叫。这位主子，她就是打个喷嚏，那也是天大的事。

庄嬷嬷刚才把事推到福晋那里，一是要去找人打听这位李格格是不是住的、吃的、用的有什么不舒服的地方，才要出门去买；二来，就是要去找大嬷嬷拿个主意。

等玉瓶回去转了一圈再去正院时，大嬷嬷和庄嬷嬷已经打听到赵全保之前去过花园，管荷花池的人问了一株快死的碗莲怎么救。

书房那边的事她们是不知道，只能猜。庄嬷嬷道："那位主子是想养碗莲，嫌屋里的花不好看？"

大嬷嬷对李格格的印象本来就是爱生个是非，本来得了阿哥的宠就容易招人惹眼还不安分，道："大概就是这么回事吧。也可能是她本来就养着碗莲，屋里的人没侍候好，就想再买一盆进来。"

不是什么大事。庄嬷嬷松了口气，不是他们侍候得不好就行。放下这个包袱，她也有心情打趣了，道："格格到底年轻，爱个花啊，草啊的。"再长两年就该盯着别的东西了。

大嬷嬷和庄嬷嬷都没打算卡这件事。玉瓶这边到了正院，福晋当然不会闲着没事见她，事实上她一来就被人领到福嬷嬷面前了。就这还是看在李格格受宠的分上，不然四个大丫头哪个都能打发她。

玉瓶的规矩是在宫里学的，在福嬷嬷眼里自然无可挑剔，所以她很顺当地把事说了，也没让福嬷嬷反感。福嬷嬷毕竟是在宫外乌拉那拉府里侍候的，府里别说老爷的小妾能让人出府带东西，就是个稍微得脸点儿的丫头都能托门房的小厮带个手帕、丝线、胭脂。

所以这事，她很痛快地替福晋应了。

玉瓶七上八下地来了，谁知这么轻松就成了！回去的脚步都轻快得快飞起来了。回去跟赵全保一商量，两人决定由赵全保去，带上十两银子，能买就多买几株回来。

赵全保下午就跟着拿牌子的门房小厮出了门，门房还特地给了辆车。因为赵全保倒没说是去买碗莲，而是说买些书啊，纸啊，笔墨啊，这种正经东西的。当然，最后捎带着买碗莲就行了。

回来后，除了新鲜的碗莲，还有十几本赵全保挑回来的话本。他也不敢胡买，虽然李薇说让他买些话本，她想现在她也不是闺阁小姐，可以看了，他却要顾忌一二，所以买的都是耳熟能详的戏本子。

他想的是，宫里常听戏看戏，戏本子总没问题。

有了戏本子，李薇就把碗莲忘到脑后了。倒是赵全保和玉瓶天天盯着，可一天天过去，碗莲还是慢慢枯萎。

一而再，再而三这样，赵全保和玉瓶开始怀疑是不是有什么问题，比如风水，比如这个那个的……

水有问题这个可以排除，因为盆中除了花还有鱼，鱼可一条没死，还都挺活泼的，长得也大了些，玉瓶不得已捞出来好几条另养在一个缸里。

"听说这房子有一百多年了呢……"玉瓶胆战地说。

赵全保也不安了。两人商量这碗莲还要继续养，一是免得吓着格格，二是听说这东西能挡煞，说不定枯掉的碗莲就是替格格挡煞了呢？

"也是，阿哥送来的东西，可不是护着咱们格格吗？"玉瓶双手合十念了句佛。

于是，这碗莲就这么养着，只是枯掉的就赶紧扔掉。然后过了一段时间，赵全保就要找借口再出去一次了，老用格格当挡箭牌自然不行，这回他说的是玉瓶要给她家人带个消息。

"说你额娘病了？"赵全保问。

"说我阿玛病了，病得快死了。"玉瓶道。那浑蛋死一万次也不可惜。

于是赵全保又出去了。这次没通过福晋那边，而是找了庄嬷嬷说了玉瓶家的事，说是他上次出去时特意打听的，回来问过玉瓶后，这次去想给她家捎个信。

宫里出来的想见家人也是常有的，所以庄嬷嬷挺痛快地答应了。但这次他可不能想什么时候出去就什么时候出去了，而是要等到十五，府里那天会让所有想给家里人带信的人出去一次。当然这也有人员限制，不然府里一气出去四五十口，府里不就没人干活了？

但以李格格的面子，赵全保简单地加了个塞，剩下的就是等日子了。

李格格这里的头号太监短时间内出去两次，书房那边张德胜早注意到了。他立刻报给了苏培盛。

苏培盛不敢等闲视之，这事有两个可能。一是这太监出来没多久心就野了，打着主子的旗号背着主子玩坏。以李格格御下的手段来说很有可能，她要不是有宠，下人早翻天了。

但太监无根，赵全保跟着李格格日后还有条活路，背着李格格弄鬼他图什么？这小子看着没这么傻啊。

第二，就是李格格那里估计是真出事了。但不好说，于是下头的人就自己想办法。

两个可能都跟赵全保相关，苏培盛一点儿没客气地让人把他提来了。往书房后面膳房的柴房里一绑，苏培盛先使人开导了他几板子，再使张德胜去问。

赵全保一开始还死咬说就是去替玉瓶送个消息再看看家人。

苏培盛就叫人在晚上看着李格格歇了，把玉瓶也给带出来了。两人分别问，都咬定是要去玉瓶的家。玉瓶求饶说都是她惦记家人，犯了规矩，求苏爷爷饶了赵全保，只罚她一个就行。

问不出个所以然来，苏培盛一边叫人继续问着，一边去报给了四阿哥。

四阿哥也正打算这几天去看看李氏，一听这个眉头就皱起来了，扔了擦手的手巾问："问出来了没有？"

苏培盛摇头道："这两个虽不算硬骨头，嘴倒是还算紧。"

"哼！"四阿哥坐下端起茶碗，"提过来。"

苏培盛出去喊人把玉瓶和赵全保给提过来了。因为没事的话还要放他们回主子那里侍候，所以板子都打在看不见的地方。两人过来时形容并不腌臜，只是脸白了点儿。

一见四阿哥就腿一软跪下来了，玉瓶胆子小些，趴在地上涕泪横流却不敢擦也不敢抬头，怕主子看了恶心。

苏培盛吓唬道："在四爷面前还敢瞒？不想活了不成？"

四阿哥停了一息，见两人的胆子都唬破了，放下茶碗道："谁先说？"

赵全保和玉瓶对视一眼，玉瓶磕了个头，贴着地面深吸口气，尽量口齿清楚地说起来。

"四爷送来的碗莲，格格爱得很，整天都围着看，还画了不少的画。画不好的，格格都扔了，连画了好些天。"玉瓶算是耍了个心眼，提着格格说不定能从四阿哥这里捡回来条小命。

赵全保做证："格格爱那碗莲，还使小的去弄了好几条鱼搁进去赏玩。"

鱼？四阿哥心道，那瓷盆太浅，放鱼进去怎么养？不乱套了吗？要养鱼该换成深缸才对。

玉瓶接着道："谁知过了没几天，那碗莲的叶子就……就枯了。"

赵全保赶紧接道："小的还拿去给园子里荷花池的人看了，说是根坏了，治不好。"

四阿哥基本已经猜到了。就连旁边的苏培盛和门帘外守着的张德胜都知道原因了。四阿哥端起茶碗来喝，实在是……

苏培盛过来添茶，去了疑心后，他开始同情赵全保了。瞧这点儿事闹的。

玉瓶和赵全保后面你一句、我一句地把千辛万苦地出去买碗莲，但买回来还是继续枯的事全倒出来了。怀疑院子风水不好或者有什么阴晦之事这个倒是都没敢说。

说了就真没命了。

玉瓶还在继续哭："那碗莲是四爷赏的，格格心爱得不得了。咱们不敢说，只好再想办法出去买。"

她话说完，四阿哥站起来没理跪在地上的这两个就出去了，苏培盛跟上后，张德胜才进来喊人扶他们起来。把他们带到旁边的角房里，也不绑了，还让人拿药来给他们看伤。

两人经历了一番死里逃生，虽然还没缓过神来，也知道要赶紧谢张德胜。不管这位之前有没有打过他们，现在都要拼命谢。

"得了，得了。不必谢我，缓一缓吧。你俩呀，还真是走运。"虽然没养好主子赏的东西不算大错，但后面这两人折腾得可不小啊。

瞧四阿哥的意思，想必是不会重罚的。

张德胜有些羡慕。他虽然待候着四阿哥，可他要是犯错，他师傅苏培盛必定要加倍地罚他。就是四阿哥看着也不像心软会放过他啊。

等他们用过了药就被张德胜叫人押回李格格的小院了。

第二天，李薇刚用过早膳，张德胜就过来笑眯眯地道："给李主子请安，咱家要请赵全保和玉瓶姑娘去一趟。"

李薇的脸唰地就白了。

好歹也是在宫里住过两年的，说话听音。她白着脸却也不敢多问，只是给玉盏使了个眼色，玉盏赶紧去取了一个银子荷包过来，李薇亲自递给张德胜："谙达拿着。"

"不敢当，不敢当。"张德胜连连揖首，荷包也收下来了。这位主子脸都白了，就怕不收再吓出个好歹来。

见他收了荷包，李薇才小松一口气，道："不敢问谙达叫他们去干什么，只是若是谙达方便，还请多照顾他们一二。我在这里给谙达道声'有劳'。"说着站起来浅浅一福。

张德胜赶紧侧身让开，已经被叫到外面站着的赵全保和玉瓶，看到李薇在里面又是拉着张德胜说话，又是塞银子，又是放下身段亲自拜托，两人都有些感动。

赵全保心道，昨晚上死咬不放没卖主子倒是不亏。

玉瓶却是安心了些，想必一会儿挨起板子来会轻松点。

张德胜把人带到内院和前院之间的大门处，早已准备好了长凳，把他们两个按在长凳上，一人赏了二十板子。

用的理由却不是什么碗莲，而是玉瓶想家，赵全保为了替她往家里传消息，借替主子办事的机会办私事，让人查出来才赏的板子。

一顿板子打下去，最近因为出宫而人心浮动的下人们像是被兜头浇了桶井水，都缩起尾巴规矩了不少。

赏完板子，张德胜再好好地把人送回去。不一会儿，庄嬷嬷就送来了药，有敷的，有熬的，挺齐全。

李薇见他们两个被打得都不重，心就放下了一半。她把四个新来的都派过去照顾，叫他们记得给这两人喂药、喂饭、喂水。至于玉瓶手里的事，先叫玉盏和玉烟管着。

下人挨了打，按说李薇该觉得没面子或害怕，但二者她都没有。

一方面是四阿哥在李薇心中就是天，这位爷突然打了赵全保和玉瓶，总是有些原因的。

另一方面，她也想是不是跟碗莲有关。可这个念头刚生起就被她自己按下去了。从她见四阿哥第一面起到现在也有快两年了，四阿哥绝不是个小心眼的人，碗莲没养好，绝不值二十板子。

那就真是像张德胜说的那样，是玉瓶和赵全保为了碗莲，意图两次出府的事了。

为了府上门禁，严格些也对。这倒挺像四阿哥生气的事。自觉想明白后，李薇特意去安慰了赵全保和玉瓶，叹道：“都是我没想到。还以为没什么大不了的，没想到害了你们吃了这顿板子。”

作为下人，挨打是家常便饭，几乎就是基本功。赵全保和玉瓶是太监宫女里数得着的，挨板子对他们来说没有任何心理压力，只要别挨完就被主子舍到一边就行。看到李薇来看望还安慰他们，反倒觉得心里松了口气。

李格格在府里大小算是个人物，她身边的人一口气被打了两个，这事不到晚上就在府里传遍了。

正院里，福嬷嬷抽着空把这事说了，她是想要不要趁机再给李格格一下？下人有错，主子肯定是管教不严。

"您也该立一立威。"福嬷嬷很发愁。新的府邸里都是内务府送来的人，不说个个油滑，但比起宫里的还真欠了一分规矩。在宫里，就算人人都知道李格格比福晋得宠，可也没人敢直接怠慢到脸上来。在这里，福嬷嬷已经发现福晋的话在某些地方不太管用了。

更别提内院那新立的四个嬷嬷。大嬷嬷不必说，剩下三个突然冒出来，把福晋原来的盘算全打乱了。只看福嬷嬷自己，出来竟然还没在宫里说话响亮。

福晋也有一样的意思，能杀威风的只有生了小格格的宋氏和受宠的李格格。可宋氏从搬进来起就住在她这里，小格格更是直接养在她这边的东厢。拿宋格格当这只杀鸡儆猴的鸡，难免给人打了自家人的感觉。

李格格……

福晋暗叹，若是在宫里她还能拿捏一二，出来后才发现居然拿捏不到了。若是净使些小手段，反倒显得她这个福晋不大气。既要教训她，还要光明正大，这种机会实在不好找。

李格格虽然看似有些小出格，但大错她是一丁点儿也不会犯的。这次还是四阿哥先打了她的人，福晋才正好可以捡个便宜。

但是……福晋道："等一等，咱们还不知道四爷是个什么意思。"

福嬷嬷不解，四阿哥的意思不是已经有了吗？到了晚上，听到四阿哥一回来就直接去了李格格的院子，她才恍然大悟。

小院里，李薇还挺惊讶，她以为四阿哥要冷落她几天好加深众人印象。

四阿哥进来后，还是不等她行完礼就亲手扶起她，再拉着她的手走到榻前，温言道："今天可好？"

李薇多少有些拘束地回道："一切都好。爷，换衣服吧？"

四阿哥直接拉着她进了里屋："好，你来给爷换。"

好亲热哦……李薇没想到四阿哥居然会是这个反应，难道不该给几个冷脸让她请个罪吗？

换衣服时，四阿哥直接把玉盏等人都撵出去了，就让李薇一个人给他换。脱了外衣后，他看着正在给他解裤子的李薇，抬起她的下巴："委屈你了。"说完叹了口气，抱住她坐到榻上。

四阿哥一边抚摸着她的头发，一边解释道："最近刚从宫里出来，内务府分来的都是熟手，个个眼高手低。宫里带出来的又心思浮躁，府里眼看就要请客见人，若是不给他们一个警醒，丢人丢到外头去，你家爷的脸上可要抹黑了。"

跟李薇想的差不多，就说四阿哥不会为了碗莲就赏板子，肯定是有原因的。

四阿哥继续解释："福晋那里，到底要顾及她的脸面。再者，她本来就根基不稳，挑她那里的人下手，反而会引起更大的问题。正好，赵全保和玉瓶就这么犯到苏培盛手里。我本来也打算给他们紧一紧弦。"

他的手慢慢从她的肩上滑到脸上，捧起她的小脸蛋，轻轻地揉着，声音更加温和："你本来就没什么威风劲，你这屋里倒多数是这两个奴才约束下头的人。若是他们两个胆子太大，只会给你招祸。这顿板子虽然是打给人看的，但也能收收他们的心。"

李薇很感动，认为四阿哥心灵脆弱怕被误会，她伸开双臂紧紧搂住他的腰，很坚定地说："爷，不用担心，我相信你！"

四阿哥搂住她低声笑起来。

从这一夜起，四阿哥在李薇这里一直歇到了宴客当天。连续十几天的宠爱不但让府里的人都看明白李格格没失宠，也让福嬷嬷明白福晋那句"看四阿哥的意思"是什么意思。

他是打了李格格的人，但他不许人因此看轻、怠慢李格格。

小院的书房里，原来摆碗莲的瓷盆和矮几都搬走了，取而代之的是个几乎跟书案一样高的小缸。缸中注满清水，水面养着碗莲，水下是特意找来的、不吃根的金鱼。碗莲的根也被特意保护了起来。如此便实现了李薇当时想要看水、赏莲、玩鱼的梦想。

为避免这次再有问题，玉春和玉夏被送去学了怎么养鱼、养莲，怎么两个一块养。

这都是张德胜领着人亲自办的。当初是他带走赵全保和玉瓶打了再给人横着送回来的，苏培盛把这事交给他办，也是想让他在李格格面前卖个好。

赵全保和玉瓶在躺了十天后也起来了，二十板子，又有银子打底，两人伤得都不重。伤好以后，他们两人先跪到李薇面前自陈错误，发誓日后更精心侍候主子，绝不敢再胡乱出主意。

苏培盛和庄嬷嬷都分别教导过他们了。言下之意就是，李格格侥幸有宠，但谁知道这宠能宠到什么时候？主子是心软、心善、心里不存事的，你们两个再把不住，你们这个小院该成什么样了？

稳重，稳重，再稳重。再怎么谨慎都不过分。

吃了这顿打后，赵全保和玉瓶也是长进了不少。看着又在书房里对着缸里的鱼抛鱼食逗鱼的李格格，两人想起苏培盛和庄嬷嬷说的话。

赵全保心里道，要跟书房的那群孙子更好才行。这顿打总不能白吃，主子不长心，咱家就多长十七八个心窍，这回的错可不能再犯了，下次……谁知道还能不能这么幸运？

玉瓶心里想的是，格格最好尽快有个孩子，哪怕是小格格也行。这样，若是有天阿哥真不来了，有个孩子，至少格格还不至于被人揉搓。

早在刚出宫的时候，四阿哥就跟福晋说过要宴请兄弟们和亲戚。可刚开府事情太多，她也是焦头烂额。好不容易大致上都捋顺了，三阿哥那里也办过酒席了，福晋赶紧准备定日子自家摆酒席。

四阿哥也是一直忙着请客的事，两人这段时间见面、说话倒比往常更多。福晋经过这么长时间，多少也摸到了他的性子。而且，隐隐约约地，她有点儿明白为什么四阿哥会冷落她这么长时间。

她嫁的是四阿哥，这个四福晋怎么当，要按他的意思来。他觉得不好的，她就是自觉做得最好，他也不会喜欢，更不会感激。

福晋有些发愁，嫁人一年了才发现自己走错路，这真不是个好消息。目前看来，说正事的时候，四阿哥待她还是不错的。但私底下他对她是毫无情意可言。之前她传话回乌拉那拉家，就是想跟自己的额娘聊一聊，看要怎么挽回四阿哥。

等宴会结束过几天就请家里人来。福晋想着，最后确认一遍宴客的单子，转头问大嬷嬷："嬷嬷，明天就要忙起来了。下面的事，我俱托给大嬷嬷了。"

既然四阿哥把这四个嬷嬷送来，福晋就决定直接把她们用起来。

大嬷嬷坐在福晋面前的一个绣墩上，庄、那、白三位嬷嬷站在下面。关于明天的宴会，福晋一整天都要接待来访的女眷，宴会上的事全都要交给四个嬷嬷协调，若是临时出什么事，福晋自然也不好扔下满屋的客人去处理。这个权就放给大嬷嬷了。

另一头，福晋也把三位格格都叫来了。小格格太小，身体也太弱，四阿哥发话那天不让她出来见人。来访的客人中若是地位、身份都够的，自然有福晋亲自接待。但更多的是不请自来的客人，多数身份、地位都有些欠缺。

这样的人总不能扔给嬷嬷们接待，于是三位格格都被拉了出来。她们三个至少也是大选出来派进四阿哥府的，这个身份在宫里可能拿不出手，出来却能唬住不少人。

何况，宋格格有目前四阿哥唯一的格格，李格格有宠的事只怕京里无人不知。能得这两位接待，有些人家只怕要高呼烧高香了呢。

明日府里至少有五个地方要开宴。四阿哥在前面接待男客，席位是两桌，但多备了一桌，防备来的人太多。福晋在正院和花园两处备宴接待女客，暂定是五桌。因为有些人家可能会带自家的姑娘、格格一道来，所以席面要往多了估计。

宋格格和李格格一起在花园东侧的一个小院里待客，那里定了三桌。

这是明着有席面的，剩下的车马轿夫还没计算在内。

女眷处可以赏花游园，前院却没有什么景致好赏玩，于是特意请了两个戏子。不敢请戏班，只分别请了京里三方园和五福班两家的台柱，过来唱两出而已。女眷也有戏可听，就不是台柱了，只是两班中还算过得去的。

一直到晚上，福晋的脑子里还转着明天宴会的事，各处都要严守门户，特别是前院和后院之间，那些男客喝了酒听了戏，难免有把持不住、借酒装疯的人。万一让他们逛到后院来，这脸可丢尽了。幸好四阿哥之前说过，前院侍候的全用太监，这就免了侍女被人拉住做出丑事。

再说看到太监，应该能吓住一些人。

福晋决定明天把她那十个太监全派过去守门，就在内院和外院之间。若是真有人喝醉乱闯，就让人直接灌两碗醒酒汤，喝了睡下就行了。

小院里，李薇却在想明天听戏的事。接待客人还不就是那老几样？你家里好啊？你爹妈好吗？你孩子好吗？你的头钗真贵重啊！你衣服上的绣花真精致啊！

再说还有宋格格在。她决定明天就是宋格格做什么，她做什么。

除此之外，吸引她的就是戏酒了。听说请了两个知名班子里的台柱，还有丑角来玩杂耍。她也好久没看戏了。

但第二天，她就不开心了。

凌晨五点，玉瓶就把她给喊了起来，梳头洗脸换衣服，然后只来得及垫了两块点心，就送她出门了。

大嬷嬷早就派了丫头过来，一个是怕格格们刚搬进府，对这里的路不熟悉；二个是见到来人，这丫头可以提点着李格格，免得张冠李戴。

李薇带着玉盏到了准备宴客的小院，宋格格和武格格已经到了，两人正坐着闲聊。见她过来，宋格格坐着不动，只是微笑点头；武格格却站起来迎接她，亲手扶着她坐下，然后坐在她的下首处。

外面的天此时才刚刚有些亮，小风吹着还有些凉。李薇身上还搭着件小披肩，进屋才解下来交给玉盏。她看这小院里已经挤满了人，来来去去，忙忙碌碌。她心里感叹：这客请得真不容易啊！

膳房此时送了早点过来，为避免一会儿客人来了出丑，她们三个不约而同都只吃了点心，茶都不敢多喝一口。这也是在宫里选秀都经历过的。

李薇吃了一块糯米枣泥糕，刚吃到嘴里就是一怔。点心吃多了，口味上肯定能吃出来是哪家的。这块糯米糕吃着就是阿哥所膳房的味儿。搬到这里来后，她也叫过两次，口感上就是有那一点不一样。

再尝尝其他点心，几乎都是阿哥所膳房的味道。李薇笑眯眯地说了句："今天来的客人可有福了。"宫里的味儿可不是那么容易吃到的呢。

武格格虽然没听明白，也跟着附和道："可不是吗？"

宋格格一直带着笑，话却不多。她以前就是这个样子，李薇也没在意。她打量着宋格格，发现她脸颊红润有光泽，人也好像长大了一点儿，捧着茶碗的姿态有说不出的好看。

宋格格感觉到她的目光，转头对她一笑，指着一碟双色荷花酥道："这个好，刚出锅的，趁热吃。"

站在桌边手执银筷的丫头看李薇的眼色，赶紧给她夹了一块。

双色荷花酥外面是三五层咸味的酥皮，花瓣中间到花心处是砖红色的红豆沙，炸制而成。为了避免吃的时候掉酥皮给主子带来麻烦，这些点心全都是一口的量。

三人边吃边聊，吃了大概两刻钟，一个丫头从外面跑到廊下，跟门口站着的一个人说了两句话又很快走了。三人都放下筷子等着，外面的人把话传到里面，膳点就撤了。玉盏悄悄地过来，在李薇耳边轻声道："格格，要不要去外面转一转？"

宋格格和武格格的丫头也这么暗示了主人。她们三个起身由着丫头领路分别去了不同的房间更衣——主子们排队出恭的事没有发生。这倒是比在宫里强一点儿，李薇还记得在储秀宫时，嬷嬷们也是在见人前领着她们集体方便，一间屋子里用屏风隔开几处，然后一次进去几个人。

集体方便完，三人回来坐下，又等了好一会儿才见到第一批客人。说实话，李薇觉得用"翘首以盼"来形容她们三个真是太合适了。

正院里，福晋还没见到第一批客人。倒是大嬷嬷忙得脚不沾地，送入后院的女眷要先有人到她这里报信，说是哪家的，家里是什么爵位、官位，跟宫里是什么关系。她再决定是送到福晋的正院，还是交给三个格格接待。

大嬷嬷忙得连口水都喝不上。

福晋那边是早就换好了见客的衣裳，正襟危坐在上面，下面福嬷嬷和四个丫头都垂手站着。

福嬷嬷看到茶不冒热气了，见人还没到，上前道："福晋，不如起来走走？"福晋这身衣服行头可是累得很。

福晋也是板得腰酸，点点头，福嬷嬷就扶着她在屋里转了两圈。石榴赶紧上去重新换了碗热茶。虽然福晋也是不敢喝水，但下人们不能由着茶放到冷也不换。

趁着现在屋里没人，福嬷嬷道："福晋，四爷好像没提过今天来的客人里没有乌拉那拉家的人。"

福嬷嬷其实是想问，四阿哥到底看不看重乌拉那拉家。

福晋却不知该怎么答。四阿哥只提过一句乌拉那拉家，说都是自家人，让她好好地跟亲戚说说话，不要拘束。但更多地，他提的是佟佳氏和乌雅氏。一个是养母，一个是亲母。但养母是孝懿皇后，佟佳氏一门显贵，必要重看的。亲母只出了一个德妃，剩下的全是包衣。

怎么重？怎么轻？

福晋想起来就头疼。她问过四阿哥，可在她看来，连四阿哥都不知道该怎么办。他自己也正糊涂着呢。重视亲母，忽略佟佳氏？太蠢。可重视养母，忽略乌雅氏又担心名声不好听。平常倒好办，当这两家人挤在一处时，可就为难了。

但当客人真来的时候，福晋发现自己不用发愁了。佟佳氏来的人是佟国维的孙子岳兴阿和他的福晋，乌雅氏来的却是德妃的兄弟，而送到后院来的只有岳兴阿的福晋。

老天保佑！

福晋松了口气，至于前院的四阿哥虽然也小松一口气，却不免觉得佟佳氏有些怠慢他。岳兴阿还不够他这个皇阿哥瞧的。但四阿哥接了帖子还要表现得很高兴，携着岳兴阿的手亲自把他送到席上。

"一会儿咱们兄弟好好地说说话！"四阿哥笑道。

岳兴阿长得不像佟佳氏的人，他比较像他的祖母和额娘，一张方脸，个头却不算高，给人一看就冒出"憨厚""不会说话"这样的印象。事实上他的话确实不多，四阿哥跟他一比都算是能言善道了。

被四阿哥这么亲热地送进来，他也只是笑得很开心，揖手为礼，嘴里只道："有劳，有劳……哪里，哪里……不敢当，不敢当。"

四阿哥却没生气，反而觉得这人挺可交的。因为岳兴阿虽然话少，可看表情绝对是激动的。四阿哥对他印象不错，怕他不会说话一个人闲坐无聊，转头把乌拉那拉家的一个人拉过来了。

乌拉那拉家来的是福晋的两个堂兄弟。福晋本人没有亲兄弟，来的两个堂兄弟都是她伯父的儿子，一个叫巴图鲁，一个叫巴克什，意思是勇武和博学。两人却长得和名字刚好相反。叫巴克什的，一脸络腮胡子；叫巴图鲁的，听说连马都上不去。

四阿哥觉得巴克什看着比较健谈，于是就把他拉到岳兴阿旁边坐下，交代两人不要客气。谁知这两个真没客气，等他再回来，发现巴克什带着岳兴阿拼起了酒。

巴克什其实也不是很会说话，他一被四阿哥拉走，他的兄弟巴图鲁就担心得不得了。巴克什和岳兴阿都是闷葫芦，但四阿哥那么热情，两人都认为阿哥的意思是要他照顾好对方。在不会说话的前提下怎么照顾呢？拼酒。

结果还没开席，两人就喝得脸膛红亮，头重脚轻，说话颠三倒四。负责在这一桌侍候的小太监都快给他们跪了，可客人要酒，他能说没开席不能喝吗？显然不行，他不但要上酒，还要上小菜。

小太监在一旁不停地插话："这位爷，您来口这个""爷，您尝尝这个"，拼命让他们不要喝太多。但四阿哥回来看到这一幕，黑了脸之后，小太监欲哭无泪。

这时客人已经渐渐都来了，四阿哥不能怒，虽然他真的很怒，但他只喝了一声："好！"然后上前用力拍了拍这两人的肩膀。"再上好酒来！"他对小太监说。

小太监又带着人抱了两坛子酒。四阿哥陪着他们痛饮起来，席上的气氛顿时就被炒热了。

三阿哥和五阿哥来得略晚，刚进来就听说四阿哥、佟家的岳兴阿和乌拉那拉家的一个小辈在拼酒。

三阿哥笑道："老四这样倒是难得啊。"说话间加快脚步往里走。五阿哥也好奇，两人快步进到摆席的院子里，见正中央的桌子前围着好些人，正在一波波地叫好。

拼酒拼到最后，大家都有些失去理智了。巴克什早早地败下阵来，现在陪着四阿哥和岳兴阿拼酒的是另外三个人。

四阿哥已经是强弩之末，但要撑着阿哥的面子，脸都喝白了却死活不肯下来。苏培盛在旁边陪着，急得什么似的。

三阿哥一眼看出来，皱眉道："我看老四快不行了。"说着就挤进去，拍了拍四阿哥道："老四闪一边去，让哥哥来会会他们！"说着就夺过四阿哥手里的酒碗，一仰脖子就喝了下去。

苏培盛赶紧扶着眼都喝直了的四阿哥挤出人群，五阿哥担心地看了一眼，还是留在原地。因为三阿哥也是渣酒量，这不刚喝一碗，脸就红成大姑娘了。

他在旁边看着三阿哥也开始脚下打晃，赶紧上前把三阿哥挤下去，道："我来！"然后咕咚咕咚先灌了三碗，引起一片叫好声。

外院那边没开席先喝倒一群的事传回内院，大嬷嬷倒是胸有成竹，听说喝倒的还有四阿哥，说："让人开催吐的药端过去，先把酒吐出来再说。"

四阿哥被苏培盛扶到一个僻静的地方，膳房照大嬷嬷说的赶紧熬好了药送来。苏培盛接过问了句："是什么？"闻着不像解酒汤。

送药来的小太监附在他耳边说是大嬷嬷送来的催吐的。

苏培盛点点头，吩咐人去准备桶和漱口水，转身把药喂了四阿哥，停了约有半盏茶的时间，四阿哥哇的一声，捂住嘴就往地上扑，苏培盛赶紧把桶放在下面，跟两个人一起扶住他。

哗啦啦一阵狂吐，除了酒就是水。四阿哥吐得虽然狼狈，但抬起头来时至少眼神已经不发直了，神志也清醒多了。

他接过水漱口，问道："外面怎么样了？"

苏培盛拿薄荷油擦在四阿哥的太阳穴上，外面已经喝倒了几个，主要的几位客人像佟家的岳兴阿和三阿哥都已经人事不知了。岳兴阿已经喂了催吐的药，三阿哥睡着了。

四阿哥气得拿杯子的手都在打哆嗦。这个客请得真是太失败了！可这绝不是他的错！谁知道岳兴阿和巴克什会突然开始拼酒？还没开席呢，你们拼个头啊！

他安排得再好，也算不出会有人在开席前就玩拼酒。可惜当时他也没别的好办法，又不能落佟佳氏和乌拉那拉氏的面子不许他们拼了，只好陪着拼，于是来吃饭的喝倒了一多半。

苏培盛快把头扎到地里了，这个……阿哥和福晋辛苦准备了这么多天，弄成这样真是太糟糕了。

就算成了现在这样，这客也要继续请下去。四阿哥气过后，换了衣服又回到席上。所有喝倒的全送去醒酒，醒完是想睡觉还是想回来都行。他们这边席照开，戏照唱。

不一会儿，前院就传来锣鼓的声音，一个甩着水袖的戏子咿咿呀呀地拖着长腔上来。四阿哥面带微笑地听着，状似陶醉，心中骂娘。

面前的三桌席面，几乎空了一半，剩下的人也东倒西歪。

这请的叫什么客！

只看喝倒那么多个，谁都不能说四阿哥这次请客没让大家尽兴。所以当下午四点多，客人们纷纷告辞时，福晋和三位格格都认为今天非常圆满。

李薇一是高兴今天来办酒席的是阿哥所膳房的大师傅们，让她又吃到了喜欢的口味。再就是难过没听成戏。原来唱戏的只在前院四阿哥还有福晋两边唱，她们这里来的是两个丑角逗乐。虽然也笑得肚子痛，但宴会结束后还是感觉不足。

而四阿哥，他又回到书房生闷气去了。

其他人都不知道前院发生的事，就是福晋也只是听说娘家来的堂兄巴克什喝倒了，担心地让福嬷嬷告诉家里人好好照顾。福嬷嬷则听说三阿哥、四阿哥和五阿哥拼酒拼得很痛快，三阿哥是横着让人送回府的。

于是，一直到几天后她们都没发现四阿哥在书房生闷气，她们都以为他在忙才不回后院来。

倒是那天从阿哥所膳房借来的刘太监，想方设法请托给苏培盛送了礼。他今年也快六十了，自觉舌头也钝得快尝不出味儿了，眼睛也花了，手也抖了，阿哥所膳房里侍候的全是龙子凤孙，他也怕熬了一辈子再出个错，不但把一辈子的老脸都丢尽了，再丢了性命就亏大了。

如今出宫建府的三位阿哥，若是有一个愿意接他到府上侍候，他也有了后半辈子的着落。

但三阿哥请客，请的大厨是三福晋董鄂家的。五阿哥托的是宜妃，就只有四阿哥托到他这边来了。

缘分啊。

于刘太监而言，去哪个阿哥家都无所谓。他是去哪家都能侍候好喽。这群小祖宗毛都没长齐的时候就是吃他做的饭，别看如今娶了福晋生了孩子，只怕他们嘴都不用张，他都知道该做什么来填他们的肚子。

但要往阿哥的府里钻，总要有个由头。这宴席侍候得好，才能引得阿哥想起以前的情谊来。不然他贸然开口，阿哥知道你是哪根葱呢？

刘太监自觉这次席面侍候得万无一失，他还特意给李格格的席上送了她平日爱吃的菜品。等宴席摆完过了几天，他才悄悄给苏培盛递了话。

话说得很可怜，年老将死之人，希望能在死前看一眼家乡，所以才想从宫里出来。四阿哥人品贵重、心地善良，是个念旧情的人，这才让他仗着老脸生了投效之心云云。

苏培盛接了礼却暗暗叫苦。大家都是太监，刘太监还是个老前辈，以前也没有龃龉，他是很愿意让这么个老人进府来，也好取取经的。但现在的时机真的不好啊。请客那天的事他全看在眼里，最近四阿哥闷在书房，天天写大字、读书，不回后院，一看就是气冲霄汉！他怎么敢去摸虎须呢？

但回绝了刘太监也不合适，只好偷偷暗示了下，再指点他去找别的门路。别人或许不知道，他可是很清楚刘太监一直对李格格很关照的。

于是转了一圈后，以前侍候李薇的许照山笑嘻嘻地带着亲手做的点心上门了。他打的是来看望旧主，给旧主请安的旗号。庄嬷嬷没有多问就让他进来了。

见到许照山，李薇等人都生出恍如隔世之感。

一进门，许照山就跪下给李薇磕了几个响头，一抬头热泪盈眶："好久没见主子了，奴才想得很……"这话里三分真，七分演。从李格格那里换到膳房，他也是吃尽苦头的，当然不如在阿哥所里的时候轻闲。

刘太监从他过去后就一直挺照顾他，他也承刘太监的情，所以这次才答应出来替刘太监关说。在送上他学做得最好的一道水晶五仁包后，倒是很痛快地把刘太监的来意给倒出来了。

李薇正打算试试他做的水晶五仁包，就是糯米粉揉的皮子，蒸成半透明，里面是松子、榛子、核桃、花生、芝麻，炒香后一半磨成粉，一半碾成粗粒，加冰糖、蜂蜜团成的馅。

这个点心是越嚼越香的，李薇一听他说就想尝尝看了。

许照山起来后道："虽说刘爷爷待奴才有恩，可奴才心里最重的却是主子，是以不敢瞒骗主子。刘爷爷大概是想请主子帮忙在四爷跟前讲讲情，他想进四爷府来侍候。"

李薇一怔，想了下再看周围都是自家人，就直接问他："我们才搬出来不过一个多月，你这爷爷若是真想跟着出来，怎么早不出来？"

许照山道："主子聪慧，小的也不敢胡扯，只是二十多天前，阿哥所那边的膳房突然说上头要拨两个人进来侍候。想是为了这个……"

三阿哥等人搬出来，就是为了给小的阿哥们腾地方。只是修屋子搬家具，还要折腾一段时间。刘太监听到的消息不是拨两个人进来侍候那么简单，而是说要换掉一半的人。把年纪大的，平常手脚不干净、不灵便的，懒惰不听使唤的，一口气全撤出去。

撤出去的只有两个去处，都算不上好。不会手艺的拨去干粗使，会点儿手艺的可能会被拨到宫监处的膳房，就是专给粗使宫人做饭的，兼着辛者库和看守闲置宫室的宫人饭食。

这可真是一落千丈啊。

刘太监年纪大了，虽说一年半载还不会把他换下来，可之前他在膳房里是一言九鼎，如今倒要看外面来的人的眼色！等他因年老力衰被人换下来，自然不愿意临到老了去给一群奴才做饭。给他们做饭吃什么啊？不就是馒头咸菜吗，用得着他这双手吗？

也亏得他耳目灵便得了消息，本以为还能在阿哥所混上十几年，谁想到这么快就要出来？幸好他也不算毫无准备，瞅准了人家就开始拼命"刷"好感了。

许照山说完并不再多替刘太监说好话，就像他说的，他的主子是李格格，往上是四阿哥，再往上是万岁爷。他跟刘太监，或许同根同缘有一份香火情，愿意给个方便，却不能因此忘主。

李薇听完，略想了想，摇头道："这事……我帮不上忙。"对她来说，四阿哥比刘太监亲近是一回事，另一个就是这毕竟是宫里的事啊，她不懂，最好就不要插手。

不过刘太监确实让人同情。李薇对他虽然没印象，但在阿哥所里的时候，想吃个什么，膳房里都送得挺快，不管人家是想巴结四阿哥还是谁，反正是她受了，她自然也领这份情。

她道："这位大太监的事，我虽然同情，却无能为力。你回去他要是问起，替我赔个不是，说帮不上忙很不好意思。"

许照山只是随着宫中采买的车出来一趟，不能久留。李薇让玉瓶给他包了五两银子，告诉他在宫里若是受了罪需要打点，千万不要舍不得银子。

赵全保送许照山出去的路上，道："如今格格赏的你是看不在眼里了吧？"膳房，那是多肥的地方啊。

许照山把银子塞进怀里："你也不必拿话来激我。我许照山还不至于眼皮子浅得离了主子没两天就忘了本。"

赵全保没再说话，一路送到二道门处，离门远远的，他小声道："既然你真这么忠心，我就多添一句。这几日变了天，格格已经有好几日不曾好好用膳了。"

许照山虽然机灵，但一时半刻还真听不懂这句话。许照山似有所觉地上下打量了赵全保几眼，发现他瘦了些，眉目寡淡，居然看不出他在想什么了。

"……士别三日，当刮目相看啊。"许照山临走前喃喃道。

站在原地目送他出去，赵全保转身往回走。

书房里的消息，如今后院里只怕没人比他更灵通。虽然他不曾打听，可书房里人人话少了，来去匆匆的样子，无不表示现在情形不大好。

能影响书房里上下的气氛，又能瞒住消息不露一丝给后院的，只有四阿哥了。

所以，虽然赵全保不知道四阿哥怎么了，但肯定不是好事。他也给玉瓶透了个底，这些天她整日找些事缠着格格，免得她想起四阿哥来。

给许照山那句话也是他想过再出口的。刘太监人精一个，一点儿消息就能让他闻出味儿来。再说，格格人小，人情上有些欠缺的地方，他就要替她补。以刘太监的手腕，进四阿哥府是迟早的事。透个消息，让刘太监记着他赵全保一份情，日后总有好处的。

这边，许照山出去站在路口小等了一刻，宫里的骡车就过来了。他刚跳上车，车上的人就扔了一个沉甸甸的袋子给他。

那人扬扬下巴示意袋子："这是你的份，点点吧。"

许照山打开袋子，把银子倒在手心上看看成色，再拿起一个试试牙口，掂一掂重量，方满意笑道："差不多。"

那人笑呵呵地拿起车里放着的茶壶、茶杯给他倒了杯茶，双手捧着送到许照山面前，道："以后许哥哥有好东西，不妨还拿过来。有好处大家分嘛。"

许照山也笑呵呵的，接过茶来两人一起笑起来。

回了宫后，他怀里揣着银子进了阿哥所的膳房。对外自然是他出宫看家人去了，回来后要先去刘太监那里说一声。

刘太监的屋子是膳房里距离厨房最远的一处，离库房最近。平日没什么烟火气，死鱼烂虾的臭味也传不到这边来。

许照山站在门前也不敲门，而是贴着门小声叫了句："刘爷爷，是我小许子回来了。"

屋里咳嗽一声，刘太监沙哑道："进来吧。"

许照山将门推开一条缝，闪身进去，门也迅速地掩上。进屋后，他先把怀里的银袋子掏出来，恭敬地放在刘太监屋里的桌子上，然后退到三步外，低头不吭声。

刘太监只看他进门的脸色，就知道这事不成，于是也没有再问。

许照山见他不像恼的样子，眼珠转了转，恭维道："刘爷爷，要说还是您老的手艺高超。我们格格出去后，吃不着您的手艺，就吃什么都不香了。"

刘太监呵呵一笑道："是吗？"

许照山道："可不是吗？我们格格都好几天没好好用膳了。"

这话一说，刘太监才算有了点儿反应，脸上带了笑，道："行了，知道你是个有忠心的。去吧，你梁师傅可骂了你一天了，说你这一走，筛面的人就没了，让他这一天手忙脚乱的，等你回来要踢你的屁股呢。"

许照山立刻就要出去："那我去了，刘爷爷。"

"等等，"刘太监道，"那袋子拿出去吧。一丁点儿的小东西，还看不在你爷爷眼里。"

那是今天刘太监让他出宫的借口。膳房里吃的东西多，自然有贵重的。但一碗鱼翅羹放多少鱼翅，一锅人参鸡放几两人参，这都是厨师手一抖的事。多多少少，很难计量。刘太监身为主管，对此也是不得不和光同尘。

早上，刘太监拿了些燕窝给许照山，让他出去换成银子。别看只是七两多的燕窝，换回银子却有四十多两。

这里本来是刘太监拿大份，他再分一点儿出来给另两位主管太监。但现在显然是刘太监不要这份，给许照山了。就当是他带回那句话的谢礼。

许照山见此也知道是赵全保那句话起的作用。响鼓不用重槌，看来赵全保出去不到两个月是上进了。

许照山拿着银子出去，心情挺复杂。有一点点小嫉妒，因为赵全保突然变得比他聪明得多了，都能跟刘太监打哑谜了。剩下很大一半都是在替赵全保担心。

赵全保肯定是吃了大亏了。

苏培盛的推拒和许照山带来的那句话，让刘太监死了从四阿哥府打通关系的心，转而向内务府使劲儿。要不是内务府的人心太黑，手太狠，他也不至于想另寻门路。现在看来是不行了，好事要趁早，再磨蹭一会儿，说不定四阿哥府他也轮不上，就只能去给辛者库的贱人们做饭了。

谁知过了不到半个月，内务府就有好消息传来。

四阿哥府想从阿哥所的膳房要个厨子，刘太监感激涕零啊！他话都顾不上多说，管库的钥匙和册子扔给剩下的两个主管太监，收拾了箱子、包袱就坐着骡车出宫了。

见他这样，让本来想置办桌酒席送送他的牛太监和马太监都摸不着头脑。

马太监奇怪道："这老刘，真是人老了想回家乡了？"

牛太监稍稍灵醒些，虽然奇怪，更多的是担忧。刘太监都这么颠儿了，难道阿哥所这边的膳房真有大事发生？

许照山送刘太监出了宫门才回转。他一半是羡慕刘太监能去四阿哥府，说到底四阿哥和李格格是他头一次侍奉的主子，要说没有感情那是假的；一半却是想，还是留在宫里多往上爬，日后到刘太监这个年岁想出去，到时再去求格格吧。

四阿哥府，刘太监被直接领进了前院的膳房。张德胜亲自来接，亲热地喊："刘爷爷，您老可算来了！"

刘太监现在跟他是风水轮流转，既然到了这边地头，自然要拜山头见小鬼。他掏出一个荷包，趁人不留神塞到张德胜手里。

张德胜收了，他才问道："可是有什么不得了的主子？不然也容我去洗漱一番再来侍候啊。"

张德胜亲手接了他的包袱，半扶半拖地把他哄进膳房，悄声道："可不是位不得了的主子？你最清楚了。"说着口里做出个"李"字来。

刘太监恍然大悟，感叹道："这位主子如今可好啊？"在宫里就让四阿哥宠得眼里看不到别人，出来了还这么宠？

"好着呢。没人比她更好了。"张德胜摇头叹笑，声音更轻道，"如今那位贵重了，龙肝凤髓也吃不出滋味，不然咱们爷也不会特意要厨子。说是他想吃以前的口味，府里新进来的都侍候得不美，可……呵呵……"

刘太监明白，可之前在宫里也没见四阿哥多爱膳房做的饭啊。

虽然李格格没答应帮他关说，可他能来四阿哥府，还真是又托了这位李格格的福。刘太监摇头，真是……缘分啊。

他一激动，撸起袖子道："那就让我老刘来露一手！"

张德胜在旁边不错眼珠子地等着，一会儿，四道点心、两份汤品就出炉了。看着也没什么稀奇的啊！

但想想那位祖宗不过十来天胃口不开就把志在书房坐到天荒地老的四阿哥引去了，等阿哥去了不到半天，就请来了太医，等太医来了不到一刻，就传出那位祖宗肚子里真揣了个祖宗的消息。再等四五天见她胃口还是不开，四阿哥就把刘太监给要回来了。

理由不过是四阿哥觉得她在阿哥所的时候就吃得挺开心的，所以还是阿哥所的厨子好，把阿哥所的厨子请回来就能做出她吃的饭了。

脑子里转了一圈，张德胜还是亲自带人把这几道点心和甜汤送过去了。

当四阿哥在书房生闷气的时候，李薇被玉瓶以看戏本子、染指甲、玩抓拐、玩双陆、打牌、赌骰子、玩投壶等各种游戏缠得不能分神。

虽然也很奇怪为什么很久不见四阿哥，但想到四阿哥目前可能无暇在后院流连，就没太放在心上。反正四阿哥不是西门庆，会去偷别人家的媳妇。

既然没有野花的困扰，李薇就很放心四阿哥天天不来。但玉瓶可不放心，她和赵全保一头盯着书房的消息，一头盯着她。盯着盯着，就发现她最近吃的实在是少。

以前每天每到饭点，格格都会冒出来各种想吃的东西。到了吃点心、水果的时候也很高兴，可最近问要吃什么，都是"随便"，等估算着她以前爱吃的送来了，又"没胃口"。

玉瓶担忧道："格格肯定是想四爷了。"她还以为格格玩得开心没顾上想呢。但想一想以前四阿哥几乎天天都来，现在一下子十几天没来，怪不得格格会想得吃不下饭。

赵全保更加紧盯着书房，就盼哪天他过去的时候，那里人人喜气洋洋，他就该知道四阿哥不生气了。

但等啊等，转眼又是十几天过去了，天渐渐热了，格格不吃饭，肚子里没东西，早上又有了反胃的症候，可干呕又什么都吐不出来，别提多难受了。

李薇以为是咽炎，开始多喝水，不再吃炒菜。但她本来就吃得少，连炒菜都不吃后，每天等于只吃几块点心、几口饭。

这边的膳盒提回去总不见少什么，到后面几乎纹丝不动。苏培盛心道，可别这边四阿哥的气还没消，那头那位又出事了。

既知道了就不能不问。这天晚上，见赵全保回到书房这边的太监房，苏培盛把他叫出来，也不绕圈子，直接在院子里的背人处问最近李格格是不是有什么不畅快的。

"是哪个不长眼的侍候得不好了？你这不省心的就是自己办不了，不会给张德胜说一声？天天往这边跑得勤快，哥哥弟弟认一堆了，关键时候怎么不见你用？"

顶着天上的月亮，赵全保只管跪下磕头，半句求饶也不敢讲。

"起来！"苏培盛踢了他一脚，气道，"你只管跟我说，你家主子这段日子是为什么不用膳？如今出来了，咱家自己有庄子，李主子想吃个稀罕她不敢提，你这侍候的也不会个巧？你自己给膳房递一句，你看撺着奉承的有多少？"

这话是真的。后院四个女主子，只有李格格跟着阿哥书房这边的膳房用，谁是瞎了看不出来吗？赵全保天天在书房这边蹲，难道真是他脸够大才人人都乐意搭理他？看着谁的面子多明显啊。

只可惜李格格虽然有些小放肆，却只在四阿哥面前。赵全保和玉瓶吃了顿板子后收敛不少，有多少想抱李格格大腿的，抱不上又哭天喊地的。

赵全保喃喃半天，想起玉瓶说的，就小声道："……格格是想四爷了。"

话音刚落，周围灯火大亮。

四阿哥背着手站在小径上，周围有两个打灯笼的，刚才大概是吹了蜡烛才没被这两个在树影后说话的人发现。

苏培盛出来甩袖跪下。要不是特意把人叫到屋里去太显眼，他才不会跟这蠢货在外面说话。既然被四阿哥听到了，少不得要背个背后议论主子的罪名。

赵全保现在一见四阿哥就想起那二十板子，哆嗦着原地跪着迅速蹭过来。

就连两个旁边打灯笼的都有些哆嗦。谁让刚才赵全保那句"格格是想四爷了"大家都听到了呢？太倒霉！

四阿哥转身进屋，扔下一句："一人十板子，押到院子里打。"

苏培盛就痛苦地喊人来，然后把所有人连自己押在长条凳上，啪啪啪打满十板子，再爬下来一瘸一拐地进屋谢恩。

然后他出来喊赵全保进去。

赵全保进去就看到四阿哥黑着张脸，不用吓就骨碌到地上趴着了。

其实四阿哥黑脸是真的生气了，听到赵全保说出李氏想他的时候，他真的想把这个太监推出去打到死。但人命在他眼里没有这么不值钱，所以虽然恨这太监把李氏的私事随便说出来，但也不得不饶这人一命。

为了不让人再打听此事，他甚至也不能重罚赵全保。但只能这么意思意思地打十板子，还是太轻!

赵全保已经吓掉了魂儿。他本意是替李格格争宠，而且他们太监在私底下连宫妃也不少说，都是男人，虽然少了条根，但不代表就没了男人的心。所以他给苏培盛说的时候，并不以为如何。但现在看到四阿哥气得眼睛都瞪圆了，不必再多说什么，他已经唬得没了胆子。

"再有下次，爷不打你。井里填一两个人还是容易的。"四阿哥轻轻地说。

赵全保拼命磕头，舌头都吓没了。

四阿哥扔下一句："滚出去跪着。"就见赵全保连滚带爬地退着出去，跪在外面的青石板上时，才突然喘了口气，险些再让气给噎死。

苏培盛就守在门外，他是挨了打，可四阿哥没说他可以回去歇着，就只能继续守夜，再说下板子的人又怎么敢下重手? 他看到赵全保却并不同情。这人再不开窍，早晚玩掉自己的小命。

什么是主子? 那就是天。给他苏培盛十个胆子，他也不敢把四阿哥的任何事往外漏一句。李格格可以没个主子样儿，可她有四阿哥护着。你赵全保有人护着吗? 奴才是这么当的? 就算李格格不像个主子，你自己也要像个奴才，主子不管你，你就要加倍警醒，时时勒着自己，不能越界。

赵全保跪了一夜，两个膝盖肿得像馒头，脸色青里透白，浑身冷汗，还打哆嗦，简直像个鬼似的。苏培盛没让人管他，进屋侍候了四阿哥起床出门。

上午十点时，张德胜打发了来问赵全保的全福和全贵，回来叫人把跪到现在的赵全保给抬到屋里的炕上去。屋里烧了火盆，张德胜把还烫嘴的药灌到他嘴里，让人拿开水烫了毛巾给他擦腿。

赵全保在炕上疼得挣扎，青筋直冒。四五个人按住他，直擦到他两条腿都是红的，才换了热盐袋给他敷着。

让屋里的人都出去后，张德胜难掩羡慕地看着赵全保。赵全保拼命喘气，腿疼得都不像他的了。他看到张德胜复杂的眼神，多少明白他的意思。

张德胜道："安心吧，这是主子还要用你。"不知道他有没有赵全保这样的运气，犯了错主子罚了却还是不打算把他换掉。

赵全保怎么会不知道? 昨天他简直就是死里逃生。李格格一向温和，极少管束他们，他的胆子也越来越大。从今以后，四阿哥肯定已经有些看不惯他了。只是一时半刻没好使唤的人给格格换上，不然……

赵全保打了个哆嗦。不然，跪完不必叫人管他，他这人就已经半废了。以后不出几年肯定就办不了差，格格身边用不上的人肯定是要挪出去的。

他紧闭着眼，浑身发寒。幸好，格格这里还用得上他。他日后必须抱紧格格大腿！让格格离不了他！

如果说，以前他还打着借李格格的东风爬到书房来的念头，现在是全数打消了。四阿哥以后绝不会用他，他只有格格这一条路可走了。

小院里，李薇听全福和全贵说昨晚赵全保着了凉，挪出去养病了，就对玉瓶说："送几两银子过去给他吧，让他打点下人，免得养得不好再越病越重了。"

宋格格那个拉肚子的太监到底也没回来。

玉瓶笑着答应，回头就把全福和全贵叫下去细问，当听说见这两人的是张德胜时，心里已经有数了。

这些天，赵全保一直不安生地想替格格传信给四阿哥，该不会这小子昨晚……

玉瓶吓白了脸，但更恨赵全保自作聪明替格格惹祸！天天蹦得那么欢腾，是格格这小院放不下你了吗？

她让全福和全贵出去后，在屋里转了几圈。虽然有心去打听，可没了赵全保，书房的消息她们是一点儿打探不到的。连出了什么事都不清楚，这不是让人等死吗？

一天下来，玉瓶虽然面色如常，但总是望着通向书房的小门的方向。她一半是怕张德胜再带人来，自从上次被他带走后，玉瓶做噩梦时常梦到他，每回都吓得一身冷汗地醒来。另一半却是在盼。就算赵全保受了罚，也盼四阿哥没生格格的气，能来看看格格。

忐忑不安等到日已偏西，见小径上还无人前来，玉瓶心如死灰，几乎要回屋蒙着被子大哭一场。回屋见格格望着膳桌发呆，半晌挥手要让撤膳，她仗着胆子拦了一句："格格，您已有近十天不曾好好用膳了。这样下去身体怎么受得了？多少用一些吧。"

以前在宫里时，玉瓶还常打趣她，好像自从挨了那顿打后，玉瓶稳重不少，但也很少这么拦她的话了。李薇一想，就没让撤膳，可看遍膳桌上所有的菜式，居然没有一道想吃的。

于是李薇最后还是放下筷子，道："算了吧，或许我明天就想吃了。撤下去吧，摆在这里，菜味儿闻着可不舒服了。"

玉瓶壮起胆子也只敢说那一句，见李薇坚持，脸上也看出是实在不想再闻菜味，只好赶紧让人把膳桌撤下去。

这时，四阿哥进来了。

他一进来就盯着李薇的脸色看了又看，也不要她起来迎接，坐下按住她道："不必动了。"这时膳桌还没往外搬，他看了眼膳桌上的菜式，见几道菜是李薇常吃的，却几乎都没动过。他摆摆手，让其他人都下去。

屋里只剩他们两个了，他皱眉问她："怎么不吃饭？"

李薇好久没见他了，而且最近时常心潮起伏，总是想起他。这时李薇忍不住倒在他怀里，娇声娇气地道："不想吃。不过我挺好的，没不舒服。"

说完，她自己都觉得这声音里至少掺了两斤的蜜，真是甜得倒牙。

我肯定是太想他了。李薇自我安慰了下，顺从心意搓上去，整个人像没长骨头一样赖在他身上。四阿哥也很配合地揽着她，一下下抚摸她的背，没有一点儿的不耐烦。享受了一会儿后，李薇回神了。呃……她这样是有点儿忘了自己的身份喽。

她想直起身改过来侍候四阿哥，他却按住她，道："不必动了，太医一会儿就到。"

太医？李薇奇怪之下不忘解释："四爷，我没有不舒服。"

四阿哥摸摸她柔嫩的脸颊，没听她的。他出宫前就叫了太医，正好已经搬到宫外了，不必当值的太医回家前过来看看，也不会太引人注意。

两人又坐了一会儿，太医才到。因为四阿哥说是私底下请太医过来一趟，不必记档，太医就明白这肯定不是四阿哥、福晋或是刚满月的小格格不舒服，而是某位四阿哥的内宠。

明着叫太医担心太惹眼，才这么悄悄拜托。

王太医年约四十，在太医院里平时只给低等的妃嫔如小答应等看病，四妃的宫里包阿哥所他都没去过。不过四阿哥打听过，他家祖孙三代都是专研妇科。

他从太医院出来，悄悄到了四阿哥府上。让人从角门领进来后，从正门进的内院。所以这边太监领着王太医刚进来，那边福晋的正院就有了消息。

四阿哥本来想的是，就算太医没看出问题来，也要提醒下内院的人李氏的身体不舒服了，给她身上盖个戳，让那些想找事的都掂量一二。阎王好过，小鬼难缠。福晋虽然从不多事，但她手下的人就难说了。

谁知王太医进来后，号了两手的脉，又请面见看了脸色和舌苔，出来跪下就扣了颗炸弹。

"格格这是有喜了。"王太医道。

四阿哥惊喜之下不忘先把太医扶起来，旁边的苏培盛替他问道："既然是这样，请问王太医，李主子这个总不想吃东西，会不会对她的身体有什么妨碍？"

王太医从小就跟着爷爷和爹爹看病，家中各种脉案、药方子堆了有一屋子，怀孕的人习惯千奇百怪的多了，他见得多自然不稀奇，只是不吃饭算什么，还有怀孕了就想吃生泥鳅的呢，那才叫怪。

可他也不能就这么回话，略思量了下，在腹内把这话来回颠倒三次才道："臣观格格的气色尚可，一时脾胃不和也是有的。但不必用药，也不必强要她进食……"

话说到这里，他偷瞄了下四阿哥的面色，虽然什么都看不出来，王太医还是把话转了个风向："总要格格愿意进食才好。"

换句话说：让她想吃就行。

怎么让李格格开胃，这等小事自然不必四阿哥亲自操心，他只是一句话交给了苏培盛。苏培盛又交给了张德胜，张德胜去请出大嬷嬷。

大嬷嬷道："有了？"看李格格得宠的劲头，这下阿哥必定上心得很。

"她不想吃还是想吃不敢说？"大嬷嬷虽然觉得李格格略显不够沉稳，但对她的个性也有所了解，知道这位不是趁机拿乔、装腔作势的。相反，她还有些胆怯。

张德胜这两天也快吃不下饭了，苦着脸道："咱们也是这么想的，可大嬷嬷您想，阿哥书房那头的膳房可都是阿哥的供给，如今尽着她开口。有时都是阿哥特意点了，也没见她动筷子。"

就连四阿哥也是怕她想吃不敢说，所以最近几天点了好几道平时他碰都不碰的东西。可什么样端上来，什么样端下去。

于是大嬷嬷把宋格格身边的柳嬷嬷送了过去。柳嬷嬷直接搬进了小院，到了以后也是细心侍候了两顿，见不到起色后，柳嬷嬷问李薇，吃不下是什么感觉？

李薇道："就是好像已经吃饱了似的。"

"那平时饿吗？"

"不饿。"

其实李薇也挺着急的。在知道有了孩子后，她肯定觉得这样不行啊，可听声音胃里也是叽里咕噜叫的。她试着喝过酸辣汤、酸梅汤等开胃，也试过喝酸奶来帮助消化，都不见有效。

四阿哥是个急性子，什么事都喜欢尽快看到结果。等几天见张德胜办不了这事，大嬷嬷和柳嬷嬷也都没辙，他问过他们后，干脆自己动手了。先是从李家借了个厨子，又觉得李家小门小户，厨子再好也有限，接着又跟内务府打招呼，从阿哥所的膳房要了厨子，当然理由是侍候自己。

不到三天，两个厨子都就位了。李家那个送到了内院膳房，阿哥所的刘太监就进了前院膳房。

这天晚上，四阿哥又到小院，刚好就是晚点的时间。他一进来就看到给他打帘子的玉瓶一脸的喜色。

看来是有用啊。还是要他亲自出马才行。

于是他也觉得今天李氏看起来气色是好多了，脸都比昨天红润呢。

"叫他们上晚点吧。"他坐下后道。

两个厨子都是使出浑身解数，堂屋的八仙桌上摆得满满当当。李氏又变回了笑盈盈地说这个也好吃，那个也好吃的样子。

李薇今天胃口一开，感觉自己就像饿了三年似的，给四阿哥夹着，也不忘了自己吃："这个香煎小笼包好吃！特别香！四爷，你也试试。还有这个香辣豆腐！"

这两道菜其实都是李薇从小折腾李家厨子的。香煎小笼包就是小笼包拿去煎，上面撒香葱和芝麻。香辣豆腐是五花肉切薄片煎出油，加干辣椒和花椒熬出红油，再加高汤、嫩豆腐、青菜，出锅前再撒上青椒粒、香葱、香菜，配米饭，她能吃两大碗。

吃完正餐，刘太监送上的乌梅糕她又吃下去半盘子。

四阿哥怕她饿了那么久，突然吃这么多会更受不了，拦下道："行了，想吃让他明天再给你做就是。"

李薇意犹未尽地端起了茶碗，叹道："我可算活过来了。"不饿的那段日子想想看，连精神好像都没有了。

四阿哥脸黑了，放下茶碗道："胡说什么！一点儿规矩都没有了！"

见李氏被唬得立刻放下茶碗不敢再说话，他轻叹道："你如今身上重了，自己要知道保重——怎么就吓成这样？过来。"

李薇坐过去，他握住她的手道："爷待你如何，你还能不知道？一句半句话就让你怕了？"

那不是被主子骂就要装作反省的样子吗……可这种话说了肯定更糟啊，于是她只能往他身上一倒，揪他的扣子扮单纯……果然把他逗笑了，拉住她道："好了，又来闹爷。"

因为您吃这套嘛……李薇突然很担忧，让四阿哥这么养下去，她的智商会不会越来越退化？

说起在李家时，李薇也是以早慧闻名的。刚会说话就能说得很顺溜儿，读书写字都是闻一知十。很聪明的好吗？不然李家上下亲戚朋友也不会从小就盼着她有大出息。可进了阿哥所侍候四阿哥后，貌似聪明这些评语已经离她越来越遥远了。

因为四阿哥喜欢看人快活天真嘛，他喜欢人有话直说，不爱绕弯子，他喜欢人本分、不惹事、不自作聪明。于是李薇就被释放天性了，于是她就越活越小了。

而进了四阿哥的后宫，她也确实只需要吃喝玩乐开心心的。她不需要考虑李家的未来和四阿哥的前途，这个前者由她阿玛操心，后者她操不上心。她也不需要知道四阿哥一家子一共多少人，一年花多少银子赚多少银子。这些是福晋的工作。

既然四阿哥付出这么多，就是希望她保持天真，她没有理由不听他的。一是他是她的衣食父母和天（绝对货真价实），二是她需要为此付出的实在太少了，几乎什么都不必改变，只需要将身上背的包袱全卸下，变回没心没肺的样子就行。

能在他最好、最真诚的年华里被他宠爱着，哪怕日后会被别的女人抢走，她也不会在此时此刻就推开他，就为了恐惧不确定的未来。

这必须是真爱。

感动自己一把的李薇在晚上睡觉时，又偷偷去亲四阿哥了，亲完还特满足地趴到他耳边小声说："我爱你哦，四爷四爷四爷！"

虽然她不敢出声，但喷出来的气也扑在四阿哥的耳边，搞得刚有点儿睡意的四阿哥无奈地被她闹醒。睁眼看着帐顶听她自己一个人说得好开心……就没发现他的眼睛已经睁开了吗？只好把这晚上胡闹不睡觉的东西拉过来，用力打了几下屁股。

然后李薇就浑身僵硬地听四阿哥跟她解释："你如今刚怀上，不能胡闹。等月份大了，爷再陪你啊。"

让她埋在被子里羞得没法说。

可显然她在四阿哥眼里是不矜持的。为了安抚半夜胡闹睡不着的小格格，四阿哥亲了她好几口，长长的吻。亲完摸摸头又摸摸脸，哄道："乖，睡吧。"

她只好幸福地睡了。看她一秒入睡后，四阿哥怀着羡慕又复杂的心情，又花了一刻钟背《金刚经》才重新入睡。

之后，四阿哥结束了在书房驻扎的日子，开始重新回归后院。

在李格格放出怀孕的大雷前，正院里福晋刚刚结束和她额娘的谈话。

福晋的问题当然很严重。乌拉那拉氏也是很担心，早在四阿哥还在宫里时就听说过李格格的盛宠，虽然福晋一再表示李格格并无不恭敬的地方，乌拉那拉氏还是忍不住掉了泪。

看到额娘的眼泪，这让福晋感觉都是她的错，都是她没做好才让额娘伤心。如果她做得更好些，能过得更好，就能让额娘放心了吧？

母女俩说话时，周围并无旁人。

乌拉那拉氏除了问及四阿哥，还提起了这些陪嫁而来的下人。

几个丫头倒是都还好，只是福嬷嬷自从出府后，一直希望她能给李格格点儿颜色看看，或者将阿哥安排的几个嬷嬷要么拉拢，要么架空。无论宠或权，福晋总要抓紧一样才能立足。

因为福晋自觉刚刚摸到四阿哥的脉，很不乐意在此时生事。可她又拿不准主意，此时不免拿出来问额娘。

倒把乌拉那拉氏吓得几乎蹦起来。"这不安分的老奴！她这是要毁了你啊！"言罢，生怕福晋被说动，她赶紧劝道，"你可千万不要糊涂！四阿哥是龙子凤孙，不是一般人家。一般人家，你刚进门时还要夹着尾巴熬三年呢，怎么能跟阿哥要强？你要记得，你是奴才！阿哥是主子！"

是啊，她是奴才，阿哥是主子。

福晋有些明白了。她待四阿哥，可不就是对着阿哥主子？诚惶诚恐。她不是天生的主子，指婚后要学着当福晋，她模仿得那么辛苦才发现，她在外人或下人面前是福晋主子，在四阿哥面前，他却要她当福晋奴才。

可她也真没有当过奴才啊。

今天额娘给她敲了记警钟。她之前老是在四阿哥面前也要当福晋主子，可事实上从头到尾，她都是他的奴才。

也是她的心先大了，才影响到福嬷嬷也跟着心大了。

话虽如此，她还是先把福嬷嬷调到了闲差上。她还年轻，心志不坚，总有个人在她耳边说的话，只怕她也未必能把持住自己的本心。

之后就传来了李格格有孕的消息，四阿哥还特意从李家要了个厨子放在内院厨房。福晋心中刚有一点儿动摇，就立刻告诫自己。然后才吩咐下去，给这个李家的厨子单立一个灶眼，分一个帮厨给他，让他专做李格格的饭食。

因为李格格有身孕，四阿哥开始流连后院。当他到正院时，福晋竟然刚刚才发现好像很久没见到四阿哥了。回想一下，发现之前四阿哥竟然独处书房十几天。

宴会后，她这里也有很多的事，一时也没想到这个。现在想想，当时四阿哥难道是有什么不对吗？生气？可惜事过境迁，也无法查问了。

福晋心中警告自己，这就是她的失误。想想额娘，从来阿玛那里有什么事，她都是第一个发现的。有时不过是阿玛骂了小妾，或者踢了小厮一脚，或者突然不喝原来喝惯的茶这样的小事。

一夜过去，福晋学着当四阿哥的奴才。而四阿哥，却觉得今晚的福晋有些过于小心了。是因为李氏有孕而不安吗？想到这，他按住福晋的肩说："不用着急，你我的孩子肯定很快就会来了。"

福晋明显是做得越来越好了。只要她保持现在这样不变，等上一两年，他也可以期待嫡出的子女了。

之后，他常常到正院来，宋、武两位格格那里却从来不去，李格格又有身孕。一时之间，福晋后院独宠。

玉瓶和回来的赵全保将小院把得严严实实的，一丝风声都传不到李薇的耳边。偶尔她问起来，也是说四阿哥在书房。

虽然四阿哥常在正院歇息，但和福晋总是有那么一点儿不顺当。他以前觉得福晋不驯，总要与他一争长短。如今她驯顺了，却也太驯顺了。这根本是从一个极端走到另一个极端。

四阿哥生出无能为力之感。但他安慰自己，这至少表示福晋也是个意志坚定的人，心思纯粹，做什么事都要做到最好。

只是他奇怪，之前她不驯不知道是别人教的还是她自己悟的，现在她这么伏低做小，又是谁教的？要教怎么不早教？教也不教对！

他只好自己告诉福晋："你我夫妻一体，不必太拘束了。"

福晋恭敬应下，以后照旧。

四阿哥心里没话说：有时候意志坚定也未必是好事……特别是当她拿定主意，而这个主意又是错误的时候。

四阿哥心道，反正时间还长，以后总能一点点教会她的。最让他纳闷的是，他喜欢什么样的不是早就有个例子了吗，福晋怎么不照着李氏学一学？

后院里，想跟李薇学的人是大有人在的。武氏最近就学了好几手，就是点心。她做好后先拿去给李薇尝，玉瓶和赵全保也从来不拦，直接拿给她吃。

她悄悄问玉瓶，表示心有不安。万一有东西呢？

玉瓶说武格格的点心都是在大厨房做的，用的都是那里的米面，周围人多着呢！

李薇问："那她要是自己带点儿东西加进去呢？"

玉瓶说："那她全家和大厨房里所有人都死定了。"

李薇瞪圆了眼。

大概她的表情太震惊，玉瓶索性给她解释起来。

武格格去大厨房做东西，并不是从头到尾都是她自己一个人动手，事实上每一步几乎都有人代劳，她可能只是动动嘴。

"比如这道柿子饼，这形状肯定就不是她揉的，而是师傅揉的，涂油烤制的也肯定不是她，调馅、和馅、填馅的也肯定不是她。武格格绝没这份手艺！"在玉瓶嘴里，这点心最多就是武格格从膳房提过来的而已。

这么一说，李薇眼里这柿子饼顿时就去掉阴谋只剩下美味了。柿子饼是面做的，揉成柿子的形状后，外面涂了油烤成柿子黄色，里面填着羊奶的馅。一头焦脆，一头软绵，咬一口奶香奶油往外淌。

李薇馋了。一碟点心下午配着茶吃完了还不够，晚上叫晚点时特意点了这个配粥吃。之后几天都是各种奶制品，还往熬得浓浓的藏茶里加牛奶，最后屋里所有的茶都被她用这种方法喝遍了，专配加了牛奶或羊奶的饽饽、馒头、饼。

第六章

蒸槐花

上书房里，三阿哥、四阿哥、五阿哥这三个搬出宫住的阿哥正各自霸着一两个弟弟，表现兄友弟恭。正因为他们搬出宫了，想在皇阿玛的面前"刷"存在感的机会大大减少，于是这三人每天都不辞劳苦地一大早来，熬到要闭宫门了再走。

四阿哥领着章佳氏的十三阿哥和他自己的亲弟弟十四阿哥，对着十三阿哥不好要求太多，但十四阿哥真是天魔星降世！可能知道是自己亲哥，各种花招层出不穷，让四阿哥十分想抄起板子给他来一顿！

无奈为了表示"兄友"而必须忍耐，四阿哥心里安慰自己，没事，弟弟越不恭敬越能衬出他有多么友爱！

另一边，五阿哥领着的九阿哥也是一样。让四阿哥顿生同病相怜之感，可他对着五阿哥求认同时，眼神没被对方接收到。

五阿哥正焦头烂额地应付小兄弟的各种刁钻问题，没办法，他汉学真的不行啊……

三阿哥注意到了。他身边的是十二阿哥，从小被苏麻喇养大的十二阿哥一般的功课还没问题，但跟三阿哥毕竟差了那么多年的岁数，所以三阿哥秀优越感秀得比较爽，完虐十二阿哥没一点儿问题的他摇着折扇，盯着四阿哥、五阿哥两个阿哥笑得别提多得意了。

七阿哥、八阿哥和十阿哥三个既不想教人，也不想被哥哥们抓住教，所以三人躲得老远。九阿哥发现完虐五阿哥不是那么有趣，玩一阵就扔下可怜的五阿哥跑去跟这三人玩了。五阿哥没辙，可看到那四个人觉得自己更玩不转，只好转到四阿哥这边。

当四阿哥说点儿什么的时候，五阿哥就在一旁做赞许状点头。

好容易熬到午时，用完午膳还有一个时辰的午休。五阿哥表示他要去太后那里。宜妃的宫里要时刻准备着皇上驾到，他不宜去妨碍自家额娘。三阿哥、四阿哥两位阿哥表示同去。

等三人午休后再去找弟弟们时，九阿哥和十阿哥拉着十三阿哥、十四阿哥要去宫里的池子里游水。五阿哥连忙拦着，挨个问中午都吃冰了没。

四个小阿哥表示，天太热，用过午膳都吃了一碗冰。

五阿哥就说不许游泳。

这就捅了马蜂窝了。

三阿哥直捂脸，四阿哥上前呵斥，却只喝住一个十三阿哥，剩下三个扯着嗓子鬼号，五阿哥一着急就用蒙语，呜噜咕噜一大串，说得三个小阿哥都听傻了。

五阿哥回过神来，发现三个小弟弟都仰脸看着他，老九还是一脸的不服，气哼哼的。五阿哥没办法，把三个小的拉到了马场，说："你们既然想运动，不如我们来玩扔飞镖？"

四个小阿哥一脸蒙，谁想玩飞镖？没见这么大太阳吗？这里一棵树都没有，热死人了！

可五阿哥很热情地已经叫人拿来了飞镖，九阿哥见这毕竟是自己亲哥，三个兄弟都不肯先去玩第一把，他只好去捧场，免得自己五哥下不了台。接过亲五哥递过来的飞镖时，看着他笑得无比阳光的脸，心道：回去看我不找额娘告你的状！

玩起来就好玩了。何况飞镖还是有一定杀伤力的，三个年纪大些的阿哥也上去一起玩，还把七阿哥、八阿哥和十二阿哥也喊来了。三阿哥见这三个小的已经不闹了，为了让他们忘掉游泳，特意让人去庆丰司要来了几笼鸡鸭，撒开后，让大家用飞镖打乱跑乱窜的鸡鸭。

没过一会儿，鸡鸭彪悍的战斗力就显示出来了。九阿哥被腾空飞起的鸡鸭扬起的尘土眯了眼，还被一只鸡跳到了身上。十阿哥和十四阿哥被几只鸡追着啄，哭天喊地。十三阿哥被一群鸡欺负得倒在地上，十二阿哥脱了褂子啊呀呀地去赶鸡，脸上还带了几道被鸡爪挠出来的红道子。

八阿哥跳出来同样解了褂子给九阿哥罩在头上，七阿哥四处找扫帚想点着了去吓鸡。

一团混乱。

最后连三阿哥、四阿哥、五阿哥也被搅和进去了，老三喊小太监去抓鸡，老四上去救弟弟也一同被鸡鸭欺负，老五喊人拿弓，他要射死这些扁毛畜生！被小太监们抱住拦下。

然后，一群人连大带小被领到皇上面前。皇上黑着脸先把小的都哄下去，然后三个大的一个没饶，全都罚回去拉弓五十次！

七阿哥、八阿哥两位阿哥无奈地陪绑。

"被一群鸡鸭给欺负了！你们可真有脸！！"

太子和大阿哥都赶过来劝，太子道："皇阿玛息怒，这三个不争气的就交给我和大哥了，您消消气。"

大阿哥不屑地看了几个狼狈的弟弟一眼，从鼻子里用力哼出来："一群鸡就能把你们弄成这样，那要是老虎狮子，你们还不直接趴下喊'虎大王饶命'啊？"

几个人不敢直接顶他，但心里都不忿。

三阿哥心道：你厉害！把你扔鸡群里，你以为你能撑多久？

四阿哥心里生气：鸡那么小还会蹦，扑翅膀扬起的尘土能把人给盖住，再说当时还有那群小的呢，箭也不能用，刀也不能用。五十只鸡在一起不比一只老虎好捉！

五阿哥暗自想：小九好像被抓得挺厉害的，回去前要去看看他。

七阿哥吐出一根鸡毛：这倒霉的！

只有八阿哥开口说话："呵呵，大哥教训得是。"

大阿哥看到小八，到底是养在一个宫里的亲近些，上前拉过来揉着他的脑门儿说："不赖你，一群哥哥在呢，你不过刚好倒霉赶上了。下回再遇上这种事，记得跑快点儿来找大哥。"

皇上把这群不省心的兄弟全撵了出去，出宫的三个都被罚回去闭门读书。

"别以为出去了就能不读书了！下次朕来考你们！考不好的全都要罚！连这次一起罚！"皇上怒道。

只是轮到七阿哥时，皇上只道了句"好生念书"就算了，到八阿哥则是："把你那笔字好生练练！每天五十张大字！"

四阿哥和五阿哥出宫前分别去看了小九和小十四，然后被两人的母妃骂了一顿。宜妃是边叹边骂："你就没想到把他抱起来、举起来？这样那些鸡不就叼不住了吗？你看小九那脸上给啄的，七八个小坑！"

五阿哥看着坐在旁边的九阿哥，上前心疼地摸摸头，被小九不耐烦地甩开。

九阿哥道："额娘，你别骂五哥，他这脑子再骂就更笨了。嘶……小爷今天晚上要吃鸡！"五阿哥在旁边连声道："吃，咱吃鸡，哥哥今晚也吃鸡。"

宜妃冷笑，对着两个儿子道："小九不能吃，你这一脸的伤，先素几天吧。青菜豆腐就行了。老五，你也不能总这么宠着他！你是当哥哥的，拿出哥哥的样子来！"

五阿哥苦笑点头，这么鬼精鬼精的弟弟，他这哥哥架子也要摆得起来啊。那头，九阿哥背着宜妃对他哥做了个鬼脸。

那边永和宫里，德妃是早把十四阿哥给罚了一顿，四阿哥到的时候，他正面对着墙罚站。这还是德妃当宫女时，嬷嬷们训她们的办法。小十四被皇上宠得太皮，德妃又不好打他，为了杀杀他的性子才总是罚站。

见到四阿哥，德妃一句没提小十四的事，让茶让座，还让嬷嬷拿了些东西给他，道："这都是最近太后和皇上赏的，我这里也用不了。你刚开府，手里必定拘束，先拿去用吧。"

四阿哥道："额娘这里也不宽，儿子在外面东西便宜得多，开销倒比在宫里省。"

德妃道："行了，当着额娘还有什么好客气的？如今皇上待我们这些老人都挺好的，再说我这里还养着小十四，东西是不缺的。"

两人推了半天，四阿哥才收了东西。然后就提起了小十四这次的事，他站起来道："这次的事都是儿子考虑不周，才让小十四受了伤。"

德妃挥挥手，道："什么事都不会只是一个人的责任，就算你如今替他担了这次的事，日后也不能叫你替他担一辈子。你们两个我都是一样的话，有些事，别人能做，你们不能做。你们的额娘是宫女出身，从根上就比别人低一等。所以，你们更要警醒些。"

四阿哥只好站着领训。

德妃稍稍说了几句就道："皇上既然说了叫你回府读书，就别在宫里久待了。赶紧回去吧。"

四阿哥告退后，德妃把小十四叫到身边，看着他倔强的小脸，叹道："你明白了没有？"

十四阿哥眼里含着两泡泪点点头。

德妃道："额娘罚你，不是因为你做错了，而是这件事错了。所以额娘才会罚你，你皇阿玛才会罚你这三个哥哥。"

十四阿哥年纪虽小，却也能举一反三，道："那要是这件事是对的，我做错了也没关系吗？"

德妃满意地一笑，没有回答，让小十四自己回去想。然后告诉他，因为皇上罚了三个阿哥，所以在四阿哥能够再进宫前，他都不能出门了，每天只能上书房、阿哥所、永和宫三点一线。

说完这个坏消息，德妃又安慰他道："你不是想吃鸡吗？我告诉膳房，今晚就给你做好不好？"

十四阿哥小心翼翼地说："我不吃鸡……让我出去玩好不好……"

德妃笑眯眯地说："不好。"

十四阿哥苦兮兮地在德妃这里吃了一顿全鸡宴就回阿哥所了。那边，四阿哥回了府，沉着脸进了书房。

苏培盛从头到尾看着，此时猜出四阿哥这是又生闷气了。转头交代前院的人都把身上的皮紧一紧，没事不要出来乱转，撞到阿哥跟前被当成出气筒可没人能救你。

后院里，福晋早些日子正想着要好好关注四阿哥，所以这次四阿哥一回来就钻进书房，没过去看看李格格，她就觉得事情有些不对。

是在宫里出事了吗？

但前院的人手全是四阿哥原班从宫里带出来的，没有一个后面来的人。实在是水泼不进，苏培盛和他手下的人全是一个样，问到什么事，只要是不能说的，就跪地磕头死不开口。

平常还不觉得，当她想从前院打听点儿四阿哥的事时，才发现那简直是狗咬王八——无处下嘴。

一直到第二天，她发现四阿哥没进宫，而原来在上书房侍候四阿哥的两个侍读学士居然搬进了前院，正陪着四阿哥苦读，她才觉得这事大概是皇上的意思。

皇上生四阿哥的气了？

福晋枯坐半天，向宫里递了道牌子。永和宫倒是很快有轿子来接，只是见了德妃后，德妃只跟她聊了两句府里的事，问了小格格，又听说李格格有了身孕，嘱咐她好好照顾。

她提起四阿哥，担忧道："额娘，我们四爷这是……"

德妃止住她的话，道："皇上也是关心老四，怕他这一出去就懒惰了。你别的不要多管，老四读书，你多替他准备些吃的、用的就行了。"

坐了不到两刻钟，德妃就让人将她送了出来。

福晋回到府里，坐下细想。从德妃的样子来看，不像是大事。只是德妃嘴太紧，什么也不肯透露给她。她在宫里虽然住了两年，可也就是阿哥所和永和宫熟悉些。如今离了阿哥所，永和宫那里又纹丝不透，她算是成聋的、瞎的了。

想照德妃说的关心下四阿哥的饮食起居，可书房另有膳房和库房，一应供给都不过她的手。她连四阿哥今天吃什么都打听不出来，如何关心？只好转头给两位侍读学士送了些衣食，给他们的家人送了些吃用之物。

四阿哥知道福晋一直在四处蹦跶，见她又跑了趟永和宫，心里多少觉得她太多事，想让大嬷嬷去训她一顿，告诫她女子娴静为要。可觉得这也太打福晋的脸了，只好作罢。他心道，还是太年轻，经不住事。后来又知道她给两位侍读学士家里都送了东西，既不起眼，也显得关爱，才满意地点了点头。可见福晋还是十分周到的。

三阿哥、四阿哥、五阿哥几个阿哥全都被要求闭门读书，京里一下子变得安静起来。一些嗅觉灵敏之辈都怕宫中这是有事发生，皇上大怒，纷纷向太子和大阿哥打探。

太子和大阿哥倒都是一个态度：没事。

太子是笑呵呵的，好好地接待来客，好好地送人走，就是不给个实在话。大阿哥脾气暴烈些，被问烦了就骂："没事就是没事，哥的弟弟们懂事好学不行啊？"

三位阿哥府上倒也不是关着门谁都不让进，门房见有人来也是好好地接待，女眷上门，福晋们也会请进来喝杯茶。只是想见阿哥却没那么容易。

这三人中间，只有三阿哥是真心轻松的。他倒不是附庸风雅，而是真心喜欢跟书啊、画啊的打交道。天天跟着自己的侍读学士品诗论画，过得别提多惬意了。只是想起两个弟弟，不免有些担心。

老四拗一些，小时候就是这个脾气，被皇阿玛罚了肯定要自己躲着生闷气的。老五对书本是十窍只通了九窍，只怕现在也在府里发愁呢。

他跟三福晋道："这次的事，我这个当哥哥的要负大半的责任。"校场里，鸡是他让人拿来的。几个弟弟心疼他，没在皇阿玛面前告他的状，他领着他们的情，也不能此时就不闻不问。

三福晋笑道："三爷，不如这样，我去瞧瞧两个弟妹，也宽宽她们的心，四弟、五弟都是闷葫芦，只怕她们两个现在还不知道是怎么回事呢。"

荣妃早已无宠，现在只有一个三阿哥在身边。三福晋孝顺知礼，既得三阿哥的意，荣妃待她自然亲近得多。那天三个阿哥被赶回来后，三阿哥晚上就跟三福晋透了底，交代她收拾书房，给两位侍读学士准备屋子。

第二天，荣妃就让人来看望了三福晋刚生的小阿哥，再安慰她这事没什么要紧的，皇上不会冷落几个儿子太久。

所以，三福晋看两个弟妹，不免有些优越感。老四还肯给福晋留面子，虽然宠爱格格，也没越过福晋。老五就不是个东西了，屋里已经立起了个侧福晋，五福晋更是连站的地方都没有了。

夫妻都是近的更亲，远的才疏。这次三个阿哥被罚，自家三爷是早早地就告诉她原委了。老四和老五却未必肯在福晋跟前丢这个脸，只怕是什么都没说。

说实话，都一样是女人，她也很奇怪她们是怎么把日子过成这样的。就算爷们一开始不喜欢你，不会先顺着他吗？顺着顺着，不就把人给"顺"过来了吗？

她刚进门时，三阿哥屋里也有两个格格。三阿哥又读多了书，一肚子风花雪月，待格格们真是温柔多情。可现在又怎么样呢？可见，人心都是多变的。三阿哥以前再喜欢她们，也不代表这辈子就只喜欢她们了，心里再多加她一个，一点儿也不难不是吗？

只要能在男人心里扎下根，慢慢加重分量不就行了？

五福晋是一开始就明火执仗，太心急了。四福晋则是骨头太硬，心气太高。虽说她们都是皇子福晋，嫁了人就成了主子，可谁让她们嫁的才是真正的主子呢？连这都没看清还想压住男人，愚不可及。

第二天，三福晋要去看望四福晋和五福晋时，她的奶娘却道："福晋慢些，以老奴来看，福晋倒不必亲自去。虽说三爷爱惜兄弟才托福晋走这一遭，但您毕竟是嫂子，您一去，知道的说您疼惜小辈，不知道的还不知道嘴里会说什么呢？"

三福晋就迟疑了。话怎么说还不是都听别人的？反正她知道夸她的肯定没有骂她的多。可只让下人走一趟又显得太冷淡了。思量再三，三福晋下了个帖子请两个弟妹到府赏春。

说话听音。现在三位阿哥都在府里待着，赏春一听就不是真的。五福晋在府里气闷，接到帖子就来了。四福晋倒是犹豫了下，担心四阿哥会生气她跑出去玩，可回绝三福晋肯定更不行。想了想还是去，到时早些告辞就行了。

两人到了以后，三福晋意思意思地领她们在花园前的小厅前坐了坐，然后分别找机会跟她们聊了会儿。于是四福晋才知道宫里出了什么事，四阿哥确实是惹怒皇上被罚。这一知道她更坐不住了，三福晋看出来也不多留，亲自送她出门上车。

五福晋自然也是没有从五阿哥那里得到消息，知道后却也不担心，还挺有心情地留下用了顿饭才回去。有三福晋陪着说话解闷，比她一个人在府里舒服多了。

送走她后，三福晋自己都要叹气了。五福晋这是破罐子破摔了？刚才五福晋借花喻人，说这花自己开自己的，下有地，上有天，它自己过得自自在在。旁人是赞它还是不喜欢它，对它都没有妨碍。

三福晋听懂了，道："再美的花，也要花匠的细心呵护，寻一个惜花人不是更好吗？花也有灵，有了惜花人，花也会开得更美。"

五福晋道："人人都是惜花人，只是有的惜花人爱芍药，有的却爱蜡梅。爱芍药的爱它艳丽富贵，爱蜡梅的爱它幽香袭人。对着一个专爱蜡梅的夸芍药，他也不会领情的。"

三福晋听明白了，知道她这是死心了，但看她还年轻就把自己的路堵死了，忍不住最后说了两句："没人能一辈子只爱一种花，会烦会厌。就算他能一辈子都爱枝头的蜡梅，那芍药就不能变成蜡梅？"又不是真花！

五福晋就再也没吭，只是看脸色就没听进去。

三福晋也懒得管了，你骨头硬，你挺着，挺到你人老珠黄了，想变也没人想看了。

四阿哥府里，福晋回来的路上就在想怎么宽解四阿哥。可两年下来她也看出来了，四阿哥不是那种喜欢把什么事都往后院倒的人。就算是有人惹着他了，他也不会当面给人难看，而是自己回去消气。

以前这就让福晋很为难，老是不知道什么地方惹着他了，就十天半月地不进正院。

回到正院，福嬷嬷迎上来。最近她也改了不少，不会再对福晋叨叨四个嬷嬷和李格格的事了。福晋看到她就笑了下，把手递给她。

"福晋回来了？"福嬷嬷挺高兴地赶紧扶着她，"怎么这么早就回来了？难得出去散散心，福晋该多玩儿一阵才对。"

福晋想想还是没把三福晋说的告诉她。进了屋，卸下钗环，换了衣服。福晋歪在榻上闭目沉思，福嬷嬷见她累了就要带着人都出去。

福晋想到了李格格。李格格在四阿哥面前一向得宠，她一定能看出四阿哥什么时候生气。这时她是怎么做的？

她叫住石榴，让其他人都下去，然后小声问石榴："李格格最近如何？"

福嬷嬷闲下来后，四个大丫头都让她给派了活。葡萄去照顾宋格格和小格格了，石榴就看着李格格。此时她问，石榴道："李格格最近叫膳叫得勤快多了，听膳房的人说，李家那厨子最近做什么菜都是使劲儿地放辣椒。听说李格格还让那厨子专用油炸了一碗干红辣椒，用来配米饭和饽饽吃。"

福晋问："哦。她那里的人跟书房有没有联系？"

这可让石榴为难了，想了想道："那小院里近身侍候的全是宫里带出来的。庄嬷嬷倒是送过去四个，却都在外面做些跑腿的小事，什么都打听不出来。"她没说的是，玉瓶和赵全保调教人的手段和宫里是一脉相承的，新进的那四个小的让他们调教得嘴死严死严的。

她见福晋不说话，又凑过去小声道："只是听说，李格格那小院后面有道小门，可以通到书房……"所以李格格的人就是去书房了，他们也不知道啊。又不是走内院的一正门四角门。

福晋一下子坐了起来："小院后面有道门？"她不知道！前院那边的人手不归她统管，连名册她都没有。内院外院相通的一个正门四个角门都有人看门，那个小门外看门的人必定是前院的！

这府邸的营造图她也见过，竟然连那里开了个门都不知道！

石榴小心地跪下，轻声道："也是上次宴会后才发现的。之前李格格不从内院膳房这边叫膳，咱们得到的消息本来就晚。还是之前看到各位格格供给里没有李格格这一项才知道的。虽然知道李格格肯定不会不吃饭，但咱们猜的都是那小院有个单独的小厨房，供给是书房那边拨的。宴会后有人乱走，才发现那道小门……"

只是这事她们商量着一直不敢报给福晋，今天福晋问起她才不得不说。

福晋吃惊之后，迅速冷静下来。冷静完了却并不是生气，而是担心。四阿哥这样保护李格格，是以为她要害李格格？

这个猜测让福晋的心狂跳起来！

无论如何，这个黑锅绝不能背！她必须打消四阿哥这个念头！

石榴跪了半天，听到福晋说："以后不要再盯着李格格了。"

"福晋？"石榴愣了，可看福晋居然是认真的。

福晋严肃地道："我知道福嬷嬷和你们都担心我，但我和李格格都是侍候四阿哥的，出身、地位虽有差别，可都是你们的主子。"

石榴赶紧低下头，心扑通扑通地跳。

福晋道："有些事，咱们心里有数，别人心里也有数。我坐在这个位子上，有时就不能错一步。你们有心帮我是好的，但也要注意分寸。日后李格格那里，只管精心照顾，别的什么也不许做！"

石榴抖着应了声"是"就退下了。

小院里，李薇面前一碗炸辣椒，闻着这油辣的香气她就馋，没事就夹一个炸焦的红辣椒扔进嘴里，嚼着，辣得微微发苦还透点儿酸。玉瓶看她吃得陶醉，自己都替她觉得辣。

见她一会儿就吃了四五个，玉瓶端开辣椒碗道："格格，这东西不能多吃，伤胃。"

李薇也知道。玉瓶把辣椒盖上，笑道："看格格这样，必定是个小格格。"

"我也觉得是个女孩呢。"李薇小心翼翼地捂着肚子，虽然现在肚子还没有鼓起来，可她已经非常注意保护了。

玉瓶为了引开她的注意力，抱过来很多丝线和小块的衣料，逗着她道："不如咱们给小格格做些衣服？"

李薇却道："这些可以先放放，我倒觉得先做几件等我肚子大了要穿的衣服。"

玉瓶倒是被她说得有些糊涂，但还是顺着她道："格格说得是，我都忘了。是该做些腰身宽的衣服了。"

喊来玉盏和玉烟抱来去年的夏衣，抖开来铺在榻上。柳嬷嬷也过来了，听说李薇要做怀孩子时穿的衣服，道："这个倒是不用急。"

她拿起一件夏天的柳叶黄的薄旗袍，放在李薇身上比道："五个月时格格肚子大概有这么大，这衣服完全不会觉得紧。"

李薇看着上下一直筒的旗袍，这倒霉的衣服！

柳嬷嬷道："入秋后的夹衣和棉袍倒是要重新做，不过到时候也该裁新衣了，到时再做也来得及。"

玉瓶就去看李薇的脸色，看她一脸丧气失望，赶紧道："做几件也好，格格这两年正在长个子，就是不瘦也该短了。"

柳嬷嬷也发现李格格是想找事来做，她就是无聊了，也不再泼冷水，凑趣道："既然这样，不如大的小的做成一样的，等小格格生下来，跟额娘穿一样的衣服多有趣啊。"等小格格真下来，明年这衣服李薇肯定也不能穿了。

不过李薇显然很喜欢这个主意，眼睛都发亮了。

屋里的人都不敢扫她的兴，玉盏和玉烟再去开箱子拿整匹的衣料，玉瓶把绣花册子拿出来，柳嬷嬷陪着李薇一起挑什么颜色的衣料、配什么样的绣花。

正挑着，李薇突然想起四阿哥说过要给她两个绣娘，把那本汉家女子裙衫的图册找出来，指着里面四阿哥折起的几页："四爷还说要给我做这几套呢。"

四阿哥闭门读书的事小院里的人都知道了，只是瞒着李薇而已。

玉瓶知道因为怀孕的事太兴奋了，李薇最近没想起四阿哥，这一问……

果然，李薇愣了愣，眼睛一转让所有人都退下，把玉瓶叫到身边问道："四爷有几天没来了？"她扳着手指数了数，有好几天了。

再一看玉瓶的脸色，她就自己猜道："是不是去正院了？你不要怕我生气。那是福晋，福晋跟四爷好了我才放心呢。"一个人独宠压力很大的好吗？

可玉瓶脸色一点儿没好转。四阿哥闭门读书，还有两个侍读学士陪着。虽然宫里发生的事他们不知道，但赵全保和玉瓶几个全是从宫里出来的，这一看就知道不可能是四阿哥突然一心向学要当学霸，而是被上面罚了。能罚他读书还不能出门的，连宫里的太后都不行。这必须是皇上。

四阿哥被皇上罚了。

这简直是个晴天霹雳。赵全保说最近书房那边比上一次还要愁云惨雾。这么悲惨的事他们当然不想格格知道。之所以瞒着格格，也是怕她知道了主动去找四阿哥。

李薇看她脸色，知道没猜对，仔细想想还是猜不出来能有什么事他们这么害怕，不敢告诉她，干脆沉下脸直接问："还不说？"

玉瓶扑通一声跪下，把四阿哥从前几天起就没再进宫去上书房，之后一直由两个侍读学士陪着读书的事说了，再把赵全保和她的猜测告诉李薇，求道："格格，这事不是玩的，您千万别想着去找四爷。"

我有那么傻吗？李薇差点儿把这话问到玉瓶脸上。在这群宫女太监的眼里她到底有多蠢啊。明知道皇上罚四阿哥读书——虽然不知道真假，至少有七八成是真的，她再跑过去，那不是勾引阿哥不学好吗？

就算不管这个，四阿哥被罚肯定是在生气中啊。你会去故意招惹生气中的四阿哥吗？李薇表示她还没失去理智。

她把玉瓶喊起来，道："院子里的人都小心些吧。"

想了想，她又道："最近叫膳就从内院膳房叫吧。就说我吃惯了家里的口味。"多一事不如少一事，四阿哥既然在生气，她就不要跑去"刷"存在感了。

新川日常

可惜，把她当救火队员的人不少。苏培盛就是一个。

刚从宫里回来的前几天，四阿哥的心情确实不怎么好。可几天后他自己就想通了。别的不说，这回一口气罚了三个阿哥，皇阿玛肯定不会让他们长时间地在府里闭门读书，不然就会引起京中大臣的注意了。最迟半个月，皇阿玛肯定会找机会宣他们进宫。

四阿哥就把心事放下，专心读书。皇阿玛既然说他要考他们，那就肯定会考。为了到时不被"考糊"，他抓住两个侍读学士使劲儿虐，他自己在书房废寝忘食，也不让侍读学士回家。不到几天，侍读学士就带着黑眼圈出现了，自言除了当年考试时就没这么辛苦过。

苏培盛也看出四阿哥心情有好转，怕他读书太用功再对身体有碍，自己不好劝，就拿李格格做借口。话也是现成的：最近李格格不叫刘太监的膳了，都是在内院那里用。

四阿哥深知李薇的个性，必定是又发生什么事了，她才往后缩。苏培盛趁机把那道小门估计已经被发现的事报了。

按说小门被发现是早晚的事，毕竟李格格在这边叫膳，到月末内院膳房一结算，肯定能看出李格格没用过内院的东西。只是他往外散的话是小院有个小厨房。

被发现得太快，让苏培盛有些生气。这属于他的工作不到位。但就这么直接报给四阿哥，他还没那么笨。

这次两件事放在一起说，只是语序略有不同，听在四阿哥耳里肯定就不是一回事。

四阿哥果然想到糟糕的地方去了。可这事是他做得不地道，也不好为这个去问福晋。好吧，当初是他脑袋一热才定下李氏从书房叫膳的事，这次既然李氏自己改过来了，以后就这么办吧。

他道："一点儿小事也值得你说？既然你李主子更爱家里的口味，那也罢了。日后她想用刘宝泉的手艺时，再让刘宝泉侍候。"

嗯？苏培盛听出来这是叫李格格从此就在内院用了？不过，意思好像是李格格想从书房这边叫时，他们也要侍候着。

只是个主次颠倒，算不上大事，只是还要交代下去。

苏培盛还想这是不是李格格要失宠了，四阿哥就说："晚上去看看你李主子。"

得，是他想多了。

天刚刚擦黑，小院里，李薇正在用膳。四阿哥刚进小院就闻到了酸辣冲鼻的气味，被这股酸辣味一冲，口水立刻就出来了。

进屋磕头换衣服一系列略过，四阿哥坐下看着一桌子菜都是红艳艳的，就道："怎么都要的这个？"

中间一大盘的香辣虾，周围辣子鸡丁、虎皮尖椒、李家香辣豆腐、酸笋炒火腿（配辣椒）、酸辣牛肉羹，唯一用来清口的炒芹菜是清炒的，没辣椒。

他摇摇头，笑道："这真是要生个格格了。"

李薇笑嘻嘻的，她看这一桌都没四阿哥能吃的，道："让刘师傅再做几道吧？不然，您吃这个可不行。"

苏培盛早料到了，李薇话音刚落，张德胜就带着人提着膳盒到了。两人挪到堂屋支大桌子，一张桌子上简直是泾渭分明的两边。刘太监进上的菜摆盘都很精致，相比较李家厨子送上来的就是都乱成一盘。

李薇吃惯了平民款，在宫里享受两年还是觉得平民款的更亲切。

四阿哥却不能忍，道："你爱吃这一味也就算了，叫那厨子好生学学，这一盘一盘的简直是猪食！"

李薇一口香辣虾呛到喉咙口，赶紧连吞两大口米饭，就这也是双目含泪，红着鼻头道："还行吧。"好影响胃口……不过他是主子……忍了吧……

四阿哥尝了一口酸笋，感觉滋味是足的，就是料太重。不过挺下饭。有李薇在一边比着，他也吃了两碗米饭。吃完后抚着胃想今晚吃得多了，为免伤胃，拉着李薇去写字了。

他写字，李薇读经。

听着听着，他听不下去了。经书无断句，但只要理解意思总不会解错，李薇读得显然不对！于是字也不写了，拿过经书教她读经。

读完一卷后，四阿哥道："虽然世人不曾见神仙，但心存敬畏是好的。你记着神佛，心里有了敬畏，行事才有法度。"

李薇赶紧答应，表示以后一定诚心礼佛。

两人洗漱过后，不过八点就躺床上睡觉了。但两人都睡不着，躺在床上望着帐子顶。

四阿哥抓住她的手揉啊揉，李薇却一点点钻到他的被窝里，伸手去摸他的肚子。四阿哥翻身带着她的手一起去摸她的肚子，轻声道："好好地给爷生个漂亮的小格格吧。"

提起小格格，两人的火都消了不少。李薇依偎在四阿哥的怀里，闭上眼甜蜜地睡着了。

看到她又是秒睡，四阿哥心道：都说本来无一物，何处惹尘埃。大概就是她这样了吧……

似乎想把书房坐到地老天荒的四阿哥，在闭门读书中跑去看李格格了。得知这个消息时，后院里所有人都窃窃私语，等着正院的福晋发威。另外两位格格已经沦为小透明，一般都不会有人提起她们。

福晋正处在以为自己被四阿哥怀疑迫害格格的恐惧中，怎么都不会在此时有吃醋的心情，而且她以前也是担心地位不稳胜于四阿哥宠爱谁。

所以，待李格格，她真的可以凭良心说一句从来没想过要害她。

可她无法替伺候她的下人背书。而且，她也担心是替别人背了黑锅。说起来，宋格格有女，但论宠爱真是一点儿都无法跟李格格相比，她还比李格格更早伺候四阿哥。武格格刚进门时适逢李格格月事挂红，所以四阿哥小宠了一段时间，可等李格格月事结束后，四阿哥就再也没进过她的屋。

也不知是李格格搞鬼还是四阿哥把武氏给忘了，自那以后武氏竟然再也没见过四阿哥一回。

在福晋看来，这两个都有可能害李格格。而她也希望是这两人做的，她和她的人都能撇干净。现在她最大的烦恼是这个，四阿哥去李格格那里实在不值一提。

四阿哥恢复踏足后院之后，除了去李氏处就是到福晋那里。福晋待他更加恭敬，四阿哥都怀疑要是能把他放在莲花座上福晋都愿意去上香磕头的。被人捧到极致总是舒服的，他开始喜欢留在福晋这里了，不像之前好似在完成功课一般。

福晋因疑心宋氏，就让她搬回一早给她准备的小院。从搬进府里以来，宋格格一直是住在福晋的院子里的。

宋格格像是没什么反应似的搬走了，对小格格也没有留恋。但听葡萄说搬到小院后，宋格格倒是消瘦了些，夜里也时常睡不着，平时针线做的都是小格格的东西。这让福晋放心了不少，若宋氏真的连小格格也能轻易抛下，她真的要反省自己的眼光了。

既然宋氏是真柔顺，而不是假软弱，福晋掉转头看武氏。因为武格格之前无宠，进门时间短，又不像宋氏还有个格格，所以福晋这边一直是忽视她的。现在她指派了个丫头去查武氏就让福嬷嬷知道了。

福嬷嬷也明白上次被福晋冷遇是她多话的缘故，可总在屋里闲着，时间久了，福晋真忘了她了，她的日子就难过了。

这次发现福晋查武氏，福嬷嬷想了想还是来了。她这把老骨头侍候人是比不上年轻的小姑娘，但论起阅历和看人，年轻的小丫头拍马也追不上她。不然福晋以前也不会那么倚重她，以致她失了分寸。

后院之事，福晋也想能有个人商量。她也没提四阿哥怀疑她的事，只是道武氏失宠已久，怕她心怀怨恨。她平时又爱去李格格那里，万一她一个想不开害了李氏，她这个当福晋的也要担责任的。

福嬷嬷却道："福晋，以老奴看，武格格绝不敢碰李格格一指头。"

福晋不解，福嬷嬷这话太肯定了，理由何在？

福嬷嬷道："武格格无宠爱，又没孩子。院子里她总要巴着一个才能站住脚跟。"

这下福晋更不解了，她道："她要巴结人，上面有我，有宋氏，有小格格，再不然还有四爷。她选李氏，难道是想让李氏推她去侍候四爷？"

在福晋看来，李氏其实是很不适合武氏巴结的。有她在，四阿哥能看到武氏？

福嬷嬷见福晋是真不明白，只好再细说："福晋这里早有宋格格，武氏再来只怕要屈居宋氏之下。她要是选宋格格，两人一样无宠。自然不如李格格身边无人又有宠更好。"

福晋突然灵光一闪，她想到了一个可能。

是四阿哥。

早在武氏依附李格格前，李格格还没有身孕。她是福晋，宋格格已经怀了孩子。四阿哥如果在那时就打定主意让她来照顾宋氏和孩子，就不得不为只有宠爱的李格格考虑。所以，他在之后再也没进过武格格的屋子。他要武格格无宠，无所依靠，为了生活去依附李氏。

出神的福晋没听到福嬷嬷后面的话，等她回神看到福嬷嬷担心的眼神，道："……没事。"只是想感叹一下。福晋有种豁然开朗的感觉，像是自己走了一百步，回头看才发现，同行的人在三十步的时候已经算到了一百步之后的事。

福嬷嬷听她道："……我早想过她不会那样做。"福嬷嬷不解，却不敢问，明显福晋这是想到别的了。

福晋以前就觉得奇怪，武氏来之前，从不见李格格嫉妒她和宋氏。四阿哥也不是会听信别人背后一面之词的，所以四阿哥不再进武氏的屋，她一直想不通是为什么。怀疑李氏也是没有其他理由了。

现在既发现是四阿哥的盘算，又知道不是李氏搞鬼，福晋竟然有些安心。一为看清四阿哥的一招半式，二为没看错李格格的为人。

等再见到四阿哥，福晋总是忍不住对着四阿哥那张脸暗地里感叹。没想到这么严肃的人居然也有替爱宠操心的时候。发现四阿哥更有人情味的一面，让福晋突然更有信心了。

相较而论，她当然更愿意四阿哥是个心软的人。他对别人心软，就有对她心软的一天。

福晋铆足了劲儿照顾李格格和宋氏的小格格，想方设法从四阿哥这里"刷"好感。四阿哥最近常来正院，看到这些后，对福晋的评价也越来越好。

终于有一天，他在书房想着开库房赏两位侍读学士的时候，破天荒赏了福晋。然后才赏了宋氏和李氏。

后院里一片喜气洋洋，只有武氏没得着赏。侍候她的丫头也是从宫里带出来的，先听说四阿哥开了前院库房赏福晋，之后又赏生了小格格的宋氏和怀着孩子的李氏，几个丫头就站在小院门口翘首以盼。盼啊盼，盼得脖子都长了一截也没见人来。

武氏坐在屋里，她是既盼着四阿哥能想起她来，又怕真没人来再让后院的人看她丢脸。心中忐忑不安，一直坐到屋里要点灯了，贴身丫头才战战兢兢地进来。

这时，武氏反倒松了口气，她笑着跟丫头商量："你以后叫玉露吧？"

以前叫松枝的丫头愣了下，连忙跪下应道："奴婢听格格的。"

武氏把四个丫头都叫进来。松枝改成了玉露，香奴改成了玉香，绿衣改成玉衣，怜秋改成玉指。

都在后院里住着，人人都知道李格格那里的丫头都是"玉"字打头。四个丫头面面相觑，不明白武格格这是想干什么。

玉露让其他人退下，跪到武氏跟前默默流泪。

在武氏为四阿哥突然冷落而不安的时候，在宫中见多了此事的玉露把四阿哥的意思透给了武氏。所以武氏为了试探，才会去求李薇堆的纱花，然后天天戴在头上。

后来，果然四阿哥看到问了一句。

虽然是隔了很久才跟四阿哥又说了一句话，还是托的李格格亲手做的花的福，武氏却不敢生气。她只是隐隐开始绝望，没有什么比永远得不到四阿哥的宠爱更让人绝望的了，可这是四阿哥亲手替她选的路，由不得她不走。

一直到刚才，武格格才通过丫头们的名字向四阿哥表明了决心。她怕再迟疑下去，将要生下孩子的李格格不需要她了，那她就真的没有丝毫出路了。

玉露的哭一半是为了武氏，一半是为了自己。她有些后悔当时把猜测出的事告诉武格格，很多时候拆穿一件事，得到的不是感激而是怨恨。说不定武格格正在恨她。

但后宫里，得宠的女人都有各自的用处。她们首先是对皇上有用，才会被宠爱。既然四阿哥已经安排好了武氏的位置，她就最好照办。

玉露到此时为了哄武格格更心甘情愿些，道："格格，您在李格格那里，总能遇上爷的。时候长了，爷知道您的好，自然会对您好的。"

武格格半天才叹道："……是啊。"

第二天，她就带着玉露去了李薇的小院，日后更是天天准时到此。上午陪着李薇玩游戏，中午陪着李薇用膳，晚上偶尔会碰上四阿哥几回，三人就一起用膳。

李薇对武氏这么天天来并不反感，玉瓶她们虽然也会陪她玩游戏，可大概是身份、地位的不同，武氏虽然有巴结她的意思，可表面上两人还是平等的，说话聊天时也比玉瓶她们更放得开。

倒是玉瓶挺不喜欢武格格，刚开始就把武氏几个丫头全改名的事告诉她了，李薇不解道："她改丫头的名是为了我？"要不要这么王霸之气侧漏啊？

玉瓶不屑道："想巴结格格呗。"

"被巴结"的李薇有些小小地受宠若惊了。但跟着就担心了，礼下于人必有所求。

玉瓶看着李薇脸色不对，替她说道："大概是看您现在怀着孩子没办法侍候阿哥爷，想替您分忧吧？"

"不可能！"李薇斩钉截铁地道。

玉瓶刚想说怎么不可能，就回过味儿来："格格不肯？为什么啊？您平常不是盼着四爷多去福晋那里吗？"她以为李薇在得知武格格的意图后，应该会立刻替她牵线搭桥。她说这个的本意是让李薇多吊一阵武格格的胃口，别那么轻易就如了她的意，也好收服武格格当个帮手。正院那里，福晋可是早就跟宋格格连成一条线了。她们格格总不能单打独斗吧？

玉瓶不明白，李薇看白痴一样看她，道："她能跟福晋比吗？根本就不是一回事。"

她盼着四阿哥多去福晋那里，为的是自己的安全，降低独宠的危险。福晋身份地位都高于她，她才会顺从福晋。武格格跟她比可是平级，甚至还低于她，那她有什么理由让出一部分的四阿哥？又不是傻瓜。

她吃羊肉上火拒宠，从一开始就是出于生命安全的考虑，而不是认为福晋跟四阿哥是夫妻，她是小妾就要退避三舍。

这完全是两码事。

玉瓶见说不动她就不再费劲儿。其实玉瓶也不乐意把四阿哥分出去，凭什么啊？四阿哥明摆着是来看我们格格的！

可四阿哥有些为难了。他在李薇这里看到了很多次武氏，以为她们两个终于联合到一起了。后院里的形势已经慢慢照他期望的发展了，现在就等李薇把他往武氏那边一推，就大功告成了。

这样武氏会承李薇的人情，他也不必再继续冷落武氏，皆大欢喜。

可李薇能留武氏三人一起用晚点，却从来不开口让他跟武氏一起走，或者客气一句"我身体不方便，四爷就请妹妹多照顾一下了"。

四阿哥为了李薇的面子，不能在她的地盘公然跟另一个格格走。可他怎么都等不到李薇客气一下。直到四阿哥又可以进宫了，李薇都没表示过一次。

晚上，两人躺在帐子里纯洁地睡觉。四阿哥回想起这段时间三人一起用膳的诡异情景，突然发笑，捏着李薇的手叹道："你啊，真是个小气鬼。"就这么想霸着爷吗？

从李薇这里是等不到她递台阶了，四阿哥只好自己找台阶下。开了库房给武格格赏了几匹衣料，说是李薇看到她衣裳还是旧年的料子，特意替她求的。

宫里，太子也终于求着皇上松了口。太子道："弟弟们闭门读书也有段时间了，皇阿玛若是没空，不如让儿臣把兄弟们喊进宫来先考一考。儿臣先替他们紧一紧弦，免得在皇阿玛面前出丑"。

皇上笑道："知道你心疼弟弟们，这是打算向他们透题啊。"

皇上和太子每日都会在一起读书，皇上要考三个阿哥，只能是从最近常读的几本书里挑题目。太子笑道："儿臣是打算先把皇阿玛最近给儿臣出的几道题拿给他们做一做，让皇阿玛见笑了。"

皇上很欣慰，道："你们兄弟要好，这样很不错。"

所以，太子提前一天通知，第二天闭门读书的三位阿哥就赶紧去了上书房。太子拿出了五道题，让上书房的几位阿哥都一起来试看。侍读学士们和师傅都帮着三个阿哥翻书，拟作。略小的几位阿哥中，八阿哥写的最像样子，他的答卷被太子夹在三位阿哥的卷中一起带了回去。

读书时，皇上问道："今天你不是给他们出题了？答得如何？拿来我看。"

太子送上去，道："出了五道，今天只作了一道。剩下的儿臣让他们回去再作。这一张是八弟的，我看作得不比五弟的差。"

皇上就笑了，一边拿起来一边道："跟老五比？我都不想难为他。只是他们三个一起进宫，若是只留他一个不罚，怕他反而会胡思乱想。"说完，凝神看八阿哥的答卷。

题目是《齐民要术》中的一句话："盖神农为耒耜，以利天下；尧命四子，敬授民时；舜命后稷，食为政首；禹制土田，万国作乂；殷周之盛，《诗》《书》所述，要在安民，富而教之。"

最近快到夏季的汛期，皇上天天发愁的就是河南一带的黄河泛滥。可以说是年年治，年年涝，年年都不好。太子跟着皇上读书，深知皇上忧心的是什么。这道题浅显，包括八阿哥在内的四位阿哥答得倒是都挺发散的。

三阿哥文中所述认为，要发展农业，最要紧是先进知识的传播，为了传播先进的农业知识，要先让百姓都去读书，开启民智。

皇上心道：道理虽然对，就是拔得太高了，不实际。

四阿哥比较务实一点，他认为发展农业，就是要让人民都安心务农。减轻徭役和赋税是一方面，令皇命能有效地上传下达才是最重要的。

皇上看着不免点头，老四是个实干的。然后他就把这一份卷子给了太子，让他细看。

五阿哥是完全照本宣科，他把这句题先笼统地解释了一遍，然后再逐句解释。看着写了一大篇，皇上不过匆匆扫了一眼就放下了，笑道："这老五……唉，也不知是难为他还是难为我。"

八阿哥发散得更有趣一点。他以《晏子春秋·杂下之十》中"婴闻之：橘生淮南则为橘，生于淮北则为枳，叶徒相似，其实味不同。所以然者何？水土异也"为引，说明发展农业不能照本宣科，要考虑到当地的环境和人口数量等问题。

只有考虑得更周全了，农业才会真正地发展起来。如果所有的事都照着一个标准去强迫大家执行，那原本种水稻的地种上旱稻，辛苦一年也只会颗粒无收。

皇上拿着八阿哥这篇和四阿哥的放在一起，道："老四和老八倒是能放在一起用。"

太子瞧了瞧，把四阿哥的放在第一位，八阿哥第二，三阿哥第三，对着皇上笑道："皇阿玛，若儿臣有生之年能完成其中的一半就知足了。"

皇上道："我朝万万年，咱们做不了的，就留给儿孙去做。能开个好头也是不错的。"太子称是，皇上又道："我看，就让老三、老四和老八多去你那里学一学，你也带带他们。马上就到夏汛了，也让他们见识见识。你也可以多几个帮手。"

太子领训，出来后就派人到阿哥所和两个阿哥府上传信。三位阿哥都很激动。八阿哥送走太子派来的人后，在阿哥所的屋子里来回转了好几圈。这是个机会！他一定要把握住！

四阿哥也是一样。对他们来说，从小在宫里看着皇上对太子是多么地赞赏，久而久之，他们不自觉地就开始向太子看齐。从三阿哥往下一直到八阿哥，就没一个不打算向大阿哥学习的，全都奔着太子去了。

两位侍读学士已经回家了，四阿哥找了半天的书想深挖一下关于《齐民要术》上的东西，可惜他年纪、眼界都有限，看了一会儿书就觉得是纸上谈兵，空洞得很。

要不要去外面请几位先生回来，还是雇几个擅长管理钱粮的幕宾？四阿哥思量再三，决定从外面的名幕中选几个回来。这件事非常重要，必须尽快。只是他刚出宫没有什么人脉，贸然请托，如果走漏风声，可能会引来非议，只能私底下暗中寻访。

在宫里觉得出宫了就一切都好了，等真出来了，才发现自己什么都没准备好。四阿哥在书房想得脑袋疼，抬腿去小院看李薇了。

刚走到小院外面，就闻到酸梅汤的香气。四阿哥一闻就觉得口舌生津，浑身的暑气都散了一半。

屋里只在堂屋放了一座冰山。李薇坐在西厢房，与堂屋只有一道多宝阁隔开，凉气缓缓扩散开来，既降低了温度，又不会让正怀孕的她着凉。

"四爷。"李薇站起来迎接，上次四阿哥就说过免了她的礼，免得蹲福时伤到肚子。李薇虽然觉得她行礼的姿势非常曼妙优雅，很有女人味儿，也只能暂时先听他的。

四阿哥让她坐下，自己到屏风后去换了身衣服。只是从书房走到小院这么两步路就出了一身的汗，他本来就火旺，天气这么热又这么晒，他刚进来时脸都是红的，额头上黄豆大的汗不停地往下淌。

他出来后就看到堂屋的冰山挪到屋里来了，就摆在他身后的案上。李薇让他坐下，让人从冰山后对着他扇风，沁人心脾的凉意往背上扑来，四阿哥身上的热气很快散了。

没那么热，他的心情也变好了。这才看到李薇面前摆满了各色的水果，有切成块的西瓜、香瓜、苹果，只有贡品才有的哈密瓜和马奶葡萄，还有荔枝、草莓和樱桃。李薇手里捧着一碗酸奶，里面拌着水果块，吃得香甜。

李薇有身孕后供应好，她又敞开了吃，现在已经吃成了一张小圆脸，皮肤滋润得白里透红。现在她这么享受的样子，连四阿哥都想赞一声，杨妃之美能消磨掉一代帝王的意志，大概就是让人不由自主地随着她沉溺于享受之中。

不过他本来就是到后院来享受放松的，在这里就不求意志坚定了。

李薇还道："今年天热，水果都特别甜。"

四阿哥不用银筷，伸手捏了一枚草莓尝了，点头道："确实很甜。只怕又要旱了。"他只是随意带了一句。

见她吃得香，四阿哥也要了一碗酸奶吃。刘太监见这段时间李薇不叫书房的膳，知道她是小心谨慎，可他要抱她的大腿，所以反而主动侍候，有点什么好吃的就悄悄叫赵全带回去。一来二去，李薇算是知道从以前在阿哥所就是刘太监照顾她，对他就多了一份熟悉感。

炕桌上的水果除了西瓜，李薇几乎都吃光了。四阿哥见此，干脆自己把西瓜吃了，道："西瓜略寒凉，你以后还是少吃。"扭头就对玉瓶交代道："以后你主子这里就不要上西瓜了。"

水果太多，李薇也没有舍不得一个西瓜。

撤下炕桌，四阿哥洗净西瓜的甜汁后，靠在迎枕上道："上次你说要做汉人女子的衣裙穿，一忙起来我也忘了。趁着要做夏装了，我给福晋说了，拨两个针线嬷嬷到你这里来。"

李薇不敢凑太近，怕他觉得热，靠在半臂远的地方，手里拿着团扇慢慢地往他那边扇风，道："我这边一个也够用了。福晋那里才用两个呢。"

这还是柳嬷嬷告诉她的。福晋那里用两个针线嬷嬷和四个小丫头，要做福晋和小格格两人的衣服。宋格格和武格格都是量好了后由针线嬷嬷带回去做。

李薇一听就明白了，像福晋和她这样，相当于私人定制，针线嬷嬷在身边，有要求可以随时提。宋、武两位大概就是成衣铺子，量个尺寸选个花样衣料就完。

更别提还是两个嬷嬷。

她也不敢全都不要，被宠爱很爽不好吗？只是不想太特殊，有一点点特别就行。于是她打算只留一个。

四阿哥道："两个嬷嬷，一个是专做汉衣的。"说完看着她，一脸我等你选的表情。

李薇傻了，一个专做汉衣，另一个肯定是做旗装的。怪不得是两个，这让她怎么选？四阿哥想看她穿汉装，还期待了很久呢。旗装是必需的，她又不能一整个夏天都不出门。

看她为难，四阿哥觉得很好玩，安然高卧，也不催她，还时不时地加一句："福晋那边是用两个嬷嬷，你长得小，穿汉人女子的裙子肯定好看，让她们一起来也能省些工夫。"

最后，李薇当着四阿哥好整以暇的眼神不好意思地道："……都听爷的。"

两个就两个吧，反正引人注意也不是头一回了。虱子多了不痒，债多了不愁。爱谁谁！在能享受的时候还是尽情享受吧。

看她点头，四阿哥才不逗她了，头凑过去小声道："正好，爷也打算做几套汉人衣裳，到时就借你的光一起做了。"

李薇一脸的后知后觉"我好蠢，让人耍"的表情，她的眼神让四阿哥得意地呵呵笑起来。

两人接着玩起游戏来。但下围棋，四阿哥完虐李薇。下象棋，继续虐。李薇输得眼都直了，四阿哥倒是赢得很爽，心情好时不时地笑一笑。

"我对棋类游戏不在行。"李薇输得太惨太没面子，不得已这么解释道。

四阿哥也不想一直玩一面倒的游戏，喊人拿来骰子，两人赌大小。可惜骰子之前由赵全保等人做了手脚，四阿哥一上手就觉出来了。李薇虽然知道骰子有手脚，可她不会用，照样被赢了个底掉，连自己手上的镯子都输出去了，把四阿哥乐得哈哈大笑。

他还真的把李薇输的银子装进荷包里，镯子也从她手上撸下来，拿手帕包了放进怀里。

李薇一直以为他是闹着玩的！见他真的把东西拿走有些傻眼。四阿哥就盯着她看，又笑了一场。

一直玩到该叫晚点了才停下。后来李薇开始耍滑头，总是拿自己的珠花头钗当筹码，都是女人的东西，看他带回书房要怎么放。

四阿哥也看出来了，照单全收。玉瓶把李薇的一个妆匣抱来，就放在她身边，一轮输了就见她随手在妆匣里抓两个出来，到结束时妆匣都空了一半。

"苏培盛，去给你家爷拿个盒子过来，谢李主子的赏。"四阿哥推开骰子，笑道。

苏培盛早喊人去拿过来了，此时捧上来，是个长、宽、高皆为一尺半的黄杨木的小箱子，上面雕着一只口中含着宝珠的蟾。

四阿哥将赢来的珠花等物全放进去，笑眯眯地让苏培盛送走。李薇这下真好奇了，去堂屋的路上挽着他的手道："爷，你要那些珠花有什么用啊？"

以四阿哥的深沉，必定不会做无用的事吧？可这些东西好像也不值多少钱。她想不通。谁知四阿哥点点她的下巴，道："赢来的东西自然就归我了，怎么能不要呢？"

所以他只是在耍她是吧？

玩得挺畅快的四阿哥胃口也好，刘太监送上来的一道蒸槐花让他吃光了，这还是上次李薇想吃香椿，等忙完一切后香椿已经下去了。玉瓶记得给赵全保提了，让他想办法。刘太监知道后就上了这道蒸槐花。

谁知，李薇没吃两口，全让四阿哥包了。可见他很喜欢这个，吃完又叹道："乡野之中真是样样都可当菜当饭，也是难为他们了。"

今天来了以后，四阿哥这是叹第二次了。傻瓜也看出他现在肯定是有为难的事。但李薇对农业一窍不通，所以这次她又没接话。

四阿哥却有心情要跟她聊聊，主动问她："最近夏汛，你在家时，可听过什么没有？"

这个倒是能说，李薇道："有几件。比如家里买人雇农，多数都是在难民中雇，因为签他们要比平常买人便宜三分之一，有时会便宜一半。还有，每年秋天，家里都会买很多粮食囤起来，城外的田里，如果河南、山东等地又旱了或者涝了，黄河又发水了，阿玛和额娘都会让雇农把田地围起来，挖地窖藏粮食，还会在粮仓和房子周围弄篱笆、养狗，免得难民抢夺粮食，伤人毁屋。"

四阿哥的脸色渐渐沉重起来，李薇接着说："刚进府的时候，庄嬷嬷送来的四个人听说就是去年河南逃难过来的。"

"是吗……"四阿哥叹气，一有天灾，难民就会往外逃，等天灾过去后，回流的难民不足十分之一。多数青壮年都在异地安家，长久下去，耕民流失会变成一个大问题。

想到这里，四阿哥借李薇这里的书房，把刚才想到的赶紧写了下来。李薇在旁边给他磨墨，看到几句心想，难道四阿哥要进户部办差查亏空了？她在这边胡思乱想，四阿哥写完见她眼神放空，顺手用毛笔在她下巴点了一下，见她没反应，又在右边脸颊上画了个圈。

见她还没反应，四阿哥只好无奈地喊玉瓶打水，给她洗脸。不提玉瓶进来后是什么表情，李薇是用手巾抹了脸才看到手巾上漆黑一片，吓得大叫，跟着就在四阿哥的狂笑里反应过来。最后四阿哥亲手替她抹干净。

抹脸的时候，四阿哥："噗……"

李薇心道：好吧，我体谅四爷太年轻……不过还是好浑蛋啊……

第七章

炸羊排

太子开始带着三个兄弟读书，皇上给太子开的书单相当繁杂，仅夏汛一项就有不少是宫中藏书。还有很多是从前朝官邸中搜出的关于治黄河的奏疏，这些都是不外传的。三位阿哥以前可从来没看过这些盖着前朝玉玺的明黄奏折，上面还有前朝皇帝的朱批。

"这是皇阿玛御笔批过才能搬来的，你们在这里看就好，不能誊抄。那边有纸笔可以摘要。"太子道。这些东西都很有价值，毕竟本朝立国还不到一百年，对这个中原大地还非常陌生。他们学了汉人的文字，任用汉人的官员，连官制、风俗都在朝汉人学习。

治国也是一样。

现在朝中哪怕稍稍怀念前朝都会引来杀身之祸。三位阿哥虽然是龙子凤孙，却更加不敢越雷池一步，何况他们一直以来听到的都是我朝万岁万岁万万岁，居然在太子这里看到一堆前朝的奏折，皇上还叫太子学，太子还要精研细读做功课。

结果手中捧着前朝的奏章，打开后墨字如新，保存得极好，字都认识，却半天一句都没看进去，个个都有些魂不守舍。

三阿哥先放下手中的纸笔出去转了一圈，八阿哥是站起来面壁了约有一刻钟才冷静下来。四阿哥给所有人的墨都磨了一大池。

太子正写着字，四阿哥站在他的书桌一侧，匀速转着手腕磨墨。太子写完一笔再蘸时，看到墨池里都快漫出来了，笑道："行了，行了，老四。"

四阿哥这才回神，赶紧放下墨锭请罪。

太子扶了他一把，笑道："你这性子倒是不错，发呆也不误了干活。"

四阿哥道："弟弟手里不干点什么，反而更不容易静下神。"

"那如今可静下来了？"太子敲敲放在一旁的一摞明黄奏折。四阿哥看过去，恭敬道："臣弟已经镇定下来了。"

太子随手拿起三五本摆在他面前。"拿去吧。前朝绵延二百七十六年。"他拍拍奏折，"这里面有很多经验，你拿去好好看看，一字一句都要吃透。"

拿起奏折时，四阿哥从没这么确定这是汉人的江山。他们现在所做的，就是学习汉人是怎么治理这如画江山的。

这让早习惯本朝一统江山千秋万代的四阿哥有些不舒服，好像被人当头打了一棍子，但跟着就升起万丈豪情来。前朝皇帝丢了他的江山，本朝是承天授命、万民所向。

自我激励一番后，再翻开奏折就没那么激动了。

四阿哥开始摘录时，八阿哥也面壁结束了，他目光炯炯有神，坐下后也是一言不发，埋头抄录。三阿哥也散步结束了。太子坐在上首，看着下面的三个兄弟都一脸严肃，欣慰地笑了。

想当年他第一次看到皇阿玛拿出前朝奏折看时，也是吃惊了很久。皇阿玛告诉他，咱们出身草原，那里跟汉人的江山是完全不同的地方。

"如果不学习汉人怎么治理他们的江山，只是打下来是没有用的。我们早晚会让汉人给赶回草原去。"皇阿玛表情复杂地轻轻抚摸着奏折的明黄封皮。

满人太少，汉人太多。

太子从那时起，就觉得好像有无数的汉人在他们的背后虎视眈眈，时刻等着找机会把他们打回草原。这江山打起来容易，坐起来难。

下午四点用过点心，赶在宫门关闭前，太子送三阿哥和四阿哥出门。八阿哥倒是可以多留一阵，反正阿哥所在宫里。

两位阿哥走到岔道口挥手作别，然后各自回府。

四阿哥带着随从纵马疾驰，周围避让的行人多是满人。内城中汉人还是不多的。以前四阿哥从未想过汉人和满人的人口多寡问题，但现在想一想，这内城中有多少满人？而城外又有多少汉人呢？

他竟然觉得背上渐渐发寒。

回到府内，书房里还摆着昨日他看的书。他换过衣服后，给昨日没看完的几本书里夹上书签放到一边，从书架上拿下近几年的邸报坐下细细翻看。以往他不过是匆匆翻过，关注的也是各家族在邸报中的势力分布，比如佟佳氏和各旗主王爷等。

这次他从州县等地看起，边看边拿过旁边的纸笔进行抄录。

一忙起来就忘了时间。苏培盛在太子那里时是在殿外侍候的，并不清楚里面发生了什么。但四阿哥不用膳就是他的责任了。他犹豫半天，看着四阿哥合上一本，将要去拿下一本时，上前插嘴道："爷，您昨日说要去李主子那里用晚膳的……现在……"

四阿哥愣了下，看一旁的西洋座钟，上面的指针已经快八点了。可邸报还没看完……他问道："她用了吗？"

"刚才奴才使人去看过，李主子还没叫膳。"停了停，苏培盛道，"李主子喊人准备的是牛肉卤的捞面。"

四阿哥在宫里时就很喜欢吃面，尤其喜欢各种冷拌菜的捞面。

果然苏培盛这么一说，四阿哥就想起牛肉清汤和浓浓的牛肉卤，里面放着黑木耳和黄瓜粒。汤鲜味美，料足香浓。

他从四点起就什么都没吃了，想不起来时还好，这会儿想起来了就觉得胃都快饿穿了。

苏培盛一直小心等着，见四阿哥不去拿奏折了，而是站起来吩咐了声："去你李主子那里吧。"他才松了口气，赶紧叫人点灯笼。

从屋里走到院子里才听到的满院的虫鸣，人和灯笼一靠近就消失了。四阿哥想起小时候和小太监在宫里的角落里掀开地砖石板找西瓜虫的事。刚把西瓜虫捏起来，它就团成一个圆球，壳很硬，花纹却不像西瓜。他还问过侍候他的小太监为什么叫西瓜虫，小太监也不知道，只好答："奴才打小就知道它叫西瓜虫，人人都这么叫……"

人人都这么叫，也就不管它团起来到底像不像西瓜了。

等汉人也习惯满人的统治后，他们也不会管什么汉人满人的分别了。

四阿哥脚下轻快了一两分。

小院里，苏培盛已经提前让人通知过了。虽然四阿哥没来，李薇没用膳，但嘴一直没停。玉瓶担心她一会儿吃不下面，悄悄在送来的李薇的那一碗面下面埋了很多的菜，面挑掉了一半。

四阿哥很快到了，没有废话，李薇略说了两句就请他去用膳了。

桌上东西并不多，两人面前各有一碗牛肉清汤面，喝了几口面就上来了。配料是在下面放好的，配面的小菜都用小碟摆在两人的面前。四阿哥喜欢什么口味就一直不变，还是松花蛋加蒜汁，再浇一勺牛肉卤，配糖蒜，很快就一碗下肚了。

李薇一挑面就知道面少了，她是加辣油、花椒油、蒜汁，配卤小牛肉，面没吃完，粉红色的牛肉薄片让她吃了快一盘子了。

看四阿哥今天吃饭吃得很快也很专心，李薇就没说话。两人快速又高效地吃过晚饭，四阿哥干掉了四碗面。自从上次他一口气吃了八碗后，就一直控制自己从不超过五碗的量。李薇面没多吃，牛肉干掉了两盘。

两人都吃得很满足。四阿哥本来是想过来吃个晚膳然后回书房继续奋斗的，但吃饱后太舒服，浑身懒洋洋，不想动。停了两刻钟，眼看快到九点了，李薇喊人烧水搬浴桶。四阿哥今天出门骑马了，肯定要洗澡的。

等泡过澡换了宽松睡袍进卧室时，四阿哥已经一点都想不起书房了。毕竟明天又是两点起，这个时间睡已经有些晚了。

今天精神算是受到了小冲击的四阿哥躺下后陷入了深思。他想李家是汉军旗，根上是汉人，但观她平时表现却是满人作风，牛羊肉顿顿不落，比他这个真正的满人吃得还凶。

四阿哥突然发问："你在家的时候是什么样的？"

这个问题太宽泛了，李薇理所当然地理解成四阿哥想要了解不认识的她。好感动！决定小小地捧一下自己的李薇开始夸她在李家时是如何贤良淑德、友爱弟妹、孝敬父母祖父母伯父姨妈等一系列长辈，连邻居都传着她的故事。

让本来打算侧面了解下汉人的四阿哥窘了，又不好打断她，听着听着就笑了。

李薇就去看四阿哥，见他笑得好像在笑她傻，就慢慢不说了。四阿哥还问："怎么不说了？"

他钩起她的一条小辫，把她拉过来，道："我还不知道你在家过得这么开心呢。进宫后就没这么开心了吧？"听她说，在家里时整条街的女孩都是她的手帕交，天天热热闹闹的。在宫里倒是从来不见她特别热衷交际，也就以前跟宋氏好过一阵，后来福晋进门后就没有了。武氏天天来找她，也不见她们多交好。

这倒没有。四爷，你一个顶一百个！

· 169

李薇摇摇头，顺着他的手劲跟他躺在一个枕头上，没敢靠过去，这种天气两人贴一起太热。四阿哥本来就体温高，她怀孕后好像也有点体温高。两个火炉凑一起，又该出汗了。

"有您在，能侍候您，就比什么都强。"

四阿哥在她嘴上轻轻亲了下，他也嫌热，没拥抱，只是凑过来亲了口。他亲完，她追过去反亲了下，还啵了一声。

"调皮。"四阿哥在她屁股上拍了下，按住揉了揉，突然冒出来一句，"比以前有肉了。"

呸。李薇被调戏了很想反摸回去，无奈不敢。心道：等孩子生完能那个了，非摸下四阿哥的龙屁股不可。趁着混乱应该不会被发现。

她偷偷想得很乐，四阿哥继续拍拍背，道："睡吧。"她应了声，翻回去，一秒入睡。

留下四阿哥背对她，手上还留着那厚实软绵又弹力十足的感觉，他虚抓两下，无奈放下手，开始背经书催眠。

很快，夏汛到了。黄河泛滥，数个州县受害，良田被淹，无数农户家破人亡。这个消息被八百里加急送到皇上的案头。

首要就是安置流民，下令河南、北京沿途所有州府设置棚户安置流民，设粥棚，发馒头，还要施药，避免疫病流行。

朝中也开始吵起来，有人认为不能让流民入城。万一流民潮中发生疫病，入城就会把疫病带入城中。这一点也是很多人担心的，所以有的州府把安置流民的棚户设在了城外，在那里设粥棚和药棚。

皇上先下旨减赋，免了发生重灾的几个州县三年的钱粮。三阿哥和四阿哥被太子带去听朝，回来后道："今年的灾并不大，实在是不幸中的万幸。"

三阿哥还没说话，四阿哥先面露不解，听说流民有近十万人，涉灾州县有四个，难道这还不算大？

太子见他神色，就道："你回去翻一下去年的邸报，我记得去年免了六十九个州县的赋税。过年时皇阿玛还让宫里祈福。"

四阿哥想起来了，那段时间特别流行抄经。福晋那段时间一天两卷经，后来都供到了永和宫的小佛堂。

回到府里后，四阿哥到正院对福晋说："如今遭了灾，咱们离得远也顾不上什

么，不如就在家里设一个小佛堂，早晚上香吧。"

福晋应下，当天就选定一个院子，略微修整后请了尊佛进去，再让两个丫头换上缁衣，住在小院里看守香烛，添加香油。

李薇也听说了，小院里去年家乡遭灾被卖进来的四人都是一脸的悲苦，全福晚上还做噩梦哭闹。李薇就让玉瓶去问庄嬷嬷，府里施不施粥，她捐些银子出来。

玉瓶听了这话就想笑，解释道："格格，流民进不来内城。咱们府里也不施粥，他们根本到不了北京。"

李薇不解，以前李家逢到灾年都会做些馒头和饼送到附近的庙门口去施舍。难道那都不是灾民？

玉瓶在宫里，知道的比她多，道："我记得距京八十里就不许流民靠近了。"各州府都会拦人的，让流民冲击内城，怎么可能？驻扎在京郊大营的大军又不是吃素的。

她看李薇有些失望，就给她出主意道："听说福晋要在院子里建个小佛堂。格格若是有心，不如去那里上炷香，替那些可怜人祈福吧。"

烧香？那管什么用？能使把力多救几个人多好啊。

可四阿哥现在忙得厉害，除了要福晋建小佛堂回后院转了一圈外，根本就不回来了。难道只剩去烧香了？

有心无力的李薇坐下发呆，真的不能什么都不做。这种时候不做点什么，人心根本过不去。她喊来玉瓶，把她的银子收拾一下，看金银铜钱一共有多少。

玉瓶拿小秤称了下，道："金子有十九两，银子有一百六十多两，铜钱还有两千多。"这还是出宫后换的，在宫里铜钱只是玩牌时当筹码，没用的地方。她称完问道："格格，你要拿银子干什么用？"

李薇道："……我想给四爷送去。看能不能给灾区帮上点忙。"他是阿哥，肯定是要表现的吧？不留名，把银子一起用上就行了。

玉瓶一怔，赶紧道："格格要是有心，不如……送到福晋的小佛堂里，买些香油灯烛供奉……"

李薇失笑，道："别开玩笑了，那银子不白扔了吗？买点实在东西多好啊。吃的喝的，穿的用的。现在那边缺物资缺人手，有钱这两样都能买到。我别的不行，给点银子还是行的。"

见玉瓶不动，问她："怎么了？"

玉瓶看看周围无人，跪下小声道："格格，这样不行。福晋都没动呢，您跳出来算怎么回事？以前您多小心啊，怎么这次……"

"……那不一样啊。"遭灾了，她能干看着吗？

玉瓶知道李薇心软，膝行几步跪到她跟前，搭着她的手道："我知格格心善，只是……福晋那里先不说，阿哥那里要是没这个意思，您先送上去不是打了阿哥的脸吗？"

他怎么可能会没反应？

李薇刚想反问，就想到他是皇阿哥，她只想到他们不管是真心的还是沽名钓誉，总要表现一二。可现在皇上没动、太子没动，四阿哥……估计也不会动。

玉瓶见她迟疑了，马上再劝道："格格不如等一等，阿哥那边要有动静，肯定福晋那里会知道的。到时格格再去就行了。"

不是不捐，只是等上几天。李薇答应了。

过了几天，又是八百里加急，灾情进一步扩大了。

灾情扩大后，皇上反而不让太子等人参与进来了。皇上道："如今外面各地都有天灾，朕分身无术，恐怕有段时间顾不上盯着他们了，你是当哥哥的，多去看看他们。"

皇上指的是仍在上书房读书的一群小阿哥。太子自然是愿为君分忧的，道："儿臣责无旁贷，皇阿玛保重龙体。"然后就退下了。

放在毓庆宫的前朝奏疏也搬走了。

太子从皇上那里回来后，看着空了一大半的桌子有些愣怔。旁边侍候的宫女和太监全都屏息凝神，不敢吭声。

半晌，才听到太子平静地说道："去给三阿哥、四阿哥和八阿哥说一声……算了。"他回到外间榻上坐下饮茶，稍等片刻，外面进来禀报："殿下，三阿哥、四阿哥、八阿哥到了。"

太子放下茶："请。"

三人进来却发现太监没有引他们去书房，而是去了旁边的小厅。进去一看，太子正坐在阳光下，旁边还摆着一碗热茶，茶香袅袅传来。太子看到他们，微微一笑道："过来坐。今天小膳房进上的饽饽倒不错，你们也尝尝。"

三人都是在宫中长大的，没有人去问今天怎么不看奏章，而是全都顺从地坐下，一人一碗茶，就着茶吃饽饽。

太子看着三位弟弟都吃完了一个饽饽，才站起来笑道："走，咱们看看那群小的去。"

没头没脑地进来又出去，离开前，八阿哥不由得回头望了眼近在咫尺的书房。房门半掩，屋里黑黑的，只有门前窗边投射进去的半尺阳光，阳光下的空气中还浮着灰尘。

一行四人散步般往上书房去，路上，太子解释道："如今外头遭灾的地方多了，昨天又是一个八百里加急。皇阿玛一夜没睡，上书房的各位大人也好几天都是宿在宫里了。咱们帮不上忙，就别添乱了，正好皇阿玛没空去盯着那群小的读书，我就求了这个差事。"

一席话听在三人的耳中，自然是各有意思。

但不管如何，三人都随着太子的话往下讲。三阿哥笑道："可不是？没人盯着，那几个小的可成了没笼头的野马了。"

四阿哥摇头，道："别人都还好，就是小十四太皮。"

太子哈哈笑道："老四啊老四，怪不得十四一见你就怯。"

八阿哥也凑趣地跟着笑，道："正好，上次老九还央我替他找一册书，时候一长，我也给忘了，今天可不能再赖了。"

到了上书房，那群小的正好课上到中间，出来走走。不怕热的十阿哥、十三阿哥和十四阿哥三个正在上书房前的空地上玩陀螺，小鞭子抽得啪啪响。他们最先看到这群大哥哥过来，连忙跑过去请安问好。

太子温言："今天上午书读得可认真？有没有被师傅骂？"

三个小阿哥都道："认真！认真！师傅还夸呢！"

太子挨个摸了他们的小脑袋，挽起袖子道："既然这样，二哥赏你们，来给你们玩个漂亮的！"他接过太监递来的鞭子，手腕不知怎么地一甩，鞭子梢灵巧地一钩，地上的三个陀螺都像活了一样滴溜溜转起来，一会儿三个并着横排，一会儿竖排。

太子还会把它们抽得一个个飞到天上，再挨个落下来，还会继续转。

三个小的可少见这么帅气的玩法，个个拼命鼓掌捧场，还引得屋里的几个阿哥都出来了，围成了一个小圈看太子表演抽陀螺。

三阿哥和四阿哥站在一旁。三阿哥道："太子这一手真是炉火纯青，老四，你不成吧？"

四阿哥道："三哥不必说我，要不您上去试试？"

三阿哥嘿嘿笑，摇着扇子道："这可难为死你三哥了。"

说着，他仰头看了下天，举起折扇挡住脑袋，道："这天热得邪乎儿。"

从那天起，太子就天天准时凌晨三点到上书房，师傅上课时他就坐在一边听，师傅讲完了他下去挨个问弟弟们都懂了没。刚习字的都让他把着手腕教过字，连八阿哥都被他抓住一回，当着一群小阿哥的面握住手写了一整张大字。搞得八阿哥第二天就认认真真地交上去五十张大字，之后再也不敢敷衍了事。

三阿哥和四阿哥为了跟太子错开时间，每天改成上午十点的时候才进宫，陪着弟弟们读读书、拉拉弓、用个点心。

朝上倒是忙得不可开交。皇上已经开始减膳，后宫也跟着减用度。京中大臣的府邸自然也要跟上司看齐。

四阿哥府上，福晋也发话要减用度，今年的夏衣就先不做了，但小格格和李氏照旧还做，她们一个是府里唯一的孩子省不得，一个是挺着肚子也省不得。

李薇等了快半个月，结果就等来减膳、减用度。这就完了？这也太表面功夫了吧！

玉瓶看她还没打消念头，劝她去烧香倒是每天都去，后院里人人都去，她不去当然不合适。她劝李薇烧烧香、念念佛，尽了心意就行了。

行个鬼！李薇不接受这种虚头巴脑的东西！

玉瓶道："主子，我的好主子。您别的不管，总要看看阿哥、福晋是怎么做的吧？您平时是多懂事、多明白事理的一个人，怎么这会儿就拗了呢？"

真的只能烧香吗？府里连粥也不施吗？

玉瓶看她不再拗了，刚刚放下心就发现格格变得消沉了。这怎么成呢？正怀着孩子呢！再说若是四阿哥过来看到，少不得要给格格安上个怨愤的罪名。不过最近四阿哥很忙，应该不会来吧？

玉瓶刚祈求四阿哥千万别来，闲下来的四阿哥就来了。一进门就看出李薇脸色不对，像是闷着股气。他扫了眼在屋里侍候的玉瓶，见这宫女也是面露惊慌之色，担忧地看着李氏。

两人携着手坐下，他扫了眼苏培盛。苏培盛就把玉瓶给扯出去了。

苏培盛一直把玉瓶拉到屋外，道："往常看你还算有眼色，怎么今天就傻站在屋里呢？没见四爷要跟你们李主子说说话吗？"

玉瓶急得跺脚，还不敢露出半句话，只好低头认错。

苏培盛也看出这丫头只怕是替李格格在瞒什么，可是阿哥要知道，瞒是能瞒住的？

在屋里，四阿哥和李薇坐在一起，因天热，两人没有靠着，只是拉着手。李薇让过茶和点心，提了膳房送来的乌梅糕、红豆沙糕都很好吃，然后就不吭声了。

以往她是什么样，四阿哥最清楚。他也不直接问，握着她的手轻轻地揉，拉到嘴边轻轻地吻。不一会儿，李薇自己就憋不住了，有些委屈地看着他。

这是有事想求他？

四阿哥不由得想最近有什么事让她会委屈，接着就想到之前跟福晋提过要让几位格格的家人进来看看，这段时间太忙，好像福晋一直没顾上办。

他就道："想见家里人了？"

李薇茫然地一愣，他一看，猜错了，那是什么事？

这边李薇已经照着他的话往下说："是有点想，不过最近事情这么多，天气又热，还是等凉快了再见吧。"

四阿哥"嗯"了声，捏着她的小下巴："爷好不容易抽空过来看你，你就这么待爷？"瞧这小脸拉的。

他一说，李薇的眉就皱起来了，一脸气哼哼地道："爷，外面遭灾了，我想拿点银子出来买点东西送过去。"

"哦。"四阿哥没想到她会提这个，道，"你那点银子还是留着压箱底吧。外面有人管这个，你有心就多去小佛堂上几炷香。"

说完再一想，四阿哥略愣了愣，问她："你怎么会想起这个？"捐银子给灾民？这有点异想天开啊。

闺中女子遇上小丫头哭一下身世，她们哭两声给几两银子半匹布。几万灾民只能让她们吓得睡不着觉，能烧香祈福已经算可以了。捐银子？闻所未闻。

李薇就说以前逢初一、十五、佛诞日，还有灾年，他们家都会做一些馒头送到寺庙门口布施。

"原来如此，李家家风不错。"四阿哥满意点头，李薇赶紧说以为宫里碰到这种事肯定要做得更多，她人小力微，捐几十两银子表一表心意。

四阿哥却是心中一沉，怎么？李氏这是想要好名声了？

他听到李薇接着说下去："可、可……说不行。宫里妃母们都是减膳，咱们家也是减用度，不施粥也不捐银子……我不想只是烧烧香就算了。"

她说得磕磕绊绊，四阿哥听懂了，松了口气后又觉得为难。李氏这是难得的赤子之心，但是皇上已经做出表态了。

他心中暗叹，近日是有大臣提议说在灾情严重的地方允许开官仓赈灾，皇上驳了。官仓、官库和官粮都不能轻易开放，万一引来流民冲击官仓，抢夺官粮和库银就是抄家杀头的大罪。到那时牵扯就大了。

一旦对流民用兵镇压，朝廷的名声就坏了。皇上也是举棋不定，下面的人自然也不敢拍胸脯打包票说不会出事。

逢到灾年，朱三太子之流就该出来蛊惑无知愚民。所以现在民间都不许官府以外的富户、寺庙设粥棚，救助灾民，聚揽民心。

除此之外，皇上突然让太子去领小阿哥们读书的事也让四阿哥不敢深思。是太子偶然触怒皇上，还是……每当想到此处，四阿哥就觉得不寒而栗。

他搂紧李薇，大热天，怀里再坐一个正怀着他的孩子的女人，虽然出了一身汗，四阿哥却好像抱着个沉甸甸的秤砣，人一下子就踏实多了。

他温柔道："你有这个心是好的，不如这样，我拿去给你捐了可好？你想用到哪里去？"

李薇立刻高兴了，她的银子少，买什么都无所谓，四阿哥怎么用自己的银子，归到一块去就行。她喊来玉瓶，把早就准备好的小匣子抱出来，递到四阿哥手里。匣子虽小，却挺坠手，接过来就是一沉。

四阿哥没给苏培盛，顺手放在一边。又坐下陪李薇聊了一会儿才回书房，临走前他亲手抱着小匣子，道："晚上我过来陪你一起用晚点。"

李薇送到门口，扬着笑脸冲他挥手帕。匣子交出去，她就没一点心事了。闷气没了，可不就有心情笑了？

看着四阿哥走得没了影子，她转过来对还是苦着脸的玉瓶道："这都没事了，你还苦着张脸干吗？我饿了，问膳房看有没有上次吃的那个柿子饼，馅是羊奶的那个。让他们看着上一盘。"

四阿哥回到书房，放下匣子，咚的一声，匣子搁在桌上。苏培盛看了一眼，笑道："听着声音倒是沉，阿哥怎么自己拿了？还要小的们干什么呢？"

上过茶，四阿哥坐下打开匣子，下面是碎金块，上面是银块和银角子。后院女子拿到手的金银，多数都打成花生、葫芦一类的花样子，让她们拿着玩的，赏人时也好看。碎金、碎银块多数是拿攒下来的金银角子找人熔了，然后放着当私房钱。

这一匣子大概就是李氏的家底了。她虽然是大选出身，可李家家底不厚，她进宫能带的银子也有限。他平时赏她，赏的也是衣料玩物多些。

四阿哥深深地叹了口气，合上匣子推给苏培盛，道："好好地收起来吧。"

这笔银子注定是捐不出去的。

晚上，四阿哥来小院时就看到李薇和以前一样的笑脸。她的心事倒是去得快。

有些羡慕的四阿哥坐下，他在书房用了一天的脑子，书没看几页，字没写几张，可心事却越想越多，到现在觉得脑袋都木了。到后院来就什么都不愿意想了，放空心神听李氏说话。

李薇这边因为她有身孕，所以供应都没变。减膳也没减到她这里来，菜还是由着她叫。可想到四阿哥晚上过来吃饭，她也没敢要多少东西。

一道白切鸡，凉着吃不热；一道玉兰黄瓜虾仁，也算清淡；一道糖醋排骨，酸甜味很适合夏天吃。还有两道凉菜，一个拌猪皮，猪皮炸成蜂窝状后卤，然后凉拌，一个盐水花生。

四阿哥看这一桌子菜居然没有辣的，以为是照顾他的口味，就道："点几个你爱吃的。"

李薇笑嘻嘻地让玉瓶上了一碗炸辣椒，她最近爱上了炸辣椒拌米饭的吃法。一碗米饭拌成了鲜红色，配上清淡的菜，她很快就吃完一碗，盛第二碗时才发现四阿哥连半碗都没下去。

看四阿哥跟吃药似的一颗颗夹花生吃，不像是没胃口，倒像是有心事。

旁边苏培盛使眼色使得眼皮都快抽风了，这位主子也没发现。他正想着是不是让玉瓶上去提醒一下，又担心被四阿哥觉察，就看到李薇伸手把四阿哥面前的半碗饭拿起来。苏培盛的眼珠子差点掉下来。

四阿哥也是愣住了："怎么了？"他用手盖住碗。

李薇说："再上一碗我就吃撑了，我看你也不吃，干脆我把你这半碗给吃了，再下面条给你吧。"

四阿哥才明白她这是劝他吃饭，摇头道："不至于。"看玉瓶："给你主子碗里少盛点。"跟着他两三口把剩下的米饭给吞了。

用完膳，四阿哥也不打算走了。叫来浴桶泡了个澡，他泡的时候，苏培盛正在示意李薇最好能在一个时辰后再叫一顿点心。现在是六点，八点的时候吧。

他的意思是让李薇再哄四阿哥吃点东西。李薇明白归明白，也要问问理由，不能一个太监说个什么她就要照办。就算他是四阿哥的贴身太监也不行。

她道："苏总管，不是我不听你的，只是你也要给我交个底。"

苏培盛为难半天，还是没说。

他不说，李薇也不细问。反正她这里点心很多。等四阿哥泡完澡出来，一个写字，一个读经。一晃到了八点，李薇也真饿了，出鲜招要吃鲜肉元宵。跟一般的元宵一样，就是里面是猪肉馅的。

苏培盛拦下玉瓶，叫人回前院传信，让那边的膳房做。

很快鲜肉元宵就上来了，个头不大，一碗六个。大夏天的吃元宵，让四阿哥心中哭笑不得。在宫里的宫妃有了身孕，吃东西要听嬷嬷的，不可能由着她们乱吃。也就是在府里，他又纵容她，福晋也不管她，才让她净出新鲜点子。

想到这个，四阿哥心里轻松了些，今天一天他都没吃多少东西，就也跟着端了一碗吃起来。主要是看李薇在旁边吃得太香，让他也馋起来。咬一口，幸好是鲜肉的，咸香滑嫩，要是甜的，他还真吃不下。

苏培盛在旁边看着四阿哥吃了一碗才放了心。

一直到九月末，天气转凉后，朝中才松了一口气。

四阿哥府里，福晋也禁不住在渐渐转凉的晚风里念了句："总算凉快下来了，这样疫情就不会再次扩大了。"

福嬷嬷也笑道："这都是皇上保佑，老天爷开眼哪。"

这段时间京城里确实是人心惶惶。七月黄河发大水，八月山东闹干旱，跟着就是东北闹饥荒，有易子而食的惨象。奏折递上京后，皇上终于下旨让山东官仓放粮救济灾民。

等水退去后，水灾区和流民群中就暴发了大规模的疫情。为了避免疫情传播进京，各地都开始拦截灾民，发生的惨事就更多了。

与这些相比，京城里还算是平静，除了赈灾的人选吵了一阵以外，各个王府官邸都不再像前段时间那么"清苦"。山东进京的好几个戏班子都说买到了不少的好苗子，调教好了必定又是一个角。

之前福晋还在发愁内务府在开府时拨过来的庄子上没有好佃户，结果最近不管是官牙还是私牙牙行都进府说话，道，现在买人便宜得很。

"只当是做善事了，奶奶们略抬抬手，就救了他一家子的性命呢。"人牙子进府后见不着福晋，是庄嬷嬷和福嬷嬷两个一起看的。既然要挑人，总要问问来历家乡，可有亲人朋友等。虽然买的人多，也不能随便挑些歪瓜裂枣。

两人看完，并不会现在就下决定，而是要回禀福晋后，由福晋定下。

福嬷嬷先见到了福晋，道："说起来官牙的人贵些，而且身份来历多是罪民。私牙子好些，人便宜，而且听说全是壮劳力。"

福晋又另外问了庄嬷嬷。虽然庄嬷嬷是内务府出来的，但建议福晋买私牙子送来的人，理由是少牵扯。她道："福晋若要买人最好快些。这些人牙子送来的几乎全部都是因家乡受灾流落到这里来的，过不了多久，只怕就该让这些人回家乡去了。到那时就买不到了。"

天灾过去，灾民回流一直是个大问题，朝廷只好下令任何人不许收留不明身份的人，像人牙子这种趁机发财的，官府都会紧紧盯着。各地都会出告示告知民众，对着户籍黄册一个个查。查出不在原籍的一律枷号遣返，这么回乡的人还要加重徭役，苦不堪言。

只是上有政策，下有对策。像戏班子能手眼通天的也就是看塞钱塞得到不到位的问题，而四阿哥府这样的根本不会有人问。所以只要人买进来，那就是四阿哥府的家奴了。

福晋最终买了六十四个人。其中官牙的只有十二个，剩下的全是私牙，两边的身价却差了将近一半。

福晋也终于可以着手给庄子上换人了。内务府分过来的庄子多数都曾经有主人，有些根本就是犯官抄家后的田庄。里面的人从庄头管事到下面的佃户不说个个是油头，也至少一大部分喜欢阳奉阴违。

福晋没时间跟他们纠缠，索性趁机全换了了事。换下来的抄了家全数发卖，以前不管吃进去多少，如今都要吐出来。被卖掉的有多少骨肉分离、哭天抢地，不得而知。

四阿哥府里，却要准备颁金节。

这次能平安度过，从皇上到朝臣都很高兴。正好到了颁金节，为了庆祝，也为了一扫京中沉闷紧张的气氛，皇上决定开个小朝宴，让近支宗室和亲近大臣进宫吃吃喝喝看看戏。

论起来大家都沾着亲戚，这就相当于家宴了。

皇上在小朝会上提起来，下面凑趣的人可多了。都知道皇上心情好，不趁机露脸还等什么？佟国维就说要向皇上多求几个座，把家里的孩子都带出来开开眼界。

皇上笑道："都是自己家的孩子，他们真来了，朕还能让他们站着？"

佟佳氏是格外有脸的，跟别人家不一样。可其他家族也不是吃素的，就干看着佟佳氏一家独大？等小朝会结束，后宫中各宫主位几乎都得到消息了，自觉家里该得这份脸面的都想办法给皇上递话。

钟粹宫里，惠妃把大阿哥叫了进来，道："这次皇上吩咐得急，咱们知道得晚了。可再晚席上也有纳兰氏的座儿，我不怕皇上忘了，只怕那些小人作祟，把咱们家摆在不起眼的远处，回头皇上席上看不到人，再问起来可就丢人了。"

大阿哥笑道："额娘真是会瞎想。你儿子这么一大个站在这里，谁敢看不见？"

惠妃道："你？你就是太显眼！说过多少次了，沉着点，沉着点。皇上跟前已经有了个太子，你没见他是什么样？你现在是在外面，皇上懒得管你。但我就不信，皇上那里骂你会少？"

母子两个都不说话了。

过了会儿，惠妃放低声音，道："你往前看看，只说广略贝勒如今在哪儿呢？跟他一样的前头几个阿哥都是什么下场？太宗是八阿哥，可那时他也不是最受宠的。但你给我说说，排行靠前的和有宠的现在如何？他们的后人如何？"

这个话题一说起来，就刺得人连后脖颈子都冒冷汗。

惠妃道："我生了你们兄弟两个，只活了你一个。只会盼着你好，不会拖你的后腿。有些事不能深思，不能多想。可咱们自己要心里明白。你……如今外头的人都喊你大千岁，我听到就心肝颤……"

"额娘……"大阿哥单膝跪地，握住惠妃的一只手。

惠妃已经年近四十，她是跟皇上一起长起来的。平时容光照人时看着还不显年纪，现在一伤心起来，老态尽显。

她拉着大阿哥的手，轻声道："我的阿林阿，额娘就愿你像长白山一样巍峨高壮，不愿你去当那出头的鸟。"

惠妃的长子承庆是过了周岁没的，第二年她生了大阿哥。生了这个孩子后，皇上一开始并不敢给他取名，当时宫里的孩子死得太多了。惠妃悄悄给他起了个满语的小名，意思是山。希望这孩子能像一座山一样强壮长寿。

大阿哥小时候还没去阿哥所，惠妃常在夜里坐在床边拉着他的小手，轻声喊他的小名。有次大阿哥没睡着听见了就问惠妃那个名字是什么意思，惠妃抱着他说："额娘想把你喊住，省得你跑远了，不要额娘了。"

打那以后，惠妃再也没生过孩子，亲手把大阿哥养得像他的小名一样又高又壮。

大阿哥把额头放在惠妃的膝上，眼眶微潮，喃喃喊了声额娘，然后站起来一抹眼，笑道："额娘放心，你的阿林阿没那么傻。"

他低下头想了想，道："座位的事儿子去盯着，这事也不必过其他人的手，只管找内务府就行了。太子那里就算有小人想作怪，我去找太子说说，他肯定会约束手下的人。"

惠妃交代他："你跟太子，就这么吵吵闹闹的挺好。既不用太好，也不能太槽。外头多少人盯着呢。"

"我心里有数。"大阿哥把垂到胸前的辫子拿起甩到后面掖在腰带上，"儿子回去了，额娘晚上早些睡，别捡什么佛米，跪得腿都坏了。"

惠妃笑道："额娘听阿林阿的。去吧。"

宜妃的翊坤宫里倒是喜气洋洋。皇上让人传话说一会儿过来，宜妃就赶紧把九阿哥给哄走。九阿哥不肯，抓着宜妃的袍子边赖在脚踏上，非要磨着宜妃给他弄一副新的弓箭不可。

"不行。"宜妃凤眼一斜，看着自己的护甲道，"你那副还是皇上去年刚赏给你的。"

"儿子力气变大了。"九阿哥想要副牛角的。

"哦？"宜妃笑眯眯的，脸上就写着"我不相信"。

九阿哥道："我能拉一石了。"

"吹牛。"宜妃一点磕绊没打地直接道，她看了眼旁边的宫女，宫女给她比了个手势，她一看时间快到了，也不再跟九阿哥缠，直接把他拉起来往他奶娘怀里一扔，"赶紧地，把这小子给我扔出去。"

九阿哥气哼哼地推开奶娘，一溜烟地跑出去了。奶娘、嬷嬷和宫女太监都连忙追上去。

屋里，宜妃松了口气，道："这小东西可磨死我了。"一旁一位姑姑送上一碗茶，笑道："娘娘嘴上骂得凶，心里别提多疼九阿哥呢。"

宜妃这才笑道："他是我身上掉下来的肉，不疼他疼谁呢？这小子也不知道怎么又瞧上了牛角制的弓……我记得皇上那里好像有几副。"

姑姑道："娘娘缓着些，总要瞧着皇上心情好了再提。"

宜妃招人把妆匣拿来，立起妆镜看了看脂粉有没有掉，对着镜子笑得甜蜜，道："皇上今天心情就不错。"

永和宫里，十四阿哥正偎在德妃的膝边，说："前两天太子过来时拿了一把牛角的弓，我就见九哥和十哥的眼神不对，一直冲着那张弓瞧个不停。"

德妃揽着他："你也想要？"

十四连忙说："儿臣不想要。"

德妃拍拍他，说："什么弓都是一样地用，射出来的箭也一样杀敌。太子是太子，九阿哥是九阿哥。你不要跟旁人攀比。瞧瞧你四哥，你见过他什么时候找额娘要东西了？"

十四阿哥不忿道："他都那么大了……"话没说完，看到德妃不赞同的眼神就闭上了嘴。

德妃给他整整衣领子，拍拍肩道："行了，回阿哥所去吧。记得回去要练字，别跟老八学。他的字皇上说过多少回了都不见好，你想跟他一样？"

十四站着让德妃理衣裳，插嘴道："八哥那是想让皇阿玛多惦记他呗，跟谁看不出来似的。回头我也……"话又被德妃的眼神逼回去了。

等他走后，德妃跟身边的嬷嬷说："这孩子真是不懂事。"

嬷嬷道："阿哥还小呢，大了就好了。"

德妃没吭声，良久，悠悠叹了口气，语气干涩道："皇上说要办家宴，佟佳氏说要把家里的孩子都带来。纳兰氏肯定有人来，大阿哥在那里站着呢。刚才听人说皇上去翊坤宫了，想来郭络罗氏也能有一两个位子。"

嬷嬷低下头，不敢接话。

德妃也没往下说。

她呢？呵呵，皇上不会让个奴才坐上去。一个宫里，就她这个德妃家里没位子。

十月十三颁金节。皇上在保和殿设宴，从大阿哥到十四阿哥都在座，宗亲里裕亲王打头，坐得离皇上最近，恭亲王随后。太子和大阿哥在替宗亲们把盏，他们敬过一轮后，余下的几位阿哥也分别上前敬酒。

三阿哥和四阿哥算是比较尴尬的。在座的居然没有他们母妃家的亲戚。乌雅氏是没有拿得出手的人，荣妃出身马佳氏，大概皇上也忘到脑后了。三阿哥匆匆敬完就回座，四阿哥拿着酒壶不好跑掉，便站在了佟国维的身后。

皇上跟佟国维共饮时，四阿哥替佟国维满了两次杯。等敬完，佟国维回座后，拉着四阿哥的手亲热道："四阿哥也回去吃点吧，臣自己来就行了。"他转头喊大儿子——人称佟三爷——过来，让他送四阿哥回座。

佟三爷恭恭敬敬地把四阿哥送回去。四阿哥当然不能就这么让他走了，拉住他，两人对饮三杯，佟三爷才拱拱手退下了。

后宫没有设宴，毕竟大灾才刚刚过去，朝廷还是要简朴度日的。只是在几位妃子的宫中摆了小宴。永和宫里，七阿哥的生母成嫔戴佳氏和十三阿哥的生母庶妃章佳氏正陪着德妃，下首坐着四福晋。

德妃脸上笑意盈盈，却并不热情，话也不多。四福晋这个当小辈的也不好太张扬，戴佳氏除了祝酒时说了两句凑趣的话，剩下时间就自己有一口没一口地夹面前的一盘子银杏吃。倒是章佳氏会说话，有她衬着，气氛还不算太冷清。

从上午十点吃到下午四点，用了一次膳、两次点心。德妃看看外面的天色，道："我看时候也差不多了。"

这话一落，余下三个都站起来告辞了。

德妃道："让你们在这里陪我，实在是为难你们了。"

客气话说完，一旁的宫女捧出三个托盘，德妃道："这些东西我也用不上，你们还年轻，平时也不必太亏了自己。"

戴佳氏和章佳氏客气了两句就退下了，四福晋却要留下等四阿哥。德妃就指着托盘里的东西说："这个是太后赏的藏茶，你们年轻人大概不喜欢，不过我倒喜欢这个味，喝起来不像别的茶那么寡淡。"

福晋就说："儿臣也喜欢这个，上回额娘赏的都快喝完了呢。"

德妃笑道："你喜欢就好。"

闲话两句后，两人竟无话可说了。德妃一脸困乏，靠在迎枕上微微闭目养神。福晋悄悄走到她身边，给她捏起了肩。德妃一怔，想起来又觉得不好，只好忍着让她捏。估摸着捏了有一刻了就坐起身，道："辛苦你了，好孩子，快过来坐下。我看老四一会儿就该到了。"

想着在席上的事，德妃难得嘱咐了一句："一会儿回去，你多替他宽宽心。"

停了一会儿，她叹道："出身这事……实在是怪不得别人的。"

六点时，前面的宴会终于结束了。皇上喊太子和四阿哥去送佟佳氏的人，大阿哥送的是恭亲王，裕亲王由皇上亲自挽着手送到门口。

等客人都走了，皇上把剩下的事都交给了太子，喊大阿哥和几个建了府的阿哥都赶快回家，然后叫上十三和十四两个小阿哥一起回了后宫。没被他叫上的只好都回阿哥所了。九阿哥和十阿哥走的时候，踢踢踏踏，对着十三阿哥、十四阿哥两人的背影不忿地暗骂："马屁精。"

四阿哥去永和宫接福晋，他还没到，席上的事就传回了后宫。德妃让人送福晋出去后，嬷嬷才悄悄地把四阿哥站在佟国维身后的事告诉她了。

德妃知道后半天没说话，稍后才艰涩道："……怪我娘家没人，丢了阿哥的脸。"

出宫的路上，福晋坐在车里，四阿哥骑马在旁边跟着。她掀开车窗的帘子，看他的神色中没有什么不快。永和宫那里大概是一片慈母之心，想得严重了。

四阿哥府的正院，福晋和四阿哥刚回来都是一身的汗。虽然已经十月了，秋老虎可是厉害得很。他们进宫穿的全是大礼服，特别是四阿哥，外面那层袍子至少有三斤重，脱下来后里面的衣服全湿透了，靴子里都能倒出水来。

福晋顶着沉重的头饰在永和宫奉承了一天，坐在妆台前让石榴和葡萄取下沉重的金银头饰，再把头发放开后，长长地舒了口气。

在宫里两人都没吃什么，这时让膳房烧着洗澡的热水，先送上来了一些吃的垫肚子。苏培盛亲自去膳房拿的，他记得李格格最爱叫吃的，膳房里现在肯定正准备着她的晚点。

等四阿哥和福晋换了衣服出来，堂屋里已经支上了八仙桌，上面摆满了盘子。

福嬷嬷早就准备好了，防着福晋他们回来时会肚子饿，福嬷嬷也是早就交代膳房了。只是因为不能确定主子们叫膳的准确时间，福嬷嬷又怕菜放久了味道会变，所以摆上来的都是一时半刻不会变味的糕饼、饽饽，热菜几乎都是盖碗、蒸碗、炖菜，还有几盘凉菜。

在一堆的蒸鸡、蒸酥肉、蒸鱼中间有两盘热炒——一盘酸黄瓜丝炒瘦肉丝，酸香扑鼻，和一盘酸豆角炒肉末。

苏培盛特意把这两盘放得离四阿哥近一些。

福晋在永和宫吃的就是蒸碗、盖碗，因为前面有宴会，永和宫的膳房也把大师傅抽去了两个，临走前给德妃她们准备的就是蒸碗。一看到还冒着热气的热炒，自然也忍不住多吃了几筷子。

两人都在宫里吃过了，吃了一碗就都放下筷子。

四阿哥看福晋跟他一起不吃了，其实搞不清她到底是吃饱了还是本来就不饿，硬撑着陪他吃的。有心想让她自在些，不必这么拘束，可这么长时间也算了解她的个性了，反正不是个听劝的。她觉得是好的，就算有他劝，她也会觉得"他很满意，我要继续努力"。

对福晋这种人，他虽然觉得有些别扭，可也很满意。因为只要指对路，她就会一直坚定地走下去，不会怀疑。

福晋看了眼撤下去的膳桌，对那几道菜是谁叫的心里多少有数。想起苏培盛这么熟门熟路地看都不看福嬷嬷准备的菜就去膳房拿那位的菜，心里多少有种"输了"的感觉。

明明她也只比李氏晚进阿哥所半年而已，只差半年就追不上了吗？

她也不是会纠结这种小事的人，想想李格格能安排好四阿哥的膳食就交给她也无所谓，转头说起在永和宫的事。对德妃的慈母心，福晋有些动容。更让她吃惊的是宫里这生疏的母子关系。四阿哥听她说起德妃，神色中并无多少感情。

她正说着："娘娘说，让我回来后好好宽解你……"话音未落，四阿哥站起来道："书房还有事，我先过去了。晚上不必等我，早点儿歇了吧。今天你也辛苦了。"

福晋不解，这次她很确定四阿哥是因为她说的话才走的。可到底是什么地方让他不快？

她快步送走四阿哥，回来后仍然百思不解。

四阿哥出了正院，一时竟有些茫然。脚下还是往前院书房去，心神却早飞到刚才福晋的话上去了。

"娘娘说，让我回来后好好宽解你……"

宽解什么不言而喻。今天在席上那一瞬间的尴尬让四阿哥想起来都如芒在背。当时席上那么多的人，年纪小的阿哥们，以及宗亲们，都盯着他看。

下意识地，四阿哥走到了佟国维的身后。其实走过去他就后悔了，当时应该跟三阿哥一样直接逃回座位的，反正还留着一个五阿哥在敬酒。

可已经过去了，他装也要装得坦然。一直到出宫时，他才觉得背后出了一身的冷汗。

听到福晋说起德妃，不知怎么的，四阿哥突然觉得自己很丑恶，很对不起额娘。当时他的所作所为，一定给额娘惹麻烦了。宫中的那些女人的舌头都是刀子，会刺得人到处是血。额娘又好强，她肯定是装作没事，然后背地里伤心。

他从正院逃了出来，因为越听下去，就越自责。

书房里摆着他最近读的书，昨天写的字。他坐在书案前，一时不知道要做什么，就顺手拿起面前的纸，见上面是几个字。

他想起来昨天在这里拟李氏肚子里孩子的名字。因为李氏怀孩子时嗜辣，所以前几个都是格格的名字，又想起宋氏所出的小格格还没取名，就用笔多圈了几个。下面的都是阿哥的名字。他一会儿想着李氏也可能会生个阿哥，一会儿想福晋说不定也快有好消息了。

现在却没有这个心情了。

他把这张纸揉了。想起李氏，决定去她那里换换心情。

小院里，李薇正准备吃晚点。苏培盛虽然端走了她的饭，但刚端走，大师傅就又重新做了，苏培盛还让前院的刘太监也准备几道，就是怕误了李薇这边的晚点。

一进来就看到桌上摆着眼熟的几盘菜。四阿哥摆摆手，不要她再站起来，坐到对面，对苏培盛道："让他们再上一个干炸羊排，一个香辣虾。"

这两样都是李薇爱吃的菜，她听到后不由得放下碗，打算攒着劲等菜上来再吃。

四阿哥笑着看她，道："在自己家里，想吃什么还不敢点吗？"

李薇不好意思地捧着她已经五个月的肚子道："不敢吃得太多了。之前我胖得有些厉害了，怕孩子不好生，这段时间都特意吃得少了。"

四阿哥这才好像刚刚发现李薇发胖了，他上下打量着她，仿佛很久没见一样，眼神里都是陌生和惊奇。是有些胖了。可能因为她吃得太胖，所以肚子反而不显眼了。

四阿哥虽然不知道生孩子到底有多难，但小口大肚子，里面的东西不好出来却是能明白的。想到这个就有些后悔，不该点那两个菜。

等菜上来，四阿哥比李薇吃得还凶。干炸羊排上撒着厚厚的辣椒面和孜然粉，因为是特别选取的蒙古小羊羔，喂的草料都是特地从关外运进来的，一丁点膻味也没有，肉上的膘还特别厚。四阿哥一咬，肉汁就迸出来，顺着嘴角往下流。

跟着就辣得他找不着北。

脸马上就辣红了，眼睛红得像要流泪，他还要撑着面子，没有张口哈气，可也迅速夹起面前的米饭连吞好几口才把辣味压下去。回味倒是咸香咸香的，吃一口就还想再吃。

苏培盛没想到四阿哥要吃，做的全是李薇孕后那超辣的口味，现在一看就忍不住扭头，要知道四阿哥平时只爱大蒜的辣劲，很少吃辣椒的。

可能是羊排太好吃，也可能是味道太足太香，四阿哥红着眼睛把羊排一个人全包了。其间掉下来的泪也只当是辣出来的。

香辣虾就让苏培盛给拦了，李薇也让四阿哥吃羊肉被辣的样子惊到了，也忘了还有一盘她很期待的香辣虾。这边做虾的方法也是她要求的，虾洗后去虾线去头，然后高温油炸，迅速炸成外表金黄后，只留底油，炒香辣椒、花椒、葱、姜、蒜后倒入炸虾翻炒，不等炒软就可以起锅了。中间如果是嫌味不够重的话，视情况可以再加一遍调料。

其实以前她用同样方法做的鱿鱼和这虾是放在一块当零食吃的，因为炸过又放了很足的调料，所以凉了以后一样好吃。

玉瓶就把那盘香辣虾收到一旁，等明天上午拿出来给格格吃。

撤了膳后，两人又是一个读经一个写字。天天读经，李薇已经会背了，手里拿着经书，嘴里念着，人却走神了。她看出来刚才四阿哥的情绪不太对。平常他绝不会当着一屋子的人吃会辣到他流泪的东西，太丢份儿了。

进趟宫就这样，肯定是在宫里受刺激了。

有时李薇觉得四阿哥有点爹不疼娘不爱的样子。赵全保常常能从前院的人嘴里听到一些八卦。因为三、四、五几个阿哥现在还领着内务府的供奉，来送东西的人总爱提荣妃刚给三阿哥送了什么，宜妃又给五阿哥送了什么。

就四阿哥没有。

可在宫里也住了两年，大事小事都听过不少。她觉得德妃这人和四阿哥挺像，母子两个都是严于律己，恨不能把所有的条条框框全拴自己身上，然后严格执行，绝不越雷池一步。像给出宫的阿哥送东西这事，德妃绝不会自作主张，除非是皇上、太后下令赏了，她跟着赏点。

从李薇这里是都能理解，可看起来四阿哥就显得没人疼。

四阿哥也不是会哭的孩子。八阿哥那么小一点就跟人精似的，学问、读书都很好，就故意字老写不好，引着皇上时不时问一句。

可让四阿哥也故意会不点什么引来皇上恨铁不成钢的责骂垂问？哇，那杀了他也做不到啊。他是有一点做得不如人就自己私底下狠狠用劲，撵上人后表现出"呵呵，很轻松，一点也不难"的样子。

这么要面子的人今天这么不要面子了，让李薇一直在想，"一定出事了""他不会是等我安慰他吧？"所以一晚上她都不敢跟四阿哥眼神对视。

解语花什么的……她没有这个技能啊……

她来回把一卷经念了有三遍了，四阿哥突然坐到她身边，拿了张纸给她看："你看这几个名字哪个好？"

李薇心道：不用自己想话题太好了。然后顺着四阿哥的手指看纸上写的名字，两人不由自主地靠在了一起。

布顺达（百合花）、多西珲（宠爱）、富苏里宜尔哈（芙蓉花）、额尔赫（平安）。

李薇点着这几个名字，最后还是落在了"额尔赫"的身上。她一直担心怀上孩子时年纪太小，怕孩子生下来身体不好。其他三个名字也很好，却比不上最后一个。

"我喜欢这个。"她回头咬着嘴唇看他，把他心情不好的事忘到九霄云外了。

他抚摸着她圆润的肩头，把"额尔赫"念了几遍，看着她："喜欢这个？"

李薇点点头，不安道："我只要她平安就好。笨一点、长得不漂亮都没关系，平平安安地长大就行了。"

"……是吗？"他搂住她，手放在她的肚子上。

第二天一大早，四阿哥拿上从库房里特意找出来的牛角弓进了宫，在阿哥所等到中午才见着十四阿哥小跑着过来。

"四哥。"十四阿哥呼哧呼哧地一跳，蹦到四阿哥的怀里，然后一眼就看到放在旁边桌上的牛角弓。这弓显然是用过很长时间了，牛角被摩擦得温润生光，像玉一样。

四阿哥把弓递给他，道："这弓是三石的，你现在还没办法拉开它。四哥先把它送给你，期待着你能早日用它上阵杀敌。"

十四阿哥紧紧抓住弓，喜欢得不得了，高兴道："多谢四哥！"

四阿哥送了弓就赶紧出宫了，自从上次皇上罚他们闭门读书后，三个年长的阿哥都发觉可能皇上不想让他们常常进宫，所以现在没事很少进来。

目送着四阿哥的身影远去，等看不到人了，十四阿哥抱着弓进了里屋，把侍候的人都赶出去，然后狠狠地把弓扔到地上！再重重地踩上好几脚！

他气喘吁吁的，脸气得通红，眼中含泪。昨晚去见额娘时，看到额娘神色消沉，早上刚进上书房就听说了昨天的事。

四哥！都是四哥气的额娘！！

他不傻，额娘出身不好，从小兄弟之间有些口角就爱带出来，他也没少听闲话。可他从来不在额娘跟前提起。在外面，他也要努力做到最好，出身不好又怎么样？他是阿哥，他能给额娘争到脸面，让谁也不会再瞧不起她！

可四哥呢？他觉得额娘丢脸了？她生了你！她生了你啊！！

十四阿哥深吸好几口气，镇定下来后抹掉眼泪，把弓捡起来，用袍子边擦干净上面的脚印，然后叫来太监挂到他卧室的墙上，道："四哥给的，我要天天看着！"

天天看，我要记着把你比下去！

颁金节后，四阿哥难得地轻松起来，偶尔进宫一次，与太子读一读书，去看看十四。他听说最近十四在上书房和校场都很用功，不但背书解文都远胜同龄的十三，连九阿哥和十阿哥也不是他的对手。

校场上，谙达让他拉弓五十次，他就要拉一百次。画线移靶让他射二十弓的距离，他偏要射三十弓，还真射到靶子上了，把旁边的九阿哥气得鼻子都歪了。

四阿哥倒是觉得与有荣焉。这是他的弟弟，比年长他几岁的九阿哥都强。四阿哥特地去看望了十四，看到送他的牛角弓就挂在他的寝室里。十四认真地说："我要努力早日用上四哥送我的弓！"

他也去永和宫请过安了。德妃看起来像是完全不在意那天的事了，待他还是跟以前一样——热三分，冷七分。

可这也让四阿哥松了口气，因为德妃特意提了他给十四阿哥的弓，道："你弟弟之前跟我提过，我没有应他，难得你给他找了一副，把他乐得跟什么似的。"

四阿哥当时就高兴了，道："额娘哪里话？他是我亲弟弟，我现在开了府，他想要什么，只要我能找到，肯定都给他弄来。"

德妃淡淡说："不能这么惯着他。你小时候从不乱要东西，想要都是自己努力读书、拉弓，让皇上赏你。小十四也该跟你学一学。"

四阿哥劝道："他还小呢，何况还有我这个哥哥在。不然要我干什么？"

要你干什么？德妃想说点什么，最后又把话吞回去了。

四阿哥心里的一块大石放下了，就有心情整些别的了。之前佟家大阿哥说要找人一起去打猎，特地请了他和五阿哥。四阿哥想着这是个机会，当时就满口答应，回来后就想要准备些什么。

然后，花园尽头的一个只有两间房的地方突然起了一道围墙，过了几天，里面就传来了狗叫声。李薇捧着肚子去花园散步时听到那小奶狗嫩生生的叫声时，双眼发亮地带头顺着声音找过去。

站在小院外，赵全保拦下她道："格格，前面腌臜，奴才去瞧瞧。"

李薇兴奋地说："里面好像有狗，你去问问能不能让我进去看看！"

她在李家养过鸟和鱼，甚至还骑过家里阿玛的马，就是没养过狗和猫。因为怕小狗小猫会咬人抓人，给她身上留下伤痕，任她怎么求都没用。

进宫后就不必提了。

现在没想到居然在府里听到小狗叫！绝对要摸一摸啊！

赵全保走过去很轻易地敲开门，跟里面的人说了说，就有一个人小心翼翼抱了两只狗出来，跟着赵全保过来。

赵全保道："格格，这狗是四爷养着打猎的，大狗有凶性，不敢让格格看，这小狗是里面的母狗刚生下来的，格格摸一摸吧。"

这两只小狗看起来都像刚满月的样子，一身的奶膘啊。它们全都不怕生，头转来转去，黑杏仁一样的眼睛机灵极了。它们一只纯黄，一只纯黑，前吻长，耳朵小，看着像土狗大黄。

李薇挨个抱抱，要不是她的肚子大，她都想跟小狗们多玩一会儿。赵全保和玉瓶两人一起盯着，见她抱过了就催着她走。

回去的路上，李薇依依不舍地老回头看，不停地说那狗多可爱。玉瓶和赵全保担忧地对视一眼，开始劝她。

　　玉瓶说的还是在李家时额娘说的那一套，小狗牙尖嘴利，万一不小心咬到格格留下伤疤怎么办啊？

　　李薇没办法像玉瓶说的那么"敬业"。手上就算真被小狗咬了个小洞，难道四阿哥就会不喜欢她了吗？再说家养狗不会咬家里人的，除非是主人没把狗教好。

　　赵全保则是说这狗是四阿哥用来打猎的，每条小狗都有用。今天见到是碰巧，天天来见肯定不合适。

　　可李薇每天都要去花园散步，听到小狗的叫声总是忍不住往那边走。狗园的人也想奉承，见她喜欢竟让大狗带着小狗出来散步。

　　李薇算是见到了四阿哥的"猎犬"。就是这狗不像她想象中的狼犬，而是细腰长腿的。

　　"这是什么狗啊？"她好奇地问，想凑近看。走近更发现这狗很高，脖子上拴着皮套子，皮绳紧紧地拉在狗奴的手上。

　　赵全保紧张地挡在前面，脸都吓白了还不忘回答她："这是山东细犬，宫里皇上打猎都用这种狗，跑得快，找兔子抓狐狸都能干，叫声还很亮，传得远。"

　　李薇尽量凑得近些，伸手想去摸它的头。狗狗头一甩避开她的手，狗奴就发出低沉的呜呜声，它就不动了。

　　李薇把手伸过去让它闻，赵全保拼命给狗奴使眼色让他把狗拉走。这时背后突然传来四阿哥的声音："趴下！"

　　本来那狗都凑过来准备舔舔她的手了，舌头都伸出来了，一听这声立刻乖乖趴下了。

　　李薇哀怨地回头，不甘地叫了声："爷。"你今天怎么这么早就来临幸后宫了？想着还仰头看了看天，估计时间也就才下午四点。

　　四阿哥早几天就听苏培盛说了，李格格发现狗园了，抱小狗了，天天去。

　　他走过来吹了个口哨，狗奴早跪在地上了，那狗听见口哨立刻站起来，摇着尾巴小跑到四阿哥跟前坐下，别提多乖了！

　　四阿哥伸手给它舔，摸摸头奖励它。李薇趁机从头摸到尾，一遍遍摸，还感叹："好肥啊！毛好有光泽！"

　　四阿哥见她两眼放光的样子，都快弯腰把这狗搂怀里了，幸好她还记得自己有个大肚子，后面扶着她的玉瓶也紧张得不得了。

"喜欢？"难得看到喜欢这种大狗的女子。

李薇点头。喜欢！

四阿哥笑了，扶她起来，道："回头爷给你找一只小点的，让你养。"狗奴赶紧把狗喊了回去，倒退着拉着狗回了狗园。

李薇却对这个从来没见过的山东细犬有很大兴趣！她拉着四阿哥的手回到小院，一进屋就求道："不用，爷让我养这只狗吧！它看起来好灵巧啊！"腰细腿长，走动的时候简直像小鹿一样轻盈！

四阿哥摇头，很认真地说："这狗的天性就是打猎，把它圈在小院里太可怜了。你最多能天天带它去花园转一圈，狗也会伤心的。爷给你找条狮子狗，喜欢什么毛色的？"

看来是没法商量了。狮子狗也很好，是狗都可爱。

李薇想起将要拥有一条狗，兴奋劲就更足了，双手拉住四阿哥的手道："什么毛色都行！爷，你什么时候能抱来？"

四阿哥笑了："明天。明天爷就给你抱来。"

晚上两人就在商量狗来了住哪里，用什么碗吃饭，水碗放哪里，要不要准备个狗屋。李薇坚持狗应该跟主人住一起，晚上可以睡在堂屋，反正那里平常根本不用。

四阿哥说不行，毕竟是畜生，而且狗认窝，一开始窝的位置变来变去它们会糊涂的，会固执地认为第一个睡觉的地方是窝，不好纠正。最后决定放在西厢。

还有狗屋，这个李薇可是有研究的，她很权威地说："狗是狼变的，狼是穴居动物，所以应该给它准备一个黑洞洞可以钻进去的狗屋。"还提起笔画了个她印象中最豪华的尖顶狗屋。

这个四阿哥倒是没注意过，宫里养狗不会特别准备狗屋，都是在笼子里，由养狗太监照看。

他拿起李薇画的狗屋，提笔添上了屋檐，鲤鱼鳞般的屋瓦，屋檐下还添了两笔横梁，还有两级台阶。

"……这是木头的。"李薇解释道，四阿哥不会以为这真是"狗屋"吧？它就是木头的，屋顶铺瓦是什么意思？为什么还有台阶？这狗屋要建多大？

她扯扯四阿哥的袖子，用手在身前一比，道："爷，这狗屋就这么高。"

四阿哥意犹未尽地放下笔，喊苏培盛拿颜料过来，道："那也不能就光秃秃一个屋子啊。"

然后他细致地给屋子上了色。屋顶是红瓦，李薇涂黑代表狗洞的地方，两侧画了两根红柱子，屋檐上是麒麟镇兽，就是狮子狗的样子。

最后李薇也跟着添了一笔，在屋顶那里标一个箭头，写上一行小字："屋顶可整个取下，以便清洁狗屋。"

四阿哥看着她的字直摇头。

李薇看看自己写的，是比他的差很多，不能比，可也算端正。

画完这张，四阿哥不满意，另取一张纸重新画了一张，狗屋被画得更威武了，简直像个衙门，门也画出来了，上面还有门神，也是神兽麒麟。两级台阶下画了两个石狮子，四阿哥解释这是用来拴狗的。

终于画好了，四阿哥嘱咐苏培盛收起来尽快找人做好，交代狗屋是封底的，为了避免进水，所以是双层底，中间有空隔，免得潮气太重。狗屋里的底层要打磨光滑上漆，免得毛刺扎了狗的足底肉垫。

这狗屋一做就是半个月。四阿哥说狗屋不做好，小狗抱来没屋子睡觉，于是延后抱狗。趁这段时间，李薇就带着玉瓶等人给狗狗缝了好几个垫子。

做宠物垫子，李薇是行家，外沿必须高三寸，卧的地方要缝几条线形成个坑，免得狗狗卧在垫子上往下滑卧不住。可她做好后，四阿哥总是先夸，然后交代人重新做。

李薇总结，四阿哥的意思大概就是她的理念是新的，就是技术差劲，他看不上。

狗狗终于抱来了，刚满三个月，两只手就能抱住。棕黑色的毛，黑色的杏核眼。鼻子和嘴也没那么扁，而是向前突出，乍一看真的很像袖珍狮子。嘴一张开，一嘴的小奶牙，可嘴很宽，咬起人来应该也很有力。

综上，这是一条很漂亮的狗。

跟着这条狗来的还有一个养狗太监，今年才十一，叫小喜子。

四阿哥道："免得像上次一样，连花都不会养，更不敢让你养狗了。"

李薇骄傲地说："狗不一样！我养狗肯定不会出事。"她抱住怀里安静的小狗狗，想着给它起个什么名。

四阿哥道："想养狗想很久了？"

"嗯。"想起这个，李薇就要叹气，"在家不能养。额娘担心狗会咬我，留下疤就不好了。"那就不能选秀了。

四阿哥心道：就是这样。一见狗就走不动路，狗住的屋子、睡的垫子，样样都想得周到。

"狗叫什么名呢？"李薇问四阿哥。

他道："你想起个什么名？"

"叫狮子吧。"

四阿哥刚想点头，想这名字还是很威风的，再一想不对，狮子狗叫狮子？

"叫百福吧。"他道。

好土……但李薇还是赶紧"百福百福"地喊起来。

晚上，百福睡在了它的狗屋里。因为狗屋做得实在太大，被摆在了院子里。李薇看到那个狗屋觉得那是给大狗准备的。

当天晚上，两人在帐子里聊的就全是狗了。

李薇挺好奇，四阿哥怎么突然想起养狗了？四阿哥想了想，觉得告诉她也没关系，就说："再过几天就可以去打猎了。本来出宫前我就想养几只的，刚建府，事情太多，没顾得上。"

"爷，你要去打猎吗？"李薇眼睛又发亮了。她已经快被关成呆子了，天天除了吃就是睡，跟某种产肉的动物很有共同语言。以前在李家还可以去邻居家亲戚家串串门，还能上街转转呢。进宫后真是在这一亩三分地转啊。

建府后地方是大了点，但还是每天见不到一个外人，玉瓶跟她说的都是："格格今天吃什么啊？""格格，膳房说有新鲜的柿子。""格格，今天穿这身衣服好不好？"要跟她聊会儿天吧，一会儿就转到福晋、宋氏、武氏的身上了。

不想提四阿哥的后宫，玉瓶又不敢跟她说四阿哥的八卦，当然玉瓶也不敢。

总之，她开始觉得自己的时间停止了，每天都在循环重复。能去外面看看，接触一下别人，她大概就能活过来了。

四阿哥也不说话，就示意她看自己的肚子。她看着肚子也消音了。四阿哥看她沮丧的样子，道："等孩子生下来了，再带你出去。"

四阿哥有求必应。

以前她感到四阿哥对她的真爱都是感动，今天却在感动中升起一丝恐惧来。

她小心地扶着肚子一挪一挪地凑过去，还是四阿哥看她这样太艰难，主动往她这边靠。她怀孕后，两人就算睡一张床，中间也要隔上三寸。

两人终于抱在一起——四阿哥半侧身搂着她，她还是平躺，抱着他的一条胳膊。一片静谧之中，李薇轻轻地说："爷，要是能一直跟爷这么好就好了。"

这种要求倒是……直白过头了。

女子要求男人宠爱，一般都是表白自己的心境，只争朝夕，不求长生。可怜可爱才会让男人怜惜，许下诺言。

所以四阿哥一时没反应过来要怎么回答，是训斥，还是沉默回绝让她自己知错？他想起汝南王司马义有一爱妾姓孙，她就曾作诗表白：

碧玉小家女，不敢攀贵德。感郎千金意，惭无倾城色。

多么惹人怜爱的女子。四阿哥想，如果他是这汝南王，也会怜爱这样的女子的。

这样一比，李氏的文采实在是上不得台面。这份直白也让人……为难……

他叹了口气，把她的头按到怀里，不看她的眼睛。想说两句教训的话，结果出口的却是："会的，爷会一直待你这般好的。"

有了百福以后，李薇再也不喊无聊了。

虽然百福只有三个月大，但好像天生就什么都会。它不用人一遍遍地教去哪里上厕所，每次都很聪明地跳到小喜子给它准备好的小桶上，桶上放着两块木板，它就分开四蹄站稳，然后尿在桶里。

而且，虽然是小喜子照顾它的生活起居，屋里还有很多其他的人，可它就是只认李薇和四阿哥。除了他们两人的命令外，不听其他人的话。玉瓶喊它过来，它从来不管。而只要李薇一看它，还没叫它的名字，它就颠颠地跑过来了。

太聪明了！

而且，它从来不大声叫。每次都是小声小声地叫，声音嫩得让人的心都要融化了。

李薇都快爱死它了，早上一睁眼就喊百福，坐在院子里晒太阳时，百福就在她面前滚绣球玩。去花园散步时也是跟在李薇周围，明明没有教过它跟随，它自己就会了。短粗的小腿跑起来快得像一道闪电，身上的毛让它看起来就像个会滚的毛球。

四阿哥也常来看它，有时忙得过不来就喊苏培盛把百福抱过去玩。两人难得为了条狗还商量了下分配时间。早上，李薇没起床时，百福可以去书房陪四阿哥。中午，她睡午觉时，小喜子会把百福抱去书房。晚上两人一起逗它。

三个月的小狗已经开始换牙了，这个牙要一直换到一岁。李薇把以前收集起来没用的碎布全都剪成长条，然后编成布辫子给百福磨牙。比起她这种废物利用的平民款，四阿哥很大手地让膳房把羊蹄、牛蹄、猪骨关节等洗净、煮熟、风干，然后拿给百福咬着玩。

比起布辫子，显然是羊蹄更让百福喜欢。

李薇只好看着自己编的十几条布辫子被百福冷落，看着四阿哥准备的各种蹄骨关节被百福天天咬着四处跑，心都要碎了。

不过百福还是很给主人面子的，她拿着布辫子逗它时，人家还是愿意捧场过来陪她玩一会儿的。

百福，还是你最好！

有了百福，李薇腰不酸了，腿不疼了，连每天长大的肚子都不觉得沉了，陪百福在花园里玩你扔我捡的游戏能玩一下午。柳嬷嬷一直发愁李格格这个好胃口，怕孩子沉了不好生，可她又不敢像饿宋格格一样饿李格格。

现在见李薇肯每天多出去站一会儿真是松了口气，她让人带上椅子、垫子等物，让李薇在花园中玩累了还可以坐下歇歇接着玩。

因为百福，侍候它的小喜子也成了小院的新红人。李薇见他人小，看着也瘦弱，最可怜的是这么小的孩子一见人就会堆出满脸的笑，这么会看眼色一定以前没少吃苦。所以她提醒玉瓶多照顾他，吃的喝的，平常也别觉得他是侍候狗的就低人一等。

玉瓶也怕赵全保心里不舒服，特意去看他，顺便也是提醒他，虽说小喜子是侍候狗的，可那也是四阿哥亲自送来的人。

赵全保心知肚明，这小喜子恐怕就是送来敲打他的。哪敢有不满？连忙向玉瓶表示会好好教小喜子。他心里也害怕起来，以后格格生了孩子，身份地位水涨船高，侍候的人只会越来越多，若他不能保住自己的位置，日后不知道会落到个什么下场。为了这个，他也要努力成为格格的心腹！

小喜子姓陈，原名是陈溪，李薇听名字就猜是不是他家门前有小溪，后来听他说是他娘怀他的时候老想吃鱼，他爹就总去村头的小溪里捕鱼，等他生下来就起名叫陈溪了。

至于他父母双全又怎么会小小年纪就沦落到宫里来当太监，提起来肯定也是悲惨得很。

小喜子进宫后辗转了两个地方都没混到主子跟前，在猫狗房当差时就很勤勉，知道孝敬上面的大太监，认了多多认爷爷，嘴巴甜，人也会来事。大太监不免有些疼爱他。四阿哥来看狗，挑来挑去看中了百福，又想找个年纪小的一起跟过去侍候。大太监就把他推出去了。

临走前一晚，小喜子侍候大太监泡了脚，捏肩捶背，最后哭着给大太监磕了七八个头。

"爷爷，我出去也不会忘了爷爷。爷爷什么时候想出来了，小喜子去接爷爷，给爷爷养老送终。"

大太监道："我在宫里舒服着呢，侍候这群猫奶奶狗爷爷不知道多自在，它们又不会骂人打板子，吃的喝的少了什么也不会嚷嚷……小喜子，你是交了好运啊。出去好好侍候，别使坏心眼。主子肯用你，你就拿出百倍的心去报答主子，你这奴才当得才有出路。记着爷爷的话，这道理你爷爷琢磨一辈子了，就是……轮不上你爷爷啊……"

说着，大太监浊泪满腮。他一辈子都在这些畜生中间，久了快以为自己也是个畜生了，给点吃的喝的就乐。年轻时贪这里轻省，没是非。年纪大了悟了，不甘了，又晚了。没有主子想用老奴才，他这辈子也就这样了。

小喜子进了四阿哥府，只在前院书房让张德胜教训了几句，无非用心当差，好好侍候狗，别乱使小心眼，李主子心软慈善好侍候，等等。然后小喜子就抱着百福被领进了小院。

小院里的日子过得比他想象的好得多。李格格确实好侍候，一见面问了名字和年龄就说太瘦了，让玉瓶姐姐每顿多给他些肉吃，还拿了银子赏他，给他做新棉袍。玉瓶等几个姐姐大概都是听格格的，对他都很照顾。

最让他担心的反而是他喊哥哥的赵全保。同为太监，他很清楚赵全保肯定不乐意再多一个他来分格格的宠。可既然已经来了，他就必须在格格这里扎下根。所以来的第一天晚上，他就给赵全保打了洗脚水，给他洗脚捏肩，还跪下发誓，他的月钱都给赵全保。

赵全保皱眉道："咱们小院里不弄这些。让格格知道了可不好。"

小喜子一听就明白了，连忙道："哥哥说客气话呢，弟弟以后还有好多事要求着哥哥呢。"回头就拿李薇赏的银子买了个琉璃鼻烟壶送给赵全保，里面装满上好的鼻烟，见他收了才算松了口气。

第八章

鸡蛋糕

秋意渐浓。李薇的肚子有七个月的时候，柳嬷嬷就往上报给大嬷嬷，领着人开始布置产房。因为算着生产的日子大概是在过年前后，可进了七月就危险了，产房那里就提前每天上午烧了炕烘屋子，被褥帐幔也是日日滚煮暴晒，避免有潮湿气回头再让产妇进去了生湿疹。

大嬷嬷开了库房拿人参交给柳嬷嬷，若是胎气发动了就立刻切片拿去煮人参汤。内务府那里也报了挑选奶口的事，人选送来还要再让四阿哥和福晋过目。

李薇被影响得也紧张起来，为了缓解压力就逗百福玩。百福现在长大了些，正在长骨头架子，看着不但瘦了，还因为换毛显得不好看了。它还心情不好地在狗屋里躲了两天。

李薇就给它缝了件狗衣服，很简单的小披风式，脖子和肚子那里绳子一系就行了，百福穿着一跑就滑到肚子下面去了，逗得李薇捧着肚子小心翼翼地笑，笑笑停停，停一会儿再接着笑。她现在生怕笑一下孩子就直接出来了。

四阿哥最近去福晋那里多些，偶尔中午过来看看李氏。主要是她大着个肚子，让四阿哥觉得很陌生。这几天他发现李氏偶尔会看着产房面露恐惧，为了安慰她，他当晚就在这里留下了。

结果晚上他发现李氏偷哭。

李氏偷哭不是小声呜咽，而是根本没有声音地默默流泪。因为她的肚子越来越大，现在都是侧躺。她歪在里面，面朝墙壁，看起来好像睡得很香，但四阿哥在宫里也没少装睡，发现她连呼吸声都消失了，还能不知道她是装的？

悄悄探身一看，就见李氏瞪大眼睛，慢慢放缓呼吸，怕他发现，连哽咽抽气都被她用放缓呼吸的方式化解了。然后眼泪不停地往下流，枕头都湿了半边。

四阿哥看她这样哭，先是心惊，不知道她哭了有多长时间了，以前哭估计也没被侍候的丫头发现。然后就是生气，月份这么大了还敢伤心成这样，太伤身了！

他轻轻抚摸她的背，慢慢摸到肩膀，把她扳过来，帐子里只看到李氏满脸都是发亮的泪痕。

四阿哥放柔声音："怎么了？肚子饿了？"他挑了个很差的时机说笑话，本意是想逗逗她。有时人很悲伤，有点笑意就能把伤感打散了。

可李氏今天没捧场，她非常认真地说了段话："四爷，我要是死了，你让人埋我的时候能不能把我的坟头冲着东边？"那是她家的方向。

四阿哥让李氏这话说得有一瞬间心像掉进了井里，"胡说八道！"他高声骂道。

外面站着守夜的玉瓶和张德胜都吓了一大跳，张德胜看看门，对玉瓶做出一个敲门的手势，被她摇头拦下。

再等等。玉瓶做口形。

帐子里，四阿哥沉住气，严肃地看着李薇。"这种话不许乱说！天上的神佛都看着呢！"骂完后，他搂着她，抓住她的手一起放在肚子上，"你舍得孩子？"

李薇此时觉得自己很没心没肺……孩子没生下来没实感啊……她现在真不觉得为了肚子里的孩子冒生命危险无怨无悔。她现在就想对四阿哥说她不想生了。

幸好理智始终没有放弃她，让她到现在都记得四阿哥不是能完全包容她的人，不是她说什么都不生气的。

四阿哥见李氏没什么反应，没忍住在她耳边小声道："你舍得我？"

舍得。

李薇觉得自己辜负了四阿哥的真爱，自我批判加害怕加纠结的心情太复杂，她一头扎进四阿哥的怀里："嘤嘤嘤……对不起……"

四阿哥听到李氏埋首在他怀里喃喃说对不起，心软之下，也不再责备她了，抱着她轻轻拍抚道："你是年纪小，不懂事才害怕成这样。女人都要过这一关的，日后爷跟你的孩子们长大了，你就该觉得现在的害怕很可笑了。"

四阿哥此时也想到李氏年纪太小，很不懂事，怕她天天胡思乱想，就又变成天天来看她，晚上也歇在她这里。发现她偷哭就扳过来劝哄，还拿宋氏来鼓励她："像你宋姐姐就生得很顺利。"

可他发现他这么劝后，李氏总是悄悄瞪他。又吃醋。四阿哥没办法，开始拿福晋那里的小格格当例子，他也是三五天见一次小格格，就跟李氏说小格格多可爱，小手小脚小鼻子小嘴，会看人会吐泡泡，最近正在学说话。

见说起小格格她听得很认真，四阿哥就整天说小格格这好那好。

为了引开她的注意力，刚好内务府把奶娘选好了，福晋看过名单后送来给他看，他就拿去给李氏看。选奶口首先是家世是否清白，生过几个孩子，活了几个，孩子现在养得都好不好，再看八字属相有没有相冲的地方，人是不是面目清秀等。

谁知他拿给李氏后，李氏瞄了一眼人选名单就看他，闪着眼睛就是有话要说。

四阿哥放下名单："怎么了？"

"……我想自己喂。"李氏低头拉着他的手指说。

"胡闹！"四阿哥皱眉道，"你是主子，怎么能自己喂！"

想起宋氏，他马上添了句："宋氏的小格格是体弱！"然后就瞪着她，看她敢不敢咒自己孩子一落地也体弱。

李薇当然不会，可最近大概是怀孩子怀得脑袋变笨了，她说："孩子喝我的奶才跟我亲呢！"

跟四阿哥怒瞪的双眼一对，她又赶紧低下头："……我要喂嘛，让我喂。"

四阿哥看着被她两只手抓住的自己的手，她的小爪子紧张地抓住他，跟他的手指纠来缠去，都快打成结了。

这么害怕还嘴硬！

四阿哥长出一口气，这个李氏！大毛病从来没有，小问题层出不穷！

他坐下搂住她，看着那个已经大得有些吓人的肚子，道："奶娘还是要选。"

然后看着李氏想反驳的样子，他竖起手指放在她的嘴上，说："晚上你没办法喂，白天你喂，晚上让奶娘喂。"

于是，李氏就春暖花开地笑了，整个人都放松了。

四阿哥看着她，不由自主地也跟着笑了，道："这回如意了吧？"

她就笑盈盈地歪到他怀里。

他搂着这么个大宝贝，窗外秋风萧瑟，他却觉得屋里春意融融。

一个月后，李氏生了个小格格。

李薇生孩子很不会挑日子。

正好是新年大宴的那段时间，就跟去年一样，四阿哥和福晋每天都要去宫里领宴。去年是大嬷嬷和李薇（挂名）管事，今年出宫建府了，内外院都有明确的章程，所以是宋格格总领（挂名），内院四位嬷嬷和外院苏培盛管事。

为了早起方便，四阿哥已经搬回前院书房了。

李薇没了人管，肚子又确实大得让她无法忽视，干脆……船到桥头自然直，不管了。反正又不能真的不生。

她除了每天让柳嬷嬷摸摸肚子确定胎位，就是逗逗百福，看它滚绣球。上次她给百福缝的那件狗衣让四阿哥看见后，重新让绣娘们做了几套，小喜子天天给百福换一件。最近过年，穿的就都是红的。

穿红衣的百福滚着红绸绿线的绣球，眼一花都会分不清哪个是绣球哪个是狗。

这天早上，四阿哥和福晋都走了。李薇刚醒来就在床上摸着肚子沉吟半天，对玉瓶说了句让她当场摔了手上东西的话：

"好像开始疼了。"

玉瓶腿都让她吓软了，眼瞪得像铜铃那么大。这时也不敢喊，颤着声对也傻在屋里的玉烟说："快，快去喊柳嬷嬷，让接生嬷嬷快来。"

柳嬷嬷起得早，最近府里两位主子都不在，她侍候的这位又是个靠不住的，所以睡觉都是竖着耳朵，生怕那边屋里喊人听不见。一听到玉烟急匆匆的脚步声，柳嬷嬷就一个箭步冲出来，两人刚好撞个对脸。

"是不是主子有事？"柳嬷嬷边问边快步往主屋走。

玉烟脸都吓白了，昨天晚上是她守夜啊！她抖着道："嬷嬷，格格说肚子疼。"话音刚落，柳嬷嬷已经小跑着冲进主屋了。

屋里，李薇倒抽着冷气哼哼："又疼了……又开始疼了……"

柳嬷嬷摸了摸肚子，脱了她的裤子看，怎么算这时间都不太对，她道："格格，你是什么时候开始疼的？"

"不知道啊，我睡着了。"李薇还在抽冷气，真是一呼吸就疼啊。

能在阵痛中睡过去，这位主子简直了！

柳嬷嬷都无话可说了，让人赶紧去烧产房的炕。幸好这产房是每天都要烧次炕烘烘的，不然寒气一时半刻可散不了。就算现在烧上了，也要停半个时辰才能进去。

小院里乱糟糟的，玉水正和张德胜把产房的炕烧上。这边李薇刚醒就喊疼，赵全保就跑去找张德胜了。怎么说也是前院膳房比较近，要个热水熬个参汤更方便。张德胜一听就带着人来了，经过宋格格那件事，他们都知道产房不能烧炕也不能点火盆，要在李格格进去前把屋子给烘暖和喽。不然她在里面生七八个时辰再冻出个好歹可怎么办？

产房的炕很快烧热了，新的铺盖被褥帐子也换上了，接生嬷嬷和大嬷嬷一起来的，看到产房烘得差不多了，就让把炕熄了，免得人进去再一使劲哭叫热过头。火盆也要拿出去，开窗散散炭气后，柳嬷嬷和玉瓶架着李薇出来进产房。

进去躺下，脱了裤子，腿上搭条夹被，嘴里被塞了块软木，全副武装后，李薇觉得自己基本已经不像人了，柳嬷嬷还坐在旁边说："格格，你要开始攒着劲了，一会儿疼起来别大声叫，运着气啊。"

前院，留下看家的苏培盛上了马往宫里奔去。幸好他有腰牌，以往跟着四阿哥进来也"刷"了不少存在感，进去并没人为难。就是进去才知道四阿哥此时正在大殿上！

苏培盛驴拉磨似的在外面转了两个时辰！终于看到四阿哥了，他不动声色地挤到四阿哥的席位前，把原来跟着侍候的人给替了。

四阿哥看到他目露询问，他提着壶过去倒了杯酒，附在四阿哥耳边小声说："李主子要生了。"

听到这个，四阿哥手中的酒杯倒是没晃，就是有半刻忘了喝。等他缓过神来，对苏培盛道："回去盯着。"

苏培盛应下，又问："要不要去永和宫……"通知福晋？

四阿哥仔细想了想，认为府里有大嬷嬷她们，福晋回去也不顶什么用，何况过年这么关键的时候，让福晋为个格格生孩子就回去太显眼，对李氏也不好。

再说，一件事最忌讳有两个主管。没福晋，大嬷嬷一个人都能做主。有福晋，大嬷嬷还要事事都报给福晋，福晋再仔细参详，再商量，再回给大嬷嬷，这一来一回就容易误事，互相推诿。

他摇头道："不必，宫里的事要紧。就说爷全托给大嬷嬷了。"

苏培盛替大嬷嬷叫苦，扭头回府了。

剩下的宴会，四阿哥一直在走神，端着杯子跟人敬酒闲话时心中却在算李氏这是怀了几个月？算了几次都是不到九个月，八个半月。然后就是生气，宋氏都知道挺过新年大宴等人都在家了再生，她怎么就专挑这不方便的时候！

这种日子也不好叫太医。

越想越急越慌，太医没办法叫，城里的医馆里是有大夫的。苏培盛应该不至于连这个都想不到吧？

他想着刚才忘了交代一声，又想现在叫人回去传信也来得及。

找了个空，他对在身边侍候的张保道："回去告诉苏培盛，别叫太医，去城内喊大夫。"

张保小声应了。看他走了，四阿哥算是放了一半的心。

张保年纪虽小，但也是从宫里跟着侍候过来的。他从内务府出来侍候的第一个主子就是四阿哥，算是嫡系中的嫡系。别看苏培盛挺信任他的徒弟张德胜，可在四阿哥眼里，张德胜只是给苏培盛打杂的，压根不算数。

所以，张保就没直接回四阿哥府。他出了宫就直奔前门大街，挑最繁华的路段最大的医馆药局，进去问清哪个是专治小儿妇科的，提上药箱就走。

等他两人一马带着大夫回府，从大门直奔后院时，苏培盛也在发愁请太医的事，正跟大嬷嬷商量着。大嬷嬷道："现在格格的情形好着呢，再说现在正是过年的喜庆时候，太医那边不是那么好叫的。"

苏培盛论年纪还是不如大嬷嬷，他跟四阿哥是一辈的人，这时已经有些把不住了，愁道："总要备一个。"

大嬷嬷沉吟道："……太医就算了，倒是街上的大夫可以叫两个好的过来先用着。"

"街上的……能行？"苏培盛有些信不过外面的大夫。主要是四阿哥看重李格格，再加上她肚子里的孩子，苏培盛不敢不慎重。

正说着，张保满身大汗地带着大夫进来了，站定后气都没喘匀就道："这是阿哥让我送回来的，阿哥说现在过年不让叫太医，就用外面的大夫。"话说完，他还要赶紧回去，抹把汗，茶都没喝就走了。

有了这句话，苏培盛也没二话，赶紧再叫人去外面多请几个，保险。大嬷嬷让人领着这个大夫去问清家世、来历、姓名等，再换身衣服进去切脉。

四阿哥见到张保回来，得知大夫他是直接请了送回府的，赞赏地点了下头，又听说李氏现在还好，心也定了，想着说不定等他回去的时候还没生下来呢。

谁知，四阿哥和福晋踏着暮色刚进府，那边报了喜信，母女均安。

庄嬷嬷和柳嬷嬷一起进正院给四阿哥和福晋报喜。

"二格格五斤一两，眉毛眼睛都清秀得很呢！李格格也好，生完还很有精神。现在那边正收拾着。"庄嬷嬷道。

柳嬷嬷就更诙谐些，她也是从宫里跟过来的，不比庄嬷嬷是开府后才分来，见四阿哥时还有些放不开。她就笑道："李格格生得顺当极了，参汤、大夫都没用上呢。"

四阿哥听着就笑了，福晋也笑道："李氏是个有福的。你们好好照看李格格和二格格。"

等两人退下，四阿哥就站起来道："我去书房，你也不必急着去看李氏，明天叫你的嬷嬷去一趟就行。"

福晋道："爷放心，我都理会的。"

四阿哥去了书房，先是装模作样地逗了会儿百福。那边一热闹起来，苏培盛就让小喜子带着狗先到这边来，省得碍事。

百福把绣球叼过来往他手上放，五回里有三四回他都走神没注意。

估摸着时间差不多了，那边该收拾好了，就直奔小院去。

小院里，李薇正在一边让人喂着她，一边抱着孩子喂奶。怀孩子时她补得胖了三圈，个头也蹿了有三寸多，可好像没补着孩子，全补她身上了，孩子生下来并不算胖。

她的奶开得好，两天前就开始淌乳汁，今天刚生完，她饿得觉得自己都快成纸片了，奶也喷出来了。

"祖宗！"李薇抱着小宝宝喂她，生完后她居然一点心事都没有了！像是甩掉了五十斤肉，整个人都轻松了。

玉瓶正一勺勺地喂她红糖水泡鸡蛋糕，这糕也是她要吃的，刚生完她就喊："快饿死我了，用红糖水泡鸡蛋糕，这个快！"

一口气吃了七八块拳头那么大的鸡蛋糕，终于缓着这股饿劲了，孩子也喝饱奶抱下去了。四阿哥此时刚好进来，正撞上奶娘抱小格格出去，他凑近看看这挤着眼睛、浑身红通通的小家伙，觉得这皮子嫩得他都不敢碰。

看了半天，四阿哥交代奶娘要小心照看，小格格出一点事，她全家都保不住！威胁完人家，他走到屏风前隔着屏风，道："辛苦你了。小格格很好。"

李薇看自己辛辛苦苦生了他的孩子，换来的就是他隔着屏风说话。这算什么？

一委屈，大概感情上还很充沛，脑子还没调到"清醒"这一挡的李薇嘴一扁，哭了。正侍候她的玉瓶惊讶地喊了声："格格？"

四阿哥一听话音不对，直接绕过屏风进来了。还以为是出了什么事，结果看她脸色红润，就是一脸委屈地掉金豆子。

最近真是越来越爱撒娇了。

四阿哥一面觉得是不是最近太宠她了，一面走过去坐在床边的凳子上。屋里已经熏过香，她也梳过头换过衣服，看着并不邋遢。只是远看觉得她面色红润，近看才看到一脸的憔悴和虚弱，脸上的红反倒显得很不自然，让人担忧。

他摸摸她的脸，觉得脸上有些烫过头了，试试额头也很烫，这下着急了，道："叫大夫进来。"

玉瓶赶紧道："大夫都让回去了。"

"胡闹！"四阿哥怒道，"去叫回来！这几天就住在府里！"

然后他训玉瓶："没发现你主子发烫了？还不快滚！"

玉瓶连滚带爬地扑出去喊赵全保，赶紧去追大夫！

李薇摸摸脸，是有些烫，但她觉得自己很轻松，所以应该是正常的，就道："没事。"

"躺下。"四阿哥扶着她说。

"等等，我要的馄饨还没吃呢！"吃过鸡蛋糕后，她特意点的！点明说虾仁要整个的！

还记着吃的，应该问题不大。

四阿哥摸着她的手，也很烫。伸到被子里摸床褥，才发现原来又烧起了炕，可能是怕生完再着凉。这才算松了口气。

"怎么这么早就生了？"四阿哥还是埋怨她这个。

李薇却很高兴，生完真的放下一块大石啊。

"没事，足月生孩子就更大了，现在她小呢，一下子就生出来了。"她双手在那里比画着大娃娃和小娃娃，表示太大生起来是多么辛苦。

四阿哥看她实在很乐，脸上一直挂着笑，精神却越来越懒，眼皮子都快粘一块了。可她还是死撑着等到馄饨上来，鸡汤下的，馄饨照她说的里面有整个的虾仁。此时的虾可贵重得很，北边已经没了，只有南边才有。这是新年前刚供上来分到四阿哥府的。

四阿哥知道她喜欢，特地发话全留下来精心养着，她要吃时就现做。

一碗虾肉馄饨下肚，李薇终于没心事地入睡了。等她睡了，四阿哥才去了隔壁看小格格。因为她要喂奶，小格格也没出屋，就在一道墙那头的小隔间里。

小格格包在褓褓里，四阿哥俯下身盯着她的小脸看个没完。小格格扭一扭，他就猜她是不是包得不舒服，他解开褓褓，本想仔细看看摸摸是不是哪里硌着她了，却看到了她的手指。她的十根手指，指甲长全的只有六个，剩下的四个指甲都只长了一半。

他的脸上顿时风云变色，跪在地上的奶娘瞄到他的神色，抖着声音小声道："格格这是生得早了，在娘胎里长足就不会这样。到满月就能长好了。"

四阿哥再轻手轻脚地原样给她包好，转身沉声道："小格格少一根头发，爷要你一家子的性命。"

回到书房，四阿哥叫来苏培盛，道："李氏生产前后的事，细查。"

宋氏瘦成一骨头也是九个多月的时候生的，李氏养得那么好，孩子生下来身体也不错，怎么就生得这么早？

苏培盛早在李薇这边一叫疼说要生，那边就把小院前后都给围了，最近两个月小院里进出的人员、物品清单也拿到手了。李薇在屋里生着，大嬷嬷和他就盯着单子从头到尾地查啊，人也挨个轮流盘问过了。

结论就是：没事。

可现在跟四阿哥这么说，大概只得一脚。

苏培盛就为难了，一边应着一边退出来，转头去找大嬷嬷商量。大嬷嬷一听，立刻推得叫一个干净，什么这都是阿哥爷交给你的差事，咱们怎么好插手？什么如今格格刚生完，事还多着呢，咱们这都忙不过来，就不指手画脚了。

拖到晚上，苏培盛只好拿"没有问题"这个答案去报给四阿哥了，果不其然被赏了一脚，苏培盛硬顶着让四阿哥踢实了，然后趴倒，磕头道："绝不敢欺瞒主子！奴才也提着心，李主子有了身孕，吃的用的，奴才和大嬷嬷天天盯着。这次也是李主子胎气一发动，奴才和大嬷嬷就把小院围了，连两个月前的进出都查遍了，真的……真的……"没问题啊。

四阿哥让他滚到外面去跪着，再叫大嬷嬷来问。

大嬷嬷自然是不同的，她的话才能让他听进去。大嬷嬷道："主子别嫌老奴倚老卖老，奴才在宫里看得多了。李格格得主子的宠爱，人人都盯着她。奴才身在后院，不说把两只眼睛都放在她身上，至少也有一只是盯着的。这次的事，估计真是个意外。可能是李格格运气好，要养到足月再生，孩子只怕还要再重两三斤，那时就更艰难了，哪有今天顺当？"

四阿哥听到耳里，疑心就消了一半。一月前太子那里也得了个小格格，没几天就没了。因身在宫里不好查问，太子也是难过了几天就强打精神准备过年。

当时四阿哥就想，若是在自己府里，必定不会让孩子出这样的事。连问一问，查一查都不行？关起门来，他就是唯一的主子。在自己的地盘还有什么不行的？

宋氏在宫里还能平安生产，李氏在宫外反倒无声无息地早产。想到这个，就让四阿哥怒发冲冠。

"我信嬷嬷。"四阿哥平静道，"既然嬷嬷说没事，那就是没事。"

大嬷嬷心里一沉，跪了下来。

四阿哥："既然能平安生下来，那就能平安长大。我把二格格交给嬷嬷了。"

大嬷嬷只觉头顶一座泰山压下来，整个人都快被这个噩耗打得没气了。我的阿哥爷啊！谁敢拍着胸脯打包票说一个小娃娃能平安长大？她又不是神仙。

可此时也只能一脸忠心地表示没问题交给我，退出来后就发愁了。只好一回去就喊来庄嬷嬷，两人亲自去小院，把里里外外，连廊下的花、笼中的鸟、缸里的鱼都查了个遍，确保万无一失。

查完，大嬷嬷道："以后每天都要来一次，要辛苦你了。"

庄嬷嬷点头："给主子办事，哪敢说辛苦？"出头的机会来了！庄嬷嬷激动得简直像喝了鸡血。她就盼着哪个不长眼的真害了李格格，那……嘿嘿嘿嘿……

看着庄嬷嬷一脸的踌躇满志，大嬷嬷放心了，多来几个这样的，李格格这里肯定固若金汤。

大夫们被留下来住了十天，此时小格格已经睁开眼睛，李薇也排干净恶露，天天鸡汤、鱼汤、猪蹄汤，补得越来越白嫩肥美，现在喂奶她都要托住乳房，怕太大闷住女儿的口鼻。

这天，柳嬷嬷给她按摩肚子时，李薇疼得龇牙咧嘴，喊得比生女儿那天还惨。

四阿哥刚好来看她，在小院外听到这声音时赶紧进来，见大嬷嬷就守在门外，才松了口气。叫到旁边屋里一问，大嬷嬷道："这也是柳嬷嬷的拿手活，让她这么按按，恢复得快些。我认识的嬷嬷里也就她会这一手，也不肯教给旁人。"

四阿哥放心了，再听这惨叫就觉得刺耳，李氏太不矜持，对侍候在一旁的玉水道："去让你主子喊小声点。"

玉水去说了，李薇一听四阿哥来了，委屈劲上来又想哭，可觉得自己最近这泪点也太低了，今天听说他让自己叫小点声就又难过了。这不行，总撒娇，四阿哥肯定会烦。她就憋着，一边抽抽一边喊，都是刚疼了忍不住叫了，叫一半想起来又刹住。

四阿哥在隔壁听得更别扭了，这叫一半憋住还不如全叫出来呢，好像他多委屈她似的。

他一过去，就看李薇疼得脸惨白，双手紧紧抓住帐幔，整个人都快贴到墙上了，玉瓶按住她的肩不让她躲，柳嬷嬷看着手慢，可按得毫不犹豫。

简直是酷刑现场。

再说一看到他，李氏的眼泪就下来了，嘴扁着扑簌簌掉泪。

四阿哥坐过去，搂着她，示意柳嬷嬷继续按。这个既然对她好就行，足足按了一刻才停下。柳嬷嬷从四阿哥进来后也是脸白了，额上出了一层汗，按完赶紧退下了。

人都走了，四阿哥把手放在她的肚皮上，她都吓得手一放上去，肚皮就抖，牙还打战。

"不揉，不揉。"四阿哥哄着，手在她肚子上轻轻地放着，"哭吧，想哭就哭吧。"

一哭就不痛吗？肚子一用力就不痛吗？不哭！于是她就咬住嘴，眼泪不停下滑。

四阿哥心道，李氏最大的天分就是撒娇，委屈时，不说话时，哪怕她低头不看人都像是在撒娇。

要不是指给了他，撂了牌子聘到一般人家也养不起她，这种性子只能让人收藏在屋里，天天惯着顺着。

想到此，四阿哥把她的头往怀里一按，因为他被逗笑了。感到李氏趴在他胸前还在掉泪，他扑哧一下没忍住笑出声了。怎么就这么娇呢？

李薇发现了！他好残忍！她这么痛他还笑！

她用力想推开他，可又痛又哭早没力气了，四阿哥抱住她，脸上还带着笑意，见她挂着满脸泪就替她抹了一把，很没良心地问："还哭不哭？"

李薇气壮人胆，很没底气地说了句："……哭。"

"那接着哭吧。"四阿哥配合地道，还从袖子里抽出块手帕塞她手里。

哭不下去了！

哭意一散，李薇都觉得自己刚才哭得很没道理。刚生完孩子，都是这么感情充沛吗？说哭就哭，说笑就笑？

她靠在四阿哥怀里还在抽抽。

四阿哥抚摸着她的肩想着心事，屋里安静了下来。

外面的玉瓶等人一直听着屋里的动静，此时才敢悄悄往里瞄一眼，见两人靠在一起，气氛很好，都放心了。

柳嬷嬷一直到现在才放心道："我的祖宗啊，可算是能回去歇歇了。"玉瓶好声好气地送到门口，柳嬷嬷道："没事，我也是侍候人侍候了一辈子的，什么没见过？主子们都是明理的，不会跟咱们这些小人计较。"

玉瓶还是塞给她了十两银子才送她出去。格格虽然受宠，可这些小人物都得罪不起啊。

第二天宫里得了消息，这个孩子出来的时机很巧，大过年地报上去，说四阿哥府添了个小格格，虽然没有赏，但德妃那里知道后夸了句"是个有福的孩子"，四阿哥再进宫就有兄弟敬酒说恭喜。

太子也特地在他敬酒时提了一句，道："孩子刚落地，不敢惊动，也不敢赏。皇阿玛和皇玛嬷都是很高兴的，我这个当哥哥的也替你高兴。好好养，等她大了我给她添妆！"

前段日子刚夭折了个格格的太子跟四阿哥喝了三杯才放他走，差点连名字都帮四阿哥取了。

四阿哥跑得很快，心想：你不是连孩子都想替我养吧？幸好没让你开口。

月子后的李薇最大的问题就是：减肥。

可显然除了她之外，柳嬷嬷、玉瓶，包括四阿哥都不认为她胖。柳嬷嬷说："格格这样才是贵人呢。"

玉瓶道："格格这样叫富态。"

她还小声说："您不用担心，您天生骨头架子就小。宫里的娘娘都是大骨头架子，您看宜妃，她才叫那什么呢。"

出宫了，胆儿肥了啊！李薇惊讶地看着敢编派宫妃的玉瓶，用眼神表示"我很佩服你"，然后道："我没见过宜妃啊。"事实上四妃她都没见过，连四阿哥的亲娘德妃都没见过。说起来也是在宫里住过两年的，真丢人啊。

玉瓶一噎，道："反正您不需要饿自己。柳嬷嬷不是说吗？再等两个月等肚子缩回去就好了。"

她只好去征求四阿哥的意见。

四阿哥听她说起才仔细打量她几眼，点头道："是比以前有肉了。"

这评价好像也不是贬义的。

对他当然不能太直白，要委婉。她就试探地说："那你喜欢吗？要不要我再瘦一点点？"说着把他的手拉到腰上……现在这都不叫腰，提起来就是满脸泪。

四阿哥的手放在她腰后痒痒肉上，突然迅速地抓了两把。

"啊！"她瞬间尖叫着，弓成了一只虾，躲开他的手。

被他抓回来，他说了句"喜欢……"还有其他什么的没听清，然后就被他放倒了。

经过这一夜，李薇重新建立了对身材的自信心。这不叫肥，这叫丰满。

转眼就到了早春。宋氏的大格格满周岁，李薇的二格格满月。真是喜事连连啊。

连福晋都觉得自己好运气，两个格格先她一步有孕，然而生下来的都是格格。这大概就是老天保佑了。去小佛堂上香供佛经时，她忍不住祈求，如果上苍有灵，让她能一举得男吧。

四阿哥也有类似的感觉。宋氏不必说，李氏却是他的心头好，这两人接连有孕又都生下格格……难道阿哥真要托生在福晋的肚子里？

出于这个想法，四阿哥开始常常去福晋的正院了。后院里开始流传起福晋专宠的话来。

其他人如何想不知道，李薇是真庆幸。短时间内，她可不想再怀孕生孩子了。就像柳嬷嬷说的，两个月后，她的肚子就差不多收回来了。可变大的屁股和胸没变回来。这身材太劲爆了。她决定最近几个月少出现，尽量躲着四阿哥，必要时可以吃羊肉。

幸好，不等她祭出羊肉，四阿哥就开始往福晋那里跑了。酸是要酸一下的，不酸就不正常了。但酸完还是庆幸占上风啊。顺便猜测，四阿哥是不是也愧疚了？两个格格都生过了，福晋还没怀上呢。

四阿哥和福晋好了，两人商量起事情来就方便了。在提到两个格格一个周岁一个满月后，四阿哥说放到一起请客好了，省得还要让客人们来两回，略费事。

这一天也很快过去了，因为李薇没机会去看现场，只是打扮好女儿送出去，一会儿再由四阿哥送回来。

从此两个格格排了年齿，称大格格和二格格。名字暂时先省了，照四阿哥的意思，大格格生下来就体弱，二格格是早产，都要延后取名，出嫁时再说吧。

四阿哥给二格格送的是个硕大无比的金锁，李薇掂了掂，足有八两。这当然不是让戴在身上的，而是挂在孩子的悠车上。四阿哥的意思是金子重，能替孩子压住命。

小孩子容易夭折是命轻，好像风一吹就能吹跑似的。李薇看着女儿也很担心，小孩子确实很容易那个。

就在李薇发愁时，四阿哥要去出差了。

去年黄河发大水，从河南到山东一路都遭了灾，皇上也是下旨抚赈，又是免税赋又是自己减膳，一众大臣也跟着做，众志成城，把这灾给熬过去了。现在总要去看看这灾区都怎么样了？官府把钱都花到哪里去了？用了几成修黄河？灾区的田都复耕了没有？流民回流几成？

这些，皇上都打算让四阿哥去看一看，保守估计他这一去至少是一年，两三年的也不是没有可能。

皇上和太子商量的时候，在三阿哥和四阿哥两个人选之间纠结。三阿哥年长，已经有了嫡子，可人比较好空谈，对文人的好感太重，怕派他去再让人哄回来。

四阿哥务实，就是年纪小些，再加上目前府里只有两个格格，还没儿子。

最后还是定下了四阿哥，毕竟这次去不是表面功夫，不是办实事的去了也白去。随行官员一一选定，然后把四阿哥叫到宫里下了旨。皇上拉着四阿哥先是勉励，再是打击，让他跟着诸位大人出去要多听少说，还有君子不立危墙之下，给他派了二十个侍卫和五百护军，早去早回。

之后太子又拉走四阿哥交代。太子比较实在，不说虚的，先把从户部、吏部调来的河南上到一方巡府，下到一县父母官各级官吏的履历、近年各地免税赋的总额和拨去的粮款等资料全搬给四阿哥。太子道，这些文书四阿哥不能带走看，最近几天就早点来晚点儿走吧，拼着在出发前能看个囫囵就行。

四阿哥就长在了太子这里。凌晨刚开宫门就进来，晚上要关宫门才走，要不是太子这里有女眷住不下，他都愿意住下开夜车。

随行官员中也有前来找四阿哥混脸熟的，虽然有阿哥不得结交外官的说法，但打着公务的招牌也无人在这时跳出来唱反调。四阿哥趁机结交了几个经年老吏，虽然不好把他们要回自己府里当个幕宾，也求他们介绍几个相熟的，四阿哥府虚位以待。

出京前，四阿哥已经对此行的大致情况了然于胸。

皇上的嘱托，太子的叮咛，他都做到了心中有数。他这次去的主要任务不是抓贪官，可以说各级府衙小贪无妨，只要把事情办好就行。比如境内无流民啊，田地的复耕有七八成能应付来年啊，黄河沿岸不至于说都是空村空屋，百姓能吃个三成饱，不至于卖儿鬻女来活命，他就知足了。

条件放得如此之低，四阿哥觉得这趟出去还是应该很顺利的。官员们再贪腐，也该知道当面留一线，日后好相见的道理。把百姓都逼死了，他们这官也当不下去嘛。

比起四阿哥的美好心愿，四阿哥府里就是另一种情形了。

福晋首先觉得太不凑巧。最近她和四阿哥的关系好着呢，正想趁热打铁怀个孩子，谁知就要出去一年多。可四阿哥正是年轻打拼的时候，现在又不是在草原上，阿哥们除了一个大阿哥外就没有领兵的。不打仗去哪里"刷"功劳？没功劳怎么挣爵位？

所以四阿哥这一去，她不但不应该生气，反而应该高兴。毕竟四阿哥有出息，她是第一受益人。李格格再受宠，也没她的份。

于是，福晋跟大嬷嬷商量着怎么给四阿哥准备行李。

福晋比较小心，总怕准备得太多会给四阿哥添乱，所以只交代各种药材多准备一些，厚衣服多带两身，薄衣服少一些，到当地买也来得及。毕竟出去一年呢，带足一年的东西不如多带些银子轻便。

轻车简从嘛。

大嬷嬷却是另一种做法，她开出来的单子足有三尺长。除了家里现有的，还要到外面大量采买。

"穷家富路，宁可现在麻烦些，也免得到路上要用时没有。"大嬷嬷道，"阿哥这一去就是一年多，吃喝穿用都要在路上。有时前不着村后不着店的，有银子都买不到东西。何况阿哥出门，随从都有小一百，还怕没骡车驮东西？"

福晋才发现她考虑的方向有误。四阿哥再简朴，他本人也是个阿哥，该有的排场都要有。大嬷嬷到底是从宫里出来的，从来不嫌四阿哥排场大，只怕不够大。

于是连车上烧的炭都装了两车，其他的如马桶、浴桶一类也在清单上，福晋就毫不吃惊了。最后果然收拾出来了二十几辆车，跟车的随从都有六十多人。前院书房里的人几乎全带出去了，就留了个张德胜带着两个小太监看家。书房门一锁，谁都不用开了。

后院里，大嬷嬷还安排了四个丫头随行，三位格格现在都有空，看四阿哥要带哪个了。福晋略愣，带丫头和格格出门可以理解，只是这次难道又要被她们走在前头？

四阿哥心里是想带李氏出去，可李氏刚出月子没几天，出去后舟车劳顿、餐风饮露，想也知道李氏的身体未必能顶下来。宋氏自从生了个体弱的大格格后，四阿哥对她总有些不舒服。武氏年轻，他也还没厌烦，可是想起他这一走，后院里就李氏带着刚出生的二格格，就算有大嬷嬷照顾也不是万无一失。

干脆一个都不带。福晋听后松了口气，四个丫头都是下人，不足为虑。

李薇送四阿哥出门时只想感叹：终于走了。听说皇上让他出差是两个月前，一口气准备了两个月才走成。这也太浪费时间了。她刚知道的时候也是离情依依了好几天，还亲手做鞋给他。结果做了十七双鞋才把他送走，什么离情都消耗完了。

这鞋也是李薇想的新鲜点子。满人穿的多数是靴子，靴子底一般是牛皮的。进入中原后，他们也学会了用硬布浆成的鞋底子，这个更透气。李薇用不易断裂的木头在硬布浆的鞋底子下面加一层，还要在底部做出各种花纹，这样更耐磨。

做出来的鞋子底略沉，但能走远路，抗磨啊。而且鞋底不易坏，鞋面有磨损可以直接换个鞋面，相当省事。

工匠送来的鞋底非常美观大方，上了好几遍的桐油和漆，好像是为了增加它的韧性。李薇再在专业人士的指导下把新式鞋底粘在做好的鞋子上用铜钉固定。在四阿哥来后让他试了试，瞬间觉得他比以前高了一点点。

四阿哥在屋里、院子里来回走了几圈，回来看李薇一脸不安地连声问他："好走吗？会不会太硬、太沉？"

"你走花盆底会太沉吗？"四阿哥难得有心情当着外人的面调侃她。

这鞋底让四阿哥很满意，发话抓紧时间给他所有的鞋都镶上。

"你想给这种鞋底起个什么名字？"四阿哥问李薇。

"千里路吧？"李薇道，"当时就是想让您出门时走路方便些，不费脚。"

当晚，两人在帐子里时，四阿哥向她解释，他原来是想带她一起去的："只是这一路出去，沿途的市镇都萧条了不少，虽然是春日，但也不能赏景。也不比江南或塞上，有繁华盛景可供消磨。你刚出月子，身体要养回来还要过一阵，小格格是早产，也离不了你的看顾"。

李薇听着只顾点头，说这么多只是表示他不带她的原因。其实只要说一句就好，她又不会误会他。

"爷，我都听您的。"李薇趴在他怀里再三表决心。

四阿哥叹气："怎么能都听我的呢？你自己也要有主意才行。"这一走就是一年多，也不知道她自己在府里能不能顾住自己和孩子。

这李氏的心眼估计是全使到他身上了，看那鞋子底好用还方便，又不费银子，有了鞋底子随便哪个工匠都能做，简单易得。刚听说他要出门就能想出这个来，不由得他不感念她的一片真情。

要是能分出一半心神来放在她自己和孩子身上，他也不至于出个门都这么担心。

想了想还是忍不住交代她："咱们府里人口虽然简单，可有人的地方就有是非。你一向没什么心计，平时也不去与人结交，以前只是自己还好，现在添了个孩子，总要学着长些心眼。"

李薇傻眼。

四阿哥府是龙潭虎穴吗？她跟福晋、宋氏她们相处也有两年了，别的不说，一些事还是有数的。下毒动刀子这些都不会有，杀人放火还是要天分的，一般二般的不容易碰见。

要说给她前面挖个坑看她往里跳倒是有可能，但只有千日做贼，哪有千日防贼？她天天担心的话，这个日子就不必过了。何况总想着她们是不是都要害我，不如等她们真动手了再说。只要死不了，胜负还很难说。

四阿哥听李氏说了一通她的心里话，最后她道："……我只要护住自己和小格格的性命，真有人犯到头上就打回去，等爷回来给我做主不就行了？"她有宠，她嚣张，她自豪。

爷要一年后才回来呢。

"别的不说，爷在家里待我最好，我是最清楚的。"李氏这话说得倒是毫不脸红。

爷是待你最好，可你就没发觉身边都是眼红你的人？爷不在府里，她巴不得你一病没了，等爷回来只剩去看看你的坟头了，就是杀一百个人给你填命，你死了也是万事皆空，等日子长了，爷自有美人相伴，哪里还能记得你的好处？

四阿哥绝了让李氏自己长进开窍的心，想了想把张保给留下了。因为是太监，也不必忌讳什么，直接让他去了后院福晋那里。临走前交代张保睁大眼睛。

睁大眼睛看着谁这就不必四阿哥明说了。张保跪下道："请主子爷放心，李主子和小格格少一根头发，奴才再也不敢见主子爷。"

四阿哥一走这么久，府里那当然不能像新年大宴时那样让嬷嬷们和福晋共管，事实上在四阿哥走之前，福晋已经把前院给接到手里了。

四阿哥亲口交代她："书房的门已经锁了。钥匙放在你这里，若是临时有事送信回来要从书房中取东西，你亲自开锁进去取，不要托给旁人。"

福晋郑重地答应了。

既然前院都归福晋管了，后院自然也不必说。从大嬷嬷往下，无不对福晋俯首称臣。福晋在嫁进来两年后，终于扬眉吐气，不再当"摆设福晋"，任由嬷嬷们指手画脚了。

从她嫁进来起，大嬷嬷就像一尊佛爷一样坐在那里，有时福晋都觉得大嬷嬷在看她的笑话。出宫建府后，这群嬷嬷仗着是从宫里出来的，是内务府分来的，都有些不把她看在眼里。

出于四阿哥的缘故，福晋一直没有跟她们计较，对自己的陪嫁被人冷落也视而不见。但事实上，福晋从来不是个软柿子任人捏的。

她只是认为需要先得到四阿哥的信任。在宫里是她太心急，现在四阿哥出门把前院托付给她就是最好的证明。有了四阿哥的支持，大嬷嬷不是也跟着就低头了吗？

庄嬷嬷等三位嬷嬷也都纷纷主动把手中的账册交给福晋，内院膳房也不再是一个月才肯交一回流水，而是福晋什么时候问起，她们都痛快麻利地告诉她了。现在再也不会发生过一个月才发现身在后院的格格不在后院吃饭的事了。

福晋长舒一口气的同时，李薇也感觉到了后院的风向变动。她后知后觉地想起四阿哥临走前的嘱托，亲身经历可比想象中要严重得多啊。

可福晋存心要在后院中"刷"存在感，怎么可能让别人忽视她？就连李薇也觉得最近福晋的出现率略高。

玉瓶又小心翼翼地进来，对她道："格格，福晋那边来人问二格格早上吃了几次奶，用了几次水，有无尿溺……"

而且这个问不是来问李薇，是直接去问奶娘，问完就走，一早一晚两次，风雨无阻。

论理这是福晋认真负责照顾四阿哥的子嗣，可李薇总免不了有被人打脸的感觉。小院中的人也有同样的感觉，最近都显得有些浮躁。

小院本来自成一统，现在上头派人时不时地进来逛一圈，坏的是李薇在小院里的权威，这会让下面的人觉得她说话已经不管用了。

李薇道："……这也是福晋关心二格格。"

她能不让福晋问吗？既然不能，那就不必在丁点小事上跟福晋打对台。福晋也是在杀鸡给猴看，宋格格的女儿现在还养在福晋那里。

李薇把玉瓶和赵全保都叫来，让他们盯紧小院里的人。还有二格格的悠车挪到她这屋来，奶娘也过来。

"如今阿哥不在，也不必避讳。就说我放心不下二格格。"李薇道。

玉瓶带着人立刻把二格格的东西给挪过来了，随身侍候二格格的奶娘和嬷嬷也当没看见。上头人打架，她们才不搅和。福晋要是不满，让她跟李格格自己掐去。

所以，晚上石榴再到小院来时，一进二格格原来的屋子就看到里面已经搬空了，奶娘等人也不见了。她回头看玉水，谁知玉水平常在李薇面前是个闷葫芦，此时嘴可一点都不饶人。

玉水笑眯眯道："姐姐在这里坐一坐，我去把奶娘喊来。"

小院就这么大，石榴也就刚才心惊了一下，这会儿眼一瞄就猜到二格格在哪儿了。可李格格在福晋面前是奴才，在她面前是主子。她的屋子，她不叫进去石榴绝不敢闯。

石榴就笑道："有劳妹妹了。我就坐这里等一等。"

玉水走了，临走叫玉夏上茶侍候。玉夏今年十二了，个子一高就不像小孩子了。她上了茶也不走，垂手站在一旁笑意盈盈的："姐姐有事就吩咐我吧。"

茶刚端上来没多久，奶娘就到了，也是一脸的笑，道："石榴姑娘来了？二格格今天喂了六次，一个时辰一次。"

石榴再问问其他的就要走，临走前对玉夏说，要是李格格有空就赏她个脸面见一见："我也给主子磕个头"。

玉夏答应了，让奶娘陪石榴坐坐，她小跑着去问玉瓶了。

玉瓶冷笑："她昨天来怎么不提给主子磕头？"

屋里，李薇正弯腰在悠车前逗女儿，听了就道："没什么，让她等等，我换了衣服见她。"

见石榴是在堂屋。李薇穿上见客的衣服，头也好好地梳起来，钗环一个不少地插戴着，端端正正地坐在堂屋里。石榴进来，行礼，叫起，寒暄，一个程序不少地走过。

走完程序，李薇也不再多跟她废话，端起茶吹道："玉瓶，给你石榴姐姐拿个荷包。"再对石榴笑道："只是便宜东西，拿去玩吧。"

玉瓶把石榴送出小院才回转，态度不卑不亢。论起来她是小选出身的宫女，正经的良民，跟石榴这种连祖宗姓名都不能留的人可不一样。

回到正院，石榴见福晋屋里有人就先回屋了。回去后打开荷包，里面并不是金银角子，而是一对玛瑙的耳坠子，托子是黄铜加黄金制的，黄澄澄的，很亮眼。

李薇喜欢玛瑙珠子，在李家时就爱用玛瑙制的耳坠串子等物。进了宫后，好成色的玛瑙更多了，就攒了一大堆。其中颜色不够匀净的都分给了玉瓶等丫头，随她们拿着戴。石榴得的这一对就是白底有些发灰的珠子。

石榴托在手里看了阵，还是收起来了。坠子是好，可她不能戴。一是为了福晋，二就是刚才在李格格那里，玉瓶、玉水、玉夏身上都有玛瑙，可见是李格格喜欢的东西才分给她们用。她要是戴上了，万一让人传她跟李格格屋里的人勾连怎么办？

她沉沉叹了口气，刚才玉瓶和玉水待她不能说不客气，可这客气里总混着让人不舒服的东西。从宫里到府里，她们这些跟着福晋的人都明白得很，在下人堆里也要分个三六九等出来。包衣总是看不起她们这些卖身的奴婢。

只是福晋要抬举她们，她们总不能给主子露怯，显得主子看错人不说，谁还没有出人头地的念头呢？你们包衣是看不起我们，可你们侍候的偏偏是奴才，我们侍候的才是主子。

石榴回来时，福嬷嬷是注意到了的。以前她会先把石榴叫来问问，现在却不会了。等福晋忙完手边的事叫石榴时，她才站在福晋身边一起听。

二格格的事都简单，李格格再蠢也不会连自己唯一的女儿都不管。福晋这么叫人天天问，一是表示自己尽心了，二就是问给后院的人看的。所以她听完也就完了，走过场而已。

可石榴说完倒没走，小声将李格格把二格格挪到她那屋的事说了。

屋里先是一静。福嬷嬷和石榴都去看福晋的脸色，福晋八风不动地道："这样也挺好的，没有人看着，那些侍候的奶娘、嬷嬷未必不会偷懒。李格格既然这样做了，就由着她吧。"

石榴下去后，福嬷嬷侍候着福晋用膳洗漱，睡前见四下无人，福嬷嬷把想了一晚上的念头给福晋提了。

"你说把二格格也挪过来？"福晋惊讶道。

福嬷嬷道："如今阿哥不在，您要看顾两位格格，当然还是让二格格搬进来更好。别的不说，您这里样样东西都是最好的，二格格进来也是来享福的。"

福晋沉思起来。

福嬷嬷也不是乱说的。后院里三个格格，一样的出身，就李格格最显眼。她没起心思跟福晋对着干时还好，起了心思是轻易压不下去的。以前宋格格天天来福晋这里奉承，李格格才来了几天就不出现了。

那时起，福嬷嬷就觉得李格格不是个安分的人。

只是一直不见她犯什么大错，对福晋也知道避忌，有时还会故意避宠。可今天的事不一样，显然有了孩子后，李格格不再那么驯服了。

石榴去看二格格是福晋的意思，才去了一天，她就把二格格挪到自己屋里。这怎么看都有点跟福晋打擂台的感觉。

福嬷嬷的意思是趁着四阿哥不在，没人给李格格撑腰，干脆趁着现在势头好，一口气把她打服，打趴下，再也不敢跟福晋挺腰子。

福晋当然明白。四阿哥临走前，一切都商量好了，却突然把张保留下，还专门让他住进后院。这是为了替她掠阵，怕她压服不住内务府的这一群油子，还是……盯着她，防着她又过界呢？

四阿哥肯定知道，他这一走她会做什么，他也支持她在此时撑起整个府邸。可他未必愿意她拿手段去对付格格们。他希望她压服的是府里的下人，不是侍候他的格格。

说实话，三个格格都不是惹事精。唯一的李氏是特殊了点，可她本人不是争风爱闹的个性，两人才一直相安无事，她不想招惹李氏，估计李氏也是不想惹她。今天会给石榴脸子看，应该是为了二格格。

"四阿哥不在，府里还是稳当些好。"福晋道。她是不能在此时跟李氏闹翻的，名声好不好听先不提，失了好不容易得来的四阿哥的信任却不值得了。

福嬷嬷还想再劝，福晋反对她说："我知道嬷嬷是一心为我的。只是有一条嬷嬷要记得，我嫁的是皇家的阿哥，这里是阿哥府。"

一席话把福嬷嬷给吓回去了。

还有一个是福晋没说的。要是真把李氏给惹急了，两人针锋相对，她是稳赢，不过也肯定是惨胜。承认自己不想跟一个格格正面对抗是因为怕她，这对福晋来说不是个好经历，但总比打完才发现打不过要强。

第二天，福晋就听说李格格请了武格格去她的小院。

以前武氏奉承李氏，可总不见李氏接下她的投名状。只是你来，我不拦着；你不来，我也不去叫。武氏自然不好一直热脸贴冷屁股。

现在李格格一伸手，武格格肯定会跟她站在一起的。

福晋才发现，她印象中总是对她退避三舍的李氏原来还有如此强硬的一面。打了石榴的脸还不算，第二天就拉帮结派。

到底是怎么了？

李薇的风格大变不但引起福晋的注意，就连福嬷嬷都紧张起来了。在她看来，这是李格格不再装模作样了！老嬷嬷连着几夜都没睡安稳觉，梦里全是福晋被李格格给压到下头，儿子也是李格格生的，四阿哥也只听信李格格的，她们这群跟着福晋的人全都没了好下场，她更是被撵回家去了。

福嬷嬷一直都特别害怕李格格，觉得她是福晋的心腹大患，所以才总想着把她给压下去，盼着想四阿哥不再宠爱她。以前李格格假乖巧真阴险时，福嬷嬷是担心她出阴招陷害福晋，在四阿哥面前说福晋的坏话。那时她就想着要是李格格没了就好了。

可那时李格格毕竟还没露出要争权夺势的样子啊。她就那个样子，福嬷嬷已经天天不安，现在她生了格格，又趁四阿哥不在府里，勾结了武格格，这是想干什么？

几天不见，福嬷嬷就脸色发黄，眼圈发暗。她虽然在福晋面前不敢说得太严重，可忧心的样子是溢于言表的。福晋本来就被李格格不同寻常的动静搞得疑心暗生，在福嬷嬷的影响下，也免不得越看李格格越像不安好心的样子。

要是李氏真是这样，那她这双眼睛真可说得上是白长了。让一个十几岁的年轻女孩子骗得团团转，把她当成胆小的、安分的人，谁知竟然是个暗藏祸心的人！

不等福晋和福嬷嬷想出办法来怎么应对正张牙舞爪的李格格，跟石榴同住一个屋的葡萄突然悄悄告诉她们，石榴被李格格收买了。

福晋和福嬷嬷一时居然都没反应过来。葡萄都快吓哭了，从小一起长大亲如姐妹的石榴啊，居然背叛了福晋？这事还不是她发现的，而是听到别人议论。一开始也没提是石榴，只是说正院里有人给李格格通风报信。

说到这里，福晋突然明白李格格为什么突然接受武氏的投诚了。她肯定是知道了自己和福嬷嬷商量把二格格抱到正院来的事。这才说得通。

报信的事是真的。可真的是石榴？

福晋和福嬷嬷都不信，葡萄跪着道，最近她发现石榴常常背着她看什么东西，就趁石榴不在，看了她的铺盖底下，见有一副玛瑙的耳坠。指头肚大的灰白玛瑙珠子，成色虽然不好，可这工这料却不是轻易能见的。玛瑙珠子越大越难得，何况打磨得这么光溜这么圆的！花托是新打的黄铜兑黄金，成色上来看应该是今年刚打的，还没戴过。

她们这群丫头从小时候就在一起，每人有什么东西都一清二楚。何况天天都在侍候福晋，主子赏的什么几乎都是每人一样的。

葡萄从没见过这种玛瑙珠子。而李格格身边的人几乎都有一两样玛瑙的东西，李格格本人最爱玛瑙，手上常年戴着白玛瑙的串子。听说四阿哥知道她喜欢这个，特意找的一整块好料，全给她打成了珠子让她穿着玩。

知道石榴就是传信给李格格的人，葡萄当时就吓傻了，脑袋都木了，见了福晋和福嬷嬷一口气全说出来后，自己就瘫在地上了。

福嬷嬷也软了腿，撑着桌子勉强没坐下，她茫然地看着福晋，自己人的反水让她心神都快散了。

而福晋却很镇定，她不信石榴会背叛她。

"把石榴叫进来。"福晋道。她亲自来问，耳坠子可能是李格格赏的，也可能是李格格故意赏给她就是为了这一刻的。她不可能为了个外人，一两句流言就自断臂膀。

她这么沉得住气，福嬷嬷和葡萄都缓过来了，心里也有了底气。葡萄抹了泪，重整颜色、若无其事地出去喊石榴进来。她出去后，福晋亲手扶着福嬷嬷坐下，微笑道："嬷嬷太心急了，我跟石榴几个是从小一起长大的，她们几个的心性我是绝对信得过的。现在只怕这里头有人弄鬼，咱们自己可不能先乱起来。那就是让亲者痛、仇者快了。"

福嬷嬷也是松口气。"刚才我是让葡萄这么一说，吓住了。现在想想，石榴不会为了一副耳坠就卖了福晋，只怕是这几天她去李格格那里赏的。"跟着，福嬷嬷又变了脸色，"她这么干，是想坏了石榴的名声？"

这恐怕才是问题所在。一旦石榴和李格格那边勾结的流言越传越烈，福晋就必须做出选择。她不能视而不见，这会被人以为她连贴身丫头都镇不住。大家只会把事情往坏了想，不会认为石榴是无辜的。她刚建立起来的权威就会荡然无存。

可处置李格格显然不现实，那就只能冷落石榴。但石榴在下人中间也是要脸面的，她的冷落或处罚都会让石榴无法在葡萄她们三人间立足，也会失去大丫头的威信。更何况石榴是无辜的，她也会委屈、不平。让她永远背负污名，还是眼看着石榴怨恨别人？

小屋里，石榴正僵坐在炕沿上。她的手里紧紧攥着那对玛瑙坠子，尖锐的耳环钩刺得她手心生疼。

从小学当丫头侍候人，叠被子收拾东西各人都有自己的习惯。她叠被子铺被褥时，折进去的地方会特意叠个折子，这样显得被褥更平整。

今天她回到屋里后，下意识就觉得铺盖看着很不对头，上手一摸就明白被人动过了。可下面藏的银子和首饰都没少，还摆在原地。

可有些事，她直觉被发现了。

她翻出那对耳坠子，这玛瑙珠子真好看，虽然她不敢戴，却忍不住在晚上大家都睡着后摸出来看。

只是得的赏而已，宋格格赏过她镯子，武格格赏过她簪子，她也都是收起来不用。这本来真的没什么，但这次她觉得事情没那么简单。

坐在渐渐变暗的屋子里，门突然嘎吱一声响，葡萄轻轻推开门进来，对视后两人都是一怔。石榴知道了，翻自己铺盖的是她。两人的铺盖挨在一起，晚上可能让她看到了。

葡萄避开她的目光，说："石榴，福晋叫你过去。"

石榴的目光让葡萄害怕，她忍不住往后退了半步。直到石榴出去了，她都没敢跟上去。

过了几天，听说正院福晋的丫头石榴的家人来赎她，福晋答应放她出去，免了她的身价银，还赏了她两匹红缎子当嫁妆。

后院里跟石榴打过交道的丫头都来贺她。石榴红光满面，开心极了，跟谁都说"没想到家里还有人""都说死在东北了""哥哥已经娶了老婆，爹娘都还在呢""说是找了我十年了"。

石榴一面笑着，一面想着福晋那天给她说的话。

那天，她一进去就跪下了，把玛瑙耳坠托在手上给福晋看，坦白是李格格赏的，并不敢戴在身上。

没想到福晋根本没疑心过她，反而对她说了番心里话。世上最怕流言杀人，福晋又不愿意冤枉她。她刚想说自己不怕，只要主子信自己就行。

福晋道："我信你自是不假，可是你背了黑锅后，在这院子里还怎么当人？难道见一个人就上去跟他说你是清白的？"

那当然是不行的。石榴想到这个，心也乱了。主子信自己却还是不行？

福晋道："事已至此，与其把你留下误了你的终身，不如放你出去替我管别的事。现在建了府，我一直想怎么开源。内务府分的有田庄，可只靠这个养不了这一家子人。我还想再经营几门生意，只是现在还没定下来。你先出去，趁机跟家里人亲近亲近。等我这边安顿好了，再喊你进来。"

福晋安排得这么周全，她不能不识好歹。而且她不只无法做人，也无法再面对卖了她的葡萄。这件事出了以后，葡萄就跟别人换了屋子。从小长起来的情谊，就这么一朝葬送了。

小院里，赵全保直到石榴真被接出去了才放下心来。呵呵，这还是他出了宫以后第一次费尽心血。上一次还是想着怎么在格格面前出头。

福晋有自己的班底，不爱用内务府的人。可内务府分来的也不会愿意永远不被福晋重用啊。既然福晋喜欢身边的人，那就把她身边的人搞掉不就行了？

赵全保只是推波助澜，有这种心思的人可多得很。一开始中招的是石榴，以后只会越来越多。搞掉一个石榴只能上位一个，把福晋身边的人都搞掉，那大家不都能上位了吗？

福晋看起来也是个重情谊的，她不可能眼看着自己的人被陷害而不伸手拉一把，等正院里自杀自灭起来，估计就没心情来找格格的麻烦了。

那天，格格刚把小格格挪到自己的屋里来，就有人送信说福晋要把小格格抱到正屋去。格格当时的神色，玉瓶和赵全保还是第一次见。第二天，格格就请人去喊武格格了。

赵全保心道，格格这是有难了，他不替格格办还指望谁呢？

等石榴出去后，他反倒想起来，那个送信的人是正院的谁？明显是向着格格，却又不露声色，是真心还是假意？是顺水推舟还是兴风作浪？

正院里，张保和大嬷嬷坐在一起喝酒，面前是膳房特意孝敬的菜。他们一个是宫里的大嬷嬷，一个是四阿哥贴身的太监，多的是人想抱大腿。

张保给大嬷嬷满上一杯，大嬷嬷一口闷了，夹着玉兰片吃一口。"你小子，可够黑啊。这一手挺热闹的。"说着，她扬了扬下巴，指着福晋屋子的方向，"瞧你把咱们主子给折腾的。"

张保嘿嘿一笑，摇头道："大嬷嬷，您可是冤枉小的了。小的就是听了回墙脚，传了回信儿。"

他往李格格小院的方向一斜眼："小的可没卖给那位主子，费那事干吗？熬到阿爷回来，咱家功成身退。管他谁当家呢？横竖咱家只认一个主子，就是阿哥爷。"

张保在正院是如鱼得水。他是内务府出身，又是四阿哥眼前的红人。四阿哥临走把他派进正院，这里的人还不以他马首是瞻？福晋这里的太监都在坐冷板凳，眼看着没出路，都说人往高处走，福晋不用还有四阿哥，能在四阿哥跟前效力那是几辈子修来的福啊。

那天，福嬷嬷和福晋在屋里谈话时，张保就在窗户根下蹲着，听完后就借着回书房在赵全保的窗户根下嘀咕了一句"福晋要抱二格格"。

他这边提醒完，第二天就见李格格跟武格格拧成一条绳了。他还在心里高兴呢，这位主子看着也不傻啊。这不，挺聪明的。要是个只会哭的，还要他再想办法，那可费劲了。谁知后面又来了这一出。

吃完了酒，张保慢悠悠回前院去，踏着月色看到前方李格格小院的轮廓，心道：到底是哪位高人啊？这手玩得漂亮。

第九章

烤羊肉

一片荒芜的旷野里，四阿哥一行人正在扎营。

五百护军分成数个小队在巡逻，随从们正把帐篷从车上卸下来。满人一直逐草而居，现在每年的木兰秋狝，皇室宗亲还是住帐篷的，皇上一直希望满人不忘勇武之风。

一会儿，帐篷就搭起来了。正中一座大帐，外围分别是随从、大臣、护军。

灶上已经有烤好的肉，苏培盛亲手把肉分好给四阿哥送去。出来就不可能随时有新鲜的蔬菜了，随行的官员这几天都在拼命喝茶，不然肚子实在受不了天天吃肉。

四阿哥正在看从上个驿站拿到的邸报和家信。府里每十日送一次信，除了福晋问候的信外，书房的张德胜也要报上这十日来府里的大小事情。

这个自然是福晋不知道的。

苏培盛小心翼翼把铜盘摆在四阿哥面前的小几上，道："爷，还是趁热吃吧。这肉都腌硬了，一会儿冷了更难入口。"从小就养尊处优的四阿哥已经不是当年策马纵横草原的满人了，当年的满人根本不用把肉烤热烘软再入口，可四阿哥吃这个就有些费牙了，每次都是嚼软了硬吞，看得苏培盛都替他难过。

幸好，还有李格格献上的东西。

他道："汤一会儿就能煮好。"

临出门前，李格格要膳房把调料磨成细面，和油混到一起变成硬块，放在热水里就能化开，能直接做成汤，能配上干饼或肉干炖成菜。

那段时间把刘宝泉折腾得不轻，李格格说得含糊，就是简单、快速，吃起来方便又味道好。这可比出门只带盐强多了。赶在四阿哥出门前，刘宝泉还真折腾出来了，茶砖那么大，硬邦邦的，包在油纸里，要吃时拿刀切下来一块扔到热水里，一会儿煮开就能喝了，味道丰富得很。

多亏这个，四阿哥才没吃不下饭。护军里的人也说这是个好东西，听说是四阿哥府的不传之秘，都跟四阿哥套近乎，想弄点儿。

这会儿热汤就送上来了，散发出浓浓的香气，汤上面浮着一层油花。

四阿哥闻到香味，放下张德胜的信，把硬得像石头的干饼掰碎泡在汤里，肉也全放进去，看着这一碗汤泡饭，他想起李氏每次这么吃他都嫌弃得很。没想到，出来后他也这么吃了。

吃完后，苏培盛把盘子和碗都收下去，在外面没那么多清水，只能用粗纸擦干净就收起来了。

帐篷里只有四阿哥一人，他拿起张德胜的信又看了一遍。只不过一页纸，上面的东西却让他自从出来后就变糟的心情更坏了。

张德胜的汇报很简单："奴才张德胜叩请主子平安康泰。查，内务府太监许岫、杨北广，内务府嬷嬷苏妹儿，侍女张葡萄，以侍女孔石榴收李格格玛瑙圆珠耳坠一套为由，污其与李格格勾连，传福晋之私语至李格格，致孔石榴于七月初三以与家人团聚为由赎其出府，现已回乡。"

除了他的信外，张保也有一封，上面更简单，就两句话："奴才张保叩请主子平安康泰。六月十八日夜，嬷嬷路小福请福晋将二格格移入正院，福晋未允。"

四阿哥再把福晋的信拿起来，一副全家和乐美满的样子。

李氏不能送信，但看起来她那里和福晋那里都有事发生。内务府的那群搅事精从来是不嫌事大的，在福晋身边弄鬼，连李氏都牵扯上，可见他们的胆子有多大。

倒是福晋，心性坚定，不易为人所惑。这样的人就算身边有一两个小人也不要紧。

四阿哥决心回府后就整治这群内务府的家伙，不然主子让奴才耍着玩可不是什么好事。至于福晋……四阿哥轻叹，大概还是地位不稳才总引小人觊觎。还是要加重她的分量才行。

这次出门，他特意把福晋家的人也带来了。巴克什和巴图鲁虽然性格有些莽撞，但看福晋就知道，这两个应当也是心性坚定之辈，当可一用。

京城，四阿哥府。

自从石榴离开后，福晋发现身边的事越来越不顺了。

送走石榴后，她就提拔了内务府送来的十个宫女中的一个，仍叫石榴。这个石榴是圆胖脸的姑娘，脸上一直带着笑，看着温柔和顺。之前被福晋冷落的时间里，只有她的脸上从来不见怨愤，对福嬷嬷等人也不见格外的巴结，是个心性平和的人。

石榴上手很快，虚心爱学，又不会人云亦云。上次福晋忙得顾不上用膳，石榴就把她的茶换成了汤。这要放在福嬷嬷等人身上是绝对不敢的。

她跟葡萄等人相处得也很好。之前的石榴走后，葡萄一直很低落，可这个石榴倒是没几天就让葡萄打起了精神，让福晋也放了心。

可是不久之后，葡萄就在给福晋端茶时洒到了福晋身上。虽然只是小事，但也是要罚的，福晋就让她去外面罚站。

葫芦一向管着她的首饰成衣，从来没出过错，那天却让她戴上了一对不成套的钗。这对钗的样式虽然相像，可一柄是红蕊，一柄是粉蕊。四支钗放在一个盒子里，只能是葫芦早起迷糊拿错了。

只是小事，可她是戴了一天，晚上取下后才看到的，心中当然不快。葫芦虽然很快跪下告罪，她也不得不罚了葫芦半个月的月银。

还有福嬷嬷，一直是她身边最信重的人。结果有天晚上吃了一碗红焖羊肉，可能太油腻了，胃口受不了，当晚就拉起了肚子，早上连起都起不来，现在又有些发烧。大嬷嬷问了她后，把福嬷嬷挪到了正院后面较远的一间屋子里静养，喝了几天药都不见好，换了个大夫说止泻太早，应该先让她拉空肚子再说，于是又另开药让她继续拉。

前两天，福嬷嬷觉得拉得整个人都虚脱了，又因为拉肚子不敢让她吃饭，好几天没吃东西，就喝了一碗稀粥，居然又吐了。

福晋听说后也担心是不是病得太重了，担心以福嬷嬷的年纪受不了，夜里悄悄掉了两次泪。

没了福嬷嬷后，庄嬷嬷先顶了上来。她原来就是后院里管着名册的，福晋问哪个她都说得上来，家人朋友、曾在哪里当差等。有了她后，院子里好些事都迎刃而解。

福晋也并非不食人间烟火的人，对下人之间的派系之争也有些了解。只是看着自己陪嫁的人纷纷落马，她就是想发火也找不着人。像福嬷嬷拉肚子，红焖羊肉本来就不是她的菜，一个下人怎么能吃这种份例？是她去膳房要的，膳房才给她炖了一锅。她要去问膳房的罪，就得先处治福嬷嬷乱叫东西。

何况，她能为了福嬷嬷吃主子份例里的东西拉肚子然后把膳房的人全都审一遍？

为了保护福嬷嬷，福晋换了大夫，把她挪得远一些，不让她再引人注意。亲近石榴和庄嬷嬷，既然不能完全摒弃她们的作用，不如接受下来。

而且，福晋也认识到是她一直以来的偏心导致了这场灾难。重用陪嫁是没有问题的，但如果只用她们显然不行。她现在就是想找到一个平衡的办法，能让他们很好地融合在一起。

等她整合好了，再把那些搅风搅雨的都办了。

除此之外，另一个让福晋发愁的就是李格格了。最近她简直像只斗鸡，开始也跟着宋格格天天过来，笑眯眯的样子，非常不像她。

上次石榴的事，福晋也在陪嫁都遭殃后明白了，显然是有人借着李格格的名字想搞掉石榴，恰好当时她和福嬷嬷也有些草木皆兵。而李格格或许原本没那个意思跟她顶着干，但福嬷嬷劝她抱二格格的事肯定是让人知道了。

李格格就这么被人当枪使了。

大概那些人希望她一直这么想，以为这一切都是李格格的手笔。

这也是她不敢明刀明枪审这些人的原因。福嬷嬷、石榴、葫芦被陷害都是小事，要是寻根究底，那些人攀咬李格格，她就无法收场了。

还有，外人会不会相信呢？

石榴被赏了耳坠，福嬷嬷吃红焖羊肉拉肚子，葫芦送错钗。这些事要是全都赖在李格格身上，说她阴谋陷害福晋，怎么办？

都是她的人，都是小事，这种陷害也太看不起人了。

恐怕到时被人嘲笑的就会是她了。外面的人会说她想诬赖李格格，所以才指使身边的丫头、嬷嬷弄出这些事来。而四阿哥也绝不会相信这种说辞。

思前想后，福晋决定想办法跟李格格化干戈为玉帛。

于是，福晋开始在李格格来的时候使劲说二格格放在她那里养是最好的，自己最放心。还拿宋格格的女儿做例子，叹道："一个大格格就让我操碎了心。"

宋格格坐在下面，温柔道："奴才一直都感念福晋的恩德，大格格从小就身体不好，奴才见识短浅，实在不敢承担养育格格的重任。"

李薇笑眯眯地不接话，福晋的话她听出来了，可谁知道福晋是真心还是说反话？宋格格是不是在敲边鼓？

那天，赵全保说有人在他的窗户底下说福晋想抱二格格时，她在一瞬间有种想把福晋给干掉的冲动。五阿哥府里两个格格能把福晋压得不见天日，她为什么不行？要是福晋真的抢走她的孩子，那她就什么都不管了！她不赌福晋心慈仁善的万一。

还是要让自己强大起来才行。所以她联合了武格格，到此，四阿哥期望中的后院格局终于成形了。

她能理解四阿哥想限制福晋的意图，却一直不想照他的意思去办。四阿哥对她再真爱，她也不能去办自己不喜欢的事啊。于是就装傻。可现在不这样不行的时候，她有种命运弄人的感觉。四阿哥算无遗策。他早料到她早晚有一天会需要武格格的帮助的。

福晋和李薇就这么僵持起来。

李薇开始每天去向福晋请安，跟宋格格一起坐冷板凳时也不觉得难受着急无聊了。心中有了信念，好像整个人都开始变得不一样。

宋格格显然是福晋阵营中的人，她待李薇还如以前一样，李薇却无法再对她温和以待。武格格始终站在李薇身边，一张圆桌，她也坐得距离李薇更近。

李薇知道，武格格的帮助不是无偿的。她需要给的好处就是四阿哥。四阿哥自己去找人而她视而不见，和她主动帮四阿哥介绍人是两回事。

时间平缓地滑过，转眼又是新年。看着福晋登上宫中的骡车去永和宫领宴，李薇有种山中方一日，世上一千年的感觉。

她多少有些松口气，因为四阿哥快回来了。

四阿哥回来得比想象中的要快。他策马直接入城，正好赶上保和殿开宴，他风尘仆仆地入座时，看到上首的皇上身后有个太监附耳说了句什么，皇上就向他这里看了一眼，对他笑了笑。

四阿哥离席跪地磕头。

四阿哥府，李薇惊讶道："你说阿哥回来了？"

赵全保高兴得牙花子都笑出来了，道："阿哥带着苏培盛去领宴了，其他人正在书房那里收拾呢。之前真是一点消息也没有。"

他说完，见格格只是开头惊喜了一下，然后就消沉了。

这是怎么了？

他和玉瓶面面相觑。过了一会儿，只听格格道："……让前院的膳房给我送五十串烤羊肉串过来。"

"格格？"玉瓶大惊失色。

李薇摸摸还好好的嘴角。她这一年可没给福晋多少面子，现在四阿哥回来了，总要做个姿态。而且，让她亲口贤惠地把四阿哥往武格格那边送可做不到，这一吃至少有十天的空当。四阿哥既然安排了武格格，下面的事他当然也有数。

她只要做个姿态就好。他会自己去的。

晚上是福晋先回来的，四阿哥被皇上留宿宫中了。李薇松了口气，能晚一天面对总是好的。

福晋的手虽然摸不到前院膳房，可第二天就看到李薇嘴边起了一串的燎泡。她也在心中松了口气，这样看来李氏是偃旗息鼓了。这一年，李氏一直不敢让她见二格格一面。她也不敢刺激李氏。

现在李氏退避，她也放了心。她们两人，就这样保持一定的距离就行。彼此之间都不愿意真的撕破脸，都在维持着那微乎其微的平衡。

但福晋很清楚，她和李氏之间地位的不对等，造成李氏对她的每一个举动都抱着最大的警惕心。抱走二格格的流言是让李氏像失去理性的野马一样冲她撞过来的原因。

只要没有威胁，李氏是会示弱的。因为她知道李氏没有底气对着一个圣旨册封的福晋，所以李氏才会在四阿哥的盛宠下对福晋示弱。可母羊被狼叼走羊羔后也会奋力一搏。她并不想挑衅李氏的决心。她比李氏拥有更多，所以不会跟她鱼死网破。她也承担不起李氏亡命的代价。

四阿哥到第二天上午才回来，刚回到书房换衣服，想整理下这一天来记录下的东西给皇上上一封奏折，然后再去李氏那里消磨一下时光，看看长大的二格格。

谁知他刚吩咐苏培盛去通知李氏，苏培盛就为难地小声说："早上，赵全保报上来说，李主子昨晚吃了烤羊肉，嘴上起了疱，怕主子看了不雅，近几日无法侍候主子了……"

话一说完，苏培盛就缩脖子。

四阿哥把手中的折子往桌子上一扔，半闭着眼出了一会儿神，站起身道："走，看看她去。"

一年没见四阿哥，李薇觉得有些陌生了。从门口进来的四阿哥明显比去年高了三五寸。

李薇的第一个反应不是双目含泪冲上去"刷"存在感，而是深蹲福身口称："妾请阿哥吉安，万福。"

天爷，除了头一次在储秀宫见万岁（虽然没见着），她再也没有这么肃穆过了。

四阿哥见李氏如此，心里多少有些复杂。在张德胜十日一次的汇报中，他得知李氏从得知福晋想抱二格格后，就一直坚持天天去请安了。前年福晋刚进门时还会偷懒的人，今年他一不在就懂事多了。

他在回来前还感叹，果然是太宠李氏了。她能更规矩些，待福晋更恭敬些，他也能更放心。可今天看到她这副好像胆子都被唬破的样子，他却心软了。

他伸手把李氏扶起来，看她低垂着头不敢让他看到她嘴角的燎泡，没有像前年一样硬要抬起她的下巴看。

那时他认为李氏实在经不起抬举，胆子太小。只是被他宠了几天，就对福晋如此退避。难道他是宠妾灭妻，忘记祖宗家法的人？

现在，他也想为她留一份颜面。

四阿哥握住李薇的手，两人像以前一样坐下来。

"我给你带了不少东西回来，一会儿就让苏培盛送过来。这次出去虽然辛苦，可也碰上了一些有趣的事。以前都是只在戏本子上看到的，没想到能碰上真的。"

四阿哥轻声发笑，温柔至极地说："有次，我们宿在一个土地庙里，晚上竟有仙人来托梦，说他家有不世的冤情，特求了阎君来找我们做主。"他徐徐道来，不知不觉就让原来打算死活要把脸藏到底的李薇抬头了。

"……我本来以为真像戏本子上说的，是有大冤情，就让侍卫把他提过来问。这人原本是吊在房梁上的，几个侍卫上去把他解下来，他才吓破了胆，说不过是想来骗几个银子。他用这法子骗了不少路过的人。一般人见冤鬼陈情，肯为他申冤的少，多是求他高抬贵手赶紧走的，于是他就趁机要别人的东西。"四阿哥边说边叹气，就见李氏忍不住笑了。

还是那么容易哄。

四阿哥就继续说，玉瓶悄悄进来换了杯茶，见四阿哥像说故事那样讲路上的事，格格就跟听戏文似的一会儿一乐。她出去后松了口气，看来出去一年，四阿哥还是惦记格格的。

这一说，就说到了中午。四阿哥顺理成章地留下来用膳，也见到了二格格。

二格格现在有十七个月了，吃得胖嘟嘟的，胳膊胖得跟藕节似的。虽然才学会坐没多久，但已经很不老实，坐着的时候总是喜欢扭来扭去，只要让她趴着，就会像乌龟一样舞动手脚爬。

李薇从来不限制她，索性把自己的床让出来，她的床像个小木屋，里面的空间相当大，大概就是为了方便跟四阿哥恩爱，所以下面很沉，非常稳当。

四阿哥吃完饭想看看二格格，跟着李氏就进了寝室，结果就看到悠车被弃至一旁，李氏的床外侧加了一层围栏，床上铺着纯白无一丝花纹的褥子，二格格正在床上用力地四处爬。玉水和玉烟守在床的两侧看着她。

"你怎么让她在你的床上睡？"四阿哥奇怪道。

宠孩子的不是没有，可让孩子睡自己床的就少见了，最多的是让孩子住在隔间里。像李氏这样的身份，要时刻准备着待候他，怎么能让出她的床？就算是他亲生的二格格，这时的小孩子又管不住屎尿，弄在床上有异味怎么办？

这样一想，四阿哥问她："你睡在哪里？"

李薇指了下西厢，她最近起居都在西厢解决了，白天跟孩子在这边，晚上回西厢去。

四阿哥不免一皱眉。西厢跟堂屋当时为了采光，只隔了一个多宝阁，虽说榻前加了一面屏风，可出府后他宠爱李氏都是在寝室。毕竟不像在宫里那么不方便，现在地方大了，自然不用再委屈自己。

看看孩子正玩得开心的寝室，再看另一边只起掩耳盗铃作用的屏风。

李氏是故意的？四阿哥怀疑的眼神一飘过来，李薇下意识地就低头了。

跟着她勇敢地扬起头，谁知四阿哥不生气，他这次回来城府好像比以前深多了。

四阿哥低声轻笑，拉着李薇的手去了西厢。

"都下去吧。"他对玉瓶等人说。

直到四阿哥把她按倒在榻上时，她才发现他把人都赶出去居然就为了做这个！

各种复杂的情绪，包含着生气、害怕、愤怒、嫉妒，李薇捂着嘴角挣扎道："别……爷，我这样不能让您看到……"

闹了一下午，结束时窗外太阳刚刚落山，屋里已经暗下来，窗纱被映得一片金红。

他翻身起来，李薇知道这就要去福晋屋里了。小半年了，才回来，怎么都要给福晋面子的。她吃羊肉也是为了这个。可现在她难受得快疯了，背过去把脸埋在被子里想闷死自己。

四阿哥披上衣服叫热水，回头就看到她的样子。

这是又吃醋了。四阿哥居然觉得挺得意。他让人把水放在屏风外，出去让人侍候着擦洗干净，再回来叫她。

"还不快起来？要用晚膳了。"四阿哥道，看到李氏从被子里坐起来，嘴周围一圈全是红的。

玉瓶他们已经在外面站了一天了，送进去热水后就没见有动静。苏培盛比较着急，在书房时四阿哥提过晚上去福晋那里用膳。这会儿还不出来是干什么？

过了一会儿，屋里又响起了声音。

得，这下两人都闭嘴了，继续站岗。

四阿哥难得放纵一回。这半年里他看了太多的事，那些混账官员对着他的时候说得都很好听，可嘴里没一句实话。他知道，这些人统统经不起细查。可出京前皇上和太子说，不要跟他们认真，只能虚与委蛇。

他是个皇阿哥，是奉皇命来查他们的，可他们就敢明目张胆地糊弄他。凭什么呢？可他还就真不能处置他们。

那些人比他自在，过得比他逍遥。他屋里不过三个格格，最宠不过一个李氏，还是图她心性简单。可那些人中，竟有人有二三十个小妾，绝色之人一个巴掌都数不过来，有的连宫中都少见。还有人曾送爱妾来侍候他。

他嫌恶心！

这些人……这些人……他早晚不放过他们！

两人这么一纠缠，时间已经过了七点。李薇发热的脑袋也恢复正常，开始给四阿哥更衣梳头洗漱。

四阿哥也冷静下来了，抬起她的下巴看看，道："还用的芦荟碧玉膏？"刚才他吃到嘴里的就是这个味。

"挺好用的，涂上就不痛了，也不再发。"李薇的头发只是松松一绾，垂在肩上。

四阿哥替她了理头发，握住她的肩头，小声道："别胡思乱想。福晋是福晋，你是你。爷待你如何，你心里当有一笔账。别的事都不必操心了，照顾好自己和二格格。"

李薇双手环抱住他，撒娇道："爷，我刚才不是有心的……您别当真……"

四阿哥搂她的肩，笑道："爷还不知道你？就爱吃醋。"

出了小院，四阿哥也没去福晋的院子，而是回书房了。他昨天刚回来就入宫，领宴后又面圣，今天是皇上给假他才没去宫里。虽然现在福晋该从宫里回来了，他也没精神了。

在书房草草用了晚点后，四阿哥直接在书房歇下了。

第三天开始，四阿哥开始天天进宫。领了宴后就和皇上、太子说话，回来了就歇在书房。结果等他从宫里回来了，倒带给福晋一个大消息：皇上要亲征。

"我也要去，皇阿玛让我领镶红旗。"四阿哥坐下边喝茶边说，他在宫里已经不太喝茶了，不是在皇上面前就是在太子面前，茶喝多了要方便。今天在宫里是一口茶都没喝，跟着皇上吃饭又太咸了，四阿哥有点冒犯地想，是不是皇阿玛年纪大了，口味重了？

福晋显然有些没明白过来，赶紧问："这是什么时候的事？"

"大概这几天就要说了。"四阿哥端着茶，心道，估计阿哥们都不知情。皇上瞒得相当严，连京里也没什么消息。京郊大营本来要随皇上出征，这么大的调动居然一点风声都没听见，皇上的手腕实在厉害。

他见福晋面露失落，也知道他刚回来还没几天又要走，对福晋是不太好，连他也有些担心，道："几个阿哥都要去。皇上是想把我们带去见识见识，不过这次应该不会太长时间，兵贵神速，擒住贼首就回来了。"

福晋打起精神，刚要说让他放心去，就见四阿哥屏退其他人。

她知道这是四阿哥有话交代她，连忙专心听。

四阿哥本以为还有时间，谁知这就要走，想起福晋和李氏让内务府的那群奴才要得团团转，他就不放心。

"内务府的那些人……我都知道了。"他一说，福晋就跪下请罪。

四阿哥扶她起来，道："你是年轻，不知道他们的厉害。不说咱们府里，就是宫里，他们也敢摆布一两个不受宠的主子。我本来是想把他们中不好使唤的扔出去几个，但再送来的就未必是好的。"

他看着福晋，希望她能明白他的意思。一群奴才都能把她糊弄住，要是以后有身份更高的人为难她，她要怎么办？他能处置奴才，还能一样处置别人吗？

福晋点头道："我明白阿哥的意思，下回再不会这样了。"

四阿哥道："你能明白就好。这次的事就当给你个教训，你自己也要记住，人都是有私心的。就算你身边的人也一样。何况这次只是一两个下人还好说，要是日后你有了阿哥、格格，也任他们这样被人摆布？"

福晋被他这话一激，顿时反应过来。这话一半是责备她没管好身边的人，让宫里分来的那些人在府里耍手段，一半是在点二格格。大格格因为宋氏不受宠，所以反而没什么人注意她，就算有人要做什么也不会选她。可二格格不同。要是二格格在她这里像福嬷嬷一样病得不明不白怎么办？

福晋甚至不能说这种事不会发生，因为现在她连福嬷嬷是怎么中招的都没问出来，她中招还不是一次，至少是两次。

四阿哥看到了福晋的脸色，却不打算只说一半，他要趁这次出去前点醒福晋。

"李氏出身小户，见识浅薄，身边的人却比你服帖。福晋，三人行，必有我师焉。人皆养子望聪明，我被聪明误一生。惟愿孩儿愚且鲁，无灾无难到公卿。"

福晋的脸涨红了，可四阿哥仍旧道："这首苏公的诗，我送给福晋，望福晋时时自省。"

"谨，领训。"福晋起身离座，端端正正地跪下去道。

十天后，四阿哥随皇上出征。太子留京监国。从大阿哥起往下，一直到八阿哥都跟着一起去了。

四阿哥走后两个月，福晋有孕。

在得知福晋有身孕的消息前，李薇正在整理四阿哥临走前让苏培盛抬过来的四个箱子。她开箱一看，四阿哥，你绝对是受贿了吧！

有两样东西就单占了两箱。一个是象牙雕的梳妆一整套，包括一个最大的带妆镜的三层妆匣，十二个巴掌大的小箱子、小盒子，一般用来放胭脂啊香粉啊头油啊一类，还有两个手靶镜，可以拿在手上照的。

这一整套摆在妆台上，奶白色温润的象牙在阳光下简直美呆了！李薇是用了很大的决心才让玉瓶她们把它收起来。

还有一个是南瓜那么大的整玉透雕的香炉。

这个刚抬出来就让李薇连连摆手："赶紧放回去！"她哪里能用这么大块的整玉！她最大的一块玉也是四阿哥给的，只是那是个巴掌大的玉兔镇纸。

屋里没人能认出这是什么玉，还是柳嬷嬷见识得多些，一眼就看出了。"这是南阳翠。柳叶黄，颜色匀净，还算透。格格放心，这个没那么值钱，阿哥去的地方正好产这个。"她顿了顿，眼睛也有些收不回来，满目赞叹还要批评，"至少绝比不上那套牙雕。"

呵呵。当然吧？这是海外商人带来的？那群地方官员真够黑啊，怪不得四阿哥恨成那样。那牙雕估计宫里不是一二般的主子也见不着吧。

这两样都让李薇给压箱底了。怎么敢摆出来？剩下的东西也不再看了，造册后全收起来。

倒是有一套紫檀木的小玩具被她拿出来给二格格玩，其中一个香瓜那么大的木球，从外表看不到里面，可一滚就发出清脆的铜铃声，二格格最爱踢着它在床上玩——在地上玩李薇舍不得。

她正陪着二格格玩鲁班锁，这东西比较费脑子，小时候李薇没少被它打击自信心。嘿嘿嘿，现在就用来难为自家闺女喽。

玉烟进来小声告诉她，福晋停了两个月的换洗了。

四阿哥也走了有两个月了。玉烟说完就小心盯着李薇的神色看，可她还有心情想，她都快忘了玉烟的技能点是消息灵通了。上次用了半年在宫里认识了个弟弟，这次在府里是用了一年多才打通福晋那边的关系？

李薇抱着二格格舒了口气："这是好事啊。福晋有了，咱们就都轻松了。"说着她笑了，觉得身上一块大石算落地了。

虽然她不知道福晋这胎是男是女，但只要有了这个孩子，她能肯定福晋会比现在更沉稳。对她的敌意也会少些吧？

正院里，福晋坐在榻上，闭目微笑。她现在不抄经也不捡佛米了，每天没事时就歪在榻上，捧着还不见丝毫起伏的肚子。福嬷嬷和屋里的丫头们也全都跟怕吓跑了孩子似的，说话、走路都又轻又慢。

"不必这样。"福晋笑道。

福嬷嬷终于好了以后，瘦得快脱了形。可自从得知福晋有了好消息后，她是走路也有劲了，脸上也是红光满面，看着有精神多了。她道："福晋，现在是多小心都不为过的。咱们可是盼了好几年了啊。"

是啊，是盼得都不像真的了。福晋想，盼得太久，她居然都没感觉了。要不是福嬷嬷等人高兴的样子，她都忘了：原来我盼了这么久吗？

从上个月停了换洗时，葡萄她们都激动极了，就她还冷静地让她们不要声张，大夫也不必请："再等等，时候短了，大夫也把不出来。"

其实她是觉得未必是真的有了。现在停了两个月了，她也猜到了。可还是没有想象中欣喜若狂的感觉，而是……她居然觉得这个孩子来得不是时候。

四阿哥临走前刚交代她要收拾好自己的院子，她也正打算趁着他不在，把这群内务府的人给收拾了。现在却不行了，只能大刀阔斧地全都重罚，罚得他们不敢再动歪心思，她好腾出空来怀孩子。

再晚几个月就好了，等四阿哥回来后，府里也收拾好了，她就能安安心心地怀孩子了。

小院里，柳嬷嬷匆匆从外面进来。二格格就算落地了她也没走，托了庄嬷嬷算是寄在了李格格的名下，当了她的奴才。福晋那边她自己的人都用不完，还有那么多人挤破头往里挤，她就不去凑热闹了。倒是李格格这里，有宠却无人，她正好捡个便宜。

说不定这冷灶让她给烧热了呢？

她对李薇道："正院那里，提了好几个人去二门外打板子呢。"

李薇吃惊道："打板子？"这可不像福晋的手法啊！福晋一向是喜欢润物细无声的，最好什么事在旁人不知不觉间就办好了。

看来福晋有孕的事有八成是真的了。她想。

除了李薇，宋格格和武格格也都得到福晋打人的消息了。宋格格住得离福晋近些，一天有半天时间都在正院消磨，就算坐冷板凳也不走。她比外面的人更早发现福晋不抄经、不捡佛米的事。那时，她就猜福晋是有好消息了。

现在打板子只是更明显而已。

宋格格虔诚地给观音上了三炷香，求福晋能一举得男。

"额娘的大格格……就是为了你，额娘也盼着福晋能生个阿哥。"她的大格格养在福晋跟前，要是福晋也生个格格，那她的大格格就要靠后了。

武格格这边，她是既不知道福晋停了换洗，也不知道福晋不再抄经。可只从福晋突然风格大变打人板子，她坐在棋盘前对着一局残局算了半天，得出福晋可能有了。

福晋这么雷厉风行，一是四阿哥走前交代她了，对之前那一年正院里乱七八糟的事不满。可是四阿哥这一走，至少有半年的时间让福晋动手，何必这么着急？

二就是，福晋以后会越来越没时间管，只能尽快先把这个处理了，忙另一件大事。

有什么事会让福晋这么紧张，会比四阿哥府的事还重要？

武格格叹了口气。福晋没有孩子时地位不稳、底气不足就会针对李格格，她对李格格才有用。现在情况不同了，李格格那边没了压力，对她肯定就会再次疏远的。

她们两个格格，本来就是迫于形势才会联合在一起。要是她能靠自己站稳脚，也不会去依附别人。

上次，李格格避宠，四阿哥却把劲全使在了福晋身上。

她不知道该不该怨李格格没替她说两句好话。或许她说了，只是对四阿哥来讲还是福晋那边更重要。

武格格想，她又错过了一次机会。福晋有孕后，李格格不需要她了，四阿哥肯定也不会再想起她。

她站在窗前望向正院的方向，心底深处盼着……福晋这胎……要是能出事就好了……

镶红旗大军营帐内，四阿哥拿着随邸报一同送来的报喜的家信。福晋在他离开后，经太医诊出了身孕。

福晋在信中写道："妾安，愿君武运昌隆，旗开得胜。"

四阿哥拿着信舍不得放下，福晋有了孩子，要是能一举得男，她的地位就稳固了，人也不会再那么浮躁。这样他才能放心府里。皇上那边已经有消息，这次的仗是必胜的，回去后可能明年就会分封诸皇子，他至少也是能得个贝勒的。

之后，他的差事会越来越多。福晋必须能在他不在的时候撑起整个府邸，去年那样的事不能再发生了。

他一激动，就写了整整四页的信。说得知这个消息非常高兴，这是个吉兆，他们一定会胜利。让福晋小心保胎，注意身体。府里的事都托付给她了。

接到这封信的福晋第一次感到有了孩子的欣喜和满足，她珍惜地看了好几遍信，信上四阿哥的激动和快乐都能透过信让人感受到。

四阿哥也盼着这个孩子很久了吧？他以前是不是很失望她一直没有怀孕呢？

福晋想，以前是她做得不对，没有体会到四阿哥的心情。其实，他对她的期望比对格格们大多了。

放下信的福晋长长地舒了口气，觉得前所未有地清醒，她是四阿哥的福晋，是这座府邸的女主人。她的人生不是跟格格们比生孩子、比宠爱，而是跟四阿哥站在一起，成为他的臂膀。

正院的气氛在太医来过后陡然一变，福晋有孕的喜信传遍前后院，就算已经猜到的李薇也要正式地向福晋道喜。不必送东西，只要去福晋面前福个身就行了。

之前因为福晋打了一批人，都是内务府送来的不甘寂寞、搅风搅雨的那些人。现在福晋有孕，在石榴等人纷纷落马后上台的人都变得紧张了，以为福晋马上就要把他们都换到闲差上去，继续任用心腹。

可让所有人吃惊的是，福晋反而正经地把福嬷嬷调到了闲差上，让她总管一切琐事，却什么真正的差事也不给她。葡萄被派去布置产房，里面的东西全都要新做的，领了一大堆的针线布匹后就让她回屋了。

反倒是大嬷嬷和庄嬷嬷，都被提了上来。大嬷嬷管了库房和后院的膳房，庄嬷嬷管人事。这些原本就是她们的差事，只是福晋把原本攥在手里的那部分也交出去了，真正把两人当成心腹去用。

大嬷嬷虽然还看不出来是否有偏向，庄嬷嬷倒是很快向福晋递了投名状，她把前段时间李格格早产被疑有问题的事说了。

福晋听了自然心惊，二格格从出生到现在，她只见过寥寥几次，虽然当时李格格生子确实早了一个半月，可因为孩子平安生下来，产妇也没有问题，药都没喝一碗，她就没放在心上。到今天才知道，当时还查过这个。

屋里虽然只有她们两个，福晋还是压低声音问："可查出什么不妥？"

不妥是随时都能找出几个的。至少李格格有孩子后，庄嬷嬷就不止一次听到福嬷嬷嘴里不干不净。但现在她是福晋的人了，当然不能找自己人的麻烦，何况福嬷嬷跟福晋的感情不是一两天了，她就是说了也卖不了好。

于是，庄嬷嬷认真道："不曾查出什么不妥来。"

福晋松了口气。放下心来想，刚才是太紧张了，要是真有事，四阿哥也不会事后一个人都没处置，对她也是一点声色都没露。

没事最好。可这世上最不缺的就是"莫须有"三个字。什么事，看你像，你就是，越看越像，到最后说不清的人不知有多少。

福晋打算想个办法，洗脱自己身上的嫌疑。

过了两天，李薇就听说福晋为了给四阿哥祈福，掏私房钱在京郊的皇觉寺点了三盏长明灯。一盏是四阿哥的，两盏是大格格和二格格的。听说一盏一年就要四百钱。

就算是李薇，也觉得这是件好事。

四阿哥府里前所未有地安定下来了。所有人都像是各归各位，也不会再有人觉得李格格的风头盖过福晋，而福晋地位不稳。这个孩子就像定海神针一样，把原本动荡不安的四阿哥府给定住了。

五月末，三、四、五、七、八这五位阿哥先回来了，他们回来了却没回府，全都留在京郊大营。七月，皇上回朝了，大阿哥先快马回京报信，太子迎到郊外，恭迎皇上。

京城里，大军回来的欢喜劲还没过去就听到一个晴天霹雳：皇上这次出去要抓的噶勒丹，跑了。

于是，所有的人都夹紧了尾巴。

几位在京郊大营的阿哥跟着皇上一起回宫，然后在武英殿外站着，从顶着大太阳一直站到了天黑。

皇上可能是真憋着气，一回来歇都不歇就叫太子和军机处所有大臣一起问政，把大军走后京里所有的大大小小的事都问了一遍。

四阿哥和其他兄弟站在一起，全副披挂不说，先是头顶大太阳晒着，晒得整个人都快烤熟了。等太阳落了，武英殿前又开始刮穿堂大风，呼呼地把人身上的汗都刮没了，然后就刮得人发冷。

七月啊！

四阿哥就看到三哥的脸先是被晒得发红，现在是被风吹得发白。他伸手扶了一把，小声："三哥，你怎么样？"

三阿哥不敢开口，只是拼命瞪大眼显得自己还很精神。他从刚才就快被身上的披挂给压趴下了。皇子穿的披挂全都是真正的黄铜和黄金制的，镶在浆挺的硬牛皮上，从前到后，整个袍子上都是。再加上他的腰带、两把腰刀、头盔也全是宝石黄金……妈啊，好沉啊……

之前还能看到后宫的小太监跑过来看他们什么时候结束，估计是宫里有儿子的妃子想能不能见儿子一面。天一黑，小太监也不来了，大概是知道今天没戏了。

皇上跟大臣和太子的话都说不完，四阿哥看着快八点了，里面才出来一个小太监请阿哥们先回去，这几天准备陛见。

四阿哥等跪下对着武英殿大门磕头，然后各自散去。

一出宫门，三阿哥扶墙道："老四，看有没有我们府里的车。老子走不动了。"

五阿哥架着三阿哥，四阿哥在外面等人的车里问了问，果然有三阿哥府的车。现在大臣们都还没回家，宫门外接人的车都快比秀女入宫时还多。

三阿哥的福晋果然挺了解她爷的，车挺宽大，跟车的两个把式把三阿哥扶进去后，一个小太监在车里就帮三阿哥把身上披挂卸下来了。三阿哥像没骨头一样往车里一倒，对着车外的两个弟弟摆摆手："回头再找你们聊，我先走了。"

目送三阿哥的车走后，四阿哥和五阿哥府里的车也排除万难地驶过来了。只是四阿哥要面子，不肯像三阿哥一样出门就坐车，五阿哥是根本不累，两人走着，车在后面跟着回府。

路上，两人都不发一语。

皇上这次面子丢大了，虽然还留人在外面继续追噶勒丹，可皇上带着一群儿子去显本朝国威，再灰溜溜地回来……这股火要往谁身上撒呢？谁来替皇上把这个面子找回来？

四阿哥的心情更复杂点。他也是今年回京后知道皇上要出征，才明白为什么皇上既派他查，又不许他办那些贪官了。不就是怕后方不稳吗？他自己忍气吞声地回来了，觉得自己这阿哥的面子都丢光了，被一群乱七八糟的官给哄骗了。那皇上忍得就更辛苦了，结果却是这样。

上一次，他发现阿哥在皇上面前不值钱。太子的威信皇上说扫就扫，二十几岁的太子还不能光明正大地参与政事，说让他去带小阿哥读书，他就要去，还不能有怨言。

他们这群十七八岁的阿哥，也只能跟在后面当小孩子。

可到外面看看，现在哪家十七八岁、二十几岁的男孩不是大人了，还让人当孩子养着？

可皇上要他们这群阿哥当小孩子，他们就要当小孩子，不能跳起来说，皇阿玛，我们长大了，让我们干活吧。

这一次，他发现皇上在某些时候也是不值钱的。

现在皇上是摆出勤政的架势，可能还要对几个官员发作。但面子丢了就是丢了。

跟五阿哥分手后，回到府里。四阿哥进了书房，换衣服洗漱，想着应该去看看福晋，却动也不想动。说实话，他担心太子。除了太子，就是后勤粮草和军械的那群人会被拖出来当替罪羊了。官员们不管杀多少都不愁有人干活，可太子……

四阿哥在书房的榻上翻来覆去地睡不着。

皇上真的会再扫一次太子的面子吗？

越想越心烦的四阿哥一骨碌坐起身，外间侍候的苏培盛不敢睡，赶紧道："爷，要用茶吗？"他听见四阿哥下床的声音，马上进来侍候。

四阿哥穿上衣服，道："去你李主子那里看看。"

去看看李氏和二格格，换换心情吧。

一行人寂静无声地提着灯笼在前开路，穿过小门就是李格格的小院。

小院的屋檐角挂着一盏气死风灯，荧荧一点在夜色中闪烁。

院子里，赵全保是跟着过来的，没机会通风报信，玉瓶几个是披着衣服来开的门。四阿哥直接去西厢，他记得上次李氏说她现在就住在西厢。却发现西厢无人。

这时，李薇披着衣服从寝室钻出来了，睡得脸红扑扑的。

四阿哥以为二格格已经挪出去了，一边搂着她的肩回转，一边道："怎么睡得这么早，不等爷来看你？"

李薇心里喊糟糕，呵呵两声。

进到屋里，四阿哥一掀床帐就看到二格格睡在床里，四肢摊开，睡得呼呼的香。这还不算什么，往床尾看，百福正冲着他摇尾巴。

四阿哥早发觉李氏一脸迟疑，心知有问题，却没想到她会让百福和二格格睡一张床。

百福是只温驯的母狗，但这也不对！

他回头盯着李氏，第一次沉声道："你大胆。"

李薇扑通跪下。

这真是她这段时间过得太轻松了。四阿哥算起来已经很久没回家了，她真的已经习惯把他给抛到脑后去了。今天四阿哥八点多才回来，听说又是郊迎又是在宫里累了一天，她以为他就直接在书房睡了，谁知道他会突然跑过来了。

福晋不是有孩子了吗？你不该去她那里吗？

四阿哥坐在床沿，盯着跪着的李氏看。他在想怎么教训她，把二格格抱走？福晋刚怀上，不合适。把百福抱走？他以后会越来越忙，抱去书房也未必有时间陪它。送到福晋那里？福晋不像喜欢狗的。

罚她？怎么罚？罚银子？李氏压根就对银子没数，刚进阿哥所时赏谁都是赏银子，他知道时还以为有人欺负她，谁知道是她自己手太大。再说，他那里还放着她一箱银子呢，也没见她跟人哭穷。

罚板子？打下人的板子肯定不行，要不，让人制一根轻薄些的竹板？谁来打？

四阿哥想到要脱掉李氏的裤子按在那里打竹板子，喉咙就干了。

他打，也不必竹板了。

伸手刚把李氏拉起来，后腰就让一条小腿狠狠地蹬了一下，他回头一看，二格格这会儿自己睡成横的了，两条小短腿正抵着他的腰使劲踩呢。

李薇看到，解释说："她这是做梦走路呢。"她也被这丫头蹬得不轻，腿上腰上都是青的。

四阿哥看着女儿，等回过神来，气全都没了。他再次沉下脸，把李氏拉到怀里，小声训她："你怎么能让百福和格格睡在一起？"怕吵醒女儿，声音压得很低，两人就凑得很近。

他这样气势就全没了，李薇也不怕了，也是小声道："百福不脏，上床前都要洗洗爪子和屁屁的。"

"那也不对！"四阿哥在她屁股上用力拍了下，打得她腰一挺向前躲，"百福再乖也是狗，格格那么小，手脚没轻重，狗发了狂咬着格格怎么办？"

李薇道："我也一起睡啊。"

四阿哥："那更不对！应该让百福在它屋里睡。不是你抱，百福根本不会上床。"这倒是，刚开始抱上来时，百福都会很不安地跳下去。现在是习惯了。

"我今天是忘了。"李薇道，其实等她睡着后，百福会自己跳下去的，"它只是在保护我。"她是真的这么感觉的。自从有了二格格后，百福从来不离二格格一步，哪怕是奶娘，它都瞪大眼睛盯着。晚上，百福跳下床也是睡在门边。

"它这么通人性，我都把它当家人了。"李薇摸摸百福。

百福大概知道是在说它，尾巴也不摇地坐在四阿哥跟前，一副认打认罚的样子。

四阿哥知道百福忠心，也不忍心罚它。所以还是李氏不对！狗是好的，是她没个主人样，把狗带坏了。

他拉着她钻到了屏风后，百福大概真的很聪明，没有跟过去，而是趴在床边看着床上的二格格。

屏风后，四阿哥："这是在哪里碰的？"怎么大腿上都是青的？

"二格格踢的，她的腿特别有劲！"李薇被他发凉的大手一碰，嘶嘶地抽冷气。

啪！

四阿哥拍了她一巴掌。

"呀！"李薇要躲，被他按住连扇了十几下。

"下次再让我瞧见你没规矩可没这么简单了。"四阿哥道。

过了一会儿，屏风后就传来喘息的声音。

"怎么在这儿啊……"

"一会儿去西厢。"四阿哥扔下一句，专心办事。

之后两人从屏风后出来，轻手轻脚地穿上衣服去西厢。李薇不忘交代让奶娘去看着二格格。

四阿哥在西厢又痛快一次后，搂着李薇躺在榻上，觉得神清气爽，脑筋也清楚了。皇上没面子是肯定要人出来顶罪的，他发作大臣没关系，要是发作太子，他就要出去替太子说话。

毕竟，就连皇上心里也明白，对太子只是迁怒。他此时出去，不但太子承他的情，皇上对他也会有好印象的。

他摸着李氏滑嫩的肩头，想起福晋有孕的事。

"福晋近来如何？"他问。

"我没亲见福晋，只是听人说还是挺好的。"李薇道。

四阿哥见她语焉不详，可话语中也不见嫉妒，倒是比新年的时候看起来气色更好，更安然了。李氏果然是个好的，见事明白，不是个小家子气的人。福晋有孕对大家都好，对她尤其好。她能知道这个道理已经不错了。

四阿哥有心哄哄她，也是想奖励她，道："我记得十五岁的女子可以取字了。"

李薇："嫁人就可以取了。"不然怎么叫待字闺中呢？可惜她算是嫁给他了，他却不是娶的她。

"我为你取一字，唤素馨。"四阿哥抚摸着她的长发。出征的路上，常能看到一丛一丛的五瓣小花，粉白可人，香气郁郁，让人闻之忘忧。随行军医让小工采这种花入药，煎汤给吃了烤肉而胃痛和嘴里烂口子的士兵喝。

他也曾采来一袋放在帐中，浓香久久不散。

素馨……听起来好像突然年长了十岁的感觉……好像丫头名……李薇深深觉得还是自己的名字好听，蔷薇花多美啊，开满一墙时多华丽啊。可四阿哥正在陶醉，她也只好说服自己素馨也不错啦。

第二天，四阿哥走后，李薇查出素馨是花名，就让赵全保去问花园的花匠，能不能移一株素馨花给她。

两天后，花匠把花送来了，养在一个双手合捧那么大的小釉盆里，花正开着，雪白的五瓣小花迎着风。

小院里，玉盏和玉水带着玉春、玉夏做针线，坐在廊下借着外面的阳光。

二格格被装在李薇让工匠做的一个学步车里，这样的学步车还是她小时候用过的呢。两个圆铁环上下由三根细铁棍连着，下方圆环较大，镶着四个小轮子。上面的圆环拴一个布兜兜，兜住二格格的小胖屁股。高度刚好够二格格脚踩到地上。

用这个学走路稳当得很，不会翻，小孩子也不会摔跤。

她画得简单，工匠送来的华丽多了。底下那个圈是黄铜的，上面的却是红木的，做得像个圈椅似的，后面还有靠背，前面小孩子会用手抓的地方还包了小羊皮，软乎乎的，不硌手。这样下沉上轻，小格格一进去就高兴坏了，一天都不愿意出来。因为有这个像小车似的东西，屋子里显然不够她折腾了。

李薇就让人带她到院子里去。小家伙也不嫌太阳晒，在院子里一边尖叫一边跑着咯咯笑。百福前后跟着她一路小跑。

她高兴起来就跟着二格格一起跑，或者跑到前面拍手让二格格追，逗得小姑娘更兴奋了，一阵阵地叫。结果把前院书房的四阿哥给叫来了。

四阿哥最近心情很好。皇上没找太子的麻烦，可也没给太子好脸色看。八月，他奉太后去热河，只带了大阿哥和几个小阿哥。太子没提，三阿哥着凉伤风拉肚子，抱病，四阿哥说福晋有孕，府里无人主事，也请旨留下了。

其实就算不提，皇上也没打算带他们。五阿哥、七阿哥和八阿哥就没说什么，可皇上临走也没点他们的名。

他们中间，四阿哥是看清楚了。五阿哥是无所谓，七阿哥沉默不语，八阿哥的失望溢于言表。这次出征他是很努力的，在外时皇上还说要赏他，结果没抓着噶勒丹，这赏也不提了。回京后，他也多次进宫想表一表孝心，哪怕让皇上骂一顿出出气也行。

可就算想给皇上出气也轮不上他。

太子也算宠辱不惊了。纳个太子妃就拖了那么长时间后，他早就清楚皇阿玛的心思了。外面家里的男孩长成了，大多十四五就想着给他娶媳妇好开枝散叶，他一个太子却等到了二十几岁。

为了他，几个弟弟的成亲也是往后拖，但好歹都是十六七就成亲了。因为这个，京里各府男孩娶亲的岁数越来越大。

他叫来四阿哥，交给四阿哥一样差事。

老四向着他，他心里也是有数的，有好事自然想着老四。皇上离京前交代明年还有阿哥要分府，这次有份跟着去打噶勒丹的几个阿哥都要封爵。大阿哥肯定能封个郡王的，往下就难说了。太子觉得，三阿哥和四阿哥估计也能捞个郡王当当，老五可能就危险了，但或许看在宜妃和太后的分上，也能封一个。

七阿哥往下应该都是贝勒。他和八阿哥都要出宫建府，大阿哥他们的郡王府也要跟着扩建，这种来油水的好活儿，向来都是别人抢着干的。

四阿哥听了太子的话，也承他的情。对内务府来说，就是钱从左手倒腾到右手，中间多少人受惠就不得而知了。今天他拿了这个差事，肯定这油水也有他一份。

太子笑道："你开府没几年，府里也添了不少的人口。听说你福晋也有了，趁这个机会多少搂一点，这种好事可不是年年有的。"

"多谢太子。"四阿哥行了个大礼。

开府最要紧的事就是把附近民居的人迁走，这个不但费时长，还容易添埋怨，动不动地可能就让人指着祖宗八代问候了。

四阿哥当然不会主动找骂，他只是拿了图纸回去审看，就闭府不出了。皇上不在京，还是老实点好，上蹿下跳的容易出事。他看着七、八两位阿哥府邸的堪舆图，忍不住拿出自己府的堪舆图比较。

总的来说，他的府邸更好，位置、风水好，府邸里的建设也比较完备。七阿哥和八阿哥的府都要大修大建才能成形。如果他得封郡王，府邸肯定还要扩建，周围大概有几条民巷是要迁走的。

再扩建的府邸干什么使呢？

四阿哥在自家的堪舆图上比来画去，把另两位阿哥的图忘到脑后了。现在的四阿哥府就是个长条形，因为以前就是前朝的宫监邸，所以建设得已经相当完整了，要扩只能尽着一边，这样空间大也好发挥。

从堪舆图上看，要扩是李氏院子的那个方向最好扩。那边民居少，迁民时怨气就少些。他拿上一张纸叠在图上，拿圭笔描出形状，一一添上周围的景物。再重叠周围民居，添上轮廓后，他略心算了下，开始觉得这点地方施展不开。

整个府邸原本是个"串"字，扩建后就成了"册"字。以正院为中轴，以前是"卅"，中间一道门隔开，正中间是他的书房和福晋的正院，两侧分别是格格们的院子和下人房。

现在是东侧可以再扩出两排民居，正是李氏和武氏的院子那边。在不改变原来布局的前提下，最好是李氏和武氏的院子往外挪，现在住的扒掉，改建成第二个花园。可这样福晋未必高兴，她可能会觉得李氏离后院更远了。

四阿哥把这一张纸放到一边，心想：另选一边民居来扩呢？他在府邸正后方圈出一块来，干脆在这里改建。原来的花园本来就嫌小，干脆这里重建一个大的。这样就不必改变原来的格局了。

他一入迷，就忘了用膳。苏培盛看他严肃地又写又画，又是找资料又是翻图纸，桌子摆得满满的，也不敢进去催。

一直等到午后，二格格清脆的笑声传来，才让四阿哥回了神。他放下笔，顿觉腰背酸痛。要是有个新的大花园，他也可以常去消磨时光。他伸了个懒腰，望向小院的方向。二格格的笑声尖叫仍不时传来。

小孩子这么笑会伤到嗓子的。

四阿哥担心地想，指望李氏是不成的。她自己就管不住自己，更别提让她管孩子了。不过宫里的格格都被管得没一点脾气，他一母同胞的五妹妹偶尔一见，温顺得让他都不敢看。身为格格应该有气势，就算气势不足，脾气也要够大，不然嫁人不是等着被人欺负吗？

皇上教女儿都拿温良恭俭让来教，全都教成了汉家女子的小孩子气，一点没有满族女子的大气爽朗。这样还总往外嫁，谁能放心？

这样一想，二格格让李氏养说不定也不坏。

干脆去看看吧。

四阿哥特地换了身衣裳，重新梳了辫子，还很有心情地拿了把折扇。苏培盛看他这么折腾，偏头看了眼书桌，心道：看来阿哥今天的心情确实不错，是差事办得很顺利？

想起封贝勒、扩建府邸和新花园，就让四阿哥的好心情一路飞扬。走进小院看到二格格坐着个怪东西，小短腿跑得还很快，他快步上前弯腰稳住她的学步车，仔细一打量，心中赞道，倒是个好东西。

他一斜眼，苏培盛就知道意思，赶紧上前小声禀报是李格格画了图送到工匠那里做的。

四阿哥心情好，看什么都好，此时想起李氏为他做的千里路鞋底和百味调料块——靠这个东西，刘宝泉还得了一百两银子的赏呢。他回头看到李氏穿一身柳叶黄的薄袍子，手握团扇福身拜下，伸手扶她起来，温声道："你的小脑袋里还真有些巧思，可惜心思都没用在正地方。"说着点了她几下。

什么意思啊？没头没脑的。

李薇嘴角带笑，举起团扇挡太阳，道："爷，去葡萄架下坐着吧，那里凉快呢。"

四阿哥携着她慢步走到葡萄架下，那里摆着藤椅、竹榻和小几。小几上摆着个大肚子的南瓜白瓷壶，旁边两盏白瓷圆杯。

"你一向喜欢这种圆润的白瓷器具，让人给你烧一窑吧。"四阿哥坐下道。

李薇坐在藤椅上，不靠着他，免得热。壶里是酸梅汤，知道他不喝，干脆不给他倒，让玉瓶拿来铜剪子，亲手去葡萄架上剪了两串葡萄。交代拿去洗干净用井水镇着，一会儿送上来。

葡萄架下虽然意境有了，但还是略热。四阿哥坐一会儿就一身汗，他天生爱出汗，衣服跟着也湿透了一大片，让人看着都替他难受。

李薇道："要不要进屋换件衣服？这里有今年夏天新给你做的袍子，都没上过身。"当年说要两人一起做汉装，结果做好他就没穿过。可每年做新衣，照样还是给他做，就放在她的箱子里，都有二十几套了。

四阿哥被太阳晒得有些懒了，闻言半天才"嗯"了声，跟她进屋，临走前指着还在太阳下的二格格道："没看格格脸都晒红了？快带进去。不许擦汗吃冰水，只把汗湿的衣服换掉就行。"宫里养孩子规矩多得很，四阿哥也是这样长大的，虽然小时候恨嬷嬷和太监管得严，可长大了就知道里面有些事是很有道理的。只这个大汗后不能灌冷水冰饮解渴就是对身体有好处的。

奶嬷嬷们赶紧抱着二格格进屋了。学步车留在了外面正要收，四阿哥一眼看到，道："那个学步车拿进来给我看看。"

屋里摆着冰山，老房子高梁纵深，阴凉气相当足，所以一进去两人都打了个寒战。玉瓶等人已经找出了替换的衣服，李薇去屏风后，把外面让给他。

玉瓶找出来的衣服正好是一起做的，他是月白色的大袖长衫，没腰带。她是桃红的大袖子短上衣和月白的大摆裙。在李家时，李薇听额娘和阿玛说过，此时的汉人衣服已经和前朝时大不相同了。

他们现在穿的就是改良版的。

李薇看四阿哥就少个文士帽，穿这身配上他那个头，怎么看怎么别扭。她自己把手往袖子里一缩，矮肩侧身一福，感觉挺像那么回事的。扮上就有那种感觉了，她干脆掩住口，学着戏台上的腔调拉长来了几句："公子，你怎么跑到小女子的闺房里来了？可是那不安好心的贼人？待我叫来家人，将你擒住，送到官府打板子！"

四阿哥也跟着一甩袖，双手往前一揖："啊，小姐，莫要高声啊。"

屋里侍候的玉瓶和苏培盛都掩住口，禁不住笑了。都是看着四阿哥心情好，又想玩，他们当然要跟着捧场。不然主子演了，你不笑，那不冷场了吗？

四阿哥来了兴致，让玉瓶重新给李薇梳头，看到梳妆台上用的妆匣还是原来那套，问："那套牙雕的呢？"

李薇坐到妆台前，道："我怎么敢用呢？收起来了。"

四阿哥："又不是什么好东西，要是放在箱子里，我还拿给你干什么？书房那里又不是没库房，拿出来用。"

玉瓶只好忙去开箱子取那套东西，李薇让她慢点，晚上能摆出来就行了。

四阿哥转头去了西厢，铺纸、调和颜料，明显是想拿李薇作画了。

李薇配合地梳了个汉家女子的髻，斜坐在屏风前，手中举着个团扇摆造型。四阿哥左看右看，道："不像，去拿把琴来。"

李薇这里只有琴桌，没有琴。苏培盛看那琴桌也不成样子，赶紧跑回去开前院的库房，搬了琴和琴桌、香炉等一套过来。调好音，净手焚香后，李薇坐在琴前，四阿哥还过来教她摆姿势。

之后，她架着两边胳膊摆出弹琴和陶醉的样子足有一个小时，胳膊最后都要玉瓶在后面帮她托着。

最后终于画完了，李薇赶紧跳起来活动快要僵掉的胳膊和腰，走到书桌前，见四阿哥正在题词，老实说他的诗词造诣倒是高多了。

她伸头一看，诗词意境先不提，这一笔狂草好像是一笔下来没有停歇，一气呵成，写的时候，他的感觉一定很好。

他今天刚来时，她就觉得他的心情不错，现在看不只是不错啊，简直是爽死了、美死了。美得都有点不像他了。

可现在有什么好事啊？难道是福晋有身孕？

想到这个让李薇整个人都不好了，晚上用膳时也没什么精神。四阿哥在晚膳后，让苏培盛把李薇当时拿到工匠处的学步车的图纸取来了。上面画得虽然清楚，就是太简单，上下两个圈，下面的圈粗一点、大一点，三条直线连着两个圈，下面再加了四个小轱辘。旁边的尺寸数字倒是很清楚。

再看工匠做好的那个，才叫东西，才能拿出去给人看。

四阿哥一边另铺一张纸，打算重画一幅，一边吩咐苏培盛："一会儿拿我的图去，再做两个，一个给大格格送去，一个送到福晋那里去。"

他的话音刚落，李薇若无其事地站起来，笑眯眯道："四爷，二格格这会儿该喝水了，我去看看。"

她再若无其事，四阿哥也能看出来她这是不高兴了。苏培盛快把头垂到比桌子还低了。

四阿哥"嗯"了声，等她出去自顾自地画完，把图给苏培盛，然后才去二格格的屋里。

他回来后，李薇就给二格格在寝室东尽头隔出个小间来，顶墙放下一张箱床，两边用一道大屏风隔开。

四阿哥进来时，李薇正陪着二格格在玩鲁班锁。其实从他进来的那一刻，她的注意力就全在他身上了。用现在的规矩说是她不对，可她就是当时冲动了，现在害怕了也不想请罪。

只好一边害怕，一边僵着。心里恨自己怎么在这时拗起来了呢？脸算个什么？赶紧扔了去抱大腿求原谅啊。

四阿哥过来拉着她的手直接出去了，让玉瓶进去看着二格格。他们回到西厢，苏培盛已经出去了。

坐下后，四阿哥盯着她看了半天，把她看得垂头含胸不敢抬头后，才搂住她叹道："爷替你做面子，你还生爷的气？也就是今天，爷的心情好，不跟你计较。就算是福晋也不敢这么给爷脸子看，还二格格要喝水，你怎么不想着给爷倒杯水？"

李薇的手在下面钩着他的手指。

"这会儿不生气了就来闹爷。"他握着她的手拉上来，盯着她咬了她的手指一下，"你这小脾气啊，也不知道怎么就这么多。动不动就要恼一下，再一哄就好。简直是狗脾气。"

你才狗脾气。李薇心里暗骂。你全家狗脾气。你祖宗八代都是狗脾气。

"是不是故意等着爷来哄你？"四阿哥笑着过来咬她的嘴，你来我往亲到一起。倒在榻上时，她还是心里带气，抱着他的胳膊使劲挠。

"这是气还没消？小醋桶。一点好东西都要留给自己人使，外人一个不给是不是？给爷，给二格格，不给其他人是不是？"四阿哥抓住她两只手。

"不气，不气。乖啊。爷知道你待爷好，爷都记着呢。"他趴在她耳边说，"绝不会辜负你。"

净会说好听话！谁信你谁是傻瓜！

大傻瓜李薇眼泪汪汪地咬着他的胳膊想。

李薇觉得她越来越无法很好地把握自己。

自从有了二格格后，她发现自己的依靠不止四阿哥一个了。人有底气后会有很多变化，她的变化就是开始对四阿哥横挑眉毛竖挑眼。虽然不敢诉之于口，可她确实对他越来越不耐烦了。有应付他的时间，听他那些甜言蜜语，还不如跟女儿在一起呢。

她本来就不太会控制脾气，以为这样没以前可爱的她会很快让四阿哥失去兴趣，还设想过很多他不再宠爱她后，她怎么在后院里生活的细节。

一年三百六十日，风刀霜剑严相逼。

她被自己虐得常抱着被子偷哭。可她虐完自己，发现四阿哥居然来得更勤快了！而且脾气更温柔更好，她发脾气，他等会儿就一脸宽容地过来哄她，一脸"啊呀，又来了，好受不了哦"，可行为上根本不是那么回事！

他明明就得意死了。

李薇这才发现……四阿哥说不定想得比她还多。

当福晋的肚子越来越大时，一个严峻的问题摆在了面前。那就是谁来代管这段时间的后院。至少要管到福晋坐完月子，那就是将近半年。

四阿哥虽然在家，可他显然不会替福晋管后院，去安排格格们吃什么、下人们什么时间上工、什么时间换班、什么时间打扫卫生这种事。而经过正院的内务府下人大变脸后，就算福晋也不会同意把权力哪怕是暂时地交到下人手中。

那么谁来管呢？在李薇觉得自己快要再次中枪时，四阿哥略直白地对她说："福晋现在不方便，明天你把对牌接过来吧。"

此时两人正在屋里用膳，初秋的莲藕很好吃哦，脆生生的。于是今天的晚膳素菜是莲藕丁加萝卜丁加盐水花生，全是脆的。荤菜是炸藕盒，甜点是桂花糖藕。以上三道菜是李薇点的。

四阿哥看着菜抱怨了句："……你吃什么都是恨不能一口气吃腻。"可他夹莲藕丁夹得挺痛快的。

李薇没当回事，就着炸藕盒喝了粥。二格格坐在下面的小桌子上，李薇不让奶娘喂饭，她记得小孩子要尽量锻炼自理能力。管她吃成什么样呢？大不了吃完换衣服嘛，姑娘，你就可劲造吧。

于是，二格格吃得惨不忍睹，怕勺子和筷子伤到她自己，所以二格格的餐具是两只手，面前的银盘子里是一盘子糊涂饭。四阿哥一副看着伤眼的样子，意外的是他竟然不阻止。

只有四阿哥知道，他对二格格的行为不制止的原因就是他居然觉得素素说得很有道理。

李薇迟疑中没有马上答"好"，其实她正在找理由。

"素素。"四阿哥催促她。

素素是素馨的变种。这个让人头疼的名字从叫出来的那天起，李薇就必须忍耐它变成她的小名。

有这一声的刺激，李薇迅速找到了代替者和最佳理由！

那就是宋格格。她侍候四阿哥的时间最长。她生了大格格。她一直品性温良，从无劣迹。最重要的是，她受福晋信任！

李薇百分百真诚地说："四爷，咱们不说虚的。我要是管事，福晋肯定不会安心的。是，福晋人好，有不快也会放在心底。可我不能仗着她人好就装不知道。福晋正怀着孩子，我想哪怕是为了孩子，也该让福晋这段时间心情愉快。宋格格管事，从资历从身份，从哪方面看都比我强。"

她这番话真的是真心的，这种纯粹"拉仇恨"的工作谁会干啊？

李薇拒绝。

可四阿哥屈起手指敲敲桌子："明天一早，大嬷嬷会把对牌送过来。"说完，他示意玉瓶可以上茶了。

李薇只好把一肚子的赤胆忠言全咽回去。

四阿哥好说话时，她可以玩玩小脾气。可他表示这不能商量时，她最好立刻跪下。自我安慰完毕，李薇跟四阿哥一起喝茶。

喝完茶，两人照样是一个去写字，一个去陪二格格说满语。李薇幸好是选秀前两年才开始学满语，记忆还新鲜得很，没有忘光，跟二格格玩这个时两人半斤八两。

四阿哥在一旁写着，耳边全是"请你喝了这碗酒""大家一起去打猎""这碗奶真香啊"的基础满语教学。素素的水准和还不到两岁的孩子差不多，再过两年就该二格格转回头来教她了。

代替福晋管家的事，素素不接受的理由他明白。只是为了她好，他才必须让她接受。

有时他会想李家大概就像书中写的，是个父慈子孝、兄友弟恭、夫妻和睦的家庭吧。素素嫁给他这么久了，还是像个长不大的孩子一样。她只会坐在那里等着接受别人的好，然后用她的好去回报对方。

对待他和福晋，素素都只会承受，却从来不会想要站起来对抗。他宠爱她，她就用一片心回报他。福晋不喜欢她，她就躲开福晋，然后借此寄希望于福晋会喜欢她，会因她的"识相"而不来伤害她。

素素把一切都寄托在对方的良心上。

之前发生福晋要抱走二格格的事时，他也不在身边，她才长进了一点点。可也只是把武氏叫到身边虚张声势，唯一的动作还是她身边的太监借力打力，替她挣出一线生机。

四阿哥认为赵全保手段是有，就是还需要历练，这次的时机挑得就不错，就是没能控制全局，把自己的主子也给捎进了局中。千军易得，一将难求，再等几年就差不多了。到那时就不会想着怎么调教他，而是想着怎么限制他手不要伸得太长了。

等他回来了，素素就跟以前一样把劲全使他身上，又不管别的了。小脾气那么大，要不是仗着他疼她，她哪会这么安心？

就像福晋，为什么她在宫里那么大胆？不就是仗着她是皇上赐的福晋吗？等他用事实告诉她，"福晋"在他面前也没有意义的时候，福晋还敢那么大胆吗？就算使手段，也会先小心翼翼地试探他的态度。

幸好，素素虽然没有手段，可心性、眼光都不差。她所指的宋格格确实是福晋属意的人选，可她没想到，福晋正有身孕，宋格格再替她管家，那她的地位瞬间就被宋格格给代替了。底下的人只会见风转舵，她平时一点御人的本事都没有，除了跟着她从宫里来的这几个人外，其他一个心腹都没培养出来。

一旦被宋格格压到底下，对她来说想再爬到跟福晋对抗的地位就难了。就算有他的宠爱和支持，但世上得了宠爱仍然立足不稳的宠妃有多少？可见男人的宠爱绝不是女人立足的全部。

不能让下人们以为她连无宠的宋格格都比不过。否则就是让她和二格格从此任人宰割。

他只能把她推上去，给她权力，把一只羊打扮成狐狸甚至是狼。她坐在越高的地方，下面的人越看不清她。到时她是真蠢还是假蠢都不重要了。至于代管之后的事，甚至根本不用她来操心，自然有下面的人争着替她办到十全十美。

五十张大字写完就该睡觉了。

四阿哥放下笔，一张张地看着今晚写的字，把不够好的字圈出来，明天重写。外面，李薇看看时间差不多了，进来问他要不要吃消夜。

"消夜是什么？"他问，被她影响得睡前习惯再吃点小东西垫垫。

"我和二格格都吃桂花藕粉。"李薇道，"四爷大概不会喜欢吧……"

四阿哥不由得怀疑，难道他的脸上写着"对甜的东西深恶痛绝"吗？他倒是不反感糖桂花味，就是藕粉黏糊糊的样子很恶心。

结果出去一看，给他准备的是米酒团子。这也是乡野小吃，在素素嫁给他前，他可从来没吃过这个。现在对这个已经很习惯了。元宵很顶饿，他晚上如果不吃一顿，夜里很可能会饿醒。以前都是硬挺到凌晨三点，去上书房前先吃两块点心。

现在托了素素的福，他是不必再饿到早上了。

一碗醇香的米酒团子下肚，二格格被抱走睡觉，他和素素回到西厢。现在晚上还热着，睡这里无所谓。

"给二格格收拾个屋子吧，再让她住在你那里不合适。"他道。

李薇知道这个，现在二格格正处在精力充沛，对大人的举动喜欢模仿的年纪。她晚上睡在和他们只隔着一道屏风的地方，万一有什么动静被她看到学出去就不好了。

"已经在让人收拾了，只是她的床还要等等。"她道。

给二格格准备的房间就在她旁边的角房内，床是新打的。这里的习惯是小阿哥小格格晚上都有奶娘陪睡，李薇却很不喜欢。她正打算亲手做个巨大的玩偶娃娃，让女儿晚上抱着娃娃睡最萌了。

不过，最后二格格是抱着百福睡的。

在百福发现二格格独自搬家后，晚上就卧在了二格格的床脚。二格格装睡骗走奶娘后，掀被子把百福叫了上去。早上，百福很机灵地自己跳下来，伪装成一直在脚踏上睡的样子。直到半个月后才被发现。

四阿哥得知后，亲眼看到百福陪着二格格睡，被抱着压着那么不舒服也不反抗，有点什么动静就警觉地抬起头，看到是他才摇摇尾巴放松下来。他就默认了二格格可以抱着百福睡觉。

李薇花很大工夫做的那个布老虎被二格格抛弃了，只好摆在西厢的榻上当靠枕，巨大的喜庆的布老虎跟西厢的摆设很不搭，四阿哥也没说什么。

李薇接了后院所有的对牌后，果然什么事也没发生。她让大嬷嬷领头总管，下头的还是照着福晋原来的规矩办事。

大嬷嬷也不知道是怎么想的，把赵全保、柳嬷嬷和玉瓶都给拉出来派了差事。正院有福晋从宫里带出来的十个太监，可打了两个后，其他的太监也没有明确的职司，一直让人圈在下人房。

除了几个能常跑跑正院给四阿哥传消息，或者跟着采买的出出门，替正院的丫头、嬷嬷带东西外，几乎都是闲人。福晋又不爱他们四处游荡，他们也早让被打的那几个吓破了胆，一反当初的四处钻营，全都一副提前养老的架势。

大嬷嬷让赵全保把后院的太监都管了起来。本来这种差事还是从正院福晋的太监中挑一个出来合适，可那些人要么没胆，要么想接却不敢开口。倒是赵全保一站出来，后面立刻跟上来一群喊哥哥的，还有两个死活非要认他当爹不可，被赵全保拒了。

赵全保接手后，先把后院的太监全部编了名册。主要是比起带出来的宫女们，他们的作用实在很小。就算是李薇这里，要不是赵全保一直跟书房那边关系好，她也想不起来用他。

宋氏和武氏都各带了一个太监出宫，平时这两人也只是干干去膳房提膳这样的事。他们后来也跟正院的太监们混在一起，对赵全保是"羡慕嫉妒恨"。

赵全保把太监分成三班，让他们每日在后院巡视，说的是防备宵小歹人，其实是为了看紧后院的门户。后院现在守门的白天是七八岁的小厮和小丫头，晚上是年纪大的婆子或姑姑。太监们巡视就是为了查岗，看到溜号的就提过来当场打十棍子。

一段时间后，后院看门的人都警醒多了，乱跑瞎窜的人几乎都不见了。

庄嬷嬷认准福晋后，大嬷嬷也没说什么，可平时有些疏远了。在大嬷嬷眼里，府里的主子只有一个四阿哥。

可庄嬷嬷已经抱了福晋的大腿，只能一条路走到黑。何况她心里也不平，有你大嬷嬷在，咱们什么时候能在四阿哥跟前出头啊？还不如找福晋去呢。至少福晋现在挺信重她，庄嬷嬷从来没后悔过在后院中站到福晋一边。

虽然，四阿哥把她们四个放到后院，就是希望她们保持中立，不要偏向福晋或其他任何一方。

庄嬷嬷猜，估计大嬷嬷已经在想办法把她换下来了。要知道她现在手里可是捏着后院所有人的名册的，这个权力可不小。

让庄嬷嬷自己说，她肯定不乐意把手中的权柄交给旁人。不凭这个，福晋要她干什么呢？她手中有权，才能为福晋办更多的事。

赵全保领着正院的太监们"造反"的事就是她迫不及待地告诉福晋的，本以为福晋会想办法灭赵全保的威风，毕竟正院的太监们可全都盼着得到福晋的重用，这时只要她站出来说一句话，那些人就能把赵全保打趴下。

可福晋居然只说了句"嗯，知道了"就把她打发了。

这让庄嬷嬷出去后还想不通。

福晋的肚子已经有八个月了，最近她都是尽量不让自己想太多。庄嬷嬷的事乍一听，确实让人发愁。要是八个月前的她，估计就该想办法打击赵全保，或者试探四阿哥了。

可是，怀了孩子后，她反而更了解四阿哥处理事情的手段了。

赵全保的事，其实都是因为她接受了庄嬷嬷的投效。庄嬷嬷等人是四阿哥在后院安插的耳目，她们对各个后院的主子都不偏不向，只认四阿哥一个主子的时候，才能发挥最大的作用。

四阿哥想控制他的妻妾们的后院，不让她们做出危害他的利益的事。如果后院的各位女主子自杀自灭起来，第一个受害的就是他的子嗣。在这方面，他是连她都信不过的。

可庄嬷嬷倒向她，就破坏了这个平衡。四阿哥为了警告她，也是为了让后院的势力再次趋于平衡才把赵全保推了出来。

只要她把庄嬷嬷放弃就行了。到时不必她动手，四阿哥自己就会打压赵全保。可是，福晋捧着肚子想，她暂时还是需要庄嬷嬷的帮助的。有庄嬷嬷在，她对后院掌控力就更大了。这样她才可以保护孩子。

让她把一切都交到四阿哥手里，相信他能保护好她和孩子，这对她来说简直比登天都难。她宁愿把主动权握在自己手上。

转眼又是新年了。大格格和二格格按虚岁都长了一岁。四阿哥想趁着这个机会，把两个小格格带到永和宫去让德妃看看。可不巧的是，腊月二十，福晋胎气发动了。一日夜后，产下了个小阿哥。

四阿哥欣喜若狂地想进宫，可以找机会告诉皇阿玛，这也是个喜信儿。

但接下来的问题就是福晋要坐月子，不能进宫了。四阿哥上折请罪，又亲自进宫说明情况。皇上得知福晋是刚生了阿哥，痛快地准了假，还允许四阿哥每天领完宴后，可以早些回府。

这样，大格格和二格格进宫的事就黄了。

宋格格之前特意把福晋过年前赏给大格格的料子，亲手给大格格裁了件红艳艳的旗袍。虽然当时福晋已经开始卧床了，可是只要没到生的时候，就算肚子已经十个月了，也要进宫祝贺新年。所以宋格格把所有的心神都放在大格格初次进宫的事上。

谁知道福晋居然会在这时候生呢？

宋格格可惜地摸着崭新的小旗袍，心中埋怨福晋这孩子生得真不是时候。要是能等到大格格入宫后再生就好了，最多半个月就行了。

德妃对四阿哥府的这两个格格生的小孙女没什么兴趣，从生下来到现在也没给过赏，更别说想起来叫进去看看。错过今年，那就只能等明年了。

想了会儿，宋格格安慰自己：明年，大格格再大点，学的东西更多，再进宫说不定永和宫会更喜欢她呢。

小院里，李薇松了好大一口气。

自从四阿哥打算让两个小格格进宫，柳嬷嬷就开始教二格格进宫的规矩了。什么不能目视贵人，贵人问话要怎么答，贵人不理你不能开口，进去怎么跟着人走，怎么跪，怎么起。

李薇就坐在上面充当道具，看着闺女在下面摇摇摆摆地跪，起，再跪，再起，磕头，心都疼碎了。好不容易福晋要坐月子不能进宫，二格格也不必去了。李薇高兴地抱住二格格就说："咱不练了。"

四阿哥还不死心，坐在小院里犹豫道："福晋去不了，要不然我带她们进去，到时先把她们送到永和宫里，这样也行。"

李薇黑了脸，赶紧想理由打消他的这个念头，道："四爷，不如等明年，让福晋带着大阿哥进去，娘娘看到大阿哥肯定高兴。到时让大格格和二格格一起过去就行了。"

那就还要一年。四阿哥不想等那么久，他是个急性子的，有什么事都喜欢尽快看到结果。他想，能不能把两个格格托给其他兄弟的福晋一起带进去？但想来想去，都不合适。三阿哥的福晋肯定是先去荣妃那里，到那里再让人送到永和宫。五阿哥的福晋连自己家侧福晋生的孩子都不想带，四阿哥不太喜欢她，自然也不放心把自己的格格托给她。

李薇见他一直到要进宫的前一天晚上还没开口就以为没事了，结果第二天，天还没亮，宫里先来了辆骡车。跟车的太监是毓庆宫的。

原来太子还记得四阿哥的二格格，正好生辰跟他夭折的小格格差没几个月，所以他就老觉得这是他的小格格又托生回了皇家。正好四阿哥福晋前些日子生了阿哥进不了宫，他记得四阿哥说过想带大格格和二格格给德妃瞧瞧，就主动派车来接。

派来的太监也是太子身边挺受重用的五品太监。那太监先对四阿哥打了个千儿，然后传了太子的话，道："请四爷放心，殿下说了，太子妃娘娘也极喜欢小格格，接过去就交给太子妃娘娘照顾。"

四阿哥刚一迟疑，那太监看出他的神色，立刻又添了一句："殿下想着见一见贵府上的二格格呢。"

得，没话说了。

四阿哥只好赶紧让人回后院把两位格格都抱出来。

李薇这边是苏培盛亲自来，他一来就喊奶娘赶紧给二格格穿衣服梳头，他则去给李薇解释。

"太子爷？"李薇听了更糊涂了，"太子爷怎么会记着我们二格格？"

苏培盛瞧瞧左右无人，凑上前去小声道："咱们二格格生的时候好，那会儿毓庆宫的二格格……刚没了。"

这叫什么好？！

李薇再怎么不明白、不愿意，二格格还是迅速被从被窝里抱出来打扮好了抱出去，她只是简单披了件袄，披头散发地送出了小院。玉瓶急得跳脚，抓着件大斗篷撵出来道："格格！这还下着雪呢！"

前头昏暗的夜色中，几把高高撑起的油纸伞下，苏培盛和抱着二格格的奶娘很快就走得看不见影子了。

剩下的时间，李薇是再也睡不着了。玉瓶看看天时，劝道："格格，这还早呢，您回去再睡一会儿吧。"

"不了，收拾收拾，我起来了。"李薇裹着斗篷回屋后，洗漱换衣，匆匆用过早膳就坐在屋里当望女石了。一直等到了天黑，赵全保才气喘吁吁地跑过来说："回来了，回来了！"

她腾地站起来抱着斗篷就往门外迎。

谁知二格格身上裹着件从来没见过的小斗篷，头上还戴着风帽，正趴在奶娘怀里睡得香甜。苏培盛陪着送回来的，身后还有几个抬箱子的。

李薇把女儿抱下来，回屋放到床上，刚准备给她脱衣服让她好好睡，谁知她醒了，一醒就抱着李薇不停地说今天好好玩，太子殿下很喜欢她，一直抱着她云云，还说她饿了，在宫里净吃点心，没吃正餐，这会儿肚子饿得咕咕叫了。

在二格格抱着她的小金碗埋头吃饭时，苏培盛在隔壁正向目瞪口呆的李薇解释那一长串跟着抬进来的箱子是什么。

全是太子赏的。

一个个箱子打开后，满室金光宝气，都快把人的眼给耀花了。

但说真的……李薇不太想要啊……

因为它们是太子给早夭的两个格格准备的，各式女孩子喜欢的小绣球、小团扇、香巾、香包、金马、玉兔等。还有小弓箭、小马鞍、小皮鞭，说是太子一直希望带小格格去骑马，所以准备得有点着急了。

四阿哥的意思呢，既然是太子赏的，还是拿出来给二格格用吧。都是好东西，太子的格格，那规制比他的都高。

但，这也太不吉利了吧？

二格格回来时穿的那件小斗篷就是太子发话给夭折的小格格做的，各式衣服、靴子、发饰也有两箱。

苏培盛说完，看出李格格脸色不太好，瞧着是不太想给二格格用，想了想友情添了一句："四爷等会儿就过来。"

等他来，肯定是要看到这些东西都被摆出来，而不是收在箱子里。

李薇没办法，让奶娘把玩具先放在二格格的屋子里，等过几天太阳好了，晒一晒再拿给二格格玩。衣服也是要晒晒，查看有没有虫洞污点。

第二天，毓庆宫的骡车又来接二格格了。整个新年大宴，骡车日日不落，带二格格进宫。李薇听回来的二格格说，她多数时候都是跟在太子妃身边，太子顶多是用膳的时候能过来看看她。可赏是每天都有的。

大格格就有些尴尬了。第一天回来只带了太子妃给的赏，后面更是不提接她的事了。

李薇也觉得尴尬，可这时做什么都是错。干脆什么都不做，装不知道。柳嬷嬷见她担心，特地去打听了大格格的事告诉她，道："大格格身边的嬷嬷和奶娘都是有数的，二格格进宫的事大格格虽然知道了，可她们都告诉大格格，这是二格格在替四阿哥和福晋去尽孝，大格格因为要留在家里照顾福晋才不让她去。看大格格的样子，并没有放在心上。"

李薇小松了一口气，柳嬷嬷笑着说："听说大格格回来的那天晚上就哭了，说是再不要进宫。宫里规矩严，小孩子害怕是常有的。二格格是年纪小，还不知道害怕才没吵闹。"

"宋姐姐那边呢？"她问。

柳嬷嬷一愣，随即满不在乎地笑道："格格，你管她做什么？这样吧，格格要是实在过意不去，奴婢去看看？"

她顿了下，又道："格格，这宠爱的事是最说不清的，也没办法让。头一天可是大格格和二格格一道去了，第二天来就只接了二格格，只能说是二格格投了贵人的缘。不然一车进去，多带个孩子也不费什么事。"

还是柳嬷嬷看得清楚。她的话虽然残酷，可那句宠爱没办法让是真的。何况，这是二格格得的宠爱，李薇根本也没打算把自己女儿让出去。只是担心女儿太招人嫉妒。她是已经尝够被人嫉妒的味儿了，不想让二格格连个无忧无虑的童年都没有，直面成人世界的丑陋。

晚上，她跟玉瓶商量是不是再要几个小一点的丫头进来，当二格格的玩伴。李家所在的那条街上，各家的小姑娘也是从小一起长大的啊。

现在看来，让二格格和大格格当好朋友有些不现实了，她们身边的事都太复杂，就算在一个府里出生，可长到现在两人都没见过几次面，更别提一起玩了。

玉瓶说："格格说得对，这样吧，我明天去问问庄嬷嬷，看能不能挑几个小丫头进来。"

第十章

玫瑰露

新年过去，皇上又带着兵去打噶勒丹了。这次一个阿哥都没带，皇上自己带着人就去了，听说已经探明噶勒丹在哪里了，这次肯定能一举成擒。

四阿哥之前从太子那里接下的替弟弟们建府邸的事，皇上说四阿哥干得好，正式把这事交给了他。这下连四阿哥都不能再自欺欺人，但皇上似乎对太子有些……微妙……

朝中的事，似乎皇上也在不知不觉中洗去太子监国时的印迹。这次皇上临出征前，听说还与太子促膝长谈，又是一再地赏赐，好像对太子一如既往地重视。可这种微妙阿哥们都感受到了。

三阿哥和五阿哥都在渐渐与太子疏远。而太子也不再常常出现在上书房，曾经把着小阿哥的手教他们写字、拉弓的情景再也没有出现过。

新年时，太子还与弟弟们把酒言欢，皇上一走，太子就紧闭宫门，奏折也是十日一次快马送到阵前，由皇上批阅后再快马与军报一同送回来。

四阿哥开始担心，前段时间与太子的亲近会不会让皇上不满。只好加倍努力做好手中的差事，只是心里越来越觉得恐惧。他不是猜不出皇上的意思，只是太子已经成年成亲，皇上无法回避这件事。慢慢地朝中大臣也会上折子进言，请太子一同参与政事。毕竟不能一直让太子"读书"。

太子也无法取信于皇上，他坐在这个位子上，做好做坏都有人说，哪怕想不好不坏，也会被人说成是行事平庸。而且，皇上的猜疑若是越来越多，他很难相信太子会愿意束手就缚。

四阿哥不想被皇上和太子之间的争斗牵连，可他是排行较前的阿哥，这事不是他不想就能不被牵扯的。

这些日子，四阿哥除了白天在外盯着七阿哥和八阿哥的府邸，晚上就坐在书房沉思。

皇上如果想限制太子的权柄进一步扩大，最有可能的不是他亲自动手，而是挑动已经成年的几位阿哥。排在前头的就是大阿哥、三阿哥和他。五阿哥就差把"我平庸"这三个字顶在脑袋上了，七阿哥也是装傻的。

倒是八阿哥……他一向上进，会顺从皇上的暗示，对太子逼宫吗？

四阿哥拿出一张纸，写下几个字，在"八"这个字上画了个圈。然后把这张纸凑近灯烛，看它渐渐烧成了灰。

五月，据传噶勒丹饮药自尽，皇上得胜，班师回朝。

太子松了口气，去军机处时的脚步前所未有地轻松。他到了军机处，先是说皇上已经大胜，噶勒丹畏惧皇上神威，已经服毒自尽了。

众大臣虽然早就得知了消息，此时也个个喜形于色，军机处内难得一片笑声。

"皇上不日就要回来了，咱们赶紧把皇上交办下来的事办了。几位大人，这几件事今天该有个结果出来了。折子已经发回来了，上面有皇上的朱批。"太子道。

有了皇上的朱批，后面的事就简单了。其实这两件事不过是两地的农民扛不住天灾和贪官，反了而已。虽然只有十几个人，也早就被镇压了，但从报上来的那一刻起，几位大臣还是不敢轻易下结论，推来推去，都不肯开口。

现在皇上定了，激起民变的官员放两个杀一个。他们也赶紧为这两个放的写好话，那个杀的自然罪大恶极。

太子一直端坐其上，慢悠悠品茶。军机处众大臣拟好了，传阅一番后送到他的案头。太子拿来不忙看，先问众位大人可都看过了，众大臣答看过了，太子才看，状似仔细地看了一盏茶后，笑道："孤看这样就可以了。"言罢，拿出太子小印，加了印后再递还给众大臣，由他们抄录留档后再发下去。

就这么坐了一天，太子也按了一天的印，这些有着太子印的奏折发下去就是他的政绩。

只是晚上太子回到毓庆宫脱下太子冕服后，才像卸下千斤重负般长长地舒了口气。

皇上回宫后，四阿哥去请安才见到了太子，他惊讶地发现才几个月不见，太子竟然消瘦了不少。孔雀蓝的常服穿在身上竟然显得有些空，衬着太子的脸色有种虚弱的苍白。

他快步过去："给太子请安。"

"老四啊。"太子笑道，站住招手叫他近前。

四阿哥过去随在太子身侧，近看更显得太子神色疲惫，不由得担心地问："太子殿下好像瘦了些？"

太子温和一笑，道："苦夏吧。一到夏天，膳房送来的还是炖菜、蒸碗，一看就没胃口。想吃点清淡的吧，他们又是一串串的大道理。"

太子身边侍候的全是皇上给的，一举一动都奉着皇上的旨照看太子。四阿哥一听就想起小时候的嬷嬷和总管太监了，他眉头一紧，道："那……殿下不如去别的地方改改口味。"

"去哪里改？谁敢给我吃不该我吃的东西呢？到时候又拉着一堆人在门口打板子，烦。"太子摆摆手，轻叹，"我啊，还是别害人了。"

四阿哥就把剩下的话全咽下去了。

两人慢慢散着步，快要到武英殿了，太子小声提醒了四阿哥一件事："有件事，你大概已经听说了。明相的福晋为人所刺，这事已经递到御前了，皇阿玛大怒，在严办。估计还要叫人去明相府上看看……这事，你不要沾。"

这是站队。

四阿哥听了心中就是一阵狂跳，赶紧低头谢过太子的提醒。

武英殿里，除了皇上，大阿哥、三阿哥、五阿哥、七阿哥都已经到了。太子和四阿哥一前一后地进来，太子先请罪："刚才半路碰上了老四，没留神多说了一会儿，倒让大哥和弟弟们久等了。"

大阿哥只是扫了一眼就没多说。

四阿哥刚站到五阿哥前面，皇上说："知道你和老四要好，快过来坐下吧。"

四阿哥就看到太子笑容不变，坐下时却微微欠了欠身。他也往后错了半步，五阿哥同情地扫了他一眼，低头装木头。

等了半天，没见着八阿哥。四阿哥扫了一圈，还往殿门外扫，五阿哥轻咳一声提醒他。皇上在上头说："老四找什么呢？东张西望的。"

一殿的兄弟都呵呵地笑起来打趣他。

四阿哥被兄弟们一笑，解了被皇上点名的尴尬，出列道："儿臣是看不见老八，想他是不是在哪里绊着了。"

殿中的笑声一滞，四阿哥知道事情不好，头直接垂到了胸口。

上首的皇上慢道："哦，你来得晚，刚才朕跟他们在看一道折子。纳兰明珠家出了件恶心事，朕让老八过去瞧瞧，回来再给朕和你们学学。"

老八……你真的……

四阿哥一笑，站回去了。大阿哥站在太子下首，从刚才四阿哥提起八阿哥时就一直垂着眼，看不清神色。三阿哥脸上的笑简直像刷了层浆，半天不见变变。五阿哥一脸憨厚的笑。

四阿哥也跟大家一起陪着皇上说话，该笑就笑，该听就听。殿外的蝉声越叫越响。四阿哥好像是听着蝉声入了神，突然一阵急速轻快的脚步声传进殿来，八阿哥顶着晒得通红的脸快步进来，跪在殿当中，朗声道："皇阿玛，儿臣回来了。"

皇上见到八阿哥笑得开心了些，抬手道："起来，给朕和你的哥哥们都说说，那边怎么样？"

八阿哥沉着道："纳兰大人感念皇上厚德，涕泗横流，叩谢皇上的无上恩宠……"

看着八阿哥站在殿中毫无畏怯，四阿哥仿佛第一次发现这个弟弟已经长大了。

大阿哥想起了上次他与八阿哥谈心时，八阿哥的话。

他说："大哥，我明白。我也知道跟太子比，我比不过他。我也不是不懂，万一皇阿玛只是想找个人给太子练手，我就白跳出来了。

"大哥，你从小看我长大，我小时候连包尿布的样子你都看过，你常说我就像你的阿哥。我也是，在我心里，你就像我的阿玛。我不怕告诉你，我想努力一把看看。哪怕皇上扔下来的饵是有毒的，我也要咬。

"……因为不顺着皇上的意思走，我就什么都得不到。"

这么说的八阿哥的两只眼睛像正准备扑向猎物的饿狼一样亮。

大阿哥心道：老八，你现在跳出来，以后的事就不由你自己了。希望到了最后那天你也不会后悔。

这么想着，大阿哥看向坐在最上面，正用慈爱的目光看着八阿哥的皇上。在他们还小的时候，皇上是他们的阿玛。可当他们长大后，他就是皇上了。

他一身勇武，却丝毫不敢结交文臣。太子呢？小时候拉弓、骑马、布阵都不输他的人，现在除了偶尔在宫里甩甩鞭子，连马都很少骑了。

老八，你会是个什么下场呢？

李薇觉得四阿哥最近心情有点低落。

不是说他又在书房闷着不见人了——毕竟连孩子都生了，她早发现四阿哥喜欢生闷气。而是他最近常常跟百福和二格格一起玩，听说对福晋的大阿哥也很喜欢。

这天也是，一大早，李薇还躺在床上时就听到隔壁角房里二格格的哭声。这个哭声还是她好玩教的。二格格之前哭都是声嘶力竭，奶娘和李薇都怕她这样哭喊伤嗓子，奶娘是碎碎念"格格这样哭不合规矩""要叫柳嬷嬷来喽"。

自从过年那次柳嬷嬷教了她几天进宫的规矩，二格格就有些怕柳嬷嬷。

李薇是骗二格格这样哭不好听，女孩子的哭法是独有的，她这样哭不像女孩子。然后二格格就学会了小声哭，有一次她试验这种女子哭法时被四阿哥撞上，以为她受了什么委屈，脸黑得把一屋子人都吓跪了。

李薇很惭愧自己坑了闺女，小孩子真是认真的动物，大人在小孩子面前还是不能胡扯八道的。

二格格这样一早上哭都是因为百福不见了。四阿哥现在常常歇在书房，因为他习惯三点起来，跟他一起睡真的很折磨人。李薇以前都能睡得很死。可二格格人小精神好，这边他一起来，二格格跟着就醒。李薇母女连心的，四阿哥折腾几年都没养成她三点起的习惯，二格格半个月就给她养出来了。

昼夜颠倒后，李薇白天就总没精神，一到晚上反而精神抖擞，跟四阿哥这种三点起还能精神一白天的人不同，两人的时间差反而不一致了。

他平时回后院八成都是到她这里来，见她如此也只好多歇在书房。可他喜欢百福，就让人一早把百福抱去书房陪他。等二格格六七点起来时，看不到百福就开始哭了。

她哭一会儿，四阿哥就带着百福来用早膳了。

李薇正给二格格穿衣服，哄她："百福来了，不哭了，不哭了。"

四阿哥刚好进屋，百福颠颠儿地跑在他脚边，和二格格如久别重逢的亲人般扑到了一起。二格格现在说话又娇又嫩，吐字也清楚多了，她用汉语说了一遍："百福，我好想你，我早上起来你就不见了。"

然后再用满语说一遍："百福，你好威风，你好美丽，你好雄壮。"

她学的满语词还不太多，搭配起来就这几个。

那头，李薇正引着等二格格来给阿玛打招呼等得好辛苦的四阿哥上桌。等他在上首坐下，二格格在奶娘的引领下也过来坐下，看到四阿哥就扑上去行礼，撒娇。她也是先用汉语说："阿玛，我好想你。我早上起来就想着要见阿玛。"

跟着再用满语说一遍："阿玛，你好威风，你好雄壮，你好勇敢。"

四阿哥满脸笑地夸她："阿玛的二格格真厉害，知道的词真多。"

李薇在这对父女身后完全沦为了布景板。最近四阿哥总这样，好像根本看不见她，说是生气了吧又天天来，就算两人睡在一起也是纯睡觉。说他去其他人那里解决了吧，一个月来她这里二十天这是何必呢？

四阿哥现在的时间表很明确。早膳在她这里用，午膳在福晋那里用，下午看看小阿哥再回书房，晚上来她这里，视心情是留下或回书房不定。

吃过早饭，李薇牵着二格格站在院门口目送四阿哥离开。转回身她对二格格道："上午要写大字，睡过午觉才可以和百福玩球哦。"

柳嬷嬷给二格格定的时间表是下午要学规矩，被她给省了。虚岁才三岁的小丫头学个毛的规矩。

可是坐在西厢看着二格格站在书桌前悬腕练字，她又忍不住想起这闺女阿玛。听说三点起床的规矩是从他六岁起，而事实上为了让他习惯这个时间，照顾他的嬷嬷从五岁就每逢三点把他喊起来了。

五岁啊。

玉瓶刚好过来问她晚膳用什么，她问玉瓶："有没有……玫瑰？"玉瓶想想，决定从格格一贯的习惯上去猜，道："格格是不是问玫瑰卤？"就是玫瑰花瓣酿的卤，酸甜口，冲水喝挺好。

玉瓶找出来一瓶玫瑰卤和一瓶玫瑰露，前者里面有花瓣，后者没有，味道不大一样，都是冲水喝的。照玉瓶的说法，这两瓶都是纯正的玫瑰制品。

李薇两种都试了试，觉得两种可能都不太合四阿哥的胃口。想了想还是让人找出一只水晶酒壶，纯白水晶的长颈酒壶，就是略小巧，看着最多能倒两杯。可喝这个，不是透明的杯子瓶子就喝不出感觉了，少了视觉上的享受。

第二天，四阿哥早上再来用膳时，李薇让人把玫瑰露冲好装在水晶酒壶里，放在桌上阳光能照到的地方，酒壶澄澈透明，里面装的玫瑰露在阳光下像浅色的宝石一样。

她想看起来美一点，好吸引四阿哥看到好用一杯。

四阿哥其实一眼就看到了，就是猜不透这是什么。酒？早膳的话不会吧？不等他开口，二格格先说了，小手一指："我要那个，给我倒一杯。"

格格气势真足啊。

李薇拿起水晶酒杯，里面最多一口。给她和四阿哥一人倒了一杯。她拿着对二格格道："这是玫瑰露，不太甜。"

四阿哥看了她一眼，心知肚明，这话是对他说的，于是放下筷子，从善如流地拿起来品完了。从头到尾，脸色都不带变的。还是二格格捧场，一小杯根本尝不出味，道："额娘，我还要。"

等四阿哥用完膳走了，李薇把玫瑰露包了给苏培盛，嘱咐他冲给四阿哥喝。苏培盛接了直发愁，四阿哥不喝这种女儿气太浓的东西啊，李格格侍候这么久了应该知道啊。

回到书房，他想想还是冲了一壶，跟茶一起端到屋里。书房没有准备小院里那种水晶壶，两只壶都是大肚子瓷壶。四阿哥平时习惯自己倒茶喝，除非是冬天的热奶子和热茶，不然他不喜欢身边时刻站个侍候的太监，好像他连手都抬不起来。

一伸手就提错了壶，倒出来时才看到不对。出于不浪费（也不想让人发现倒错了），他还是喝了，就是脸色不好看。

苏培盛就想把这壶提下去，被他一眼给止住了。

到底喜欢还是不喜欢？苏培盛为难了。

四阿哥慢慢地还真把那壶玫瑰露喝完了，觉得自己身上漫着一股玫瑰花的香气。他是想，要是他连一壶玫瑰露都忍不下，还能干什么呢？

再说，素素特地拿给他的，不管如何都是她的心意，总不能辜负。一个能想着他的人，能看出他不快的人，总是珍贵的。

等手边的事告一段落，四阿哥好奇之下，让苏培盛去问刘宝泉，这素素给他玫瑰露到底是什么意思？

苏培盛只好揣着玫瑰露的瓶子去找刘太监，也不好直接问，道："李主子挺爱用这个的，这东西是不是有什么好处？"

刘太监立刻把玫瑰露夸上了天，什么养颜、对女人好、常用玫瑰体自有香等。苏培盛耐着性子听，只盼他能说两个能回给四阿哥的。

"这东西还有个好处，"刘太监叹道，他在宫里侍候得久了，事情见得多，"宫里的女主子们常说胸闷，请了太医又总开太平方，苦药汤喝着多折磨人呢！这时就可以用些玫瑰露啊，玫瑰的点心一类的。这些总比药好下口。"

苏培盛也是能人。后宫女主子们说胸闷，一般就是气着了。他盯着玫瑰露看，心道：怪不得李主子送这个来，她是女子才知道这东西的好处。

刘太监送走苏培盛，回去就做了七八样玫瑰点心。李格格要是心情不好，他也可以奉承一下。要是意有所指，那他就赚大发了。

晚上，四阿哥再到小院来，就看到点心摆的是玫瑰饼，膳桌上的菜有一道是玫瑰虾仁，一道玫瑰豆腐。用过晚膳吃碗酸奶，上面淋了玫瑰卤。写完字喝茶，小炕桌上摆的是玫瑰露。

李薇还在念叨，今天膳房肯定是跟玫瑰干上了。

晚上，两人在帐子里。李薇以为今天还是大家纯洁地睡觉，盖上被子就合眼，谁知四阿哥压上来了。

嗯？今天有精神了？

早上，玉瓶进来看到薄被、枕头都在地上，她身上裹着的是褥子和半拉床帐。

没天理啊。做事的是他，最后把她扔下让她一个人丢脸。她都不好意思跟玉瓶解释，真的不是他们太狂野。

忧郁颓废了两个月的四阿哥神清气爽了。李薇的一片"真心"，让他感动之下，生出"难道他还不如一个女子？"的感慨。要一个小女子来担心他，拐着弯体贴他，那他这个顶天立地的男子就太丢脸了。

看清前路，总比满目锦绣要好。他就算没领先，却也没有落后半步。太子的今天就是他的前车之鉴。侍奉皇上，要恭敬再恭敬。

四阿哥踌躇满志，正觉得浑身干劲时，苏培盛来报，说门房有一个叫戴铎的拿着名帖上门求见。

接过名帖后，四阿哥才想起这是两年前他去河南、山东时，请当时随行的户部老吏推荐的幕宾。但当时他年轻识浅，只想着为皇上和太子效力，所以才想认真做一番事业。求人推荐的是精于刑名钱谷的幕宾，说实话跟他现在的目标有很大差距。

人都已经千里迢迢地来了，虽然他用不上，也不好就这么哄人走。四阿哥把名帖放到一旁，道："寻个小院让戴先生安置，派两个长随、一个小厮照顾戴先生起居。一个月……按二十两银子吧。"

然后把两年前他费心收集的关于黄河一带的摘抄邸报全都给戴铎搬了过去，让他慢慢看，回头写个折子什么的递上来。

用一堆山一样的书折摘抄把戴铎给打发了，四阿哥就将人忘在了脑后。

八月末时，皇上发话满人要参加科举才能授官，四阿哥趁机想办法把李薇的阿玛给塞进去了。有了出身才好提拔他，要不是李薇的兄弟都太小，就算考出来一时半刻也不能授官，四阿哥也不会把李文璧给推出去。

看他苦读几十年都毫无寸进，四阿哥就觉得这人脑筋着实是不开窍的。可要抬举素素，还只能靠他。他只能想，从素素这里看，李文璧虽然可能没什么大本事，但应该也不是个会惹是生非的人。

李薇是发了榜才知道阿玛成了进士，下巴都快掉下来了。从她会说话就知道阿玛读书不开窍，听奶奶说从爷爷还在时，就让他读书，一路读到爷爷去世也没见考个秀才出来。要不是家里是旗人，有禄米银子还有地能租给佃户种，他们家早穷得当裤子了。

一家人早死了这条心了（不然也不会用力培养她啊），怎么他突然又爆出个冷门呢？

过了几天，李家来人报喜信了。李薇算是选秀后第一次见李家人，还是托了李文璧成进士的福。李薇的额娘是正宗的满人，姓觉尔察，是下五旗正蓝旗人。当时李家有地，李文璧长得眉目清秀，额娘一眼相中才点头下嫁。额娘家虽然是满人，可比李家穷得多。听说嫁衣都是李家给准备的。但人家有个满人的姓，这就金贵了。

李家的孩子中，李薇长相随了阿玛李文璧，几个弟弟倒是都像额娘，长得矮墩墩、黑粗粗的。所以从小，李薇就是李家最受宠的孩子，阿玛看着几个弟弟的模样都发愁，怕他们娶不到媳妇。

觉尔察氏嫁过来后也没摆满人家姑奶奶的架子，能生会养，除了李薇一个外，还有四个儿子。但她并不是毫无心计的人，虽然是第一次进四阿哥府，但也不卑不亢。先去见了福晋，陪福晋饮了一盏茶后才被送到李薇的小院。

觉尔察氏是挺担心这个女儿的，看着机灵实则傻呆，跟她那个长着一副精明相的阿玛一模一样。姑娘进宫选秀，本以为像女儿这样的会早早撂牌子，她连人家都给女儿看好了，谁知她居然能一路选到最后，还被指给了阿哥！

李家倒是高兴疯了，李文璧他娘都快八十了，还喝了个烂醉，乐得都找不着北。倒是李文璧面上高兴，晚上回屋就偷偷躲在被子里哭。她本来也担心来着，还要先哄他，气得肝都疼。

这李文璧要不是聘了她，等他老娘没了肯定让人啃得连骨头渣都剩不下。

谁知李薇哪儿都随了她阿玛，不光长相，还有福运。进了四阿哥府后就得宠，福晋进门也没见四阿哥把她忘到脑后。外面人都说李家这是养了个狐狸精，就她嗤笑，李薇那性子要真有狐狸精那么厉害，她做梦都要笑醒了。

可直到四阿哥派了人来教李文璧读书，到时候还送他去考试，以前屡考不第的李文璧跟有人把着他的手写卷子似的，顺顺当当地考过，她才发觉四阿哥估计是真宠她姑娘。

盛宠之下多是荆棘，她更担心自家姑娘了。好不容易进来了，可要好好嘱咐嘱咐她。

"额娘，快来坐。"李薇端坐其上，笑得无比灿烂，好久没见家人了，而且额娘好威武，她好想念在威武的额娘掌握下的日子，简直是什么都不必操心。

觉尔察氏看起来四十许人，就像最严肃的管教嬷嬷。李薇笑得那么开心都没见她动一下眉毛，还是坐在旁边的二格格甜蜜地喊了声："郭罗妈妈。"觉尔察氏就笑了，让李薇坐在旁边特别美慕。

"看到你这样，我就放心了。"才怪！都嫁人四年了，怎么一点没变？觉尔察氏很忧虑。

刚才一进门，她还真是被端正坐在上首的姑娘吓了一跳。四年不见，姑娘大了不少，穿着桃红的旗袍，头上戴着绿猫眼簪子，手上戴着镶绿猫眼的金镯子。一个还好说，估计还有其他钗环耳珰配成套的，这么多绿猫眼可不好找。

身后还站着四个丫头，怀里搂个小的。屋里院子外侍候的也不少。看着真像贵人啊。

就是一笑就露馅了。

李薇最在意的就是阿玛的那个进士，说了几句闲话，把玉瓶和二格格都给找借口撵出去后，马上问觉尔察氏："额娘，阿玛的那个进士是怎么回事啊？"

什么怎么回事？难不成你还以为你阿玛有那个本事去找人替考？

"慌里慌张的！你太太、阿玛和弟弟们都问你好，让你不要担心家里。"然后觉尔察氏才小声极快地说了一句，"没事，是四阿哥安排的。"

李薇眼睛就瞪大了，觉尔察氏赶紧道："不必问你额娘我，我也不知道呢。就是两年前，你舅舅突然跑出来说要给你阿玛荐个师傅。你也知道你舅舅，咱们家都不怎么信。可挡不住他死缠，说是他最好的谙达说的。你阿玛就找天提着礼物去了，回来人都傻了，悄悄跟我说是四阿哥安排的人。"

两年前？他们刚出宫时？她被巨大的幸福击中，半天没回过神。

觉尔察氏道："……有四阿哥安排的人管着，你阿玛倒是过了两年苦日子，人都瘦了。也不知那人是用什么办法哄了你阿玛，你玛法临去世前那么不甘心，也没见他这么用功。好在，不算辜负了四阿哥的栽培。"

"……哦。"李薇迟钝道。

你走神了吧？觉尔察氏瞪了她一眼。这孩子怎么看着还不如在家里聪明？都说生孩子傻三年，搁她身上要傻六年都未必够。

两人见面的时间不太多，留饭是肯定不行的。李薇给觉尔察氏包了两大提盒的点心，别的东西不好赏太多，吃的倒是不忌讳。剩下的给得最多的是布料。这是有银子都没处买的。

觉尔察氏本来还想问问四阿哥待她怎么样，见面后就不必问了。她姑娘养得比在家里还傻，除了四阿哥还有谁？

临走前，觉尔察氏难掩担心地交代她："好好侍候四阿哥，他就是你的天、你的命。家里不必担心了……这次的事，我看你也是不知情。以后不要冲阿哥要东要西。阿哥就是给了，你知道了也要辞掉。阿哥待你的好，你要感恩，要报答，不要想太多。"

她伸手，来这么久还是要回去了才摸摸长大的姑娘的小脸——还是很嫩。觉尔察氏多摸了几把，决定回去好好馋馋李文璧。哼，他是再也没办法抱抱姑娘了。

想起这对父女，觉尔察氏还是叹气了："……你就这么着吧，别改。"

等额娘走了，李薇才想起：忘了问弟弟们了！他们该上学了吧？还有两个舅舅，有没有再冲额娘要钱？虽然舅舅对她很好，可真的没用啊。

听说当年额娘能小选入宫的，但她想法子没去。她说要是她去了，等二十年后回来只能看到一家饿死的傻瓜了。

晚上，四阿哥回来问她见额娘高不高兴。本来是想来听奉承的，却被李薇发散地抱怨了一通人虽然很没用却很疼她的舅舅。在她嘴里，连阿玛都很蠢，很没用，很容易被人骗。

"……就说我阿玛吧，有次他在街上碰到个人说很急啊，请他帮忙看个包袱，他去方便方便。我阿玛连人家包袱里是什么都没看就答应了，等人走了才想起打开包袱看下，免得人回来了对不上数。您猜里面是什么？"

四阿哥半天没听到奉承话有些气闷，但还是配合道："是什么？"他也想听听里面是什么，一堆银子？一个人头？

从小到大也没见过低级骗术的四阿哥的猜测也属于传奇类。

"是个薄木匣子，里面是个破了的花瓶。"李薇很无奈，这种骗术都是骗外地人的好吧？阿玛你土生土长的也会被骗，好没天理。

四阿哥脑筋转了一下才道："哦，讹钱的。"虽然没见过这种骗术，但很会抓重点的四阿哥一下子就说中了。

"对啊。我阿玛把包袱放下就跑，后面还有人撵呢。估计是一直有人看着他呢。幸好他跑得还算快，没被追上。"

果然是个"淳朴"的人。四阿哥开始发愁了，这种人送出去当官真的没问题吗？

当两人在帐子里时，中午听额娘的话就感动得不行的李薇抱着四阿哥激动了，在他脸上脖子能够着的地方一通乱亲，四阿哥这才满意。看来见家人还是很高兴的嘛，原来不喜欢在嘴上说，这就表现出来了。

她说了很多家里的事，阿玛、额娘、弟弟的事，还有自己的事。她忍不住。

在床上她几乎想把他藏在自己床上一辈子。因为拉上帐幔后，好像他们被关在里面了，外面的世界都不存在了。

早上，四阿哥起来时发现动不了，李薇紧紧抱着他的胳膊睡得正香甜。他伸到被子里胳肢她，生生把她给胳肢醒了。

"今天二格格没哭……也没起来……"李薇已经习惯了四阿哥一起，二格格必起。要么就是她一睁眼，二格格正在哭。今天都没有，好不习惯。

厚厚的床帐还拉着。四阿哥刚睡醒，声音还有些哑，道："她抱着百福睡呢，不会起来。"要说二格格最喜欢谁，百福肯定是前三名。

难得醒了不起来，在赖床，这在四阿哥有限的生命中是少见的。躺了一会儿，他就浑身不舒服，起来后看李薇还裹着棉被，道："怎么不起来？"

"外面好冷……"李薇配合地打了个寒战。

"你就是懒。"四阿哥笑着点点她，体贴地替她重新掖好帐幔才叫人进来。

等人都在围着四阿哥给他穿衣梳头时，李薇发现她越来越清醒了……三点起床魔咒……无奈地起身拉开床帐，结果外面的四阿哥和玉瓶都很惊讶地看着她。

干吗？早起不行啊？

玉瓶赶紧过来说："格格再睡会儿？二格格还没起来呢。"

四阿哥抬头让人给他系领扣，道："今天二格格也没过来闹你，接着睡吧。"

"……睡不着了。"李薇很痛苦地道。外面天还是透黑啊，不过醒了就起来吧。玉瓶一边赶紧把她的衣服抱过来，一边道："没想到格格这么早起，衣服还没烘呢。这么穿上可冰得很。"

四阿哥道："那还不赶紧去烘？"他对玉瓶一瞪眼，玉瓶嗖地就抱着衣服跑了。

"你回被子里再坐会儿。"李薇只好在他的眼神逼视下再缩回被子里去。

等她终于起来，四阿哥已经开始用早膳了。

见她过来，四阿哥笑道："快过来。刚才苏培盛特意回去让膳房现做的虾饺，这不是你最喜欢吃的吗？"

虾饺是李薇折腾刘太监的成果之一，光外面那层澄皮就快折腾掉刘太监一层皮。但做好后确实看起来很美，吃起来也好。四阿哥也喜欢，还进了永和宫一份单子。听说德妃也很喜欢。

澄皮发明出来后，刘太监热衷于把各种馅塞进去看效果。意外的是四阿哥对这种能看清馅的饺子特别中意，最近他吃包馅的都要这种澄皮。说是看得清楚，吃着才舒心。

李薇坐下就着醋吃了两笼近二十个虾饺，四阿哥吃的是她的三倍。苏培盛擦汗，幸好他早想到有格格陪着，四阿哥都会比较有胃口，不然阿哥想吃没的吃就是他侍候得不好了。

四阿哥吃完还要再漱口，因为他喜欢蒜汁。

"这几天都会忙一点，你带着二格格在府里玩。"他挥开苏培盛递上来的斗篷，道，"过几天……带你们出去走走。我记得二格格有骑马服的，你要想骑也趁这几天赶紧做一件出来吧。"

李薇高兴地跟上去，一路送到院子口，道："真的会去骑马吗？"

"嗯，正好踏春，大格格和二格格都大了，我也想带她们出去骑骑马。"四阿哥解释了下，还有就是想跟福晋提一提，明年就该把大阿哥挪到前院去了。只是……看福晋的样子，怕不会这么容易。

四阿哥最近忙的全是七阿哥和八阿哥的府邸。这事简直就像粘在他手中甩不掉一样！如果一年前他接过这件差事时想的还是报效皇恩、兄弟之情什么的，现在已经完全烦了。

他不是专管盖房子的。

可现在的情形是每天不管有事没事，他都要去内务府坐着。等人跑来一趟趟报他，"四阿哥，青砖只剩下四百块了""四阿哥，冬青树的苗枯了六百多棵""四阿哥，东边小花园的池子填得不行，今天有人抬着铺房顶的瓦过去，给陷进去了，瓦碎了两担"。

啊，去死！爷不是干这个的！

抱怨归抱怨，四阿哥还是慢吞吞地放下茶碗，对面前那个等着他说瓦怎么办的人道："哦，抬瓦的人呢？"

"一个陷进泥里，好不容易给挖出来却没气了，一个断了一条腿。"填池子的人实在是太省事了！里面随便填了些土，外面搭了几个木板子就放着不管了。这两人图少走两步挑了这条小路走，结果成这样。

得，原本还想打板子的，这下……四阿哥摇头，叹道："给他们家里人一些银子，好好发送了吧。那瓦催催，就说这日子该到了，再拖下去大家一起提着脑袋去见皇上吧。"

见四阿哥一副"没找到人打板子很不爽"的样子，那人麻利地滚了。

四阿哥长出一口气，好烦。

现在一动不如一静。能守在内务府管房子已经挺幸运的了，听说皇上昨天训了太子，中午又赐膳过去。三阿哥说中了暑，在府里养病呢。八阿哥最近常常伴驾，跟大阿哥好像有了嫌隙。都是说大阿哥看不得八阿哥得皇上的宠信。

四阿哥只能呵呵笑了。

八阿哥最近挺红的。一说是他得皇上的宠信，纳兰明珠的福晋被刺身死，皇上就只派了他去看望。二说是他得了个好福晋。他这福晋是和硕格格的遗女，安亲王岳乐的外孙女。其父郭络罗明尚死得略冤，不过是赌了两千两银子，放现在就不至于了，只能说这人没赶上好时候。

只是，四阿哥觉得换个角度看吧，皇上大概从一开始就只是想抽安亲王一巴掌。郭络罗明尚不幸被皇上选中当了筏子，本来要是安亲王的格格没死，皇上过几年再给她指次婚也就完了。谁知额附一去，安亲王的格格也跟着去了。仇一结大，皇上也只好再用力往回找补。

八阿哥这福晋娶的是福是祸还不好说。

跟八阿哥一比，跟他同年开府、同年娶福晋的七阿哥就成小可怜了。外面的人说起来都是"跟八阿哥一同开府的七阿哥"，哥哥当到这个份上也真是丢人。他的母妃戴佳氏虽然为嫔，却是进宫十几年都未再寸进。她进宫也是赶上好时候，初封也高。有一子却十几年未得进封，不受宠简直是戳在她身上的牌子。有这样的母妃，七阿哥又不出众，到现在还没递个话过来这府要怎么修。难不成就真的由内务府应付差事，随意糊弄？

四阿哥想想，抄起七阿哥府的堪舆图就往阿哥所去。

虽然才搬出去两三年，可再回到这里居然有种恍如隔世的感觉。四阿哥漫步在熟悉的宫墙内，竟然起了怀念的心思。

他走两步赏赏景的，到阿哥所时七阿哥正好在。

"正好，老七过来看看，你的府要修成什么样的？"四阿哥进屋就直接道，他把手中的堪舆图往七阿哥手上一塞，道，"上茶，渴死我了。"

七阿哥腋下夹着图，亲自给他捧了茶："四哥请用。"

陪着饮了碗茶，两人才转到七阿哥的书房，在临窗的书桌上铺开堪舆图。四阿哥从前门指着一步步给他讲解。他本来就是做什么都要做到最好，七阿哥和八阿哥的府邸里连棵树都是他亲自选的。他讲得头头是道，七阿哥只顾点头。

四阿哥不满了："老七，你也给你四哥捧捧场，说句准话，从头到尾只点头干什么？有喜欢的景致趁现在还能改，四哥都替你办了。"

七阿哥当年在阿哥所里时就是个沉默寡言的人，虽然跟八阿哥一样都是母妃不显，相较而言，八阿哥的母族还更差些，可反而是八阿哥身上那股向上的劲比较强些，七阿哥就没这个意思。

此时，七阿哥就道："听四哥刚才说的，我就知道一准错不了。等弟弟住进去了，肯定样样都喜欢。这都是四哥待弟弟好，弟弟知道。"

四阿哥顿时觉得七阿哥这人真不错。以前还觉得他毫无意气，让人看不上。现在看起来倒是个心里明白的。

他笑起来道："那就好。"说着在七阿哥的书房一扫，见挂画都是花鸟虫鱼一类，安逸飘然之意颇浓。看来七阿哥果然是个毫无争上之心，只肯得过且过的人。

回去后就在七阿哥府的堪舆图上小改了几处，添了些怪石、瘦竹一类。花园水池也添了几尾游鱼，台阶墙角处还特意交代花匠记得养些青苔出来。这一弄，那股清高自得的劲就出来了。

施比受更有福。做完这件体贴弟弟的小事，让四阿哥心中充满当哥哥的自豪感。

回到府中后，想起早起说要带二格格和素素去踏春，叫苏培盛去叫府里的绣娘，另外开库房取今年新得的几匹好料子出来。四阿哥自己铺了纸，几笔就勾勒出一个曼妙的女子。女子立在当中，圆脸杏眼，浅笑盈盈，一头乌发绾在耳边，斜插一根猫眼簪。

他换了笔，调好颜料，先勾边，再上色，再细细雕琢。画中人一袭珍珠粉袄，桃粉色面银色滚边的旗袍，披一件兔领披风，白兔毛滚边，柳叶黄为面，雪青为里，下踏一双绛红的靴子，白兔毛点缀其上。

等绣娘来了，苏培盛使眼色让她们在一旁候着。等四阿哥画完，叫过来吩咐道："照画中的样式，做一大一小两套。给你们半月时间，可能做到？"

绣娘连声道，绝无问题。

四阿哥叮嘱道："粉色衣裳上只用银线绣花样，不可用别的颜色的丝线。"又念个不停这边要掐个腰，那边要用什么绣样，等等。

折腾这些事，对四阿哥来说就像消遣一样。绣娘退下往小院去了，他想起说要给素素烧一窑瓷器来着，问苏培盛："那窑素白瓷烧好了没？"

苏培盛道："昨天就送来了，奴才带人亲自点的。一共二百三十六件。"

四阿哥来兴致了，有几样还是他亲自画的样子，道："送来看看。"

苏培盛去领人抬过来两只箱子，打开一样样捧到案几上。

这窑瓷器全是甜白薄胎瓷，一看像能透光而出的美人肌肤般，有股嫩粉的白。为了烧出这种瓷色，窑工费了老鼻子劲了。

李薇喜欢圆形的瓷器，不管杯、盘、碗、盏、壶、瓶，她的屋里哪怕是个花盆用的也是南瓜形，就这还不满意，要是圆得跟西瓜似的她就更高兴了。

别的都好找，就是喝茶的盖碗没有圆的，四阿哥不止一次看到她捧着一个膳房用的炖盅喝茶，让他怎么都看不习惯，总觉得她这是在喝汤。

这次索性一口气全烧给她。

堂屋的条案桌几上都摆满了大大小小的甜白瓷，被阳光一照竟是满室生光。苏培盛看到四阿哥露出一丝满意的笑，心中替窑工们喊了声多谢老天爷。

四阿哥挑几个拿起细细端详，点头道："留下一些就放在这里，剩下的给她送过去吧。"

有些好用的他也乐意用用看。

张德胜使人抬着木箱子到小院时，绣娘还没走，两边走了个对脸。绣娘们一眼看到这又抬着几箱东西往小院送，当面不敢说，回到下人房才啧道："都说李格格如何如何，不亲眼见真不敢信。"

一人道："这才哪儿到哪儿？以前那孝献皇后……"

"嘘！你不要命了！快住嘴！"

一屋子人这才不敢开口，默默去量尺寸裁料子。

小院里，李薇看到一箱子的各种杯子和碗都快乐疯了！

张德胜见李格格指挥着满屋子人把正在用的都给换了，屋里的花也要全换盆，怕他们忙不过来就带着人留下来帮忙。新的要拿出来擦洗摆设，旧的要擦洗后装箱收起。赵全保叫来花匠，将花全部带走换新盆。

那盆被李薇放在寝室的素馨她亲自弄，换个大盆，再竖两根杆子。"看它会不会爬上去。"她道。

花匠没养过这种野花，看着不像会爬杆的藤花类，但既然主子想看它爬，它就必须会爬，决定回去就找杆子把枝蔓绕上去固定住看能不能活，明年看看能不能跟藤蔓类的嫁接下。

苏培盛见张德胜久不回来，正想找人去问，四阿哥看快到午膳了，直接过来了。他一进小院就看到院子里放着很多木箱，赵全保和张德胜正带着人一边登记造册，一边往里收。

"这是怎么了？小德胜！还不滚过来！"苏培盛上前一步喝道。

一见四阿哥到了，一院子的人都跪下了。

李薇带着二格格从屋里出来，两人一人手里捧着个刚送来的杯子。

"阿玛，额娘教我用这个喝牛奶！"二格格举着杯子兴奋地说。

李薇让玉瓶去煮了一壶奶茶，带着二格格扮家家，还特地要膳房送来鸡蛋糕和各种酥皮点心。

二格格用着不一样的杯子觉得很有趣，见到阿玛就迫不及待地要分享。

外面乱糟糟的，一家三口挪到西厢。玉瓶带人送上奶茶、点心，四阿哥也很有兴致地陪二格格扮家家，一本正经的。李薇特惊奇地看着二格格教四阿哥怎么拿杯子，也不知道她的小脑袋里怎么生出来那么多的"新式杯子使用规则"，四阿哥还真听她的。父女俩玩得可开心了。

李薇觉得自己被忽略了。等二格格过完教人的瘾，一回头见点心都快让她额娘吃完了，嘴一扁，委屈巴巴地看着她亲娘。

搞得李薇最后一口红豆酥怎么都咽不下去了，连四阿哥也装模作样地板着脸训她："怎么可以吃这么多呢？"

"就是！就是！"二格格点着小脑袋。

"马上就要用膳了。"四阿哥道。

"就是！就是！"二格格高兴地看着额娘被训。

"都收起来。"四阿哥对玉瓶道。

玉瓶过来收走所有点心盘子。

二格格眼泪汪汪地看着玉瓶端走盘子。

用午膳时，二格格一直情绪不高，最后还是李薇安慰她，等午睡起来有点心可以吃，才让她高兴起来。

四阿哥本来还在犹豫是顺着二格格哄哄她，还是趁机教她克制自己，就见李薇已经把闺女哄好了。看着母女二人瞬间又快快乐乐地吃饭了，他还有些接受不了。

这两个没心眼的！

再看二格格，你额娘连点心都没拿出来给你看，也没答应你午睡起来能吃几块，能吃多少，是不是跟上午一样，你就这么简单地答应了？他当年被教养嬷嬷哄的时候还会在心里嘀咕"别小瞧爷，知道你是哄爷呢"，可看二格格已经完全相信了。

四阿哥心里想，素素不是他生的，长成这样还好说，二格格身上可是有他的血，怎么也不能养得跟她额娘一个样。

正好，他觉得前院原本给阿哥准备的地方太空了，趁着大格格和二格格还小，不必顾忌男女之别，干脆一起挪过去，这样也好对福晋开口。

他打定主意，午膳过后也不走了，留下来歇息。两人躺在西厢的榻上，靠着说话时，四阿哥试探地问李薇："以后，白天让二格格随我读书去吧。"

李薇只想到一个，警觉道："让二格格现在就三点起？"

"当然不是。用过早膳让她过去就是，午膳还是回你这里来。下午就不必去了。"四阿哥自觉这样安排挺好，坐等李薇反驳，两人好谈条件。

"好啊。"

答应得太快，让四阿哥有些反应不及。而且，怎么一点也不担心？怎么着都要表达一下慈母之心吧？

"我该给她做几个小背包。"李薇时不时地手痒想做点什么。给二格格做几个多格子的小背包、小笔袋、小口袋什么的，多可爱啊。

看她都在设想这个了，让准备磨一场嘴皮子的四阿哥哭笑不得。心里也想，或许是他想岔了，对女子来说，孩子们的前途总是最让她们挂心的。看素素这样，福晋那里应该也不会太难办才对。

找了个阳光明媚的好日子，看着无风无雨的，四阿哥带上三个孩子和李薇去踏春了。

一开始，四阿哥是想带着全家人一起去。本以为应该很简单，结果福晋倒是挺痛快地把大阿哥交给他了，但福晋自己不想去。

"府里怎么也不能没了人，爷跟孩子们好好玩吧。"福晋笑道。她是真觉得没必要为了出去玩花一天时间，就是出去坐车转转、骑马遛遛？还是留在府里省心。

至于大阿哥，最近四阿哥天天来看他，看起来是很喜欢这个阿哥的。福晋也盼着他们父子感情好些。以李格格的受宠劲，说不定什么时候就又有了，万一她下一胎是儿子，大阿哥的处境就尴尬了。如果四阿哥能更喜欢大阿哥，以后就算有了弟弟也不必担心了。

宋格格见福晋不去，就说她也不去，留下来待候福晋。

武格格不巧来了月事……

四阿哥本来的好心情都快让她们给败坏完了。

转头来了小院，李薇和二格格正在换送来的新骑马服，一大一小穿得一模一样在转圈圈，百福围着她们两个欢脱地跑来跑去。二格格正叫着："额娘，额娘，咱们给百福也做一件，好不好？到时百福也去，对不对？"

"好，咱们给百福做一件。"李薇拉着二格格回屋喊玉瓶拿衣料。

百福先发现四阿哥，汪汪叫着扑过去冲他狂摇尾巴。二格格跟着喊："阿玛！"四阿哥进来摸摸她的小脑袋，坐下抱着她问："二格格，你们这是在做什么？"

李薇笑着看了他们父女一眼，把百福抱到怀里比料子大小。二格格指着百福说："我和额娘要给百福也做一件新衣服，到时踏春大家一起穿。"

四阿哥为难道："可是百福不去啊。"

"百福不去？"李薇先惊讶地问他，出门不带狗吗？百福又不是猫，狗狗还是应该多去外面跑跑吧？

她怎么会当真呢？他是在开玩笑啊！四阿哥忧郁了，怀里的二格格替他回答李薇："额娘，阿玛在哄我们啦。"

想骗的没骗到，没想骗的骗到了。

四阿哥颠颠坐在他腿上的二格格："我们二格格真聪明。"顺便给李薇一个"连二格格都不如"的眼神。

李薇：我继续给百福缝衣服，让你们这对父女自己玩去吧！

到了那天，大格格和大阿哥一早就被送到了前院书房，四阿哥起得一向早，正带着百福在书房读书。就算出了宫，他还是习惯每日早起读书。

四阿哥先问了两句大格格，然后就把大阿哥叫到书房里考他了。

大阿哥进来时还被奶娘抱着，书房，奶娘当然不能进，奶娘放下他后，他自己一步步慢吞吞地、稳当当地走向四阿哥。

直到他站到面前时，四阿哥才发现刚才他一直屏住呼吸。

好孩子。

四阿哥在他肩上拍了拍，让苏培盛把他抱到椅子上坐下，道："昨天教你的还记得吗？'大'怎么说？"

"安达！"大阿哥清脆地答道，太激动，口水都喷出来了，瞬间红了一张小脸。

他小小人一个，也很紧张，坐在椅子上时很用力地握紧小拳头放在膝上，看着是很努力地想把腰挺直，可他人到底太小，椅子又太大，所以他坐得摇摇晃晃，很不稳当。

四阿哥担心地看了一眼。苏培盛立刻去拿了三个靠枕，把椅子周围全填满，让大阿哥能靠在靠枕上，这样就稳多了。

四阿哥满意地点点头。

大阿哥很有规矩地对苏培盛道："多谢苏谙达。"

"不敢当，大阿哥坐稳。"苏培盛赶紧哈腰点头，就站在椅子后，伸手虚护住大阿哥。

因为他发现大阿哥没有靠在枕头上，反而更加挺直背，从背后看距离，和枕头还有一指的空隙。他真怕这位小祖宗坐不稳再栽下去喽。

四阿哥也发现了，苦恼地想这也太像福晋了。福晋这样他还能接受，可自己的儿子这样就真的不行。福晋只是个妇人，嫁给他后自然一世无忧，所以她的性格再强也只是难为自己。可大阿哥日后要继承他的一切，这样的性格不利于他的成长。

不客气地说，福晋这种性格只适合当奴才。当主子的会喜欢手底下的人心志坚定，一往无前。但换成当主子，不撞南墙不回头，撞到头破血流再知道回转就已经晚了。对自己要求过高并不是好事，这是另一种画地自限。

看来果然应该把大阿哥挪出来。再继续被福晋养下去，大阿哥学得跟她一样就糟了。

四阿哥又教了大阿哥几个满语的词，嘱咐他回去记熟，再把着他的手写了一张大字，然后才带着他出来。

大格格一见四阿哥和大阿哥出来就立刻站起来迎接，她是三个孩子里面最大的。四阿哥嘴上虽然不说，但心里一直记着她，更兼她出生就体弱，差点没救回来，好不容易长到这么大，他在埋怨宋氏的同时，更心疼这个格格。每天念经都会替她念一卷，求她长寿平安，别的荣华富贵他这个阿玛就都能办了。

"坐下吧，一会儿一起用早膳。"四阿哥道，看大格格的脸色还有些白，不够红润，估计还是体虚。不趁年纪小的时候好好补养，等大了就晚了。他想是不是让福晋多照看一二，平时吃的用的多注意一下。

这时，苏培盛领着李薇和二格格进来了。这娘俩比较光棍，奶娘直接就留在小院了，只让玉瓶和赵全保跟着，后面玉盏和小喜子提着食盒抱着包袱。

李薇是想出去玩不用带那么多人，二格格又不用包尿布了，带点吃的喝的和两件厚衣服就行了。

等这两人进来，不相干的人都留在外面，只有玉瓶跟着。这让四阿哥一看就皱眉，再看大阿哥身后跟着的四个嬷嬷、两个奶娘、四个丫头，心道：该小心的不小心，该锻炼的又带了太多人。

对李薇来说这是头一次见大阿哥，看到四阿哥身边坐着个打扮得像年画金童的大头娃娃，她就知道这是谁了。更何况她一进来，大格格和大阿哥都站起来了。她向四阿哥行礼时，这两人都避开，然后再一起向她行礼。

李薇感受到了一点点"派系"的分别。再看身边二格格一脸没感觉的样儿，她就觉得自己有些对不起女儿。

可二格格确实没感觉，她以前也在福晋那里见过大格格，两人还一起在福晋的屋里玩过玩具（在嬷嬷的监视下），虽然没有培养出什么姐妹感情，但"这是个熟人"的标签就戳在大格格头顶，二格格就颠颠地过去了。

"大姐姐。"二格格福了下，再转头看到大阿哥，略愣。

坏了。忘了告诉她大阿哥长什么样了。以前提起大阿哥，李薇的形容就是比画一个抱在怀里的娃娃形象。

她正着急，二格格的智力肯定一开始就比她高，只见二格格歪头一笑，张嘴毫不认生地喊："弟弟好。"

大阿哥向她行礼："二姐姐好。"

好聪明。李薇佩服地看着二格格，真不愧是她的好闺女。

一会儿三个小的就有说有笑的了。小孩子的友谊比较简单，让原本害怕二格格会被排斥的李薇也放心了，觉得自己真是用肮脏的大人世界去套纯洁的儿童世界。

用过早膳后，四阿哥就带着所有人出发了。临出发前还有件事，他把大阿哥身边的人都撵了，只留了一个奶娘一个丫头，然后给了他四个小太监。

"这是早就准备好给你的，之前想等你挪过来再让你见见，正好今天也是个机会。"四阿哥让这四个小太监过来磕头，"除了他们，还有别的人，等你来了就都能见到了。"

大阿哥从来没见过小男孩，四个小太监大的才八岁，小的六岁，都笑得很开心地看着他，让他特别新奇，一下子就把身边的奶娘和丫头给比下去了。

"给阿哥道福，吉祥。奴才小名狗儿，阿哥叫奴才小狗儿就行了。"这个叫小狗儿的小太监是四个里面最聪明的，他长得最高，看着也不像外面吃不上饭的小孩子一样瘦巴巴的。他冲奶娘点点头，喊了声嬷嬷，就理所当然地站到大阿哥的身边，把那丫头给顶了。

陪着大阿哥出来的丫头是第二个石榴。第一个石榴回乡后，她虽然是内务府分来的却混得很好。这次福晋也是看她一贯勤奋懂事，又是内务府给的包衣，出去比她自己带来的更顶用，遇上不长眼的能唬不少人，就让她跟着出来了。

石榴见被一个小太监给挤了位置，眼一瞪就要再上前，谁知又过来一个小太监把她挤得更远了，狗儿却趁机把大阿哥给抱上了车。

石榴要恼："你……"话没出口，第二个挤过来的小太监就笑眯眯地道："姐姐，咱们可得快着点，您瞧，那边的主子们可都上车了呢。"他说完就钻上去了，搞得石榴只能狠狠跺两脚，乖乖上车。

倒是奶娘一点也不着急，好像也没看到小太监欺负石榴。她虽然也是内务府出身，可跟石榴这种指着主子赏饭吃的不一样。她的位置不是一般二般什么人都能顶的。

剩下两个小太监果然对奶娘没什么意见，恭恭敬敬地扶着她上去后，他们两个才帮着彼此跳上车。

张保站在后面看得清清楚楚，满意地点点头回去了。这几个小子够机灵，不枉他特意调教一场。四阿哥的意思很清楚，既然要把大阿哥挪出来，就不能让后院的人老把着大阿哥身边的事。不能撵的像奶娘这种不去说，侍候的丫头就趁早回去歇着吧。

四阿哥骑在马上，盯着所有人的他当然早看到了大阿哥那边的事。张保这差事办得不错。他心道。

车队鱼贯出城，一直到了城外四阿哥的田庄上。这里跟李薇想象的不同，不是一垄垄的田地，而是一望无际的草场荒地，也没有小树林一类的东西。

车停下后，李薇跳下车才看到贴着地面生长的一丛丛的野草野花，车停下的地方沿着土坡往上能看到一大片稀疏的野树林。树最粗的也才手腕粗细，最细的都是树枝。野花星星点点散落在草丛里，红、蓝、白、黄，各色都有。还有小菜蝶飞来飞去的。

对二格格来说，眼前广阔的一切简直让她合不上嘴。从出生后就住在小院中的她只见过圈起来的四方天地，这样一眼看不到边界的世界太大了。

这让二格格第一次说了蠢话，她惊叹地对四阿哥道："阿玛，这个院子真大啊。墙在哪儿呢？"

四阿哥刚要开口，没忍住噗地笑了，忙掩住嘴道："这里没墙，乖啊，一会儿阿玛带着你跑一圈。"

早就准备好了几匹温驯的小马，让李薇脸红的是她的马跟二格格的马一样高，骑上去脚差一点就能碰到地面。他们四个上了马，四阿哥在前面领着，让人牵着他们的马在周围走了一圈。

这马骑得实在让人失望到家了啊。

可她这匹小母马非常可爱非常萌啊，杏核般的大眼温柔得能滴出水来，李薇下了马也舍不得让人把它牵走。这匹红色的小母马名叫红云，她从马奴那里拿来了糖块喂它，还抱着二格格让她喂。

四阿哥走过来，她忍不住说："红云好可爱，我能养吗？"

他摸了摸马的背脊，道："本来就是给你准备的。过两年你再大些，它也成年了，你就可以骑着它跟我去打猎了。"

二格格指着她那匹红棕色的马说："阿玛，我的呢？那是我的马吗？"

四阿哥摸着她的脑袋说："当然。"他看向大格格和大阿哥，道："这些马就是你们的马，你们要好好照顾它们，跟它们一起成长。"

他走向大阿哥，领着他去靠近他那匹黑如漆染的骟马，道："别怕，它是你最好的朋友。"大阿哥本来就是不怕的，他只是第一次看到这么大的东西有些吃惊。可跟着他侍候的石榴和奶娘都拉着他往后退，从马上下来后也不让他再靠过去，看着就像是他害怕了一样。

四阿哥牵着他过去后，狗儿等几个小太监也赶紧过去了，狗儿拿了糖块给大阿哥，道："大阿哥，马很喜欢吃糖的。"

另几个小太监有的护在大阿哥身边，有的去拔了些草哄马儿，他们看着都跟大阿哥差不多大，大阿哥也不想认输，接过糖块去喂马。被马的鼻息一喷倒是吓了一跳，可习惯后就兴奋起来了。在四个小太监的陪伴下，大阿哥跟马玩得开心极了。

四阿哥看他这样也放心了，对着石榴和奶娘说："回车里看着东西去，这里不用你们侍候了。"

陪着马玩了一会儿后，三个小孩子再骑上它们都自然多了。饭做好了让他们停下来时，二格格还不乐意。倒是大格格更有规矩些，大阿哥也是习惯了听话，都乖乖下来了。

李薇觉得有些不好意思，这一比显得二格格没被她教好。

四阿哥却想，要是大阿哥和二格格的性格换一换就好了。他宁愿要一个更有脾气的儿子，哪怕是坏脾气也比没脾气强。

至于二格格，像大格格这样贞静很好，但脾气大些也不坏，日后嫁了不会吃亏。

遛了两趟马，席地而坐吃了顿便饭后，这次踏春就圆满结束了。

李薇最大的收获是带着二格格挖了好多观音莲，她就跟捡大便宜似的挖了一堆准备带回去养。

二格格见额娘带头玩土，高兴坏了，时不时地转头看看四阿哥，怕他看见，再对她挤眉弄眼，还用手指竖起来"嘘"她，然后咯咯地偷笑。

等回到车上，早看见这对母女在搞鬼的四阿哥靠过来："挖的什么？"

"观音莲。"李薇捧出一个开得正好的给他看。

四阿哥皱眉看，她道："这东西可好养了（虽然她养死过），不用浇太多水，放在盆里就不用管它了。"

看他不像欣赏的样子，她马上说："给你摆一盆放在书桌上吧。"

既然是她的心意就不好拒绝了，四阿哥只好道："……倒是挺有野趣的。"

回到府里后，李薇找花匠要了一些鹅卵石说要摆盆景，然后就把观音莲都给他了，说："这东西应该可以摆在一起养，口大的像鱼缸那样的盆就行，土上摆一些小石头会比较好看，还能跟别的花草一起养。"

花匠听得稀里糊涂的，但听说跟仙人掌相类，心里多少有些数，刚想点头说没问题，李薇道："先摆一盆好看些的，我想进给阿哥。"

花匠膝盖一软险些站不起来，李薇看他害怕，连忙道："没事，没事，拿来给我，你只要帮它们弄个盆，后面的都我来就行。"

富贵险中求，都进阿哥府来侍候了，还会怕在主子跟前露脸吗？这可是天上掉下来的机会！花匠赶紧道："哪能劳动主子？奴才保准给主子办得漂漂亮亮的！"

回去后，花匠还是先缓缓苗，看它们习不习惯新盆。李薇等了快二十天才得了一个观音莲的盆景，鱼缸大小，里面有吸水石制的假山，石上还养有青苔，绕着假山是错落的鹅卵石，偏东是大小三棵观音莲。周围还有一些刚刚冒出头的小草。

可李薇又不敢送过去了。

因为，前两天皇上下旨分封诸位阿哥，结果四阿哥和一众连差事都没办过一件的弟弟一起被封了贝勒。连今年才刚开府的八阿哥都封了贝勒，从三年前就开始办差的四阿哥居然跟他一样。

这简直就是明摆着皇上不喜四阿哥了。

府里的气氛这几天从接过旨后就一直很低沉，李薇怎么可能在这时跑到四阿哥跟前"刷"存在感？她厚赏了花匠后，借口这盆景太美要赏几天，把送四阿哥那句话给暂时忘到一边了。

就连玉瓶和赵全保都赞成她这时还是少出现为妙。为此，赵全保特意给苏培盛送了礼，求他最近千万别提他们李格格的名字。

搞得苏培盛很为难。收吧，他还真打算在四阿哥面前提一提李格格，看能不能让他的心情好些。反正就算李格格惹恼四阿哥，也不碍他的事。要是李格格能把四阿哥哄好了，那他也能跟着受益。可不收吧，这不明摆着"我就是要坑你主子"吗？

赵全保这两年可长进不少，不然也不会把礼送到他面前来了。苏培盛也不好太不给他面子，犹豫一下还是收了，但是也坦白道："若是四爷想起了你们格格，咱家可拦不住。"

"那是，那是。"赵全保哈腰，连连点头赔笑，心道：四阿哥自己想格格就罢了，别让小爷知道你个不是东西的在背后搞鬼就行。

但四阿哥这回想起的不是李薇，而是福晋。他在书房一口气写了一百张大字后，放下笔换了衣服就去正院了，临走前交代苏培盛收拾好大阿哥的屋子。

正院里，四阿哥和福晋分主宾坐下，饮过一道茶后，四阿哥开门见山地道："如今大阿哥也该开蒙了，那边的屋子都是现成的，人我也挑好了。选个好日子就让他挪过去吧。"

福晋被四阿哥前所未有的强硬给噎住了，半天才道："……自然都听您的。只是大阿哥生在年尾，到今年腊月才满三岁，您看是不是让奶娘和丫头们陪着过去？"

四阿哥当即就想喝一声"妇人之见"，可还是吞回去了。他现在一肚子闷气、邪气，他知道不能对着福晋撒。

屋里一片逼人发疯的安静。

半盏茶后，见福晋额角都有冷汗了，四阿哥放柔声音道："你看着给吧。只是前院人来人往，年轻丫头在那里到底不方便。奶娘可以都跟过去，毕竟她们侍候大阿哥的时候长。"

至少奶娘能过去了，四阿哥说的丫头不方便的事也不是假的，福晋也就没再多坚持。

基本算是顺利定下了大阿哥搬家的事，四阿哥心情略微好转，又想起一件安慰福晋的事，道："我也担心大阿哥刚过去不习惯，已经定下了大格格和二格格一道过去。白天他们三个一起读书，不会让大阿哥孤单单一个的。"

福晋一听，没领会到四阿哥的一片心意，反道："四爷，两个格格都是女孩子，这个年纪跟着嬷嬷学些针线女红就好，不必这么早开蒙吧。何况又是去前院，大格格今年已经开始留头了。"

前院都是太监，听说现在还有个戴先生住在那里，让外人冲撞了怎么办？

就算知道四阿哥是为了大阿哥好，福晋也要本着嫡母的心替大格格说一句。何况大阿哥来之前，她身边就这一个女孩子，小时候又瘦又小，体弱多病，好不容易养到该留头了，福晋已经开始替她攒嫁妆了，怎么舍得就这么让她去前院读这没必要的书？累坏了身体怎么办？

四阿哥脸顿时黑了。可他还记得福晋这么说是为大格格着想，虽然跟他的计划相悖，但也不能就为这个对福晋发火，还是他的养气功夫不到家。

四阿哥僵着一张脸。"既然你这么说，大格格就不必去了。"他放下茶碗，"我书房里还有事，你歇着吧。"

说完甩手走了。

傻瓜也看出他生气了。福嬷嬷和庄嬷嬷都担心地看着福晋，一个是想劝不敢开口，一个是怕自己年资不够，劝了是狗拿耗子。于是庄嬷嬷看福嬷嬷，打算她劝的话自己也跟着劝。福嬷嬷看福晋，看她乐不乐意让人劝。

福晋送四阿哥出门，回来一脸平静地道："给大阿哥收拾东西吧。"

福嬷嬷："……是。"转身出去了，庄嬷嬷左右看看，上去给福晋换了碗茶就继续站着当木头。

福晋坐在榻上，好像什么都没想。屋里只有钟摆沉闷的回响。

四阿哥一路快走，苏培盛一路跟随，苦哈哈地还要缩小存在感，免得点爆了四阿哥这个火药桶。正好到了小院门外，院里难得没有二格格笑闹的声音。连苏培盛都不免奇怪地多看了两眼小院，四阿哥脚下一顿一转，就往小院去了。

赵全保，这可不是我提的你们格格。苏培盛乐颠颠地跟在后面进去了。

西厢里，李薇正在跟二格格商量她到前院去后，都跟着四阿哥开什么课。

桌上摊着一张纸，二格格正对一个个她额娘写的课程名兴奋着。

"额娘，我都能学什么啊？"她的小胖手指在课程名上指指点点。

"什么都能学。你这会儿可比我那时幸福多了。"老师就是亲爹，还能学骑马、射箭、养小狗，这就是纯玩啊。

李薇很羡慕，二格格也对骑马课、射箭课、养狗和养鹰这些课很感兴趣。听李薇讲只能上午上课，下午要回来睡觉休息还不乐意，扯着她的袖子求："额娘，好额娘，下午也让我去嘛。"

"不行，你还太小，不能整天去。"这个李薇很坚持，她还想跟四阿哥商量个周休两日什么的呢，另外作业不能太多，会坏眼的。

二格格不开心。

四阿哥在西厢窗下听到她们母女这场口角，会心一笑，抬脚进去抱起二格格："阿玛的二格格这是怎么了？小嘴都可以挂油瓶了。"这句俗语还是跟李薇学的，四阿哥的人生中没有油瓶这种东西。

二格格抱着他的脖子："阿玛，我想天天去跟百福玩，天天跟小马玩。"

四阿哥笑道："二格格这么喜欢去前院跟阿玛在一起吗？"

二格格点头，道："额娘说阿玛那里有很多好玩的小狗小马小鸟，还能出门呢。"

出门？这个刚才没听到。四阿哥扭头询问地看李薇。

李薇其实是想她嫁人了不好出门，可他能偶尔带二格格出去转转嘛。踏春后，二格格总说要去那个"没有墙围着的大院子玩"，她也想去啊。求你阿玛去吧。

"就是逛逛街啊，逛逛铺子啊。"李薇道。

四阿哥抱着二格格坐到她旁边，笑道："你也想去？"

"想啊，不过不行吧？"

四阿哥看她失望的样子，道："怎么会不行呢？以后我带你们出去。"

把二格格抱下去后，两人坐着看她写的那张纸。

他看着音乐课、美术课、数学课、满语课、大字课等课程，笑道："你倒会给我派活，这后面怎么还有骑马射箭？"

"不用学吗？"李薇惊讶了，"我小时候还学过骑马射箭呢。"李家觉尔察氏和李文璧都会，对她也是从小教起，她还以为这是满人尚武都要会的。

"你会射箭？"四阿哥也惊讶了。

"我能射三十步呢。"三十步射到靶子上很了不起的！

"哦？那试试吧。"四阿哥来兴致了。

苏培盛去前院校场取来草靶子和几副弓箭，都是小弓，其实他很惊讶，出宫后四阿哥就不肯再摸弓了，今天居然想起来拉弓射箭……气糊涂了？

李薇上前直接道："给我六等的就行。"苏培盛赶紧挑了一把给她，见李格格拉几下试力，居然还小声抱怨："怎么这么紧？"

……都是新弓。不过他有点明白四阿哥突然要玩弓的原因了。想起以前还住在宫里，每到下午该去校场时阿哥爷的脸色，苏培盛忍不住就想笑。

他们家的四阿哥唯一对付不了的就是这个了。

看来这位李主子臂力不行。苏培盛再看四阿哥，发现他从接旨后就没松下来的神色已经变得温煦多了。

四阿哥嘴角微翘，含笑看李薇射靶子。第一箭，飞了，歪到七八步外，斜插进一盆茉莉花中。院子里侍候的都忍不住笑了，李薇倒是一脸淡定。干吗，很正常好吗？她都几年没摸过弓了。

第二箭就射中了，不过明显箭力不足，距靶还有半步就往下掉，险险插在了草靶最下面没掉到地上。看靶的都松了口气，赶紧喊："中了！"

后面就越射越好，但是射到第六箭她的胳膊就酸了，射完这箭，正好插在靶头上，她自觉没丢脸，满意地转身道："怎么样？我射得不错吧！"

四阿哥脸上的笑都止不住了，闻言连连点头："不错，不错。"

"你来，你来！"李薇跑到他身边把弓递给他。

四阿哥不屑地看着她的弓，让苏培盛把他常用的那把拿来。这把跟李薇那把差不多大，她先拿过来试拉，皱眉道："好硬啊。"这弦怎么这么不好拉啊，她使出全身的力气才拉开一点点，被他按住肩道："小心拉伤了，快放开。"

草靶子往后退了二十步，合共五十步。四阿哥唰唰唰几箭上去，全中靶头、靶心等要害处。

李薇两眼发亮："好厉害……"

苏培盛转头看四阿哥，发现从来没见过阿哥爷在射完箭后这么意气风发！他再看李格格，十成十觉得这位跟他们家阿哥是个绝配。

晚上，两人在帐中。李薇捏着四阿哥肩膀胳膊上的肌肉，道："也不是很硬啊，你怎么这么厉害啊。"

他两只手握住她的腰，把她提到腰上坐着，道："难道要连你也比不了？那爷就没脸见祖宗了。"

李薇坐在他腰上故意往下又压又跳，被他按住瞪了一眼。

"你说你在家里，阿玛和额娘都会拉弓射箭？"他问，要真是这样，李文璧也不是那么差嘛。

她点头道："是啊，阿玛跟我一样，额娘最好。"

四阿哥："……你阿玛跟你用一样的弓？射距的步数一样？你额娘射得最远？"一家人用的弓都是六等的？

"对啊，我家就一把弓，还是我额娘带来的呢。"弓这个东西好像还是很贵的，隔几年就要拿去保养，还要给人家银子，不然弓放久了就不能用了。

李薇说完就发现四阿哥好像很高兴，后面做着做着就会趴在她肩膀处笑。

度过美好的一夜后，神清气爽的四阿哥早起后就看到了摆在书房的那个据说要送给他的观音莲盆景。

经过李薇的种种锻炼，玉瓶等人不说是全才也差不多了。小盆景被照顾得相当不错，旁边还有花匠送来，养在小圆瓷碗内的刚刚冒头的小观音莲。看来时间虽短，但花匠已经找到养好这种野草的窍门了，所以一成功就送到李薇这里"刷"好感。

小观音莲更容易"刷"好感，至少四阿哥没被大号的吸引，也不觉得它有多可爱，可小白瓷碗里这棵能让他说一声"有趣"。

苏培盛就见四阿哥围着西厢窗下书桌上摆的两个花盆转了一会儿后，一手捧着一个小的出来，另外让他把那个大号的搬走。

等李薇起来，两盆都不见了。

二格格同样很喜欢小的，早就预定要把这个摆在她前院的书桌上。一早起来百福不见了，小花小草也不见了，抽抽噎噎了小一刻钟。这让李薇一百次地想抽死自己骗二格格什么女孩的哭法！

因为，二格格已经无师自通了最能让人心疼的哭法。她坐在那里小声抽噎能把一屋子人的心都哭碎。李薇捧着被重击的心脏求她："乖，等你今天回来，肯定能看到另一盆好吗？额娘保证。"

二格格眼泪汪汪地扭头："额娘不许骗人。"

"骗你我是小狗。"李薇举手发誓。

送走一秒破涕为笑的二格格，她今天起就背起小书包去前院读书了，李薇扭头开始为难花匠，再拿一盆小的来！

花匠显然不像她，人家一早有准备，送过去的只是养得最好的一盆，剩下的有二十多盆呢。一听李格格要，马上麻利地送过来了五盆任选，都是合捧大小的瓷碗瓷盆，个个不同，别有异趣。李薇看着不由得拿花市摊位上的来标价：这盆要一两银子，这盆至少三两。

统统摆在书桌上等二格格回来挑选，李薇松了口气。通过二格格，她发现了她的一个缺点，显然她是不能成为一个严母的……

幸好，他们家还有一个标准的严父。

前院书房里，严父四阿哥正在应付二格格的问题。

两盆花就摆在临窗的书桌上，二格格一进来就看到了，然后对他道："阿玛，额娘真坏。她偏心呢。"

"偏心？"你额娘现在就你一个去哪里偏？四阿哥想歪了，难道是交代二格格要让着大格格和大阿哥？

二格格指着四阿哥书桌上的两个新宠道："那不就是？那个大的额娘说她要摆不给我，那个小的说给我了又给阿玛了。她这就是偏心！她全给你了！"

四阿哥笑得阳光灿烂。"哈哈。"他摸着二格格的小脑袋说，"那阿玛来偏心咱们二格格好不好？大家都有偏心对不对？"

"那我来偏心额娘。"二格格很聪明地想到差了一个没被偏到。

父女俩相处甚美。四阿哥把着二格格的手写了一张大字让她自己去练后，他坐到一边读书。这时，外面给大阿哥搬家的人来了。大阿哥也被人领着到了书房。

大阿哥进来后，四阿哥身上的"严父"就被自动激活了，整个书房的气氛为之一变。四阿哥先考了前几天教他的满语词，然后同样是把着他的手写一张字，让他自己练习。

两个小萝卜头就以一样的姿势，板腰悬腕站着写大字。

二格格写一会儿就放下笔，揉揉手腕，抬头往窗外看看，让站在她旁边的大阿哥的眼珠子都快瞪出来了。坐在两人身后的四阿哥也惊奇地看着正在"偷懒"的二格格，见她甚至打算去喝杯茶来块点心，四阿哥无奈地放下手里的书把她叫过来。

第一次……还是不要打手板了，估计是素素没教她没写完不许停。四阿哥发现自己居然觉得这很正常。

"二格格，告诉阿玛，为什么不写了呢？"这不是闺女的错，四阿哥的语调很温柔。

二格格道："额娘说的。"果然如此……不对，她说的？

"额娘说写一会儿要停下来歇一歇，看看窗外远处，免得眼睛累了。"

还算有道理。四阿哥道："那额娘有没有教你写多久歇一歇？"

"额娘说随便，累了就可以歇了。"

不对！

四阿哥领着二格格去看书房桌上的座钟，先教她认识时针、分针等，然后指着钟说："二格格，咱们写两刻钟再停下来歇一歇好不好？"

二格格看那针走得挺快就滑了一圈，阿玛指的是半圈，不好意思道："时间会不会太短？"

四阿哥笑道："先这样就行，二格格还小，等大了就能写更长时间了。"

五分钟后，二格格盯着那钟面指针流泪，怎么半天才走这么一点点！

上午很快过去了，毕竟两个孩子都小，四阿哥也不可能拘着他们写一上午字。一人十张大字写完，四阿哥就带着孩子和百福在院子里玩接球，别看百福个头小，四条小短腿跑起来，这三个人没一个撵得上。只见百福滚着绣球在前面跑，三个人都拦不住。两个小的很快跑累了，蹲在地上呼呼喘气，百福这才一步一顶地滚着绣球回来，直接顶到二格格面前了。

毕竟它说起来是李薇的狗，从小看着二格格长大。

大阿哥就很羡慕地看着。可他不可能张口去管二格格要，结果只是站在那里看。四阿哥等半天，等他去碰碰百福，或者跟二格格搭上话都等不到。

大阿哥被管得太乖了。

这更坚定了四阿哥把奶娘也给撵回去的决心。他上前对大阿哥道："这是百福，你喜欢吗？"

大阿哥恭敬道："儿子喜欢百福。"

"那阿玛也给你一只好不好？你可以带着它一起玩。"四阿哥引导他说出自己的想法。

结果大阿哥不出所料地拒绝了，话说得也很漂亮，只是让四阿哥更不高兴了。

大阿哥道："儿子谢过阿玛，只是儿子是来读书的，不敢抛掷光阴在这等小事上。"

这么长一串话肯定是大人教的。

四阿哥忍着气，更温柔道："你要听阿玛的，阿玛说你可以养，不会耽误读书，你明白吗？"

这显然跟临来之前福晋等人的教导不同，大阿哥有点反应不过来，懵懂地点了点头。四阿哥拉着他一起去摸百福，很快大阿哥也开心地跟百福玩在一起了。

四阿哥松了口气，回书房就让苏培盛进宫去挑只狗回来，他现在不好时时进宫，进去就肯定要去请安什么的，略烦。而且顶着贝勒的爵位让他总觉得有些丢脸。

苏培盛办差极快，不到午膳时就带回了一只奶油黄的小京巴。前院会养狗的奴才多，就没特意再带个养狗太监回来。

四阿哥先看了看，见确实温驯乖巧，起名叫造化后，亲自抱给了大阿哥。教他怎么抱狗，怎么给狗喂吃的，等等。

中午本来二格格要回小院的，可这小丫头不肯走。又来只小狗哦，她赖在这里吃了午膳，刘太监特地巴结地送来了樱桃咕噜肉。本来只会糖醋咕噜肉的刘太监被李薇提意见说可以在里面放果肉，然后他就放了樱桃（西瓜、香瓜、葡萄都失败了）。

这盘菜显然很受两个小孩子喜欢，有二格格陪着，大阿哥也多吃了半碗，让侍候他的奶娘都不敢喂了，要不是这位小主子眼睛太闪亮，表情太明显，她连那多的半碗都不会喂。

吃多了坏了肚子怎么办？

四阿哥很懂这种不喂饱的养孩子法，他小时候就是这么过来的。从懂事起就常常饿得夜里睡不着。对比着大阿哥重温旧梦，他突然发现二格格好像从来没忌过口。

现在大阿哥正用羡慕的目光盯着仍然抱着小金碗吃第三碗米饭的二格格，她的两个腮帮子吃得都鼓起来了还往嘴里塞。

这让四阿哥担心地按住二格格的碗，劝道："乖，二格格不吃了哦。"

二格格看着剩下两口饭的碗，不解道："不吃完多浪费啊。"

"不浪费，阿玛吃。"四阿哥拿起她的碗把剩下的饭拨到嘴里了。

二格格一脸"你怎么抢我的饭？"的震惊。

"不吃了好吧？"四阿哥道。

二格格看着还没吃完的樱桃咕噜肉，皱眉道："好吧。"在额娘那里这菜肯定会吃完的，剩下了好可惜。

菜全撤下去后，二格格等了半天只等到一碗茶，四阿哥还交代他们要慢慢咽，她问："点心呢？"

四阿哥发愁，他为什么从来没发现素素那里吃饭的习惯很有问题？现在他却不得不对二格格解释饭后没有点心。

　　晚上，四阿哥要留在前院陪今天刚搬过去的大阿哥。二格格回到小院就说四阿哥那里很可怜："饭都不让吃饱，大弟弟吃到一半就不让他吃了，而且没有点心。"

　　"不让吃？为什么？"李薇同样震惊了，连忙问她，"你呢？吃饱没？"

　　二格格摸摸肚子，苦着脸道："没有，阿玛把我的饭吃了，还没有点心。"最后一点很怨念。

　　李薇不解了，四阿哥为什么要吃二格格的饭？

　　纠结一夜的她，连饭里下了毒，四阿哥以身试毒这样的桥段都想出来了。于是，第二天继续去上学的二格格提了个小布袋，里面是点心。

　　这天中午用过午膳后，照旧上了茶，四阿哥就看到今天不问点心的二格格从她的小书包里掏出一个小布袋，里面是一小盒绿豆酥。

　　四阿哥傻眼了。

　　二格格喝茶吃点心，还让大阿哥吃："大弟弟也吃。"

　　大阿哥看看阿玛，看看奶娘（想拦不敢拦），高兴地伸手拿了一块，两个小家伙把一盒绿豆酥干掉了。

　　为了让大阿哥渐渐适应，今天四阿哥就送他回了正院，这样慢慢过渡，他对前院越熟悉，等他真的住在那里后就不会害怕了。虽然四阿哥很想立刻就让大阿哥完全住过来，可考虑到大阿哥的年龄，他还是决定一步步来。

　　跟着他就到了小院。他想他有必要跟素素好好说说二格格的事。

　　小院里，正飘着牛奶的浓香。

　　"额娘，我也要！"她举着她的杯子在李薇面前跳。

　　四阿哥这时进来了，一看到他，两人齐声道：

　　"四爷。"

　　"阿玛。"

　　"……这做的是什么？"已经被这满室甜香带跑偏的四阿哥问。

　　"我弄着玩的，还挺好吃，就是太累。"李薇指着桌上一堆东西说，"原来想拌个甜的浓点的奶出来喝，谁知道成这样了。"

　　直到睡觉时，四阿哥终于想起他的来意了，他问李薇觉不觉得二格格吃得太多了。

李薇想想二格格的体形，配合她的年龄，道："不觉得，她正在长呢，吃多了不怕。"

四阿哥道："小孩子吃多了容易积食。"

"我知道，一直注意着呢。"她道。

没发现。四阿哥心想。

"而且，我从不让她在正餐外吃零食点心。"她觉得自己控制得很不错。

"她不少吃点心，你还特意给她带。"四阿哥指出。

"……她饭吃得很香啊。"吃点心不吃饭才需要紧张吧？

四阿哥道："算了，以后点心少给点，饭也不能由着她的性子吃。一顿最多一碗，一天点心不能超过五块……六块吧。"

李薇心里咕哝：闺女，这可不是娘不让你吃，是你爹要管你了。

第二天早膳时，二格格就发现事情不太对，她吃完一碗还想要时，额娘摇头说："不行哦，你这顿饭已经吃完了。"

饭还有吃完的时候吗？！二格格迷茫地问："……额娘，咱家没饭吃了？"没饭吃，好像很严重啊……

不知道该怎么回答的李薇："问你阿玛吧，额娘不知道。"

二格格没那么容易被骗，指着她的碗问："那额娘，你为什么能吃第二碗？"

李薇放下碗："其实今天这是最后一次了，明天额娘就也只能吃一碗了。"

骗孩子好好玩啊！她当真了耶！她一本正经的样子让二格格相信了。等她去了前院，午膳时，她很小心翼翼地吃着碗里的饭，每一粒都珍惜地吃进嘴里。

四阿哥心想：该说她吃的方式不对吗？可是很有规矩啊，仪态比昨天还好，就是表情不对。这次用完膳也没拿点心出来吃，也没提为什么没点心。

四阿哥反而不放心了，叫到一边问她为什么。

二格格认真道："因为额娘说家里没饭了，大家都只能吃一碗，也没有点心吃了。"

四阿哥："呃……"

第十一章

石榴汁

孩子们有多可爱，外面的人就有多烦心。

七月，皇上奉太后懿旨出去东巡了，临走发话，让七阿哥和八阿哥出府并完婚。四阿哥辛苦了两年半，终于就差最后一哆嗦了。为求不在最后这段时间再出点什么恶心事，他开始天天内务府、七阿哥府、八阿哥府地跑个不停。

然后，宫里也跟着叫他了。

德妃、惠妃两位宫妃宣召，他是怎么都要去的。

惠妃抚养八阿哥，见他出宫、建府、成亲三个一块来，怎么着都要过问一二。就连大阿哥都叫四阿哥去问过两次，看他累得那个狗样，拍肩道："等过了这一段，哥哥请你喝酒！"

四阿哥只得拱手道："大哥可饶了兄弟吧……"跟大阿哥拼酒，每次他都要吐个两次酒才能勉强坚持到席终。

德妃是受了戴佳氏的请托。戴佳氏虽然不得宠，可坐在嫔的位子上，又有个长大的儿子，一般也没什么人会刻意去为难她。何况德妃在宫中一向与人为善，戴佳氏难得张口，托到她这里，于情于理她都要问一问的。再者，戴佳氏道七阿哥给她请安时提过，说四阿哥对他这个弟弟非常照顾。既然四阿哥跟兄弟好，她这个当额娘的自然不能给儿子拖后腿。

她一叫，四阿哥自然要立刻过来。大夏天四处跑，四阿哥晒得像在草原上过了一夏似的，让德妃看到就心疼地说："怎么就晒成这样了？快过来坐一坐，领扣子松开，我让人给你打扇。"

"谢额娘。"四阿哥牛饮了两碗温茶后，解开领扣，身后再站上两个宫女拿着扇子冲他扇，一会儿身上的热劲就下去了。他问道："额娘找我来是有什么事？"

德妃轻易不会主动喊他。所以这一喊，他就担心是什么大事。

"不是，别担心，我这宫里好好的。是七阿哥的额娘托的我，问问七阿哥府里如今收拾得怎么样了。"德妃把自己桌案上的一碟西瓜向他推了推。

四阿哥拖过来拿起银叉连吃几块，才道："最后再扫一遍尾就可以了。老七那边是又想起来什么了？跟我说一声不就行了，何必还往宫里递话？倒劳动额娘一趟。"

德妃道："难得能跟你说说话，劳动一趟也好。你不在宫里不清楚，七阿哥那边着实是有些不大像样了。"

四阿哥见状放下银叉，接过宫女递来的手巾抹了嘴擦了手，听德妃细说。

按说七阿哥排位在八阿哥之前，出宫搬家成亲都应该在前面。可先是婚期，听说钦天监先定了八阿哥的，然后随便给七阿哥选了一个。

"这不可能，钦天监的人有几个脑袋可以砍？成亲的吉日是要递到皇阿玛案头圈选的。"四阿哥道。

德妃淡笑，四阿哥瞬间明白了。钦天监是不敢这样做，但皇上敢。选送的吉日只怕是皇上先圈个好的给八阿哥，次一等的给了七阿哥。

这流言明着说钦天监看人下菜碟，暗里是在说皇上。

宫里头皇上是第一位的，他看重谁，谁就能升天。他不看重谁，一句话不必说，自然有人争着抢着踩那人下地。

这事，德妃心里最有感触。数位宫妃都有孩子死掉，卫氏当年要不是皇上盯得紧，八阿哥怎么能平安生下长大？幸好她出身低，皇上不升她也是在保她。这些年她住在惠妃的宫里也没少侍候皇上，没孩子不过是皇上不给她而已。

可皇上喜欢她是真的。现在要抬举她的儿子，也是真的。

跟八阿哥比，七阿哥的额娘戴佳氏就太不中用了。听说七阿哥生下来就不大好，幸好大了只是腿脚上有些不便。满宫里谁也没把阿哥生成这样，皇上自然厌恶害了七阿哥的戴佳氏，连看都不想再看到她。

其实戴佳氏也苦得很，总算七阿哥还肯孝顺她，没跟皇上似的怨上她。

想起戴佳氏，德妃总有种同病相怜之感。只是皇上厌恶的人谁敢沾？要不是听说四阿哥肯照顾七阿哥，她也不会伸这把手。

婚期这事完了，轮到搬家时，内务府也跟着来了个看人下菜。七阿哥这边先开始收拾，却是八阿哥那边先打包搬走运出宫。

"听说阿哥所那边，七阿哥的院子里还是大箱小箱一大堆。他的侧福晋纳喇氏还挺着肚子，坐没处坐，站没处站，躺下都睡不稳。"说着，德妃不由得叹了口气。

四阿哥一听，犹豫了一下道："我回去之前到阿哥所去看看吧。"以前他大概还能唬住人，可自从被封这个贝勒后，就算别人拿他当回事，他自己也有些心虚了。万一到阿哥所后反而丢脸了怎么办？毕竟七阿哥现在也是个贝勒了，不也是没用吗？

德妃沉默了一会儿，叹气道："也罢，就说你是去看十四的，碰见了问一句也使得。"

四阿哥称是。

"你是大人了，有些事不必我多嘴，你心里也是有数的。"想了想，她还是忍不住说得更明白点，"……同胞的阿哥尚要忌讳，何况异母的？你这个贝勒是怎么来的总要记住。"

殿中一片难以言说的沉默。

半晌，四阿哥强笑道："……儿子有数。"

"嗯。"德妃淡淡道，"我在宫里有事尚且舍不得差遣你……"

这话说得有一丝怨气在里面。

四阿哥也沉默了。他们母子二人，就这样亲不得、远不得地处着，不知道几时是个头。

从永和宫出来后，四阿哥在阿哥所外转了两圈还是进去了。先去的十四阿哥那里，正巧十四不在。他就顺腿拐去了七阿哥的院子。

果然就像德妃所说的，七阿哥的院子里是摆得满了些，而且大概为了方便抬出去，几乎都堆在了正对院子大门的这条路上，显得特别不体面。

七阿哥听说他来，迎出来时的脸上都带着几分尴尬。

"四哥，快进来，这外面脏得很。"

兄弟两个携手进了七阿哥的书房，墙上的画和多宝阁上的摆设都收拾起来了，整个屋子只剩下一张桌子、一张榻和一面屏风，空荡荡的，简直不像人住的地方。

四阿哥看到这个才真觉得这个弟弟是受委屈了。想想看要是他处在七阿哥这个位置上，只怕早气疯了。

顾及七阿哥的面子，四阿哥装作视而不见这一室一院的窘境，与七阿哥谈起了他的府邸。两人谈了两盏茶后，四阿哥就告辞了。再回十四阿哥那里转一圈发现十四还没回来，他就直接去内务府了。

找上了内务府的人递了话，道前面的都不提了，七贝勒那边院子里实在太难看，让他们多加人手早日搬完。

内务府的人"是是是"地满口答应，转头也只是略略提了一下而已。四贝勒是心疼弟弟，可七贝勒等闲见不着皇上一面，等见着了也未必有工夫专门告他们一状。再说这状怎么告啊？禀皇上，内务府搬家太慢了，八弟都搬完了，我的箱子还没出阿哥所的门呢。

哈哈哈哈哈，说出去都笑死人。

四阿哥离了内务府又是满肚子的气。他也不是当年没出过门的小阿哥了，这人嘴里的话有几分真几分假他还是能听出来的。怪不得连七阿哥都敢怠慢，他们就是吃准了这种小事他们这些当爷的不好跟他们计较，计较起来反倒显得一群阿哥小家子气。

奴大欺主。

早晚有一天……他要把这些狗奴才的骨头都给敲断了，看他们还敢不敢不拿主子当主子看！

出了宫，四阿哥打马跑得飞快，后面苏培盛等撵得狗喘一样。阿哥主子敢打马跑街，他们哪有那个胆子？

回到府里，四阿哥直接去的小院。

小院里，李薇正在跟二格格收葡萄。这架葡萄自从栽上后，每年都会挂果，而且一年比一年多。二格格看着那一串串沉甸甸的葡萄，满眼都是闪闪的小星星。

这时四阿哥进来了，却看也不看她们母女一眼，直接进了屋。

二格格立刻被奶娘抱走了，李薇却不得不去看看这位爷是哪里不对了。这大概也是受宠的负面作用：他高兴的时候来，不高兴的时候也来。

她放轻脚步进屋，他正在屋里由玉瓶等人侍候着更衣。看玉瓶她们的神色，简直就是在上刑场。悄无声息地换完衣服，见这位大爷倒在榻上，玉瓶她们抱着衣服一溜烟全闪了。

李薇看看自己身上好像没什么会让他更烦的东西，就试探地坐到他脚边的榻上，拿着把团扇轻轻地给他扇风。

四阿哥翻身看了她一眼，她下意识地就向前凑近给他扇风，过了一会儿，他缓慢地闭上眼，长长出了一口气。

李薇轻声问道："四爷，要不要用点什么？"

四阿哥不喜欢"贝勒爷"这个称呼，大家发觉后都静悄悄地还称他为"四爷"。有时只有两人时，她也喜欢叫他"爷"。

四阿哥摸摸肚子，他从早上到现在一步没停，却只是在内务府灌了一肚子茶，在永和宫填了一碟西瓜。

看他这样是饿的，却好像没胃口。李薇想了想，出去吩咐玉瓶让膳房上松花蛋蒜汁凉拌面。

"要几碗？"玉瓶压低声音，小心翼翼地看了眼正屋的门帘子，问道。

"两碗，四爷那碗多放蒜汁和醋，我那碗放点香菜。再看着上几份凉拌菜。"她道。

四阿哥躺在屋里，听着素素和人在门外细细交代。

一会儿，面和菜都上来了。

李薇让开，让他们摆膳桌，四阿哥坐起来，皱着眉活动肩背。他坐起来时觉得浑身的骨头都在响。

"要不一会儿让人过来给你捏捏？"她道。

四阿哥"嗯"了声。看他不想开口说话，李薇也不再找话题跟他聊。

膳桌上摆着四道小菜，酸黄瓜条、泡椒猪蹄冻、麻辣牛舌和蒜泥白肉。这四道菜就是摆着好看的，因为不能光秃秃就一碗面，她以为四阿哥可能吃到完也不会碰一下，谁知他一碗面吃完了，菜也吃得七七八八。

膳桌撤下去后，重新洗漱换过衣服的四阿哥倒在榻上，不像以前还要去写字消食。李薇让人都退得远些，躺在他身边陪着。两人谁也不说话，一片安静之中，她感觉到他的呼吸从一开始的又急又沉，慢慢变得轻缓了。

她悄悄抬眼看，正好撞进他看下来的眼睛里。

四阿哥微微一笑，伸手轻轻抚摸她的肩，进来这么久以后，终于有心情开口，道："怎么一直不说话？"

还不是你的脸色太难看？

李薇想想，挑个不突兀又安全的话题打开僵局，虽然他现在看着是好些了，但肯定心里还没过去。

这样的话，说二格格就不合适了。万一话头没起好，说不定会牵连到二格格。

过了半天，她憋出来一句："今年的葡萄结得特别好。"

四阿哥合上眼，手搭在她的肩头上。她靠在枕头上，比画着："那么大一嘟噜，一串就有一斤半重了，每粒都是这么大个的，都赶得上荔枝的个头了。"

她的声音越来越轻，以为他睡着了，刚停下来，他接道："那么好也不知道拿来给你家爷尝尝？"

葡萄这屋里当然放了。她起来去端过来，半坐起来剥了一粒抵在他的嘴上，他嘴一张把葡萄吃到嘴里，她托着碟子等他吐子儿，结果他全嚼嚼咽了。咯吱咯吱地，跟嚼人骨头似的。

看他牙咬的那个劲，估计是气还没消啊。

李薇给他剥一粒，自己吃一粒，幸灾乐祸地想哪个不长眼的惹着他，日后肯定倒霉到家了。

这会儿看着是她替他们受罪了，以后就轮到他们了。

两人把一盘葡萄分吃完，她下去端水来给两人洗手擦嘴。现在看着他的气又下去了些，李薇这才松了一小口气。他现在虽然不在书房生闷气了，可当着人的面还是不爱人问他"你为什么生气啊"，关心他都要嫌弃。非要这么装不知道不可，慢慢地等他气消。

其间不能踩到他的雷点，不然这气就全撒她身上了。

她没踩过，苏培盛侍候久了也知道怎么避雷，听赵全保说书房有人踩过，被拖出去打了个臭死。玉烟也说福晋踩过，好几次看到他从正院气冲冲地出来。

晚上，两人睡下时，李薇看着他的睡容，心道，这人吧太顺从就不招人稀罕了，像他这样动不动恼一恼，恼完还不让你知道他是为什么恼的，怎么反而让人觉得有趣呢？

今天他有气，她也不敢招他，刻意避免碰到他，她翻个身睡了。

等她秒睡后，四阿哥睁开眼舒了口气。刚才她眼睛发亮地看着他，让他不知道该怎么办。今天没兴趣那个，可看样子她是想要的。等过几天吧，这些恶心事都过去了，他再好好陪她。

但显然恶心事没那么容易过去。

八月，皇上带着太后直接去塞外避暑，传旨回来点名让人去伴驾，还特地点了几个大臣去参加七阿哥和八阿哥的婚礼，让他们之后送折子过来。

大概是皇上的旨起了作用，四阿哥发现手上的差事变得好办多了。不到半个月，两处府邸都收拾好了，两个阿哥的家也都搬完了。

四阿哥几乎是欢呼着把手上的差事给结了，跟着他就接到两封暖宅的帖子。两个阿哥都要成亲，暖宅也没办法大办，只是请兄弟们去吃顿便饭就行。

便饭好不容易吃过，跟着就是婚礼。四阿哥几乎想学三阿哥也病上一个半个月的。等两处婚礼都完了，给皇上的旨也送去了，已经是十月份了。

四阿哥发现他这一年什么都没干，就只跟内务府的奴才们一起忙这两座房子了。大前年的时候，他还是意气风发、忧国忧民的皇阿哥。前年，他还在等着皇上奖赏他。去年，他开始恐惧皇上的权威。今年，他……把自己跟奴才等同了吗？难道他今后就要像这样似的，一边恐惧着皇权的反复，一边缩紧尾巴做些奴才的活儿？

不。他是皇子，是四阿哥，是皇家的子孙。

四阿哥站在内务府的大门外，夕阳西下，厚厚的云压下来，天地间昏暗一片。晚风乍起，吹得他的袍子猎猎作响。

"四爷，咱们该回了。"苏培盛牵着马过来，恭请他上马。

回到府里，四阿哥还是直接回的小院。

李薇正在榨石榴汁。从她搬进来起，后院的那株石榴树年年开花，却从未挂果。今年不知怎么居然结了满树的石榴，个个都有香瓜那么大。

这么多石榴，吃不完就可惜了。李薇就让人榨成石榴汁，滤掉果渣后用井水镇着。

见四阿哥进来，她献宝般亲手给他用水晶杯送上了石榴汁。

四阿哥端起来没喝就闻到了石榴的香味，一转念就想到了，问她："怎么，那棵石榴树结果子了？"

"是啊，挂了很多呢。"李薇直接拉着四阿哥去看，苏培盛命人挑高灯笼照着石榴树。两人站在树下，抬头看如云盖般遮住半个院子的石榴树上挂满了石榴。

苏培盛让人拿着竹竿，现摘下来了一盘子送到四阿哥面前。

四阿哥拿起一个已经开口的石榴，里面粉红晶莹的果粒像宝石一样在灯笼之下闪光。

一棵石榴树都知道厚积薄发，蓄势以待。它能等四年，他就能等更长时间。

一时的低头不怕，怕的是要低一辈子的头。

四阿哥放下石榴，轻道："好，给各府都送一些。说是自家结的果子，请他们尝尝。"

苏培盛领命而去。

毓庆宫内，太子正在临窗写大字。他们兄弟都是从刚会拿筷子起就会拿笔，每天写大字已经成了习惯。

每当有什么事想考一下时，闲坐发呆就会有人来关怀的太子渐渐养成了写大字的爱好。现在他写的字反而比在上书房时写得更多。那时是作业，烦得很。现在是爱好，说不上喜欢，但已经离不了了。

太子的心事很多，皇上那里、兄弟那里、大臣、太子妃、自己等。他现在想的就是几位让他越来越不知如何对待的兄弟。

大阿哥已经越来越烦躁了。自从八阿哥跳出来后，他好像也渐渐受到了影响。明相的福晋被刺，皇上似乎有心要补偿他。最近在塞外不忘在旨意中嘱咐照顾明相，而且八阿哥似乎也真的渐渐受到皇上的宠信，可能他在明相府上的表现实在让皇上满意，最近又见他总是往裕亲王府跑。

他们这些兄弟从来不敢离宗亲太近。大阿哥跟明相，他和索相，好歹还能跟母族扯上一星半点的关系，那也是仗着皇上以前睁一眼闭一眼的放纵。

其实，他多少也明白皇上的手段。一开始，皇上只是需要他和大阿哥帮他凝聚力量。他是元后嫡出，代表汉人最看重的传承。大阿哥是满人中的巴图鲁。他和大阿哥一满一汉，能成为他的臂膀，又能彼此牵制。

明相和索相也是出于同样的理由才会聚集在他们的身旁。

当他和大阿哥渐渐长大时，他是天然的皇位继承人，大阿哥年轻勇武，比皇上更像一个威武的巴图鲁。不然，皇上为什么坚持连续三年亲征噶勒丹？皇上是要证明，自己比大阿哥更强。

而皇上又为什么一直不肯放手让他涉政？因为皇上怕汉臣会更多地聚集在他身旁，他们会认为这个从小以汉学喂大的年轻太子比他这个满人皇帝对汉人更好。

所以，最近皇上越来越宽仁了。

太子写着字，嘴角露出一丝微笑。站在桌案前服侍的太监眼角一扫，大概是太子殿下格外喜欢这幅字吧，所以，他这个太子是不是应该暴虐些好配合皇上呢？

他写完最后一笔后，直接把这张字给揉了，然后轻飘飘地往地上一扔，就看到桌案上铺纸磨墨的太监谨慎地垂下头，似乎连眼神都不敢跟他对视。

毓庆宫的太监们总是杀一批再换一批，他身边侍候的就没有超过十年的。而每次都是皇上说他们"教坏太子"。

呵呵……他明白这里是皇宫，这里的一草一木都是皇上的，他住在皇上的宫里，身边服侍的自然都是皇上的下人。

太子对身边的太监视若无物，就像屋里只有他一个人一样。

他摆手不要太监铺纸，自己重新铺好一张，换了根笔，凝神聚气半晌，才落下第一笔。

现在，皇上给明相和索相重新找了一份工作，他要用他俩当灯，看有多少不长眼的飞蛾冲他们扑过来。他和大阿哥就像钓鱼的香饵、吸引蛆虫的腐肉，看有多少人会忘记皇上，这么早就急着拥立新君。

八阿哥不过是只小狗，扔出去狂叫一通，多引些人过来而已。

太子拿起笔来用手指试试笔尖，总觉得有些拖墨分叉。一旁的太监忙道："殿下，可是这笔不好使？"

"啰唆。"太子道，把笔放在桌上，"没燎过尖，换一根。"

太监打开笔盒，太子拿了一根出来，太监赶紧点起一盏灯捧过来，太子把笔尖凑近灯火，笔尖上几根过长的笔毛没靠近就被燎得迅速卷曲，化为灰烬了。

老八……你这是与虎谋皮啊……

十一月，内务府总管海喇逊没了。而裕亲王早在半年前就开始告病，皇上大概还嫌八阿哥不够炙手可热，下旨让他暂代内务府总管一职。

越过年长的诸位阿哥，八阿哥稚龄受任，也不免开始忐忑起来。

八阿哥府里，他与福晋郭络罗氏对坐，沉默不语。

郭络罗氏虽然小时候长在安王府里，可她阿玛被斩首、额娘病死的时候她已经记事了，一夕之间全家死绝，这种经历让她从小心志就不输男子。再说安王府内又不是花团锦簇，她被指给八阿哥后日子是好过了很多，所以八阿哥对她来说，不亚于溺水者的浮木，让她抱住了就绝不想再撒开手。

八阿哥刚好也不讨厌她这种性格，生母卫氏空有美貌却无相配的家世。惠妃更是没有瞒过他什么，从他懂事起，惠妃就让他见过卫氏，并让人把卫氏的一切都告诉他，包括她的出身和宫里对她的看法。

惠妃这样做，就是为了告诉他"知道你站在哪里，以后你才能知道该往哪里走"。

生母的一切从此成了他心头搬不开的一块大石，也是他不停向上的勇气所在。他知道生母在生下他之后仍然很受皇上的宠爱，却再也没有生下过一个孩子。他知道生母在服侍过皇上后，每次都必须喝下一碗苦药。

皇上对她的眷顾和冷酷让他有很长时间都接受不了。有时他甚至会想，会不会皇上一开始盼望着他是个格格？如果他是格格，卫氏是不是就能小升一位，不必至今都只是一名毫无品级的庶妃？或许，她会被允许再生一个孩子？

长久服用那种药让卫氏吃尽苦头，每逢月事就得死去活来。后来，她得了妇人病。月事要么三五个月不来一次，要么来一次就是半个月，每到那时，惠妃就会赐下补血的药让人熬给她喝。

等皇上终于不来了，连他都跟着松了口气。这种宠爱还不如不要。惠妃也忍不住对卫氏说过安慰的话："如今有年轻的服侍着，你也能松快松快了。"当时卫氏脸上露出的带着怅然的微笑让他记忆犹新。

在他还不太懂事的时候，曾经以为卫氏当时的表情是因为她还在思念皇上。可卫氏告诉他："我虽然仍然眷恋皇上的恩宠，但……"后面的话她没有说出口，他却明白了——但是不愿意再被当成玩物对待了。

想起以前，八阿哥的心中又升起冰冷的愤怒。这种无力感更多的是对着自己，哪怕现在明摆着皇上是要利用他，他也要义无反顾地往下跳。

郭络罗氏看着他，默默地把一碗热茶推到他面前。

八阿哥回神，移开茶碗握住她的手说："别担心，我没事。"

郭络罗氏道："我不担心。连汉人都说富贵险中求，咱们满人要去打猎还要小心碰上狼怎么办呢，可见这世上没什么事是能让人安安稳稳就得着好处的。何况，就算你安分懂事，也未必就能有个好下场。就比如我那阿玛额娘，死得冤不冤？不过两千两银子而已，还不及皇上书房里一幅画值钱呢。"

"快住嘴。"八阿哥轻轻拍了下她的手背。

郭络罗氏白了他一眼："当着你，我怕什么？"

八阿哥无奈一笑，握着她的手亲了下，郭络罗氏满身的戾气瞬间散了，她温柔似水地看着他："你待我这么好，我可不会把你让给别人。你们皇家的男人都怕老婆怕得要死，你可不许这样。"

八阿哥把玩着她柔若无骨的小手，笑道："那怎么办呢？我现在就怕你怕得要死了。"

"真是贫嘴的小子！"郭络罗氏笑着，上手在他脸上拧了一下。

"说真的，你就没想过现在要怎么办？我看皇上最爱玩这一套了，太子和大阿哥以前比你现在还风光呢，他们现在的样子就是你今后的下场。"郭络罗氏道。自从阿玛和额娘全死了以后，她就天天琢磨这个，安王府里各色消息也算灵通，她察言观色下来，对皇上的手段倒是认出了个七七八八。

八阿哥漫不经心道："皇上都'恩准'我拉帮结派了，我自然要'善体上意'喽。"

"老九那几个小的天天吵着要出宫，明天我去接他们来家里玩一天，你安排好，看怎么招待他们吧。"他道。

郭络罗氏笑道："这有什么难的？一群半大的阿哥，爱玩什么，那还用说？"

第二天，四阿哥就在府里听说了八阿哥大张旗鼓地把九、十、十三、十四几个人都接到他府上玩。十二阿哥去了太后那里，没赶上。

自从八阿哥领了内务府，几个年长的阿哥中，他是最尴尬的一个。之前为了弄几个阿哥的府邸，他在内务府泡了两年，现在七阿哥、八阿哥建了府，大阿哥和三阿哥扩了府，就他这个累死累活的没得一声好不说，连内务府这样的差事都捞不到手里。

呵呵……他还不想当奴才呢，原来连奴才都没的干吗？就算以前兄弟感情还可以，四阿哥也有种怎么总被八阿哥捡漏的感觉。

在阿哥所的时候，他只觉得八阿哥是个懂事上进的弟弟，如今被八阿哥连爆几个冷门，除了让他惊觉八阿哥一夜之间就长大了似的，另外……却是觉得以前实在是看不出来这个弟弟这么厉害。

虽说皇上递了梯子，但他能爬得又快又好这也是份本事。

至少如果皇上给他递了这个梯子，四阿哥不确定自己能不能做得像八阿哥一样好。他肯定会犹豫，在太子、大阿哥、裕亲王、明相等人之间，他也不会做到面面俱到。

四阿哥承认，有时他觉得自己的傲气有些碍事了。

当需要傲气的时候，他傲得起来。可当不需要傲气的时候，他真不该傲。

八阿哥请客的事折腾得一点也不避人耳目，四阿哥一时半刻不知道该怎么处置，只能打算等一等，看其他兄弟是怎么办的。

可让他惊讶的是，兄弟们全在装傻。

大阿哥甚至还送了一只活鹿过去给这群小弟弟加菜，三阿哥送了两个说书的。四阿哥一看，让人去街上寻了些上好的民间点心包过去。五阿哥抬过去两担甘蔗，七阿哥无奈，只好跟着送了两篓橘子。

等八阿哥请完客后，四阿哥在府里想了几天，终于还是进宫找十四阿哥了。

毕竟是亲兄弟，八阿哥明显是个火坑，他不想让十四阿哥往里跳。可兄弟两个没说几句就吵起来了。

"我是为你好！你什么都不知道就跟着他一起，你想过额娘没有？"四阿哥怒极，拍桌子道。

"我不用你为我好！"十四阿哥气得小脸通红，一蹦三尺高，气得都结巴了，"你你你……你还知道提额娘？你知不知道额娘为你哭过多少次？"

一提德妃，四阿哥就底气不足："这些事你不懂，不许再说。"

"什么不懂？就你懂？那你怎么跟缩头乌龟似的？八哥这叫大气！人家比你敢拼！你敢吗？你敢吗？"十四阿哥不是真的一点都不懂，只是八阿哥的风光是放在明面上的，四阿哥的低落也是明面上的，让一个看起来像输家的过来教他赢家哪儿不对，他自然不心服。四阿哥脸都气白了，怒哼一声，甩袖走了。

十四阿哥难得看到亲哥哥这么没风度的一面，站在门口也不知道该不该去拦，这么一迟疑，四阿哥脚步快，已经走得不见影了。

"哼。"十四阿哥气冲冲地坐下，但四阿哥特意来提醒他的话还是种在他心里了，他心道：那我就面上跟他们好一好，不真的跟他们干不就行了？

十三阿哥是随大流才上次跟着一起去的，第二次就怎么叫都叫不动了。五阿哥想劝九阿哥，可他到了宜妃那里，宜妃道："这事，你我都不能插手。"

她叫他近前，小声道："老九这样我也不乐意，可正因为这样，你和我才都不能管。"

"难道，就这么由着他跟老八一起混？"五阿哥脸白了。

宜妃难得冰冷地道："他也不比别人少长一个脑袋，要是他心甘情愿往火里蹦，我还能拼着自己和你都不要了去拉他？人都有自己的命，我生他、养他，可管不了他以后走什么路。"

五阿哥喃喃道："额娘……"

宜妃看他，沉重道："你那么小的时候就被抱走，十岁时连一句汉话都不会说，在上书房回回垫底……你可见我说过一句？"

没有。为这，他小时候还怨过宜妃偏心九阿哥。

"那你现在如何？"

现在？五阿哥不明白。

宜妃往后一靠，淡淡道："皇上就是这样，你越不足，他越会惦记着你。八阿哥现在看着是拉着老九他们给他自己壮声势，可你等着瞧吧，日后八阿哥不管跌得有多惨，皇上都不会动老九一指头。"

五阿哥瞬间明白了。

"但是，若是你跟我跑去拽老九，那就是另一回事了。"一个拿凤印的宫妃，一个成年阿哥，一起去拉老九？呵呵，只怕到那时不必八阿哥，皇上就能活吞了老九。

宫里的人，谁不清楚呢？

永和宫里，德妃听说四阿哥跑去跟十四阿哥大吵了一架，叹道："这群孩子，就不会给我省省心。"

四阿哥府里，李薇正在跟二格格一起吃糖炒栗子。

自从四阿哥说二格格每顿只能吃一碗饭后，李薇也不想来个阳奉阴违来对抗四阿哥这个父亲在二格格心中的权威。而且自从她教了二格格女孩子的哭法后，发现小孩子真是一张白纸，大人在上面画出什么样的图来，她就会长成什么样。

所以，李薇不敢也不愿意要些小聪明，她怕万一二格格学会后，不知道会变成什么样。道悟禅师说："一生十，十生百，乃至千万，诸法皆从一出。"虽然是佛家的话，道理却是相通的。她今天教二格格一个办法，比如把小碗换成大碗，可谁知道二格格会从里面悟出什么道理来？

女子处在这个世界，本来就有很多限制。李薇想让二格格享受人生，却不想她无法无天。所以，她决定给二格格立一个天，那就是四阿哥。让她敬畏他，仰望他，对他的话不敢违拗。

养孩子肯定需要孩子有个畏惧的人，就是俗称黑脸的。这个艰巨的任务她肯定是不成的，只能指望四阿哥了。反正作为一个格格，她也不需要有什么雄心大志了。

可二格格毕竟习惯了之前的好胃口，突然被限制看起来真的好可怜。李薇没办法，她看不下去，只好想办法找零食给她吃。要好吃，还要费劲。最好是努力半天只能吃一小口这样。糖炒栗子简直太合适了。

李薇每次只给她十个，栗子上已经开了口子，只是剥起来略麻烦。四阿哥掀棉帘子进来就闻到了满室甜香，跟着就看到二格格认真地端坐在炕桌前，两只手拿着一个栗子慢慢剥开。

栗子是糖炒的，连壳上都有一股甜味。二格格每次都是先含到没有甜味了才不舍地剥来吃，她看到四阿哥过来，先是犹豫地看了眼刚剥好的一颗栗子，然后就很坚决地递给他："阿玛，吃。"

李薇以为他不会吃，那栗子被二格格又剥又舔，弄得全是口水。谁知四阿哥接过来一本正经地吃了，对着二格格越来越可怜的小脸说："谢谢二格格，真好吃，阿玛真高兴。"然后他就把二格格抱到怀里坐下，二格格在他的夸奖下把自己的栗子全剥给他吃了。

怎么能这么欺负自家女儿呢？

李薇看不过去，只好把自己剥的塞到二格格嘴里。这让本来很失望又很想孝顺阿玛的二格格高兴了，四阿哥抱着二格格看她笑了笑，也拿了栗子来剥，全喂给了她和二格格。

三人把桌上的一盘栗子吃完，李薇赶紧喊停。

等二格格被奶娘带走去午睡，他才问道："你想起来要的？"这种小吃，他也是出宫后才接触到的，宫里吃栗子都是栗子糕或栗子鸡之类的。

素素在民间长大，想必小时候吃过很多小吃吧。反倒是进宫后这种民间小吃就成稀罕了。

李薇摇头："不是，二格格现在吃得少了，总是饿，我就想找些耐吃的给她。"说着，不由得埋怨地看了他一眼。

"喀，"四阿哥想起他要求二格格只能吃一碗饭的事了，笑道，"这也是为了她好。小孩子脾胃弱，吃坏了就糟了。她年纪这么小，又不容易用药，病了，你难道不心疼？"

心疼啊。也是问了奶娘和柳嬷嬷后才知道为什么宫里流行这么养孩子，因为那些人也不知道到底多少才叫正好，只学了个少喂，就变成这样。

这绝对是矫枉过正吧。反正孩子饿不坏，最多身体弱一点啊精神差一点啊，反正吃多了又拉又吐是奶娘和嬷嬷们照顾不周，饿得没劲了……估计奶娘和嬷嬷们也不会让格格阿哥们真饿到那种地步。

李薇想起还是以前试试小狗吃没吃饱的办法，就是摸摸肚子看吃得圆不圆，还有看便便是成形的还是稀的，就像讲故事一样说起怎么养小狗，还重点突出那只小狗饿到没精神也没便便的事，最后引申一下，看能不能用这种方式对二格格。

四阿哥很有耐心地听完，道："你是说像养小狗一样养二格格？"

这话怎么听着这么别扭？

李薇纠结了下，还是替女儿说话的心占了上风，道："那也不能粗暴地一刀切啊！万一吃一碗对二格格来说太少呢？要是一碗半对她来说才正好呢？"

"嗯，"四阿哥问，"那你想怎么做呢？"

"看便便嘛。"李薇理直气壮地说。

四阿哥叫来二格格的奶娘，问起二格格最近起居如何，李薇震惊地听奶娘连二格格一天喝几杯水、尿几次、尿黄不黄都说了。

挥退奶娘后，他看她还是没回神，忍不住弹了下她的脑门："傻了吧？她们这些当奶娘的从没怀孩子就被内务府选上教导，都是要生了两三次后才会被选上当奶娘，论起养孩子来，她们比你精干得多。"

内务府那些人精，每天闲着不干就琢磨这些人事。他们连房事都能整出一二三册来，何况养孩子？

李薇歇了，她发现这个吧，她还真比不上人家专业。

她突然想到，担心地问："他们以前不管，是不是我管太多，让他们干脆多一事不如少一事了？"她不拘着二格格吃喝，奶娘们干脆也不管。

四阿哥没想到她会突然开窍，怕她明白了反而自责，道："那倒不会，就算你不肯管教二格格，等二格格出了事，第一个问罪的仍是她们，就算她们攀咬你也脱不了罪。之前嘛，大概是看二格格没出事才没开口。"

李薇这才松了口气，万幸没一时糊涂害了女儿。

"……那我让她吃栗子，这个没问题吧？"她又想起这个来。

"不会，吃栗子能有什么事？我看你一次也不肯给她太多，不必从此就像惊弓之鸟一样。论起待二格格的心，没人比你更真了。"他拉着她的手，安慰她道。

"我只是怕好心办坏事。当额娘我是第一回，养孩子也是第一回，什么都是摸索着来。"李薇还是被打击了。

用午膳时，她也吃得不多。

四阿哥以为她还想着刚才的事，午膳后也不回书房，两人靠在榻上说闲话。李薇又想起一件事，以前给二格格吃的磨牙饼干，是当时她让膳房想办法用胡饼改的。满人逐草而居，男人几乎个个都是战士，他们打仗时的口粮就是这个。

李薇让他们想办法把胡饼做得小一些，美味一些。当时她用这个给二格格磨牙，为这个，她总觉得现在二格格的牙长得都不太齐。

她把这事跟四阿哥一说，问他："你说，这是不是我让她吃那个饼干吃的？"

"怎么可能？"四阿哥见她还是这样，搂着她温柔道，"都说了，让你不要这样小心了，二格格早产，你把她养得这么好，我都要记你一功了。"

他停了停道："再说，她现在长的都是奶牙，你要嫌她的牙不齐，等换牙了咱们小心点，肯定能换一口齐牙！"

让他慢慢哄着，李薇的心情好转了。两人生生就这么说些无聊的小事在榻上消磨了一下午，二格格睡完午觉起来看到他还在特别惊讶，像小尾巴似的跟着他跑来跑去，他在那里写字，她就也跟着写。

四阿哥把着她的手写了一张大字，把她美得扯着李薇说要把这张字裱起来。

"为什么啊？想要你阿玛的字，让他给你写幅好的嘛。"她道，这种练习字，一整张都是"永""大""发""福"什么的，裱起来有什么意义？

"额娘，你不懂！"二格格很费劲地给她解释，"这是我的字啊，我写的！"

四阿哥坐在那里笑，她扯着那张据说是二格格亲手写的大字，无奈地承认这幅字是二格格写得最美的，很值得裱起来留念一下。

晚膳时，四阿哥发现她光顾着二格格和他，自己都没吃多少。等膳桌撤下去了，他问："一会儿消夜吃什么？"

搞得李薇奇怪地看他，膳桌刚撤下去就想消夜？可她现在吃饱了想不起什么东西好吃啊。发愁半天，反问他："你想吃什么？"

四阿哥把她糊弄过去后，叫苏培盛去问玉瓶。

二格格去睡后，两人先去西厢。李薇已经习惯每天读一卷经了，别说这经书写得挺押韵的，读惯了虽然不明白意思，却有种朗朗上口的味道。

四阿哥背对着她在书桌上写写画画，等八点两人该洗漱了，她过去一看，见他画的是夏天小院的景色，葡萄架下摆着竹榻，榻上摆着一柄团扇，扇中的美人影影绰绰显出身形来。好像画中人只是离开一会儿，很快就会回来。

这就叫意境吧？让人看着画会想一想这里头的故事。

李薇靠在他身上，赞道："这画真好，给我吧。"

四阿哥掏出一方小印，盖在画的下方，笑道："不给你给谁？傻话。"

第二天，他三点起来，一边换衣服一边听苏培盛回报，据玉瓶所说，最近十天李格格的胃口是有些不太好，吃得少了。可能是只顾着照顾二格格的缘故。

四阿哥想的却是上次她有身孕也是突然没了胃口，而且，他总有种感觉她已经有了。

喊来玉瓶，他问："这个月你主子换洗了吗？"

玉瓶跪下小声道："还没到日子，格格是在月末。"

"你盯着日子，若无换洗，就报给苏培盛，让他请大夫。"四阿哥交代道。

转眼到了月末，玉瓶从两天前起就盯着这件事。李薇全心都在二格格身上，也没发现自己身上的事。等到腊月初，玉瓶悄悄告诉苏培盛，道："格格身上不谐，苏爷爷喊个大夫来吧。"

苏培盛早就得了四阿哥的嘱咐，悄没声地就找了个大夫进府。大夫先问过近日的起居饮食后，为难道："日子早了些，怕把不出来。还是三个月后再说才好。"

苏培盛知道四阿哥盼着这件事，可不愿意做主就这么让大夫回去，劝道："你去看一眼也不多费什么事。"

这位大夫是四阿哥出宫后特意养的几个大夫中的一个，平时就在外面坐馆，有事才喊进来，算是四阿哥府里的奴才了。

主子有话，奴才为难也要照办。大夫只好去小院给李薇把了个脉，再看了舌苔颜色，最后还是道不敢说，把不出来。

没办法，苏培盛只好把他放回去，四阿哥回来后知道了也不开心。

结果，等到正月宫里又开新年大宴时，在府里的李薇发低烧，让玉瓶去拿点下火退烧的药给她吃。玉瓶不敢做主，跑去找了张德胜。张德胜也是不敢自己做主，问了张保，被张保骂了两句："你就是叫来了大夫，又有你什么事？真是耗子胆！"

张保拿了牌子出府喊大夫，还是那位大夫，这回顺顺当当地把出了喜脉。至于低烧问题不大，歇歇就好。

这样的好消息肯定要早一步告诉四阿哥，张保抢了先，跟着骡车在宫门口等四阿哥出来。一见面就立刻报上去了，果然见四阿哥一脸喜色。

"好，好啊。"四阿哥长出一口气，翻身上马。在宫里熬了一天，出来能听到这么个好消息，这一天也不算白熬了。

"回府。"四阿哥一挥鞭，一马当先冲了出去。

过了十几次新年，数今年最难熬。

皇上今年还是照旧由他先祝酒，各臣工举杯同饮。但去年还是由太子和大阿哥排在皇上后面祝酒，今年却由八阿哥领着一群小阿哥上了。

皇上的话是今年让小孩子们来，席上的宗亲们也哈哈大笑说还是小儿子更招人疼。就在大家都以为皇上真的是厌弃太子和大阿哥时，皇上突然提起了太子的长子。这孩子今年翻过年就是十岁了，却仍然只称呼毓庆宫大阿哥。

皇上特意让人把他叫到席上，让他站在皇上的御座旁说了半天的话，又让他执杯敬酒，好一番勉励才让他下去。

这没头没脑的，让席上不少人都有些摸不着头脑，纷纷互丢眼色，这皇上不是厌弃太子了吗，怎么突然对太子的大阿哥这么宠爱？

太子倒是一脸的冷漠，皇上在上面那么推崇他的儿子，也没见他有丝毫动容。这孩子从席上下来特意给他请安，也被他冷冷两句撺回去了。

皇上夸完太子的儿子，转头想起大阿哥的长子今年四岁，叫他起来问道："今天这孩子可来了？"

大阿哥比较捧场，笑呵呵地说："跟着他额娘呢。"

"好，好。一会儿叫过来给朕看看。"皇上道。

后面就没哪家的阿哥特意被提起了。三阿哥准备半天皇上叫了要怎么回话，还在心里想忘了出门前嘱咐儿子两句，他的长子也是四岁了，前几天教的诗不知道现在能不能背得顺溜。

可没想到皇上没下文了，看皇上已经转头问起臣工家的儿子孙子，顿时觉得非常失落。

四阿哥看到三阿哥没滋没味地喝着酒，挺同情地冲他举了下杯。三阿哥跟弟弟对了下神色，哥儿俩同病相怜地轻叹一声。

四阿哥刚才也想着他的大阿哥呢，他还担心大阿哥生的月份小，腊月生人，说是四岁，其实比几个堂兄实实在在是小一年的。而且这孩子有些较真，要是真被叫来却比不过同年的几位堂兄，怕他心里不舒服。

谁知皇上不叫。他不但失望，还要安慰自己幸好没叫来，大阿哥没准备恐怕会出丑，不叫正好。可心里一阵阵不舒服不停翻搅，没留神就连灌了好几杯冷酒，被旁边的五阿哥拦了下。

"四哥，悠着点。这还没过半席呢。"五阿哥道。

四阿哥回神，谢过弟弟，恍然想到他家的孩子好像也是四岁，不由得问道："你家的今天来没来？"

五阿哥笑道："来了，在翊坤宫呢。"他对皇上叫不叫他的儿子过来看没什么兴趣，何况儿子在宜妃那里肯定很受欢迎，所以刚才的事对他没什么影响。

七阿哥过来敬酒，特意跟四阿哥喝了三杯，他跟四阿哥以前可没这么亲热，就是这次出宫建府的事，四阿哥特意照顾了他两回，被他记了情，刚才看出四阿哥神色不对，就过来想打个岔。

四阿哥也记得七阿哥，因为这个弟弟最近可怜得过头，让他有种当哥哥的自觉，照顾了几回后反而好像有种责任感了，见他过来陪自己喝酒，就跟他拉家常：

"你家里如何？"

"都挺好的。"七阿哥道，"我的大阿哥今年没带进来。"带进来往哪里送呢？连戴佳氏都要去德妃宫里混新年宴。"改日带来给四哥瞧瞧。"他的大阿哥今年三岁。

"好啊。"四阿哥高兴了，这还是头一次弟弟主动把家里人带给他看呢。他来了兴致，干脆道："挑个时候，咱们出来聚一聚得了。"

五阿哥也来了兴致，凑过来道："怎么聚啊？我也带我家的来。一群小阿哥，看他们玩球？"

无奈四阿哥和七阿哥都对球类运动不在行，闻言摇头。四阿哥想了想，道："我的府里养了几条好狗，不如带他们去跑一跑，猎点野鸡、兔子。"

七阿哥很喜欢骑马，他腿脚不灵便，上马就不容易看出来，点头说："这个好。我正打算给我家大阿哥弄匹小马，让他从小养着。"

三个人说得太热闹了，三阿哥勾着头喊他们："说什么呢你们？"一听说要带各家的儿子出去转，连忙道："算我家一个。"

兄弟几个说着这件事，倒是把酒席后面给混过去了，出宫时脸上还都带着笑意。

新年很快过去，想着要带大阿哥跟堂兄们出去玩的事，四阿哥闲下来的这几天就天天带着大阿哥去骑马。怕他一个人没兴趣，就把大格格和二格格一起带上。

谁知说起骑马来，最好的是大格格，最不好的居然是二格格。这让四阿哥非常惊讶。二格格倒不是怕马或不敢骑，她每次上去都很有冲劲地喊驾驾，旁边侍候的马奴都要再三提醒她不要把缰绳抓得太紧，最后不得已悄悄抓了一截缰绳在手里，发现她拉紧了，他这边就松开些。

问题是二格格每次上马、下马都会绊住脚，第一次她绊到脚时险些脸朝下栽在地上，吓得周围的人一身冷汗。马奴和跟马的太监一个往地上扑要替她垫着，一个爹着胆子扑上去抱住她。等四阿哥从马上跳下来跑过来把二格格抱到怀里时，马奴和跟马的太监早跪在地上把头都磕破了。

四阿哥两只眼睛都要冒出火来了："拖下去打。"

小主子们因为年纪小，怕他们不熟练，所以等他们上马后，马奴和太监们都要检查他们是不是坐稳，马鞍、马缰有没有不对的地方，等等。

这显然是马奴和跟马的太监疏忽了。

等二格格第二次上马，四阿哥不要旁人，自己站在她的马前盯着，然后就发现了问题。

二格格好像有些着急，她上马时会不等第一只脚跨上去，第二只脚就往上跳，下马时也是不等第一只脚着地，人就急着往地上蹦，结果就是人朝下栽。

为了教二格格正确安全地上下马就花了四阿哥一天时间，可他丝毫不烦，心里只是想该让二格格练练性子了。这个急性子是像谁啊？

晚上，他跟李薇提起这个，一脸"这都是像你吧？"的表情。

怎么可能？李薇心道。急性子？这个词跟她的距离就像她和福晋，别看大家都熟，可这辈子都靠不到一起。

她偷偷看着四阿哥，这不就是个标准的急性子吗？还问别人呢。

四阿哥搂着她道："我看二格格就是像你，你小时候估计也是不怎么会骑马。"说完看她，刚才她一脸不忿，这回呢？

李薇卡壳了，她还真不能打包票说自己非常擅长骑马。从六岁学骑马一直到十岁，她都是让家里下人牵着马在田庄上遛达，没自己跑过马。

看她没底气了，四阿哥得意地笑了，安慰地拍着她道："不用担心，二格格日后有你有我，不会骑马也没什么。"

第二天，他就给二格格配了两个高大的骑马太监，专管抱着二格格上下马。就是跑马的时候，都要有人跟着马一起跑，时刻防着她出问题。

回到小院里，二格格也被李薇拘着描绣花样子，一张看着很简单的喜鹊登梅图，让她至少要花两天时间描，够磨性子吧？

解决了二格格，李薇剩下的事就全是养胎了。虽然大夫说她和这个孩子都很好，可因为生二格格的时候毫无缘故地早产，柳嬷嬷和玉瓶几个都很紧张。

正月时，孩子已经四个月了，她还被要求躺在床上。

"没有必要吧？"李薇跟四阿哥商量，道，"这都四个月了，早就可以起来动动了，再躺下去孩子会长太大的。"

四阿哥拿了个柿饼塞到她嘴里，反问她："外面这么冷，你出去干什么？"

"看看景啊，走一走吧。雪景也是很好看的。"李薇没好气地吃着柿饼道。

有她这句话，下午四阿哥就让人搬进来四盆蜡梅：红梅、白梅、黄蜡梅、绿萼梅。其中黄蜡梅有一人高，种在一个磨盘那么大的花盆里，由三个太监抬进来，摆在堂屋正当中，简直像是在屋里种了一棵树。

李薇让人把屋里的熏香都撤下，四盆梅花的香气几乎把整个屋子都盖住了，一点都不幽远，但很爆发，很震撼。

第二天，四阿哥居然让人送来一盆雾凇。

抬着花盆进来的张德胜笑道："特意让人喷了一夜的水才冻成这样，只是摆在屋里赏不久。"

李薇正看着那半人高的矮松，它浓绿的枝杈上全都挂满了冰晶。玉树琼枝，没有别的形容了。但就像张德胜说的，隐约到了中午，冰晶都渐渐化了。李薇担心这样骤冷骤热的，会伤害松树，让人把它抬到外头去了。

结果下午张德胜又抬来一盆："冻了好几盆呢，格格不必担心，有花匠照顾着，不会让树受伤。"

晚上，小院里居然点起了冰灯，玉兔琼瑶、鲜花宝盆、鲤鱼麒麟等，全都摆在小院里。玉瓶打开窗子，却让人在炕前摆上一架屏风挡住从窗口吹进来的风，道："格格略赏赏就算了，冻着不是玩的。"

果然只让她看了半刻钟就把窗户合上了。

等四阿哥来了，问她好不好看，她先是点头说好看，跟着就说只看这么短时间，折腾这么多太费事了。

"这有什么费事的？"他脱下棉袍，只着单褂坐在炕上，道，"能让你看一眼就是它们的造化了。"

她的意思是会不会太兴师动众。算了，跟皇阿哥说兴师动众，他肯定不明白这是什么意思。

四阿哥吃了一碗奶酪，让人把炕桌撤下，挥退所有人后，只跟她两人在这屋里，想了半天怎么措辞，最后还是低头捏着她的手淡淡道："等你生了这个孩子，我就让人把你的份例提成侧福晋。"

他迎上她的视线，叹道："之前我想的是无论你这个孩子是男是女，生下来就给你请封。可现在看，名分上可能要委屈你几年。只是你要记得，在我心里是不愿意委屈你的。"

要说李薇不失望吧，有些矫情。侧福晋跟福晋几乎就差不多了。太宗弄个五大福晋，个个都是正妻。汉人说满人没有规矩，除了兄终弟继，就是这个嫡庶不分了。可除了皇上的后宫要当天下表率外，剩下的宗亲府里几乎都是几头大的情况。

有机会当侧福晋，她当然不愿意继续当格格。只是这个待遇提上去，名分没跟上，就让人心虚、底气不足。

不过四阿哥要是不告诉她这个，她也不会觉得自己就该成侧福晋了。他说了，她才恍然大悟：哦，原来我可以当侧福晋了。

可他好像是临时改变主意的，让她既好奇又担心。

她猜，府里是不会有什么反对意见的，福晋的性格和他的权威摆在那里。那就是外面的事了？

她忍不住问："是不是外面有什么事？"

四阿哥有种新奇感，这是素素第一次主动问起他在外面的事。被她的疑问带得想起了府外那些让他恐惧担忧的心事，他下意识地用力搂住她，温柔道："没什么，那些你都不用管。"

对，素素不用知道那些，只要像现在这样就好。

每次到这个小院里，就像到了桃源乡，没有烦恼忧愁，只有欢声笑语。在这里，他是妻女头顶的天，无所不能。

出去后，他是在皇上面前战战兢兢的四阿哥，是面对太子和大阿哥感觉复杂的四弟，是八阿哥等一众小阿哥面前犹豫不决、信心不足的四哥。是不知该怎么对待永和宫的儿子，是对着奴才都底气不足的主子。

他抚摸着她已经有了起伏的肚子，满怀柔情地说："你只管安安心心地生下这个孩子，外面的事有爷呢。爷会给你和孩子挣一份体面回来。"

正月里，皇上下旨要南巡，但说不会加重各地税赋，南巡所有的花费都由京里承担。四阿哥事先没听到消息，他现在进宫越来越少，跟宫里的联系也不再紧密。以前还能从太子那里得到消息，在他封了贝勒后，跟太子那边的联系也少了。

等皇上的明旨下来后，他才知道这件事。

说实话，听到皇上要南巡，恩旨上还说勿扰民间，他心里就一阵烦。皇上先是征噶勒丹，连打三年仗，国库不说没一个子了，至少也空了一半。征完噶勒丹后第二年，也就是去年又奉皇太后懿旨去东巡，还在塞外行围。今年又要南巡。

再加上这两年有阿哥开府、大婚、封爵等开销，国库真的还有钱来支撑这次南巡吗？

可皇上显然不打算管这个，他正月说了要南巡，二月就上路了。等于是一边巡，一边让国库筹钱给他。

太子焦头烂额，这事现在全摊他身上了。皇上走得痛快，他要是不尽快把钱筹出来，让皇上游到半路当光杆司令吗？皇上一个人怎么省都行，可护军、仪仗、随身侍候的那一大群可省不下来。上千人啊，只是车马一项就能把国库给花个底儿掉。

八阿哥领着内务府，忙得脚不沾地，不到十天就瘦了一圈。连他都想不到皇上说走就走，说南巡就南巡。钱从哪里来啊？只好先挪别处的钱支应着。可就这也不行。

迫不得已，他求见太子去了。

自从他跳出来后，以前还能跟太子说说闲话，现在算是彻底不打交道了。可皇上那边花钱如流水，他一个人不行，太子一个人肯定也不行。他们两人是必须通个气的：到底这钱怎么花才能既让皇上满意，又不至于把他们两个给陷进去当垫背的？

其实太子已经有数了，只是这话不能从他这里传出来。见八阿哥来了，他也是一脸愁容，八阿哥问计，他只是摇头。

几次三番都是毫无结果，两人对坐喝闷茶。等圣驾刚过泰山，从京中送去的各种物资就接不上了。随行的护军、随从、大臣们的吃喝虽然可以从当地采买，但皇上所用的东西，仅吃喝一项就不可能在当地全数采买办齐。

京中每次发过去的除了奏章，最多的就是皇上习惯的吃的喝的穿的用的。所以这边一断，皇上那里马上就发现了。

紧跟着，太子和八阿哥的请罪折子就八百里加急地递过来了，随折子送上的就是内务府和国库的窘境内详清单。没钱，没东西，什么都没有了。

八阿哥是真没办法，写这个请罪折子时生生熬得瘦了十斤。要是能有一点办法，他都不会亏了皇上。太子则是心知肚明皇上不会生气，南巡他也会继续巡下去。他就是把这个问题扔还给皇上，让他来解决。

圣驾在山东多停了半个月才继续往下走，八阿哥和太子也接到消息，是江南的陈家、曹家、孙家举三家之力，说的是报效皇恩，总之，他们把钱给掏了。

八阿哥虽然是松了口气，但更吃惊的是，江南这三家怎么会有这么多钱呢？

太子听到消息后，站在书房里对着一幅《江南春雨图》笑了半晌。这些家族动用的应该就是江南明年的赋税吧。

京城里，八爷接到皇上从山东送回来的一道旨。旨意中让十三、十四两位阿哥去伴驾。这让八爷盯着这道旨深思了半天。

十三今年十四岁，十四阿哥十二岁，这样两个不大不小的阿哥叫过去，皇上是想儿子了？可后面十五、十六两个阿哥是皇上近几年最为宠爱的庶妃王氏所出，这两个阿哥一个七岁，一个五岁，正是已经懂事最可爱的时候。皇上要是想逗孩子，他们两个不是正合适？

八爷翻来覆去想了半天，放下旨意亲自去了趟阿哥所。

他先去找了十三阿哥，问过他最近读的什么书，师傅讲的是否能听懂，弓马最近有没有懈怠，最后关心道："皇阿玛传旨来叫你和十四赶紧过去，你把近日的功课收拾一下，在路上把书再温一温，留神到了皇阿玛面前要考你。"

十三阿哥一开始不知道他来是什么意思，这个八哥最近可是热门得很，见他突然关心还有些受宠若惊，听到最后一下子就跳起来了："皇阿玛叫我去？我马上收拾！"

见他这就要叫贴身太监，八爷笑道："不慌，不慌。你这里收拾好了，我还要去见十四，说不定太子殿下也要叫你们过去嘱咐两句。这里就交给你的嬷嬷们收拾吧，你就不要添乱了。"

"多谢八哥！"十三阿哥把八爷送出门，一溜烟地跑回来连声催道，"快！快！快！上次师傅夸我那篇写得极好的文章呢？快找出来，我要带去！"

八爷在门外听到了不由得好笑。

转到十四阿哥这里，果然这小子也是两眼放精光，只见十四口甜似蜜道："八哥，八哥，你真是我的好八哥！"他高声叫来贴身太监，吩咐道："去，给你家爷收拾行李！皇阿玛叫我去伴驾呢！"

他的贴身太监赶紧笑成一朵花地恭维他。

"快滚，快滚，爷还要跟八哥说话呢。"十四把人都撵走，悄悄问八爷："八哥，最近朝中没什么事吧？没什么地方遭灾吧？没不长眼的又起义吧？皇阿玛那边心情好不好啊？不会我一到就挨骂吧？"他一边说，一边殷勤地地给八爷捧了碗茶。

八爷接过茶，笑道："你个机灵鬼啊！"

然后他回忆了下，肯定道："最近没什么事。"

见十四阿哥好像还不放心，他又道："皇阿玛是想你们了，才会叫你们过去呢。"

十四阿哥撇撇嘴："我才不会信呢，皇阿玛的眼里都是十五、十六那几个小的。"

这十四看得倒清。八爷喝了口茶，没接他的话。果然他也奇怪皇上干吗离开山东了又把他们叫过去。

茶用了半盏，八爷放下茶告辞了，临走前道："对了，太子可能还要嘱咐你们两句。一会儿你们等我的信儿，可别乱跑。"

他想了想，笑道："其实我这边的消息也不灵通，你要真想知道点什么，倒是太子那里可能会问出来。"

十四阿哥笑嘻嘻地送他出去。"八哥就会笑话人。太子殿下那里我怎么靠得过去？"说着，他眼珠子一转，"哦……我懂了，八哥慢走。"

送走八爷，十四阿哥在屋里转了两圈，喊来人，道："去前面内务府那里看看四哥今天来了没？"

很快去的人回来了，道四爷最近不常进来。

十四阿哥再转几圈，让人去永和宫报信了。他本来是想自己去见见额娘，顺便也显摆显摆皇上惦记着他呢，让额娘也高兴高兴。可八爷说太子可能会见他们，一时半刻也不敢走。

隔壁十三阿哥的院子里也是乱糟糟的，他的屋里也是人仰马翻。嫌待在屋里坐不住，十四阿哥走到院子里来，望着昏黄惨白的天，最近京城里刮大风，总把天刮得黄黄的，显得特别脏。

皇上叫他们去干什么呢？

一直等到八爷要出宫了，才送来消息说太子不见他们了。

"呸！神气什么？"十四阿哥嫌太子耽误他时间了，急得跳脚，现在他大了，这个时候进后宫已经不行了。幸好去永和宫的人及时回来了，他赶紧把人叫到屋里来问："额娘都说什么了？"

被他派去的是他的亲信太监，此时垂着头磕磕巴巴地道："娘娘让您……好好去，好好回来。"

十四阿哥没有听到期待中的夸奖啊自豪啊，再不济来两句担忧啊！

太监不敢说，其实德妃的原话是：皇上怎么吩咐的，他就怎么做。把他那些小伎俩都好好地收在肚子里。丁点小事就快飘上天了，替我问他一句——可还记得自己是皇上的儿子？

太监嘿嘿笑，被失望的十四阿哥踹出去了："滚滚滚滚滚！一点小事都办不好，爷要你有什么用？"

皇上的旨上没说时间，但接了旨还是要尽快的，没人会在这时拖个三五天。所以第二天一大早，十三、十四阿哥就带着二百护军追皇上去了。

等他们走了，四爷才得到消息。

还是永和宫送过来的。捏着手中的大字，四爷真的觉得自己都快聋了瞎了。他把这一张没写完的字揉了，另铺一张再写。

皇上不用他，他就是个废人。每天只能在府里写字、读书。空有一身使不完的力，却什么都不能干，干了就是僭越。

四爷笔下用力，一张字生生写毁了。他看着眼前这开笔时还好好的，写到最后一笔时才毁掉的字，简直就像在看自己。

啪的一声，四爷把笔摔了。

苏培盛缩着脖子，都缩成个驼背了。

四爷平一平气，放下字，走到门口道："把这里收拾了。"

苏培盛赶紧让人进来把写坏的字都看着烧光，再把被墨汁溅脏的地面擦干净，把摔裂的笔扔了。他则带着人隔着十步远默默跟着四爷。

四爷逛到了府里花园处。正是初春时节，草木吐芽，遍目新绿。

他脚下极快地走到这里，途中有什么都忽略了，直到看到这整个花园的春花嫩柳。他走到一丛迎春花前，望着花沉思。难道他已经灰心丧气了吗？他才二十三岁，他的儿子才四岁，他现在认输，还有那么漫长的人生要做什么？

可就要一直等吗？皇上冷落他是因为他亲近太子，可就这么一转眼把太子扔在脑后？他做不到。不只是跟太子之间的兄弟情谊，而且这种见风转舵的人是他最鄙视的。

何况，他并不认为自己有错。皇上的冷落，更多的是在处罚他的不识时务、没有眼色，不是因为他做得不好。他若是真的这么快就离开太子，恐怕反而会让皇上真正厌恶他。

但看着八爷步步高升，皇上甚至打算提拔十三、十四，这让一个月前还能安稳度日的四爷也跟着坐立不安了。

他发现了一件事。这恐怕也是大阿哥坐立不安的原因。

皇上并不缺人用。他和大阿哥不肯服膺，下面的人还多得很。除了宫里的阿哥们，朝中的人更多。他们跟皇上比心眼，那是螳臂当车，一丁点用没有，反而会误了自己。

这样看，八爷倒是看得最清楚的一个。

皇上要用他，他就送上去让皇上用。不管皇上打算让他干什么，他反正能得着好处。而且从根上说，听从皇上的意思，往大是忠君，往小叫孝顺。怎么都没错的。

那他之前的坚持还有什么意义？

连四爷自己都搞不清了。

四爷已经打算低头了，但怎么才能低得漂亮有价值，才是他需要考虑的。

他在花园里做思想者，捧着肚子要进来散步的李薇远远看到，扭头就往回走。玉瓶不解道："格格？"

"嘘。"李薇做个鬼脸，带着她回到小院，才说，"四爷明摆着是有心事，咱们就不要过去打扰他了。"

想也知道，最近四爷天天在府里待着不出去，肯定不是皇上心疼他前几年辛苦放了他的长假，也不是像刚出宫那次似的罚他在府里读书。而是，根本不用他了。

这时候四爷应该是很憋屈的。可李薇在看到他的背影时，发现她虽然能看出他有心事，却找不出安慰他的话。因为她对他在外面的事一无所知，而他也从来不在她面前提起，所以，她就只能回来了。

她不知道四爷会不会对福晋说，可放在自己身上，她第一次无比清晰地看到自己在四爷心中的定位。

她坐在小院里，这精致的院子里盛着她的一切。金丝鸟吗？

李薇笑笑。她不说，不代表她不懂。她抚摸着肚子微笑，四爷就纠结他的去吧。

想想现在的四爷真的蛮可怜的，他既然不让她关心他外面的事业，关心下他的身体健康也是她力所能及的。

她叫来玉瓶："让厨房送点春饼和蒸菜来，这个季节吃卷饼最好了。"

她想着醋熘豆芽、酸辣土豆丝、韭菜炒鸡蛋和京酱肉丝就流口水："再片两只烤鸭过来。"

玉瓶道："奴婢这就去，等四爷来了就上。"

"对了，鸭架子让他们熬汤，回头下个细面条送上来。"她追加道。

晚上，她陪着四爷痛快地吃了一顿。这位爷从小吃的可能都是宫女太监给卷好的，可他在她的指导下，第一次就卷得似模似样，她在家就这么吃，卷得还会掉菜，他就不会。

李薇盯着他的手看了半天，道："是你手大才不会掉菜。"

四爷难得吃得腮帮子鼓起来，道："又胡说，我看看。"他眼一瞄就知道了，道："是你的菜卷得太多了，一次少放点就不会掉了。"说着，他给她卷了一个，她也不推辞，兴致勃勃地指挥："甜酱少些，我要辣酱，不要太多葱。"

卷好直接就着他的手咬了一口，满足得直眯眼，他干脆直接喂她吃完，饼小三口就完，他最后直接把剩下一点全塞她嘴里，塞得她呜呜叫。

她往后躲，他笑着把手指上的甜酱耍赖抹到她脸上。旁边的二格格看到哈哈大笑，沾了甜酱往她脸上抹一道，给他脸上也添了一道。

两只鸭子、五笼饼吃得干干净净，把二格格抱下去后，他还吃了两碗鸭汤下的细面条。

睡觉时，她笑嘻嘻地摸着他的肚子道："四爷，您这肚子可吃得有我一分神韵了。"说着还挺挺她的小肚子。

他抚摸着她的肚子道："就知道嘲笑你家爷。天天跟你一起吃，不长肉才怪。等皇上回来一看，还以为爷在家里多自在呢。"说到这个，他的神色就低落了。

李薇沉默地靠在他怀里。

半天，她开玩笑道："爷要是怕这个，等太阳出来了天天出去晒一晒，肯定能晒黑。到时就不显胖了。"

四爷也后悔刚才不该提不开心的事，跟着道："这是教爷怎么欺君？该打。"说着手高高举起，在她屁股上轻轻拍了下。

李薇小小拍了下他的马屁："我的君是四爷，别人可顾不上。"

四爷轻轻捂住她的嘴，嘘道："越说越不像话了。"可他也没生气，轻轻笑了几声，道："爷是你的夫君，这话也不算错。"

怀着孩子，两人只能纯洁地盖棉被纯聊天，四爷有些动心了，不满足地亲亲她，躺好睡觉了。

因为李薇有身孕，四爷开始往福晋屋里去。他是想再生个嫡出的孩子也不错，可他来了，福晋却把他往宋格格那里推。

推了两次，四爷看出福晋这是不想理他，干脆连正院也不去了。哼，爷给你脸，你不要，爷不侍候了。他最近本来心情就不太好，这次更是光明正大地发火了。

福嬷嬷有些担心，可福晋有了大阿哥后，仿佛已经满足了。她积威渐重，福嬷嬷更不敢劝了。

看福嬷嬷欲言又止，福晋没有开口。上次生大阿哥时，她足足有一年行动不便，什么都做不了。她是真不想再来一回了。何况已经有了大阿哥，她正好把所有的精神都放在他身上，等他大些了，她再生一个也来得及。

至于四爷发火……她自认侍候得并无疏忽之处啊，她不是贤惠地让宋氏侍候他了吗？是他由不得别人唱反调，而且最近外面事太多，他心情不好的缘故。两边相加，她只是当了回出气筒而已，反正也不是第一回当出气筒了。

福晋想了想，还是决定照自己的安排来。毕竟，她永远不可能为了顺从四爷的心意，而把对自己有利的方面抛到脑后。

谁知，四爷不过去了宋氏那里两次，六月里就查出她有身孕了。

府里一下子有两个格格都怀了孩子，这可真是件喜事。就连四爷都觉得京城的天看起来没那么黄了。只是想起上次宋氏生的大格格体弱，让他担心这次的孩子身体会不会也不好。

他一头嘱咐福晋多照顾宋氏，一头喊来大嬷嬷，道："大格格足月出生却体弱，估计是宋氏底子不足才会如此。这次好好地给她补养，不能再让爷的孩子生出来就病恹恹的。"

大嬷嬷想了下，还是吐实道："宋格格大约是天生的，奴婢曾嘱咐柳嬷嬷照顾她，可据柳嬷嬷所说，宋格格不管吃什么好东西，似乎都补不到身上。所以大格格出生后才会体弱。这回……"

四爷听了更加厌恶宋氏，道："补，她吃一碗补不上，就吃两碗。"

那不成胡来了？

大嬷嬷当面答应下来，私底下却不敢这么对宋格格，四爷不懂，跟他说不清，反正还是照上次的办，生下来真体弱也不是她的事。总比照他说的使劲补，补得大人孩子都补坏了强。

第十二章

热汤面

　　书房里，被扔在前院两年无所事事的戴铎耐不住了，他既然跟了个阿哥，就不是图这一个月二十两银子，不然跟着哪个七品县官，一个月也不止这个数啊。现在四爷消沉了，正是他显本事的时候！

　　他琢磨了几夜，耗尽心血写了封信，悄悄送银子托人递到四爷的案头。送去后，他就在屋里等着。

　　信中写的是他的看法，或许有些过头的话，但满人从太宗起就是杀出来的皇位，跟前朝不一样。他的这封信，说不定正搔到四爷的痒处呢。

　　舍得一身剐，敢把皇帝拉下马。戴铎抹了把汗，说不定……他的前程就在这里。

　　忐忑不安地等了几日，终于，书房的大太监张德胜笑眯眯地来了，这位以前眼高于顶的太监今天笑眯眯地在门前冲他弯下腰，殷勤道："戴爷，四爷请您过去叙话呢。咱家侍候着您？"

　　戴铎心中一块大石落地，他双眼精光四射，面上却只是淡淡一笑，微微颔首道："有劳。"

张德胜让开路，恭迎着戴铎出来，然后在前头领路，一道往书房去。

戴铎从来没到过书房，从他拿着吏部主事官的荐书敲开这座府邸的大门时，就没进过书房，没见过四爷的金面。偶有几次，他在府门看到四爷从宫里回来，但也只是他认识四爷，四爷不认识他。

跟在张德胜的身后，戴铎不由得慢慢紧张起来。他开始回忆那封信里有没有什么犯忌讳的，有没有会惹怒四爷的地方。越想，他越不安，几乎就想把几天以前的自己给掐死，把那封信烧掉。

"戴爷。"张德胜站住脚，侧身，唤他回神。

戴铎惊得背上瞬间冒了一层冷汗，连忙下意识地躬身："张爷？"

张德胜露出一丝鄙视，脸上还是笑道："戴爷别折杀小的了，您快进去吧，四爷等着您呢。"

前方书房门口一左一右站着两个小太监守门，偌大的院子里鸦雀无声，只有夏日的蝉鸣扰人心烦，白炙的太阳照在门前的青石板上，晒得地皮发烫。戴铎走在烫脚的地上，却像只穿一件单衣身处寒冬一般，从心底泛起的恐惧和寒意让他隐隐打起了哆嗦。

四爷会不会在他一进门，就把他那封胆大妄为的信扔到他的脸上，让人把他拖出去打死呢？他不但在信中妄自揣测了四爷的心意，还提了太子和诸位阿哥，甚至皇上也被他从侧面捎带着点了两句。

"明月虽好，不共天下有。"皇上如高高悬在天上的明月，他的恩泽不会公平地施给每一位阿哥。

"星火之光，岂敢与月争辉？"太子虽然位高权重，可他与皇上相比，就如同星星在月亮面前一样渺小。

"譬如萤虫，只争朝夕。"机会短暂即逝，四爷若是不争，就再也没有争的机会了。

门前的两个小太监看到他走近，悄没声地掀起竹帘示意他进去。戴铎轻手轻脚地走进去，垂着头只敢用余光迅速扫了遍室内。

屋里正中摆着一座约有一人高的三足铜鼎，鼎内盛着一座冰山。屋角摆着一座半人高的铜香鼎，袅袅吐香。

四爷坐在椅上，正捧着茶碗饮茶，见他进来却没有看他一眼，四爷看的是摆在面前案几上的一封信。

戴铎一见就认出那正是他写的那封信。

扑通一声，他就跪下了，抖着声音道："学生戴铎，见过贝勒爷。"

半盏茶后，四爷放下茶碗，道："戴铎，你起来吧。"

戴铎哆嗦着爬起来，脸上全是油汗，他的脑袋里全糊成了一盆糨糊，昨日还想着在四爷面前如何风光地侃侃而谈，那些精妙词句现在都想不起来了。

四爷盯着他看了半晌，叹道："戴先生雄才大略，我不敢误了先生的前程，特备了二百两银子，送给先生做程仪。"

"四爷？"戴铎壮着胆子抬头。

却看到四爷把那封信扔回到他的脚边，端茶送客。

戴铎虽然还没缓过神，但也知道赶紧捡起信塞进袖子里，慌手慌脚地跪下磕了几个头，倒退着出去了。

门外，张德胜正等着他。见他出来一句也不问，又领着他回到住处，屋里的书桌上摆着个盘子，上面放着二百两银子，用一方红巾盖着。戴铎的包袱已经收拾好了，其他的字纸书册全都不翼而飞。

戴铎打了个寒战。

张德胜问："戴爷，给您叫辆车？"

戴铎连忙道："有劳，有劳。"

车是早就叫好的，戴铎很快在小太监的护送下从角门出去，坐上车往外城去了。他这两年写的无数东西全都没带出来，只有袖中的那封信。

在街上随意找了间客栈住下，恭送走四爷府的下人。戴铎坐在客栈里，门外的嘈杂和小二响亮谄媚的声音让他有恍如隔世之感。

从此，他就不再是四爷府的人了。

虽然有一点庆幸，但更多的是失落。前几日，他还以为自己要一飞冲天，要投靠一位英主，要做一番不世的事业。今天，他才发现那不过是一场大梦。

他呆坐了两刻钟，直到小二上来问他："客官，都这个点儿了，您是在房里用，还是到楼下用？咱们店里请了讲书的先生，热闹得很哪！"

戴铎不敢独处，在书房的惊吓让他现在回想起来还有些心悸，道："我下去用。"

"好嘞！"小二引着他下楼，麻利地给他送来小菜小酒，再加一大海碗的肉丝汤面，细白面条小炒肉，配上金黄的鸡汤，面里还下着一把翠生生的小青菜。

"客官慢用！有什么事喊一声，小的就来侍候您！"小二退下。

戴铎被热汤面的香气唤回了神，仿佛此刻才重回人间，踏着实地。他埋头稀里呼噜地把一海碗的面全吃下肚，客栈中间的戏台上，讲书先生眯着半瞎的眼，摸着稀疏的山羊胡，旁边的小徒弟正敲着小鼓。

他说的是赵云救阿斗，杀曹军七进七出一折。

《三国志》戴铎当然读过，不过那都是以前读书时看的闲书。现在讲书的一说起来，他也依稀记起了赵云长坂坡救阿斗的事。当年他看《三国志》时，最喜欢的当然是诸葛亮。在他看来，关云长等人都是武夫，干的是卖命的活，却敌不过诸葛先生一计能退曹军百万兵的威风。

赵云在他眼里自然也是个卖弄武艺的莽夫。须知一将功成万骨枯，将军难免阵上亡。没有这些猛将，刘备这个主公当然会发愁，但一百个关云长也抵不上一个诸葛亮。没了关云长，还有张飞，还有赵云。没了诸葛亮，让刘备去哪里再找一个诸葛先生呢？

他不想当赵云。赵云要出头，还有关云长和张飞，要不是他救了阿斗，刘备不知道什么时候才能想起他。

赵云杀进曹军七次救阿斗，是忠义，更是他没有办法的办法。

讲书先生口沫横飞说着赵云将阿斗护在护心镜后，周围曹军的长枪大刀都冲他劈砍来，他一手持枪，一手持刀，左脚飞毛腿，右腿踢山脚，胯下的战马通人性，不必主人持缰也带着主人往阵外冲杀而去。

客栈里吃饭的客人哄笑着，听得津津有味。

戴铎坐在那里却渐渐听得入了神。他猛地站起来，小二赶紧过来："客官，您吃好了？"

"我要小睡一下，不要来打扰我。"戴铎快步回房，关上门后，小心翼翼地把袖中的信取出来。

刚出来时，他以为自己逃过一条命，以为四爷真的要把他撵出去。可他如果是赵云，如果只救了阿斗一次找不着就回去了呢？

那他不但得不到刘备的重用，还会从此成为一个忘恩负义之人。武将要勇武，要悍不畏死。若是怕死，就不是武将。所以他杀进去七次，他既然去了，不救回阿斗，就只能把命留在那里。

戴铎想，若是自己只递给四爷一封信，表达了投效之心，却在第一次被拒绝后就另投别人门下……如同一桶冰水从头顶浇下。戴铎长出一口气，再看了眼那封信，缓缓一笑。

他要做四爷的谋士，除了脑筋与眼光，还要忠心。要有一颗对待主人无比忠诚的心，不论主人如何待他，他都要一心一意为主人筹谋。

他收起这封信，想，现在四爷需要他做什么呢？京中的事？诸位阿哥府上？各大臣府上？

都不是。是皇上。四爷所谋、所求，全赖皇上一心。

戴铎略收拾了下，将四爷赠的二百两银子存到银庄，赶在黄昏关城门前，雇了健马壮仆，坐着车往江南去。

四贝勒府上，四爷坐在书房里，两个小厮穿着平民的衣服，禀报着戴铎的去向。

挥退这两人后，四爷看着书案上的灯火，默默道："去南边了……"去追皇上了吗？这个人，到底可不可用，还要再看一看。只是那封信中，倒是有几句写得有点意思。这个戴铎应该也有些本事。

小院里，李薇已经挪到了产房里。柳嬷嬷就住在她旁边的竹榻上，因为上回这位主子能在阵痛中睡过去，这次可不能让她一个人待着了。

刚搬过去的那天夜里，胎气发动了。柳嬷嬷一直醒着神，听到她在床上翻来翻去地哼哼，就点上灯靠过去小声唤："李主子？"

五月的时候，李格格的份例就提成了侧福晋，比起福晋来也只是少两个侍候人而已。因为提份例的事静悄悄地没有声张，主子们还没反应过来时，下人们却早早地就都知道了。

柳嬷嬷和玉瓶等人就不再称呼李格格为"格格"，改称"主子"。贴身侍候的几人都在猜，是不是等这胎落地，李主子这侧福晋就能砸实了？

柳嬷嬷自然是捧着一颗心等着向李主子效忠了。说不准日后她也能成为像大嬷嬷那样的人呢？她轻唤两声，见李主子不答应，小心翼翼凑近灯烛一照，见这位主子真的还睡着呢！除了眉头皱紧些，脸白些，她还真没醒。

柳嬷嬷真的要给她跪了。她摸摸肚子，觉得这回应该是来真的了。也不敢现在就叫她，转身出去把一院的人都喊起来，去膳房要热水，喊产婆过来侍候，再去请大夫。

玉瓶对赵全保道："你跑一趟，去前院找刘师傅要些主子爱吃的，一会儿主子起来正好能用。"

赵全保一笑："我这就去。"

他们两人对了个眼神，各自去安排了。

赵全保通过小门去了前院，直奔膳房。膳房一直留着个灶眼没熄，他进去叫醒小工，让他烧水，小工迷糊着眼就连滚带爬地起来，去捅开灶眼往里添柴。赵全保直接去喊刘太监了。

他刚到门口，还没敲门，里面刘太监就道："是全保吧？等等，我这就起来了。"

一息后，刘太监就穿戴整齐地打开了门，也不把赵全保往屋里让，道："可是李主子那边有吩咐？"

两人一前一后疾步往灶房去。赵全保笑道："刘爷爷，这不又来麻烦您了？咱们主子恐怕一会儿想用点吃的喝的，就您的手艺最对主子的味儿，只好使小的来叫您。"

刘太监半个月前就时刻准备着了，说话间，两人已经到了灶间，刘太监换了衣服洗了手，嘱咐徒弟烧灶上水，道："主子能想着咱们，这是奴才的福气。你出去等着，一刻钟就得！"

大热天的，不好做些汤汤水水的让主子吃着不爽快，刘太监又想李主子这怕是胎气发动了，还是一口大小好吞好咽的更方便些。最要紧的是放凉了也不跑味。

面是昨晚就揉好醒好的，现调的馅，有甜的豆沙、香的芝麻、甜咸的五仁和咸的肉松，蒸出来都是麻将大小，一口一个正好。再做几种汤羹一起送去。

膳房这边点火烧柴，人来人往，歇在书房的四爷也起来了。苏培盛早看到赵全保问过了，知道是李主子胎气发动，等四爷起来，上前侍候的时候随即就禀报了。

四爷换了衣服，也不叫早膳，看着桌上的座钟道："又是在半夜。"她可真会挑时辰。二半夜的胎气发动起来，估计她睡得不足，精神估计不会太好，也不知道这样生起来费不费劲。

苏培盛道："四爷，大夫已经叫来了，是现在让他们进去给李主子把脉，还是等一会儿？"

"让他们守在那里，这几天就别回去了。"四爷道。

书房里，四爷坐在那里看着钟等着。小院里，李薇终于疼醒了。其实她也不知道自己是疼醒的，还是被他们吵醒的，只是一醒就觉得肚子疼得厉害。

天，终于要生了吗？

其实越到日子，她越怕，胎气老不发动，她早上起来就阿弥陀佛，昨晚没生。晚上睡下前，也阿弥陀佛，今天又熬过去了。

真到生的这天了，她想起之后还要疼上一天就想哭。喊来玉瓶，让她把二格格送到前院去："让百福陪着她，别让我吓着她了。"

玉瓶给她擦着汗，道："主子别担心，一早就让奶娘抱过去了。"

柳嬷嬷给她揉着肚子，哄道："主子，小阿哥已经入盆了，马上就能生了。"

大夫进来切过脉，道无事，就出去坐在外面等着。参汤已经准备好了，柳嬷嬷接过来尝了一口，放在一旁，道："等主子没劲了再用。"

但这参汤到底没用上，到了下午两点，小院一声婴啼，四爷的二阿哥落地了。李薇大汗淋漓地急喘着，精神却无比亢奋，每次生完她都觉得自己浑身有使不完的劲，心道：我还能再生一个！跟生之前害怕得不行的根本像两个人。

"把孩子抱过来。"她道，前两天她的奶就开了，正好先喂一口这小子。

柳嬷嬷把洗干净包好的小阿哥放在她怀里，看着小阿哥闭着眼睛咕咚咕咚地大口吃着奶，笑得眼睛都看不见了，连声道："恭喜主子，贺喜主子！"

前院书房里，赵全保飞奔着过来报了喜信，坐了一上午的四爷站起来，叫他进来细细问了番，听说参汤都没用，生得非常顺利时，才露出喜色，道："辛苦你主子了，回去说我一会儿过去看她。"

赵全保走后，四爷带着苏培盛却没直接去小院，而是去了正院看大阿哥，然后去见了福晋，两人分主宾坐下后，福嬷嬷上了茶就退下了。

四爷先开口道："刚才李氏那边报了上来，说是生了个阿哥。"

福晋笑道："恭喜爷，又得一个阿哥。"

"嗯，"四爷不自禁地露出个笑来，道，"只盼着这个孩子能有大阿哥一半聪慧机灵就行了。"

福晋听了，算是明白四爷的意思，跟着道："孩子都是聪明的，有您教着，怎么也差不了。"

两人说完，竟无话可说了。四爷提起了宋氏，道："她也怀着，只是看着大格格，总让我担心。福晋平时多看顾些吧，能多一个孩子总是好的，也能跟大阿哥做个伴。"

虽然福晋主意太大不讨他喜欢，可四爷还是希望她膝下的孩子能多些。宋氏生的这个要也是个阿哥，就记在福晋名下，算是她所出。

福晋也明白了，她虽然自己不愿意再多生孩子，可也不排斥多养几个。这是四爷为她着想，福晋略有些感动道："我都记着了，爷只管放心就是。"

只是再感动，她还是觉得生孩子太浪费时间了，从怀到生就是一年，养到能站起来还要几年。今年大阿哥都四岁了，她还是腾不出手来，一大半的心神都要放在他身上，等他长到不需她担心，不知道还要多少年。

想想看，有大阿哥之前她还想着要做几桩生意，多找几门营生，还想过出宫了就要多跟家族联系。府里的事也是自从石榴走后，只来得及打了那几个捣鬼的人板子，后面的都没来得及办。福嬷嬷眼看年纪越来越大，下面的人手还没培养，大嬷嬷还是阴晴不定，所有的事都半半截截地撂在那里，到现在都顾不上捡起来。

若是再生一个，大阿哥那边岂不是她也要顾不上了吗？与其再生一个不知男女的，不如先把大阿哥养大再说。

虽说李氏提了份例，又生了个阿哥，可看四爷的意思并不打算立刻升她当侧福晋，应该是为了大阿哥。

送走四爷后，福晋来到大阿哥的书房里，看过他写的字，勉励他继续学习。

四爷应该是非常喜欢大阿哥的。虽然大阿哥并不如何聪慧，写字比不过大格格，读书比不过二格格，可大概就是因为这样，四爷才会更疼爱他，更为他着想。若是李氏所出的二阿哥比大阿哥更聪慧，大阿哥的处境会比现在更为难。

比不过姐姐们还好说，只要等二格格大了，不必读书了，别人也不会把他们两个放在一起比了。可若是比不过小弟弟，大阿哥就不好办了。

小孩子长起来是极快的。只要两三年，李氏的二阿哥就会长大了，两三年后，大阿哥书会读得更多，可不会比现在更好。

四爷提前给李氏提了份例，就是不想让她多想。若是二阿哥不如大阿哥，等几年后为了提二阿哥的身份，四爷会为李氏请封侧福晋。若是二阿哥比大阿哥强，那四爷大概会一直压制李氏，不会为她请封。

福晋感觉复杂地看着专心写字的大阿哥。

作为额娘，她盼着儿子更好。可作为福晋，她就不知道该如何选择了。她想起四爷送给她的那句诗："惟愿孩儿愚且鲁，无灾无难到公卿。"

要继承四爷的爵位，或许大阿哥愚笨些并不是坏事。坐在那个皇位上的人是希望各府世子是机变灵活的，还是憨直忠诚？说不定，大阿哥的本性反而更讨上位者的喜欢呢？

她不必勉强儿子改变性格，不必强要他变得聪明机灵、心如比干。他只需要忠诚，对他阿玛忠诚，对皇上忠诚就足够了。

随着二阿哥的出生，李薇的小院进一步扩编。比起二格格两个奶娘四个嬷嬷的待遇，二阿哥的标配是四个奶娘四个嬷嬷。现在还用不上太监，但四爷过来提了一句，到他长到三岁搬去前院后，与大阿哥一样是四个小太监贴身和四个大太监随从。

"这些人都住在哪儿啊？"李薇终于发现她的小院貌似装不下这么多人。一开始，玉瓶和柳嬷嬷都是随她一同住在这里，赵全保住到了前院，进府后分来的玉春、玉夏等四个是住在后院的下人房大通铺里。

二格格，除了奶娘是跟她一起住，嬷嬷们也是住在下人房。

可二阿哥的四个奶娘怎么可能住得开？！

玉瓶道："主子，您操这些闲心干什么？还没出月子呢，要少费心神，好好补养才是！"

等晚上四爷过来看二阿哥，见她一脸心事，问起后也是不悦道："这种小事你也放在心上！今天肚子还疼不疼？"

"不疼，不疼。"李薇赶紧摆手。上次他来时，她是刚生完第三天，略翻个身就疼得一脸汗，他当时就黑了脸，叫来柳嬷嬷训了一顿，又大半夜地喊来大夫，她这才知道这些大夫都还没走，就住在前院原来给一个外面请来的先生的院子里。

大夫过来切了脉，扭头就开了一个方子，幸好只用喝三服就行，喝了确实不太疼，可听柳嬷嬷背地里告诉她，不喝也是过个一天半天就缓过来不会疼了。

她也感觉到，四爷貌似真觉得有些委屈她了，有些紧张过了。他一紧张，屋里的人也跟着紧张。这几天他天天来，玉瓶和柳嬷嬷等人都吃了挂落，动不动就下跪，玉瓶的额头今天还是青的呢。

主要是他这样，她也受影响。现在见他问都是"好，好着呢，哪儿都好！"生怕他不相信。

四爷未必就看不出来，见她摆手就坐过去，伸手探进被子里摸她的肚皮，软绵绵的，轻轻揉了下，见她面色不变才放下心。

"当着爷的面，还有什么不能说的？"他让她靠在他怀里，虚搂着叹道，"你这脾气，实在太软。连屋里的人都压服不住，让爷怎么能放心？"

"我哪里压不住……人？"李薇反驳到一半，握住他的手试探道，"是有人……那什么了？"谁啊？

不是谁背叛，而是谁收买的。

李薇对有人背叛不吃惊，吃惊的是这人是谁，付出了多大的代价。

四爷拧了把她的脸，淡然道："人已经处置了，这事是你御下不严，你也要警醒些。二格格是大了，二阿哥还小呢。这次只是买通了传递消息，下次要是害人呢？到时就算发现了，人他们也害完了，你后悔不后悔？"

说得李薇从心底往外冒寒气。

这事是前院守门的人发现的。小院里的全贵每隔几个月都要往外送钱，他的父母当时把他卖了以后,并没走远,就在外城做了个小摊贩。李薇手松,玉瓶和赵全保待他们这四个新人都不苛刻,所以每隔一段时间他都能往外拿不少东西。

托着李薇的脸面,全贵每次送东西给家人都没有被拦着,门房的人也不会收他的好处,叫他打开包袱看一眼是什么东西就放行了。

结果连着两次,发现全贵送出去的东西中都有较多的银角子。金银要过秤才能出府,下人给家人的也不会只记金银若干,这若干谁知道是几两?二三两是主子赏的,三五十两谁知道你哪里偷来的?所以门房处备有小秤。

多出来的也不是很多,二月,全贵说是主子赏的过年的银子,比往常多了二两;五月时全贵说是主子赏给他家人的,还是多了二两。

门房的人都是油子,要说主子见全贵好,赏他还有话说,可有没有隔几个月就赏一回,还回回都一样的?

再说,赵全保日日都在前院住着,他把着李主子身边的事把得可紧了,养狗的小喜子现在还没摸到李主子的边呢,这全贵也没见他替李主子跑腿传话特受宠啊。

门房拿着册子去找苏培盛了。说轻了,这是全贵吃里爬外;说重了,里外交通,谁敢担保他不是哪家的探子?

苏培盛的弦立刻绷紧了!不忙打草惊蛇,先叫来赵全保问,李主子最近可有格外看重全贵?要说苏培盛可是一点都不信,赵全保要不是干不了玉瓶的活,他连玉瓶都敢给挤下去,还容得下一个全贵冒出来?

只怕现在李主子连全贵长什么样都未必能认清。

看苏培盛一脸"你小子可是叫家雀儿给啄了眼啊",赵全保先是一惊,仔细一想,肯定道:"绝没有,这小子上回冒头还是替二格格攒百福呢。"然后就被他给踢到一边去了,小喜子自那次后可是找了那小子小半月的麻烦。"再说,主子身边有我呢,要他干什么使?给主子搬花都怕他手上不稳砸了主子的宝贝呢。"

然后赵全保的后脖颈子就冒冷汗了,他眼一瞪:"这小子是不是……"

苏培盛一摆手。"还说不准呢。"苏培盛把册子上的东西指给他,"叫玉瓶来认认,看有哪些是李主子赏的,哪些是不知底细的。"

玉瓶来了后,从去年全贵开始给家里带东西开始扫了一遍,除了对不上数的银子外,其他都认识。

她道:"主子赏的都是些吃喝穿用的东西,银子都是赏给外人的。除了过年和二格格生辰多赏二两银子外,平常很少赏银子。再说全贵拿的也不是二两,是一两。"

认准全贵有鬼,苏培盛直接让人把他给关了,先是饿,不给饭水,再堵住嘴上鞭子。十鞭子停半天，打了两天。全贵的小命都被打掉半条后，才让人去问。这小子立刻竹筒倒豆子全吐出来了。

他一共收了三个人的银子：宋格格、福嬷嬷和武格格。说的只是四爷几时来这样的事，毕竟李薇和二格格身边侍候这样的事轮不上他。虽然是个男人，可传话的事赵全保几乎全揽了，小喜子正盯着机会见缝插针，两人又是太监，又是内务府出来的，跟府里大半的下人都能扯上关系，像全贵这样开府才从人牙子手里买来的，跟他们不是一边的。

全贵把福嬷嬷早在开府后就收买他的事说了，一开始并不要他传话，后来还是他见实在没什么可说的，每次都干拿银子不办事不好意思，才把四爷几时来几时走的事告诉福嬷嬷。

宋格格是在二格格出生后才找上他的。武格格最晚，是在李薇怀上二阿哥后的事。

赵全保气得一佛出世，二佛升天。枉他自认聪明，居然让这么个浑蛋在李主子身边待了这么久都没发现。

其实也不怪赵全保，小院一向把得很严，别看全贵卖的消息多，其实他总共才说了四次。福嬷嬷两次，宋格格和武格格各一次。他把每次是什么时间出去，在哪里见人，说了多少时间都说了。

玉瓶和赵全保回去一查问，能对得上，才算松了口气。

至于天天住在一起，为什么这些银子没被同屋发现，全贵也交代了，他把得来的银子藏在屁股里了。要不是攒得多了快要藏不住，他也不会赶在这么短的时间里塞给家里人。

全贵是卖身契，问清楚后灌了一碗滚油烫坏喉咙卖出去了。他的家人不知内情，四爷没有追究。

赵全保因为管着全贵，被记了二十板子，等二阿哥满月后打完。

有这二十板子背在身上，赵全保恨得不轻，亲自提着铜壶灌滚油，全贵抱着他的腿哭求，道："都是我蒙了心，怕让主子送去割了子孙根当太监，爷爷，您饶了我，再不敢了！"

被赵全保一脚蹬得滑出去二尺远："瞧你小子那张脸，配不配在主子跟前侍候！你当你是个什么人物？"

全贵连滚带爬地扑上来："爷爷，我错了！都是我多说的！"他呜里哇啦地哭。原来他爹娘来看他后，他跟爹娘说起赵全保和小喜子霸着主子不让他侍候，他爹娘问清都是太监后，他爹就道："那你也割了去当太监，主子只要太监侍候，你也可以嘛！"

顿时把他吓得魂飞魄散。

他爹还道："你说你主子只叫太监侍候，还说院子里的大小主子都是使太监的，可见主子们就爱用太监。说不准什么时候就要让你去割这一刀，那你就先割了这一刀，也叫主子高兴高兴。"

全贵一头哭，一头怕，就想叫家人把他赎出去，宁可再卖到别家做工也不想当太监。可他爹娘没钱，他才往外卖消息。果然他说出四爷的行踪后，福嬷嬷几人给的银子都多了，他才能在这么短的时间里攒下这么多。

赵全保懒得再听，叫人按住他，塞住鼻子逼他张嘴吸气，趁机塞进细长的铜壶壶嘴。一阵撕心裂肺的惨呼后，全贵满口鲜血滚在地上。

除了全贵，福晋那里的福嬷嬷是由四爷亲自去提的，福晋也想不到福嬷嬷这么大胆，全贵是悄悄处置的，福嬷嬷也在李格格生了后由福晋送回乌拉那拉家。照四爷的意思，她这辈子大概都要被关着了。

宋格格和武格格由福晋派人，不脱衣，一人抽了五十竹板。宋格格有身孕先记下，但四爷是打算日后不再见她了。就是大格格，以后也不许她再见。

等这些都处置完，李薇也没听到信。因为当时她已经有九个月了，随时都可能生。四爷叫玉瓶和赵全保瞒着她的。

现在四爷全告诉她了，说完后安抚地拍着她的肩，道："你也不必放在心上。这都是小人作祟，你现在身高位重，身边什么人都会有。凡事有爷替你看着，告诉你也只是想你平时能机灵点。"

李薇的重点却错了，她奇怪道："她们知道爷你几时来有什么用啊？"听回去专门添堵吗？

四爷被她逗笑了，还以为她会难过生气，怎么会注意这个？

摸着她的头发，四爷解释给她听："这些人其实也不是就指着他能说出什么。千里之堤，溃于蚁穴。全贵今天只能告诉她们我来找你的事，是因为他只知道这个。等他日后知道得多了，自然就会告诉她们更多。她们现在给的银子，为的是日后。何况全贵今天会自己探消息，明天就可能收买旁人替他打探。今后，你这院子里的人只会越来越多，心思诡秘的人也会越来越多。今天只是一个全贵，来日说不定就是十个，一百个。"

素素在他怀里打了个寒战，他搂紧她道："所以，这种背主之人绝不能容。"

他想起宋格格和武格格，就连福嬷嬷说她背后没有福晋的影子，他都不会相信。

"至于那些女人，只要爷宠着你，她们就不会放过你。明面上的人反而不必太放在心上，你心里也有数。"对这几个，四爷轻描淡写。

素素心性简单直接，让她知道身边的人都在虎视眈眈地准备害她，只怕她连觉都睡不好了。倒不如说得轻松些，让她不要放在心上。剩下的，他自然会安排好。

李薇点头："我知道啊。"都说大家在分一个男人了，彼此敌视是很正常的嘛。武格格之前向着她，为的就是四爷。她不肯把四爷分过去，人家也不会犯贱地一直对她好。

四爷没办法地笑了，她果然是没放在心上。

他道："至于你这院子，当时看着还好，现在看是不够住了。等二阿哥满月，给你挪个院子，把这边修整一下。"

他说得简单，等李薇从四爷那里拿到新小院的堪舆图时，傻眼了。

四爷给她弄了个院中院。

府里只有福晋的院子算是三进的。前罩房、正院和后罩房，就在府中的中轴线上。她的小院是位于中轴线一侧的东边，是个半边院子。正面是一明两暗的三间房，下方是下人房、库房和茶房。

四爷前边一扩，后面一圈，给她弄了个两进的"东小院"。

形状像个"雨"字，前面是一正房、两侧厢房，都是一明两暗的大屋子，旁边还有两间角房。后面是一整排的后罩房，专用来住下人，还有库房和茶房。

除了这个东小院外，四爷还给她添了四个丫头、三个太监。李薇那句"我用不了"生生吐不出来。本来还觉得后罩房一排屋子这下可够住了，这下又觉得是她太天真。

那么多人干吗使呢？

李薇发愁了。

正院里，大阿哥被四爷叫到前院去读书了。他现在是在前院住五天，回后院住一天。武格格被打得起不了床，因为四爷说打完不许给药，现在人都烧得开始说胡话了。

福嬷嬷一直到走之前都不知道她不是替福晋去看望太太。福晋送走她，回屋呆坐半晌，默默无声地掉泪。

福嬷嬷是为她好，她知道。四爷没在府里要福嬷嬷的命，已经是顾及她和大阿哥的脸面了。她只是替福嬷嬷伤心，福嬷嬷一片为她着想的心，她却没能护住福嬷嬷。

回到乌拉那拉家后，太太不会容福嬷嬷活太久的。四爷之前怕福嬷嬷传话给乌拉那拉家，特意等李氏平安产子后才告诉她整件事，才说要如何处置福嬷嬷。她知道，福嬷嬷回去后活不了。

他故意用这种方法警告乌拉那拉家的人，想替她这个福晋卖命，也要看看自己的脖子够不够硬。

他还带走了大阿哥，她猜，这次五天后，大阿哥未必能回来住了。

全贵无声无息地消失后，全福吓得直接病倒了，又发烧又拉肚子。正值盛夏，府里一个刚出生的二阿哥金贵得不得了，宋格格肚子里还揣着一个，怕他的病会传染人，连夜送到外面去了。

全贵搞的那些鬼，绝瞒不过他这个同屋，连铺盖都摆在一起的人。只是全福虽然发现全贵老是鬼鬼祟祟，但本着多一事不如少一事，没有多问，看到也当没看到。

赵全保嫌他不够眼明心亮，趁机也把他踹了。反正李主子这边又要进新人，人是绝对使不完的，能少一个来分羹的就少一个。

二格格在书房待了一天，回来就多了个小弟弟，额娘的肚子也扁了，二格格就围着李薇问：“额娘，额娘，你是不是鼓一回肚子我就能多个小弟弟啊？那你什么时候再变个小弟弟出来？”

四爷坐在一旁笑得一脸得意满足，奖励地摸二格格的小脑袋，李薇顶着他期待的视线“压力山大”，敷衍道：“以后，以后啊。你先跟这个弟弟玩吧。”

二阿哥现在是主要喝李薇的奶，她的奶多，一天不喝就胀得流出来，两天不喝就该有硬块发炎了，二阿哥不喝还要挤出来，那可难受死了。所以她的作息时间开始跟二阿哥看齐，他醒，她醒；他睡，她跟着睡。

二格格来几次看额娘和弟弟都在睡，寂寞地去找阿玛了。前院最近可热闹得很，大格格和大阿哥都搬过来了，二格格缠着四爷：“阿玛，我也要搬，我也要住过来。”

四爷早就给她收拾好了院子，他想着素素现在是坐月子，等月子完了还要挪院子，小院要重修，这么多事倒不如先让二格格搬过来。

他跟李薇一提，她没有任何意见地道：“那晚上你要住在前院陪他们吧？”

"嗯。"四爷点头。

"我这边你就不用担心了。这都第二个孩子了，我都有经验了。"李薇挺痛快的，等四爷一走，她就更轻松了。

这么热的天坐月子，她当然不可能里三层外三层地包着，又不敢开窗让她吹风，吃的喝的又是汤汤水水的，可想而知她有多难受。四爷来了，她还要忙着收拾，梳头换衣服，屋里还要点很浓的香来遮盖她身上的气味。

当然是他不来，她才更舒服自在。

没了四爷，她头也不扎了，每天头通一百遍就编成大辫子垂在脑后。其他衣服也不穿了，就是一件大褂，下面直接光着包尿布。等恶露排净才好些，屋里不再有血腥气，奶腥味闻惯了还挺好闻的。

熬过五十天，柳嬷嬷和大夫都替她看过，确定恢复好了才宣布月子结束。她痛快地泡了个澡后，出屋子才发现小院已经面目全非了。

大件的东西都已经搬走了，库房也搬空了。四爷替她选了另一个小院先住着，搬过去后发现是挨着的两个下人院，虽然看似不好，但一应设备都是齐全的，最要紧的是屋子够多，住得开。

一直到十月颁金节后，东小院完工，李薇才搬回去。一进去就感觉院子真是变大了，好像呼吸都能更畅快。

一进门是一面五福照壁，绕过照壁就能看出东小院的全貌了。正中一条中轴线是一条可供四人并行的青石板路，院子极大。除了原来的葡萄又栽了回来外，两角共有四个太平缸，缸中盛满清水，养着碗莲。

正面的屋子是三间大套，合共一正门、两侧门，正中是一明两暗，两侧是一里一外。东、西的厢房是正中一明两暗，两侧各一，还有两个角屋。

李薇住的是正中两室一厅，东侧是书房加一厅，西侧是同东侧，用处待定。厢房也是正中两室一厅，左、右各一个小房间。角屋可以当库房使，也可以当下人房。

四爷的安排是二阿哥的东西都摆在东厢房，二格格在西厢。目前二阿哥还在吃奶，暂时安置在李薇的西侧间里。

后罩间她就没去看了，听玉瓶说也是宽敞得很。因为赵全保带着新分来的太监们照样住在前院，那边消息灵通又能跟四爷的太监们套近乎，傻瓜才要住到后面来。于是后罩间全是玉瓶等侍女和嬷嬷、奶娘同住，屋子还空了大半没住齐。

出了全贵的事，赵全保在她坐完月子后去领了二十板子，被打成个死狗拖回来谢恩。李薇发现四爷打赵全保从来都是朝死里打，没有一次放水的。可他每次被打得越惨，回来对她就越忠心。

她心知这是四爷在帮她驯仆，感激之外，看赵全保也挺可怜。

这次他被拖回来，李薇知道新来的三个太监肯定让他挺不安的，就安慰他道："这事也不能怪你，人心隔肚皮，谁能看清呢？你也放心，我是信你的。新来的三个就交给你调教了。"

赵全保一脸感激地被拖下去养伤了。

玉瓶那边，李薇也把新来的四个宫女交给她了。

论耍心眼，她比不过这些人。论收买人心，她同样干不过一群人精。所以李薇决定咱走简单粗暴路线。她把女仆交给玉瓶，把男仆交给赵全保。这两拨人出任何问题，这两人都要负连带责任。

她比这些人有天然的地位优势，那就把这个优势发挥到极致。这就是四爷教她的。

二格格和二阿哥身边的人，她也是这么安排的。挑一个出来担责任，剩下的交给她管好就行。管不好就去领罚，出错就是个死。放到自己身上，她还说不出"你干不好，我要你的命"，可放到孩子们身上，她绝对没一点问题。

"我把二阿哥交给你了，他有一丁点问题，你和你的家人一个都跑不掉。二阿哥受什么罪，我会全数让你的孩子也跟着尝遍。"李薇脸上没有一丝笑，全贵的事让她有了一丝危机感。

就像四爷说的，等他们把孩子给害了，再抓他们打到死也晚了。

奶娘周氏被她唬得脸色惨白，不停地眨眼看她，完全不敢置信的样子。

李薇道："过两日，你们几个奶娘的孩子都带过来跟二阿哥一起住，二阿哥的吃喝穿用，你们的孩子也跟着一模一样。若有一个起了坏心思，也会报应在你们的孩子身上。"

"主子开恩！"周氏连连磕头。

李薇放柔声音，道："担心什么？若是你们都没有坏心，孩子能跟着阿哥一起长，难道不是福气？"

"主子开恩！主子开恩！"周氏磕个不停。说是福气，可谁知道哪个心里有鬼呢？府里只有两个阿哥，一个是福晋的，一个是这位主子的。听说月前刚办了几个人，人没了，连个动静都没听到。她怎么敢拿自己的孩子去赌？

李薇示意柳嬷嬷领周氏出去，赵全保上来抓小鸡一样揪着周氏出去了。柳嬷嬷错后一步，轻声唤她："主子，这……"

"先看着她，不要让她侍候阿哥。"第一次干这种事，李薇还有些生疏，威胁完人有点不知道后续怎么办。

柳嬷嬷领命去了。下午，四个奶娘的孩子全抱来了。奶口都是当年产子，所以奶娘的孩子们都还不到一岁，小的更是只有四五个月。李薇现在多少也尝到了侧福晋份例的好处，可以说除了差一个玉牒册封，在府里基本已经不差什么了。

她一句话，下面一点折扣都不打地就办了。

奶娘们的孩子抱到了二阿哥处，因为二阿哥多数是她在喂，只有晚上会留两个奶娘守夜。她们偶尔喂个一次半次的，奶水其实还多得很，孩子们抱来了，奶娘们喂自己的孩子就多了。除了一开始有些惊吓外，后面奶娘们的怨气其实都没了。

让李薇高兴的是，奶娘们上心不上心，真是不一般。几个针线好的奶娘把二阿哥用的东西都拆了，从里到外地检查，有一丁点不对，她们都能发现。连嬷嬷们都说从来没这么轻松过。

周氏更是打起百倍精神盯着所有人，有次玉瓶想替二阿哥掖掖被子都让她给拦了，脸上带着笑，嘴上却不放松地道："哪能劳动姑娘？我来，我来。"

四爷知道了她的手段，只是一笑。方法虽然粗糙了些，但倒是掐住了奶娘们的命门。

这些奶娘都是内务府分来的各旗包衣，可以说是鱼龙混杂，她们还不是府里的下人，任打任罚。奶娘们能侍候到最后的都少，基本上阿哥和格格们一断奶，奶娘们最多只能留下一个，剩下的全都遣回内务府，要么回家，要么派给她们别的差事。

这里阿哥和格格还不一样。阿哥长到六岁，奶娘们能起的作用都小了。像他搬到阿哥所时，身边只留了一个大嬷嬷，余下的侍候人全是太监。宫里格格们倒是会让奶娘伴着长大，有时感情深些也会陪着出嫁。

这些奶娘来来去去，十成十的忠心几乎不可能。人都有自己的小心思，她们巴结侍候小主子是巴结，巴结别人也是巴结。虽然有宫规管着，可管得再严，也有人能钻缝子。

四爷在挑奶口时，特地挑的都是镶红旗和镶白旗出身。皇上三十五年征噶勒丹时，四爷领的就是镶红旗，而他自己本身在镶白旗。这两个旗下的包衣人他还算掌得住。

李薇这边要人把奶娘们刚生的孩子抱来，那边就报给了他。他也只是略一沉吟，就对苏培盛道："这等小事，日后不必再来报我。你李主子也不是胡闹的人，她既开这个口，就是心里有成算的。速去。"

一句"速去"，李薇说的过两天，苏培盛下午就把孩子都抱来了。他揣度四爷的心意，大约是满意李主子的主意。就是他也要叹一声高明啊。以往不许奶娘们出府见亲生子，是为了让她们一心侍候小主子。但从来财帛动人心，宫里偷偷作践小阿哥小格格的奶娘又不是没有。李主子直接就拿奶娘的亲生子来作筏子，看她们还敢不精心？

就是福晋听说了也有些愣怔，当年大阿哥刚出生时，她学着宋氏和李氏那样亲自哺乳，让福嬷嬷和石榴等人盯紧奶娘，不许大阿哥单独和奶娘等人在一起，一定要一个她的人陪着。

对着奶娘们也是多方打听，平时多多赏赐，怕她们财迷心窍害人。就是现在大阿哥身边留下的两个奶娘，她也是四时八节从不疏忽。

可李格格这手一出，倒像是对她当头敲了一棒。

福晋这才发现，当初她被内务府的嬷嬷太监们给唬住了，一听奶娘是内务府出来的，心里就敬着她们三分。说到底她们也是奴才，她折节下交，费了多少心力，比不过李格格的雷霆手段。

只看四爷的默许，就知道这样合他的心意。

之前，四爷说李格格比她会御人，她心道李格格身边都是内务府的，不比她这里是两套人，自然要更费力气。现在再看，或许是她把事情变得更复杂了。她带进宫的人本来就少，跟内务府的人相比，那是蚂蚁撼大树。

所以到现在，她身边只剩下了一个忠奸难辨的葡萄，一个沉默寡言的葫芦，余下的全是内务府的人。

这么些年，她绕了一圈还是没扛过身边这群内务府的下人。

如果她一开始就接受内务府的人，说不定自己的人也都能保全下来。石榴不会走，福嬷嬷也不必一错再错。

现在想这些已经迟了。福晋长叹一声，心里更添惆怅。

图书在版编目（CIP）数据

新川日常.1 / 多木木多著. — 广州：广东旅游出版社, 2022.11
ISBN 978-7-5570-2820-6

Ⅰ.①新… Ⅱ.①多… Ⅲ.①言情小说—中国—当代 Ⅳ.①I247.5

中国版本图书馆CIP数据核字(2022)第129314号

新川日常.1

XINCHUAN RICHANG. 1

出 版 人：刘志松
责任编辑：陈　吉
责任校对：李瑞苑
责任技编：冼志良

广东旅游出版社出版发行
地址：广州市荔湾区沙面北街71号首、二层
邮编：510130
电话：020-87347732（总编室） 020-87348887（销售热线）
投稿邮箱：2026542779@qq.com
印刷：北京美图印务有限公司
（地址：北京市顺义区南彩镇九王庄村兴华街79号）
开本：710毫米×1000毫米 1/16
字数：384千
印张：21.5
版次：2022年11月第1版
印次：2022年11月第1次印刷
定价：55.00 元